W0470334

I

An einem Karibikmorgen um sieben spielte auf der Insel Antigua ein gewisser Peregrine Makepiece, kurz Perry, Universalsportler und Noch-Anglistikdozent an einem renommierten Oxforder College, drei Sätze Tennis gegen einen muskulösen Mittfünfziger, einen braunäugigen Russen mit kahlem Kopf und hoheitsvoller Haltung, der Dima hieß. Die Ereignisse rund um das Match gerieten schon bald ins Fadenkreuz britischer Agenten, die von Berufs wegen nicht an Zufälle glaubten. Dabei war der Hergang, soweit es Perry betraf, über jeden Vorwurf erhaben.

Sein nahender dreißigster Geburtstag drei Monate zuvor hatte bei ihm eine Sinnkrise ausgelöst, die sich, von ihm unbemerkt, schon ein Jahr oder länger angebahnt hatte. Den Kopf in den Händen vergraben, hatte er morgens um acht in seiner bescheidenen Oxforder Wohnung gehockt, nachdem auch ein Sieben-Meilen-Lauf keine Linderung gebracht hatte, und sich mit der Frage gequält, was zum Henker er nach dem ersten Drittel seines Erdendaseins vorweisen konnte außer einem Freibrief dafür, sich um die Welt jenseits der träumenden Türme Oxfords nicht weiter zu kümmern.

* * *

Warum?

Jedem Außenstehenden musste seine akademische Laufbahn als Erfolgsgeschichte sondergleichen erscheinen. Der Sohn eines Lehrerehepaars, der nie eine Privatschule von innen gesehen hat, kommt mit einem Abschluss von der London University und bergeweise akademischen Auszeichnungen nach Oxford und tritt eine Dreijahresstelle in einem altehrwürdigen, reichen, erfolgsorientierten College an. Seinen Taufnamen, traditionsgemäß der englischen Oberschicht vorbehalten, verdankt er einem aufrührerischen methodistischen Prälaten des neunzehnten Jahrhunderts, Arthur Peregrine von Huddersfield.

In seiner Freizeit während des Semesters tut er sich als Querfeldeinläufer und Sportsmann hervor. Wenn er einen Abend erübrigen kann, hilft er in einem Oxforder Jugendclub aus. In den Ferien bezwingt er schwierigste Gipfel und beweist sich im extremen Fels. Aber als ihm sein College eine Dauerstelle anbietet – oder, wie es sich seiner angesäuerten Wahrnehmung darstellt, die lebenslange Gefangenschaft –, stemmt er die Fersen ein.

Nochmals: Warum?

Letztes Semester hat er seine Vorlesung über George Orwell »England in Ketten?« betitelt, und seine eigene Rhetorik hat ihn erschreckt. Hätte Orwell sich träumen lassen, dass die gleichen saturierten Stimmen, die ihm die dreißiger Jahre vergällt hatten, die gleiche lähmende Inkompetenz, die gleiche koloniale Kriegswut, die gleichen Vormachtallüren auch 2009 noch fröhliche Urständ feiern?

Und als sich auf den Gesichtern der Studenten, die dasaßen und zu ihm hochstarrten, keinerlei Reaktion abzeichnete, hat er sie selbst geliefert: Nein, nie im Leben hätte Orwell sich das träumen lassen. Und wenn doch, dann wäre er auf die Straße gegangen. Dann hätte er Krawall geschlagen, aber wie.

* * *

Gegenüber Gail, seiner langjährigen Freundin, hatte er seinem Groll noch gründlicher Luft gemacht, als sie nach dem Geburtstagsessen für ihn zusammen in Gails Bett lagen, in Gails Wohnung in Primrose Hill, die sie von ihrem ansonsten mittellosen Vater geerbt hatte.

»Collegedozenten kotzen mich an, und dass ich selbst einer bin, kotzt mich auch an. Der ganze Unibetrieb kotzt mich an, und je eher ich diesen Scheißtalar in die Ecke pfeffern kann, desto eher fühle ich mich wieder als freier Mann«, hatte er in das goldbraune Haar geschimpft, das sich sanft um seine Schulter ergoss.

Und als er nur ein anteilnehmendes Schnurren zur Antwort erhielt: »Was soll ich Byron oder Keats oder Wordsworth irgendwelchen jungen Schnöseln andienen, die nichts anderes wollen als rauskommen, rumvögeln und reich werden? War da. Hab mitgemacht. Drecksbande.« Und indem er noch eins draufsetzte: »So ziemlich das Einzige, was mich in diesem Scheißland noch halten könnte, ist eine Revolution.«

Worauf ihm Gail, eine aufgeweckte, ambitionierte junge Rechtsanwältin, die sowohl mit Schönheit als auch einem losen Mundwerk gesegnet war – manchmal loser, als ihr oder Perry lieb sein konnte –, versicherte, keine Revolution wäre vollständig ohne ihn.

Auch Gail war praktisch elternlos. Aber während Perrys Eltern ein Muster an hochgesinnter christlich-sozialer Askese gewesen waren, waren ihre das glatte Gegenteil. Ihren Vater, einen liebenswert-unbegabten Schauspieler, hatten Alkohol, sechzig Zigaretten täglich sowie eine verfehlte Passion für seine launenhafte Frau vorzeitig dahingerafft. Ihre Mutter, ebenfalls Schauspielerin, nur weniger liebenswert, hatte sich vom Acker gemacht, als Gail dreizehn war, und huldigte nun Gerüchten zufolge an der Seite eines zweiten Kameramannes an der Costa Brava dem einfachen Leben.

* * *

Perrys Entschluss, den Staub der Gelehrsamkeit von seinen Füßen abzuschütteln – unwiderruflich, wie alle Entschlüsse bei Perry –, sollte gekoppelt sein mit einer Rückkehr zu seinen Wurzeln. Der einzige Sohn von Dora und Alfred Makepiece würde ihre sämtlichen Überzeugungen in die Tat umsetzen. Er würde seine pädagogische Laufbahn an dem Punkt neu beginnen, an dem sie gezwungen gewesen waren, die ihrige aufzugeben.

Er würde nicht länger den intellektuellen Überflieger spielen, sondern die ganz normale, prosaische Lehrerausbildung nachmachen und, getreu dem elterlichen Vorbild, Oberschullehrer in einer der sozial schwächsten Regionen des Landes werden.

Er würde Standardfächer unterrichten und dazu die einschlägigen Sportarten, bei Kindern, die ihn als Retter aus der absoluten Chancenlosigkeit brauchten, nicht als Freifahrschein zu bürgerlicher Betuchtheit.

Aber Gail fühlte sich durch diese Pläne nicht so beunruhigt wie vielleicht von ihm beabsichtigt. Bei all seiner Entschlossenheit, sich den *Brennpunkten der Realität* zu stellen, blieben doch Seiten an ihm, die nicht ins Bild passten, und mit den meisten war Gail mehr als vertraut:

Da war Perry, der verhinderte T. E. Lawrence, der als Student an der London University, wo die beiden sich kennengelernt hatten, zum Zwecke der Selbstkasteiung mit dem Fahrrad durch Frankreich gestrampelt war, bis er vor Erschöpfung umkippte.

Da war Perry, der Gipfelstürmer, der Perry, der keinen Lauf mitlaufen und kein Spiel mitspielen konnte, ob 7er-Rugby oder die Weihnachtsscharaden mit Gails Nichten und Neffen, ohne zwanghaft gewinnen zu wollen.

Doch da war auch noch Perry, der heimliche Bacchant, der sich vereinzelte unvorhersehbare Ausbrüche von Genusssucht gönnte, bevor er zurückeilte in seine Dachstube. Und das war der Perry, der an diesem frühen Maimorgen auf dem besten Tennisplatz der besten rezessionsgebeutelten Hotelanlage Antiguas gegen den Russen Dima antrat, solange es noch kühl genug war zum Spielen, während Gail in Badeanzug, breitkrempigem Sonnenhut und einem seidenen Überwurf, der mehr freiließ als verhüllte, von der Tribüne aus zusah, um sie herum ein Sammelsurium stumpfblickender Zuschauer – nicht alle in Schwarz zwar, aber offenbar alle miteinander grimmig entschlossen, nicht zu lächeln, nicht zu sprechen und um Gottes willen kein Interesse an dem Match zu zeigen, dem sie hier beiwohnen mussten.

* * *

Gail dankte dem Himmel, dass das Karibik-Abenteuer noch in der Zeit vor Perrys impulsiver Lebensentscheidung beschlossen worden war. Seine Ursprünge reichten zurück bis in den tristesten November, als Perrys Vater an dem gleichen Krebs gestorben war wie zwei Jahre zuvor seine Mutter, wodurch sich Perry plötzlich als leidlich gutsituierter Mann wiederfand. Ererbter Reichtum gehört einem nicht. Perry schwankte ernsthaft, ob er nicht alles, was er hatte, den Armen geben sollte. Aber nach einer von Gail inszenierten Zermürbungskampagne einigten sie sich stattdessen auf einen Tennisurlaub in der Sonne, ein Schnäppchen, wie es im Leben nicht wiederkam.

Und kein Zeitpunkt hätte besser gewählt sein können, wie sich zeigte, denn als sie losfuhren, gab es für sie beide noch weit schwerwiegendere Entscheidungen zu treffen:

Was sollte Perry mit seinem Leben anfangen, und sollten sie es gemeinsam anfangen?

Sollte Gail die Juristerei an den Nagel hängen und ihm blindlings hinausfolgen in die blaue Ferne, oder blieb sie besser London und ihrem kometenhaften Aufstieg dort treu?

Oder wurde es vielleicht langsam Zeit, sich einzugestehen, dass ihr Aufstieg nicht kometenhafter war als der der meisten Junganwälte, und einfach schwanger zu werden, womit Perry ihr ohnehin schon ständig in den Ohren lag?

Und auch wenn Gail, sei es aus Eigensinn, sei es zum Selbstschutz, große Fragen gern als kleine abtat, standen sie doch unzweifelhaft beide, jeder für sich wie auch als Paar, an einem Scheideweg und mussten erst mal ordentlich in sich gehen, und ein Urlaub auf Antigua schien dafür die ideale Gelegenheit.

* * *

Ihr Flug hatte Verspätung, weshalb sie erst nach Mitternacht in ihrem Hotel ankamen. Ambrose, der allzeit bereite Majordomus der Anlage, brachte sie in ihr Häuschen. Sie schliefen lange, und als sie ihr Frühstück auf dem Balkon beendet hatten, war es zu heiß zum Tennisspielen. Sie schwammen an dem zu drei Vierteln leeren Strand, nahmen ein einsames Mittagessen am Pool ein, zogen sich dann wieder ins Bett zurück und wurden abends um sechs im Pro-Shop vorstellig, ausgeruht, glücklich und richtig in Spiellaune.

Aus der Entfernung betrachtet, bestand die Hotelanlage nur aus einem Grüppchen weißer Bungalows, verstreut um einen hufeisenförmigen Strand von puderfeinem Sand, der eine gute Meile breit war. Seine Endpunkte bildeten zwei Felshügel, beide mit krüppeligen Bäumchen bewachsen. Ein Korallenriff und eine Reihe grellbunter Bojen schirmten die Bucht vor lärmenden Motorjachten ab. Und auf mehreren dem Gefälle abgetrotzten Terrassen lagen die turniertauglichen Tennisplätze der Anlage versteckt. Kärgliche Steinstufen wanden sich zwischen blühenden Sträuchern hindurch bis zum Eingang des Pro-Shops. Hinter dieser Pforte tat sich der Tennishimmel auf – der wahre Grund für Perrys und Gails Wahl.

Es gab fünf Plätze und den Centre-Court. Turnierbälle wurden in grünen Kühlboxen aufbewahrt. Silberne Trophäen in Glasvitrinen trugen die Namen der Champions von einst, und Mark, der übergewichtige australische Pro, war einer von ihnen.

»Von welchem Niveau sprechen wir, wenn ich das fragen darf?«, erkundigte er sich demütig-jovial und taxierte mit schweigender Kennermiene Perrys verschrammte Schläger, seine dicken weißen Socken und abgetragenen, aber zweckdienlichen Tennisschuhe sowie Gails Dekolleté.

Für zwei Menschen, die jung, aber nicht mehr blutjung waren, gaben Perry und Gail ein bemerkenswert attraktives Paar ab. Die Natur hatte Gail mit langen, wohlgeformten Beinen und Armen ausgestattet, hochangesetztem kleinem Busen, einem biegsamen Körper, klarem englischem Teint, feinem Goldhaar und einem Lächeln, das noch die dunkelsten Winkel des Lebens aufhellte. Perry sah man den Engländer auf andere Art an; er war schlaksig und auf den ersten Blick unproportioniert, mit langem Hals und einem stark vorspringenden Adamsapfel. In der Schule hatte er den Spitznamen Giraffe verpasst bekommen, aber nur so lange, bis diejenigen, die unklug genug waren, ihn laut so zu nennen, ihre Lektion gelernt hatten. Als Erwachsener jedoch hatte er – unbewusst und dadurch umso eindrücklicher – eine schwer festzumachende, aber unbestrittene Eleganz entwickelt. Er hatte dichte braune Locken, eine breite sommersprossige Stirn, und die großen Augen spähten mit einer Konsterniertheit durch die Brillengläser, die nicht ganz von dieser Welt schien.

Gail als seine treue Beschützerin wollte nicht zulassen, dass er sein Licht unter den Scheffel stellte, darum beantwortete sie Marks Frage lieber gleich selbst.

»Perry spielt die Qualifikation für Queen's, und einmal

hat er's sogar bis ins Hauptfeld geschafft, stimmt's? Du warst bei den Assen dabei. Und das, nachdem er sich beim Skifahren das Bein gebrochen und ein halbes Jahr nicht mehr gespielt hatte«, fügte sie hinzu.

»Und Sie selbst, Ma'am, wenn Sie gestatten?«, wollte der unterwürfige Mark wissen, wobei er dem »Ma'am« für ihren Geschmack eine Idee zu viel Topspin gab.

»Ich dilettiere mehr so herum«, erwiderte sie kühl, worauf Perry »Völliger Blödsinn« sagte und der Australier die Luft durch die Zähne sog, zweifelnd den schweren Kopf wiegte und in den zerfledderten Seiten seiner Kladde blätterte.

»Hm, hier hätte ich ein Pärchen, das was für Sie sein könnte«, sagte er und wischte sich mit einem schmuddeligen Handtuch den Schweiß von der Stirn. »'n Tick zu gut für meine anderen Gäste, wenn ich das mal so sagen darf. Wobei ich nicht behaupten kann, die volle Bandbreite der Menschheit zur Auswahl zu haben ... doch, ihr vier solltet ruhig mal ein Spielchen wagen.«

Ihre Gegner erwiesen sich als zwei Flitterwöchner aus Mumbai. Der Centre-Court war besetzt, aber die Nummer 1 war frei. Schon bald hatte sich eine Handvoll von Schaulustigen und Spielern von anderen Plätzen eingefunden, die den vieren beim Aufwärmen zusahen: flüssige Schläge von der Grundlinie, die lässig pariert wurden, Weitschüsse, nach denen niemand lief, ein unerwiderter Schmetterschlag vom Netz aus. Perry und Gail bekamen den Aufschlag, Perry ließ Gail den Vortritt, die zwei Doppelfehler nacheinander machte, so dass das Spiel an die anderen ging. Die indische Braut tat es Gail nach. Das Match blieb verhalten.

Erst als Perry mit dem Aufschlag an der Reihe war, begann sein wahres Können sich zu zeigen. Sein erster Ball war hoch und kraftvoll, und er schlug ein wie eine Bombe. Nummer zwei, drei und vier genauso. Die Zuschauerschar wuchs, die Spieler waren jung und gutaussehend, die Balljungen entwickelten ganz neue Energien. Gegen Ende des ersten Satzes kam Mark der Pro angeschlendert, um nach dem Rechten zu sehen, blieb für drei Spiele und kehrte mit gedankenvoll gerunzelter Stirn in seinen Laden zurück.

Nach einem langen zweiten Satz stand es eins beide. Im dritten und letzten Satz führten Perry und Gail 4 zu 3. Gail hätte die anderen gern noch mal rankommen lassen, doch bei Perry gab es kein Halten mehr, und das Spiel endete, ohne dass das indische Paar noch einen Ballwechsel hätte gewinnen können.

Die Menge zerstreute sich. Die vier blieben noch etwas, tauschten Komplimente aus, vereinbarten ein Rückspiel – und vielleicht sah man sich ja später auf einen Drink in der Bar? Unbedingt! Die Inder zogen ab, Perry und Gail packten ihre Ersatzschläger und die Pullover ein.

Sie waren fast fertig, da kehrte der australische Pro auf den Platz zurück, im Schlepptau einen muskulösen Kahlkopf mit enormem Brustkorb und sehr aufrechter Haltung, der eine brillantenfunkelnde goldene Rolex trug und dazu eine graue Trainingshose mit Zugband, das vor dem Bauch zu einer Schleife gebunden war.

* * *

Weshalb Perry die Schleife eher bemerkte als die restliche Erscheinung des Mannes, ist leicht erklärt. Er vertauschte gerade seine betagten, aber bequemen Tennisschuhe gegen ein Paar Strandschuhe mit Hanfsohle, und als er seinen Namen hörte, stand er noch vornübergebeugt. Daher hob er seinen langen Kopf so langsam, wie es die Art großer, knochiger Männer ist, und registrierte als Erstes ein Paar Lederespadrilles an nackten, fast frauenhaft kleinen Füßen, so breitbeinig in den Boden gepflanzt wie Seeräuberstiefel, dann zwei stämmige, in graues Trikot gehüllte Waden und darüber die Schleife, die die Hose an ihrem Platz hielt, doppelt gebunden, wie es ratsam war bei einer Schleife, der solch immense Verantwortung zukam.

Und über der Buglinie einen gewaltigen, in feinste tiefrote Baumwolle gehüllten Rumpf, bei dem der Bauch nahtlos in den Brustkorb überging, gekrönt von einem Russenkragen, der in zugeknöpftem Zustand der vereinfachten Version eines priesterlichen Kollars entsprochen hätte, nur hätte er dann niemals um den dicken Hals gereicht.

Und über dem Kragen ein faltenloses Gesicht – seelenvolle braune Augen, bittend hochgezogene Brauen –, das sich auffordernd schräglegte: das Lächelgesicht eines Delphins. Seine Faltenlosigkeit verlieh ihm nichts Unerfahrenes, im Gegenteil, Perry, dem Freiluft-Abenteurer, schien es sogar ein besonders markantes Gesicht. *Vom Leben geformt*, wie er es später gegenüber Gail nannte – noch so ein Prädikat, nach dem er für sich selber strebte, aber das er trotz mannhaften Einsatzes noch nicht für sich in Anspruch nehmen mochte.

»Perry, gestatten Sie mir, Ihnen meinen guten Freund und Stammkunden Mr *Dima* aus Russland vorzustellen«, sagte Mark noch eine Spur salbungsvoller als sonst. »Dima fand, dass Sie da vorhin ein fabelhaftes Spiel hingelegt haben, nicht wahr, Sir? Als ein großer Kenner und Liebhaber des Tennissports hat er Ihnen mit dem höchsten Genuss zugeschaut, das darf ich doch so sagen, Dima, oder?«

»Ein Match, ja?« Dima fragte es, ohne die bittenden braunen Augen von Perry abzuwenden, der mittlerweile in seiner vollen, ungelenken Größe über ihm aufragte.

»Hallo«, sagte Perry atemlos und streckte die verschwitzte Hand aus. Die von Dima war erstaunlich zart, aber gepolstert; in den zweiten Daumenknöchel war ein Kreuzchen oder Sternchen tätowiert. »Und das ist Gail Perkins, meine Komplizin bei dieser Schandtat hier«, fügte er hinzu, um das Tempo ein wenig zu drosseln.

Aber bevor Dima etwas erwidern konnte, schnaubte Mark schon in katzbuckelnder Empörung. »*Schandtat*, Perry?«, protestierte er. »Glauben Sie dem Mann kein Wort, Gail! Sie haben Ihre Sache *super* gemacht, und das meine ich ernst. Ein paar von diesen Rückhandpassierschlägen waren *erste* Sahne, stimmt's, Dima? Das haben Sie selbst gesagt. Wir haben vom Shop aus zugeschaut. Videoüberwachung.«

»Mark sagt, Sie spielen Queen's«, sagte Dima, sein Delphinlächeln unverändert auf Perry gerichtet, die Stimme tief und kehlig mit einem entfernten amerikanischen Beiklang.

»Na ja, das ist schon ein paar Jährchen her«, wiegelte Perry, der immer noch Zeit zu schinden versuchte, bescheiden ab.

»Dima hat vor kurzem Three Chimneys erworben, nicht wahr, Dima?«, warf Mark ein, als würde das Match mit ihm durch diese Mitteilung verlockender. »Das attraktivste Anwesen hier auf unsrer Seite, stimmt's, Dima? Hat damit Großes vor, wie man hört. Sie beide bewohnen ja Captain Cook, wenn ich nicht irre, eins der besten Häuser in der ganzen Anlage, wenn Sie mich fragen.«

Er irrte nicht.

»Sehen Sie? Dann sind Sie Nachbarn, stimmt's, Dima? Three Chimneys liegt ganz am Ende der Landzunge, gleich Ihnen gegenüber auf der anderen Seite der Bucht. Der letzte nennenswerte Grundbesitz auf der Insel, der noch unerschlossen ist. Aber nicht mehr lange, hab ich recht, Sir? Es ist von einem Beteiligungsmodell die Rede, mit Bevorzugung der Einheimischen, was mir ein hochanständiger Ansatz zu sein scheint. Und in der Zwischenzeit campen Sie ja mehr oder weniger, nicht wahr? – ganz wildromantisch, was man so hört. Haben noch ein paar gleichgesinnte

Freunde und Verwandte zu Gast. So was bewundere ich. Wir alle bewundern das. Für einen Mann mit Ihren finanziellen Mitteln beweisen Sie da echten Abenteuergeist.«

»Ein Match, ja?«

»Doppel?«, fragte Perry und löste den Blick aus Dimas unverwandtem Starren, um zweifelnd zu Gail hinüberzuspähen.

Doch Mark witterte Morgenluft.

»Danke, Perry, aber kein Doppel für Dima, tut mir leid«, schob er forsch dazwischen. »Unser Freund spielt nur Einzel, hab ich recht, Sir? Sie sind ein Mann, der sich ungern auf andere verlässt. Sie machen Ihre Fehler lieber selber, haben Sie mir erzählt. Genau das waren Ihre Worte, noch gar nicht lange her ist das, und an mich waren sie nicht verschwendet, wie man merkt.«

Gail, die sah, wie hin- und hergerissen Perry war, kam ihm zu Hilfe: »Mach dir wegen mir keine Gedanken, Perry. Wenn du Einzel spielen willst, ist das völlig in Ordnung.«

»Glauben Sie mir, Perry, Sie werden es nicht bereuen, gegen diesen Gentleman angetreten zu sein«, insistierte Mark, nun endgültig auf der Zielgeraden. »Wenn ich auf einen von Ihnen beiden setzen müsste, ich wüsste nicht, auf wen, großes Indianerehrenwort.«

War das ein Hinken, mit dem Dima von ihnen wegging? Dieses leichte Nachziehen des linken Fußes? Oder kam es nur von der Anstrengung, den ganzen Tag diesen riesigen Oberkörper durch die Gegend wuchten zu müssen?

* * *

Waren Perry da schon die beiden weißen Männer aufgefallen, die am Tor zum Tennisplatz herumlungerten? Der eine mit den Händen auf dem Rücken, der andere die Arme vor der Brust gekreuzt. Beide in Turnschuhen. Blond der eine, ein Milchgesicht, der andere dunkel und träge.

Wenn, dann höchstens unbewusst, erklärte er störrisch gegenüber dem Mann, der sich Luke nannte, und der Frau, die sich Yvonne nannte, als sie zehn Tage später alle vier um den ovalen Esstisch im Souterrain eines hübschen Reihenhäuschens in Bloomsbury saßen.

Ein schwerleibiger Herr mit Baskenmütze und einem Ohrring, der sich freundlich als Ollie vorstellte, hatte sie mit einem schwarzen Taxi in der Wohnung in Primrose Hill abgeholt. Luke hatte ihnen die Tür aufgemacht; hinter Luke wartete schon Yvonne. In einem dick mit Teppichboden ausgelegten Flur, in dem es nach frischer Farbe roch, wurden Perry und Gail mit Handschlag begrüßt, erhielten von Luke einen formvollendeten Dank für ihr Kommen, und dann ging es hinunter in diesen ausgebauten Keller mit seinem Tisch, sechs Stühlen und einer Kochnische. Hinter den Milchglasfenstern, die wie Halbmonde geformt waren und hoch oben in der Wand saßen, flackerten schattenhaft die Füße der Passanten vorbei, die draußen den Gehsteig entlanggingen.

Als Nächstes mussten sie ihre Mobiltelefone abgeben und bekamen eine Erklärung im Rahmen des Geheimhaltungsgesetzes zur Unterschrift vorgelegt. Gail, die Juristin, las den Text durch und war empört. »Nur über meine Leiche«, rief sie, während Perry mit einem gemurmelten »Was soll's« schon ungeduldig unterschrieb. Nachdem sie ein paar Wörter ausgestrichen und andere handschriftlich eingefügt hatte, unterzeichnete Gail unter Protest. Die einzige Lichtquelle hier unten war eine trübe Lampe, die über dem Tisch hing. Die Ziegelmauern dünsteten einen schwachen Geruch nach altem Portwein aus.

Luke war zuvorkommend, glattrasiert, Mitte vierzig und für Gails Gefühl zu klein – Geheimagenten, so befand sie mit einer krampfigen Fröhlichkeit, die der Nervosität entsprang, hatten ein paar Nummern größer zu sein. Die tadellose Haltung, der smarte graue Anzug, die kleinen grauen Hörnchen, zu denen sein Haar sich über den Ohren hochzwirbelte, das alles passte entschieden besser zu einem distinguierten Jockey als zu einem Spion.

Yvonne dagegen konnte nicht viel älter als Gail sein. Ein Blaustrumpf, das war Gails erster Eindruck von ihr, aber dabei auf streberhafte Art hübsch. Mit ihrem biederen Kostüm, kurzgeschnittenen dunklen Haar und ungeschminkten Gesicht schien sie älter als nötig und für eine Spionin – auch dies wieder Gails bewusst leichtfertige Perspektive – nicht Femme fatale genug.

»Sie haben sie da also noch gar nicht als Leibwächter erkannt.« Lukes adretter kleiner Kopf sah emsig zwischen ihnen beiden hin und her. »Sie haben nicht hinterher im stillen Kämmerlein zueinander gesagt: ›Hoppla, dieser Dima, wer immer er sein mag, scheint ja bestens bewacht zu sein‹ – irgendetwas dergleichen?«

Reden Perry und ich so miteinander?, dachte Gail. Ist mir neu.

»Gesehen habe ich sie, sicher«, gab Perry zu. »Aber wenn Ihre Frage ist, ob ich über sie nachgedacht habe, kann ich nur sagen, nein. Da hoffen zwei auf ein Spiel, dachte ich wahrscheinlich, wenn ich überhaupt etwas gedacht habe« – und indem er mit den langen Fingern grüblerisch an seiner Stirn herumknetete: »Ich meine, man assoziiert ja nicht sofort *Leibwächter*, oder? Gut, *Sie* vielleicht schon. Das ist die Welt, in der Sie leben, nehme ich an. Aber als normaler Bürger kommt man nicht auf die Idee.«

»Und Sie, Gail?«, hakte Luke flugs ein. »Sie sind den ganzen Tag bei Gericht. Sie erleben die böse Welt in all ihrer blut'gen Pracht. Kamen sie *Ihnen* verdächtig vor?«

»Wenn überhaupt, dann dachte ich sicher, es sind zwei Typen, die mich anglotzen, also habe ich sie ignoriert«, sagte Gail.

Doch Yvonne, Streberin, die sie war, ließ sich damit nicht abspeisen. »Aber am Abend, Gail, beim Zurückschauen auf den Tag« – war das ein schottischer Zungenschlag, den man da heraushörte? Gut möglich, dachte Gail, die sich einiges auf ihr Ohr für Akzente zugutehielt –, »erschien es Ihnen da immer noch nicht seltsam: zwei überzählige Männer, die einfach nutzlos herumstanden?«

»Es war unser erster richtiger Abend im Hotel«, sagte Gail in einem Aufwallen entnervter Gereiztheit. »Perry hatte uns ein Candle-Light-Dinner auf dem Captain's Deck gebucht, verstehen Sie? Wir hatten Sterne und Vollmond, kopulierende Ochsenfrösche brüllten sich die Seele aus dem Leib, die Mondbahn reichte uns praktisch bis auf den Teller – glauben Sie im Ernst, da blicken wir uns tief in die Augen und reden über Dimas Aufpasser? Ich meine, sonst noch Wünsche!« – und aus Angst, rüder geklungen zu haben als beabsichtigt: »Gut, sicher, ein bisschen *haben* wir natürlich über Dima geredet. Er ist ja nicht gerade eine Durchschnittserscheinung. Und unser erster russischer Oligarch, ich bitte Sie! Außerdem streute sich Perry zwischendurch immer wieder Asche aufs Haupt, weil er sich auf ein Einzel mit ihm eingelassen hatte, und wollte unbedingt den Pro anrufen und das Match abblasen. Ich habe ihm gesagt, dass ich mit Männern wie Dima getanzt habe und sie eine unvergleichliche Technik haben. Da fiel dir nichts mehr ein, was, Perry-Schatz?«

Die Kluft, die sie trennte, schien so breit wie der Atlantik, den sie vor kurzem überquert hatten. Dennoch war es ihnen auch eine Erleichterung, allen beiden, ihre Geschichte an jemanden loszuwerden, für den das Weiterfragen zum Beruf gehörte.

* * *

Um Viertel vor sieben am nächsten Morgen erwartete Mark sie oben an der Steintreppe, in sein schönstes Weiß gekleidet, in den Händen zwei Dosen kühlschrankkalter Tennisbälle und einen Pappbecher Kaffee.

»Mann, hatte ich einen Bammel, ihr zwei Hübschen könntet verschlafen«, begrüßte er sie aufgekratzt. »Aber wir sind gut in der Zeit, alles astrein. Gail, wie fühlen Sie sich heute? Prächtig, nach allem, was man sieht. Nach Ihnen, Perry, Sir. *Ich* danke. Was für ein Tag, hm? Was für ein Tag.«

Perry ging ihnen voran die zweite Treppe hinauf, an deren Ende der Weg eine Linkskurve machte. Als er ihr folgte, standen vor ihm zwei Männer in Bomberjacken – dieselben beiden untätigen Männer vom Vorabend. Sie hatten sich links und rechts von dem blütenbedeckten Laubengang postiert, der wie ein Hochzeitsspalier auf den Eingang zum Centre-Court zuführte, hinter dem eine Welt für sich wartete, auf allen vier Seiten abgeschirmt durch Segeltuchwände und sechs Meter hohe Hibiskushecken.

Beim Anblick der drei trat der milchgesichtige Blonde einen halben Schritt vor und streckte mit mechanischem Lächeln die Hände aus, die klassische Gebärde des Filzens. Perry, baumlang und verwirrt, blieb stehen, noch gute zwei Meter außer Reichweite. Gail neben ihm stockte ebenfalls. Der Mann machte noch einen Schritt vorwärts, Perry einen zurück, wobei er Gail mit sich zog und laut rief: »Was soll das, verdammt?« – an Marks Adresse letztlich, denn weder das Milchgesicht noch sein dunklerer Kollege ließen in irgendeiner Weise erkennen, dass sie die Frage gehört, geschweige denn verstanden hatten.

»Reine Routinesache, Perry«, erklärte Mark, der sich an Gail vorbeidrängte, um Perry beruhigend ins Ohr raunen zu können. »Einfach zur Sicherheit.«

Perry blieb, wo er war, und reckte den Hals vorwärts und seitwärts, während er diese Auskunft verdaute.

»Wessen Sicherheit? Versteh ich nicht. Du vielleicht?« – zu Gail jetzt.

»Nein«, sagte sie.

»*Dimas* Sicherheit, Perry. Was dachten Sie denn? Er spielt ganz oben mit. Internationales Big Business. Diese Jungs hier führen lediglich Befehle aus.«

»*Ihre* Befehle, Mark?« Perry drehte sich um und starrte anklagend durch seine Brillengläser auf ihn hinab.

»Dimas Befehle, nicht meine, Perry, seien Sie nicht kindisch. Das sind Dimas Jungs. Begleiten ihn überallhin.«

Perry richtete den Blick wieder auf den blonden Leibwächter. »Sprechen die Herren zufällig Englisch?«, fragte er. Und als sich die Züge des Blonden als einzige Reaktion leicht verhärteten: »Offenbar nein. Sprechen nicht nur keins, sondern hören auch keins.«

»Himmelherrgott, Perry«, flehte Mark, und sein biergerötetes Gesicht wurde noch röter. »Ein kleiner Blick in Ihre Tasche, und das war's schon. Hat nichts mit Ihnen persönlich zu tun. Reine Routine, wie gesagt. Genau wie an jedem Flughafen auch.«

Perry wandte sich wieder an Gail. »Hast du dazu eine Meinung?«

»Allerdings.«

Perry neigte den Kopf nach der anderen Richtung. »Nicht dass ich hier irgendetwas missverstehe, Mark«, erklärte er in strengem Oberlehrerton. »Mein avisierter Tennispartner Dima wünscht sicherzustellen, dass ich keine Bombe auf ihn werfe? Ist es das, was diese Männer mir sagen wollen?«

»Es ist eine sehr gefährliche Welt da draußen, Perry. Vielleicht haben Sie davon noch nichts gehört, aber wir anderen schon, und wir versuchen, damit zu leben. Bei allem Respekt würde ich Ihnen doch sehr dazu raten, mit dem Strom zu schwimmen.«

»Es sei denn, ich mähe ihn einfach mit meiner Kalaschnikow nieder«, sagte Perry und hob seine Sporttasche ein paar Zentimeter an. Daraufhin trat auch der zweite Mann aus dem Schatten der Büsche und stellte sich neben dem ersten auf. Aber ihren Mienen war nach wie vor nichts zu entnehmen.

»Also wirklich, Sie machen aus einer Mücke einen Elefanten, Mr Makepiece«, protestierte Mark, dessen mühsam antrainierte Manieren unter der Anspannung zu bröckeln begannen. »Da drin wartet tolles Tennis auf Sie. Diese Jungs tun nichts als ihre Pflicht, und sie tun sie sehr höflich und professionell, wenn ich das mal so sagen darf. Ganz ehrlich, ich verstehe Ihr Problem nicht, Sir.«

»Ah. Mein *Problem.*« Perry wiederholte das Wort sinnend, als sähe er darin einen geeigneten Einstieg in eine Gruppendiskussion mit seinen Studenten. »Dann gestatten Sie mir, Ihnen mein Problem darzulegen. Wenn ich darüber nachdenke, sehe ich sogar mehrere Probleme. Problem Nummer eins: Niemand schaut in meine Sporttasche, wenn ich es nicht erlaube, und in diesem Fall erlaube ich es nicht. Dasselbe gilt für die Tasche dieser Dame« – mit einer Kopfbewegung in Gails Richtung.

»Und zwar strikt«, sekundierte Gail.

»Problem Nummer zwei: Wenn Ihr Freund Dima denkt, ich möchte ihn umbringen, warum will er dann mit mir Tennis spielen?« Und nachdem er reichlich Zeit für eine Antwort eingeräumt und keine erhalten hatte außer einem geräuschvollen Lippenschmatzen, fuhr er fort. »Und mein drittes Problem ist, dass das Ansinnen in seiner jetzigen Form einseitig ist. Habe ich gebeten, in Dimas Tasche schauen zu dürfen? Nein, habe ich nicht, und ich verspüre auch keinerlei Verlangen danach. Vielleicht können Sie ihm das erklären, wenn Sie mich bei ihm entschuldigen. Was meinst du, Gail, wollen wir dieses dicke fette Frühstücksbüfett plündern gehen, für das wir bezahlen?«

»Gute Idee«, sagte Gail mit Nachdruck. »Mir war gar nicht klar, dass ich so einen Bärenhunger habe.«

Und sie drehten sich um und stiegen, ohne sich um die

Beschwörungen des Pros zu kümmern, schon die ersten Stufen hinab, als das Tor zum Centre-Court aufflog und Dimas Bass sie innehalten ließ.

»Nicht weglaufen, Mr Perry Makepiece. Wenn Sie mich wegballern, dann mit gottverdammten Schläger, okay?«

* * *

»Und auf wie alt würden Sie ihn schätzen, Gail?«, fragte Miss Blaustrumpf und machte sich eine säuberliche Notiz in ihrem Block.

»Den Milchbubi? Fünfundzwanzig, wenn's hoch kommt«, antwortete Gail und wünschte sich zum wiederholten Mal, einen Mittelkurs zwischen Flapsigkeit und Verschrecktheit fahren zu können.

»Perry? Wie alt?«

»Dreißig.«

»Größe?«

»Unterm Durchschnitt.«

Für jemanden, der fast eins neunzig ist, Perry-Schatz, sind wir alle unterm Durchschnitt, dachte Gail.

»Eins fünfundsiebzig«, sagte sie.

Das blonde Haar ganz kurz geschoren, darin waren sie sich einig.

»Und ein goldenes Kettenarmband hatte er an«, erinnerte sie sich zu ihrer eigenen Verblüffung. »Ich hatte einmal einen Mandanten, der hatte genauso eins. Wenn's mal hart auf hart ging, wollte er es auseinandernehmen und die Glieder einzeln verkaufen.«

* * *

Yvonnes unlackierte, vernünftig geschnittene Fingernägel schieben ihnen einen Stoß Pressephotos über den ovalen Tisch. Im Vordergrund ein halbes Dutzend strammer junger Männer in Armani-Anzügen, die ein siegreiches Rennpferd beglückwünschen, ihre Champagnergläser hoch erhoben für die Kamera. Im Hintergrund Werbebanner auf Kyrillisch und Englisch. Und ganz links außen, die Arme vor der Brust verschränkt, der milchgesichtige Leibwächter mit seiner blonden Stoppelfrisur. Anders als seine drei Gefährten trägt er keine Sonnenbrille. Dafür liegt um sein linkes Handgelenk ein goldenes Kettenarmband.

Perry schaut eine Spur selbstgefällig. Gail ist es eine Spur schlecht.

2

Gail verstand selbst nicht ganz, warum fast immer nur sie redete. Im Sprechen hörte sie ihre eigene Stimme von den Ziegelwänden des Kellerzimmers widerhallen, genau wie beim Scheidungsgericht, wo sie derzeit den Großteil ihres beruflichen Daseins verbrachte: Jetzt mime ich rechtschaffene Empörung, jetzt ätzende Ungläubigkeit, jetzt klinge ich wie meine bescheuerte Mutter, wenn sie ihren zweiten Gin Tonic intus hatte.

Aber sosehr sie es zu verbergen suchte, ertappte sie sich heute obendrein bei einem gelegentlichen kleinen Schauer der Furcht, der nicht zum Skript gehörte. Ihren Zuhörern auf der anderen Seite des Tisches mochte es entgehen, aber ihr nicht. Und Perry neben ihr merkte es offenbar auch, denn ab und zu neigte er den Kopf leicht in ihre Richtung, um zärtlich und besorgt zu ihr herunterzuspähen, trotz der Dreitausend-Meilen-Kluft zwischen ihnen. Ja, vereinzelt drückte er sogar unterm Tisch ihre Hand, bevor er sie beim Erzählen ablöste, in dem verfehlten, aber entschuldbaren Glauben, ihren Gefühlen dadurch eine Ruhepause zu verschaffen, wo doch ihre Gefühle als Einziges abtauchten, sich neu formierten und an die Oberfläche zurückkamen, um sich bei erster Gelegenheit noch verbissener in den Kampf zu stürzen.

* * *

Perry und Gail schlenderten nicht direkt, als sie den Centre-Court betraten, aber – doch, ja, sagten beide, sie ließen sich Zeit. Als Erstes der Weg durch das Blütenspalier, bei dem die Leibwächter die Ehrengarde abgaben und Gail die Krempe ihres breiten Sonnenhutes festhielt und ihr dünnes Röckchen flattern ließ:

»Ein bisschen die Hüften geschwenkt hab ich schon«, gab sie zu.

»Und wie«, bestätigte Perry, und auf der anderen Tischseite wurde verhalten gelächelt.

Dann das Hin und Her am Eingang zum Platz, als Perry von erneuten Zweifeln befallen schien, bis klarwurde, dass er nur Gail den Vortritt lassen wollte. Die darauf auch vorging, mit so viel damenhafter Gemessenheit, dass man meinen konnte, es hätte den versuchten Affront nie gegeben, während gleichzeitig durchschimmerte, dass er keineswegs vergessen war. Und hinter Perry kam Mark.

Dima erwartete sie in der Platzmitte, die Arme zur Begrüßung weit ausgestreckt. Er trug einen langärmligen blauen Nicki mit rundem Ausschnitt und schwarze Shorts, die ihm bis übers Knie reichten. Ein grünes Sonnenvisier ragte wie ein Schnabel von seinem kahlen Kopf weg, der schon jetzt so stark in der Morgensonne glänzte, dass Perry sich gefragt hatte, ob er eingeölt war. Die brillantenstarrende Rolex hatte Gesellschaft bekommen; um den mächtigen Hals lag jetzt eine geheimnisträchtige Goldkette mit vielen Anhängern: noch mehr Glitzern, noch mehr Ablenkung.

Dabei war Dima, sehr zu Gails Überraschung, gar nicht der Hauptblickfang, sagte sie. Auf der Zuschauertribüne hinter ihm aufgereiht saß eine kleine und, so Gail, absolut *schräge* Versammlung von Kindern und Erwachsenen.

»Wie ein Haufen trister Wachsfiguren«, unterstrich sie. »Aber nicht nur, weil sie überhaupt da waren zu dieser unchristlichen Zeit, und dazu noch so aufgeputzt. Sondern weil sie so völlig stumm und griesgrämig dasaßen. Ich habe mich in die unterste Reihe gesetzt, die leer war, und gedacht, guter Gott, wo bin ich denn da reingeraten? In ein Volkstribunal? Einen Bittgang?«

Selbst die Kinder schienen nichts voneinander wissen zu wollen. Sie waren ihr sofort aufgefallen. Das ging ihr immer so. Vier Stück waren es.

»Zwei furchtbar tragisch dreinschauende kleine Mädchen von vielleicht fünf und sieben in dunklen Kleidchen und Sonnenhüten, die eng aneinandergeschmiegt neben einer üppigen Schwarzen saßen, einer Art Nanny offenbar«, sagte sie, entschlossen, ihre Gefühle nicht vorzeitig mit ihr durchgehen zu lassen. »Und zwei strohblonde halbwüchsige Jungen mit Sommersprossen und Tenniszeug. Und alle mit so langen Gesichtern, dass man denken konnte, sie wären als Strafe aus dem Bett geprügelt und hierhergeschleift worden.«

Während die Erwachsenen, fuhr sie fort, einfach so fremdartig waren, so überdimensional und so *anders*, als kämen sie aus einem Charles-Addams-Cartoon. Und das lag nicht nur an ihrer städtischen Kleidung und den Siebziger-Jahre-Frisuren. Oder daran, dass die Frauen trotz der Hitze für den tiefsten Winter gewandet waren. Es lag an ihrer kollektiven Düsterkeit.

»Warum sagt keiner was?«, flüsterte sie Mark zu, der sich ungebeten auf dem Sitz neben ihrem eingefunden hatte.

Mark zuckte die Achseln. »Russen.«

»Aber Russen sind doch Weltmeister im Reden!«

Nicht diese Russen, sagte Mark. Die meisten von ihnen seien erst ein paar Tage hier und müssten sich noch akklimatisieren.

»Irgendwas scheint bei denen vorgefallen zu sein« – er reckte das Kinn Richtung Bucht. »Nach dem Krach zu urteilen, haben die da drüben Familienrat im großen Stil, und nicht grade harmonisch. Fragen Sie mich nicht, wie die das hygienetechnisch hinkriegen. Das halbe Leitungssystem ist hinüber.«

Gail deutete auf zwei dicke Männer, einer mit einem braunen Filzhut auf dem Kopf und Handy am Ohr, der andere in einer Schottenmütze mit rotem Bommel.

»Vettern von Dima«, sagte Mark. »Die sind alle irgendwie verwandt und verschwägert. Kommen aus Perm. Perm, wie Permafrost, verstehen Sie?«

Eine Reihe höher dann die strohblonden Teenager, die mit angewiderten Mienen Kaugummi kauten. Dimas Söhne, erklärte Mark, Zwillinge. Und ja, nun da Gail noch einmal hinsah, entdeckte sie die Ähnlichkeit: kräftiger Brustkorb, gerader Rücken, hängelidrige braune Schlafzimmeraugen, die bereits heimlich in Gails Richtung wanderten.

Rasches, lautloses Durchatmen. Was jetzt kam, hieß bei ihnen in der Kanzlei die Abschussfrage, die Frage, die den Zeugen ein für alle Mal zerlegte. Zerlegte sie sich jetzt also selbst? Aber als sie weitersprach, stellte sie befreit fest, dass in der Stimme, die von der Ziegelwand zu ihr zurückhallte, kein Beben zu hören war, kein Stocken oder sonst eine verräterische Schwankung.

»Und in züchtigem Abstand zu allen anderen – demonstrativ, hatte ich fast den Eindruck – saß diese bildhübsche Fünfzehn- oder Sechzehnjährige mit schulterlangen kohlschwarzen Haaren, Schulbluse und einem marineblauen Schulrock, der ihr bis übers Knie ging, und sie schien zu gar niemandem zu gehören. Also habe ich Mark gefragt, wer sie ist. Natürlich.«

Sehr natürlich, allerdings, befand sie erleichtert, nachdem sie sich zu Ende angehört hatte. Nicht eine erhobene Augenbraue am Tisch. Gut gemacht, Gail.

»Sie heißt Natascha, eröffnete mir Mark. Ein Blümchen, das gepflückt sein will – nichts für ungut, höhö. Dimas Tochter, aber nicht Tamaras. Der Augapfel ihres Vaters.«

Und was, so fragte Gail ihre Zuhörer, macht die schöne Natascha, Tochter von Dima, aber nicht von Tamara, um sieben Uhr morgens, statt ihren Vater beim Tennis zu bewundern? Liest völlig vertieft in einem ledergebundenen Wälzer, den sie wie einen Keuschheitsgürtel über ihren Schoß gebreitet hält!

»Aber wirklich umwerfend hübsch«, betonte Gail. Und um ganz sicherzugehen: »Nicht nur gutaussehend, richtig *schön.*« Und dann dachte sie: Ach du Schreck, jetzt klinge ich schon wie eine Lesbe, dabei will ich doch nur unbekümmert klingen.

Doch auch diesmal schienen weder Perry noch ihre Inquisitoren einen falschen Ton zu bemerken.

»Und wo finde ich Tamara, die nicht Nataschas Mutter ist?«, fragte sie Mark streng und nutzte die Gelegenheit, um ein Stück von ihm wegzurücken.

»Zwei Reihen hinter Ihnen, links. Sehr fromme Dame. Heißt bei den Einheimischen nur die Nonne.«

Ein beiläufiger Blick über die Schulter zeigte ihr eine gespenstische Gestalt, die von Kopf bis Fuß in Schwarz gehüllt war. Auch das Haar war schwarz, wenngleich mit weißen Fäden durchzogen, und in einen Knoten gerafft. Ihr Mund, ein schmaler Abwärtsbogen, schien noch nie gelächelt zu haben. Sie hatte einen violetten Chiffonschal um.

»Und auf der Brust so ein orthodoxes Goldkreuz mit doppeltem Querbalken, Bischof war das mindeste«, rief Gail. »Daher wohl auch die Nonne.« Und, nachgeschoben: »Aber eine Ausstrahlung hatte die Frau, unglaublich! Eine enorme Bühnenpräsenz« – ihre Schauspielereltern ließen grüßen –, »die Willenskraft war förmlich mit Händen greifbar. Sogar Perry hat sie gespürt.«

»Nicht jetzt«, warnte Perry, ohne Gail anzusehen. »Wir sollen keine späteren Erkenntnisse ins Spiel bringen.«

Andere habe ich ja leider nicht, dank dir, hätte sie ihm am liebsten hingerieben, aber in ihrer Erleichterung, die Hürde Natascha so glatt genommen zu haben, verzichtete sie darauf.

Irgendetwas an dem geschniegelten kleinen Luke irritierte sie: die Art, wie ihre Augen unversehens immer wieder den seinen begegneten und umgekehrt. Anfänglich hatte sie sich gefragt, ob er vielleicht schwul war – bis sie ihn auf ihre Bluse schielen sah, bei der ein Knopf aufgegangen war. Er hatte diesen Heldenmut des Verlierers, das war es. Diese Entschlossenheit, bis zum letzten Mann zu kämpfen, und der letzte Mann war er. In den Jahren, die sie auf Perry gewartet hatte, war Gail mit so einigen Männern ins Bett gegangen, und einen oder zwei davon hatte sie aus reiner Gutmütigkeit erhört, einfach um ihnen zu zeigen, dass sie besser waren, als sie glaubten. Daran musste sie denken, als sie nun Luke gegenübersaß.

* * *

Perry dagegen hatte, wie er seinen großen, flach vor ihm auf dem Tisch ausgespreizten Händen angelegentlich mitteilte, die Zuschauer vor dem Spiel mit Dima kaum beachtet. Er wusste, da saßen Leute, er hatte mit dem Schläger in ihre Richtung gewinkt und keine Reaktion erhalten. Aber in erster Linie war er damit beschäftigt, seine Kontaktlinsen einzusetzen, die Schnürsenkel nachzuziehen, Sonnencreme aufzutragen, sich zu sorgen, ob Mark Gail auf die Pelle rückte, und ansonsten zu überlegen, wie schnell er wohl gewinnen und hier abhauen konnte. Er wurde außerdem von seinem Gegner verhört, der keinen Meter von ihm entfernt stand.

»Stört Sie?«, fragte Dima in feierlich gedämpftem Ton. »Mein Fanclub? Ist besser, ich soll sie heimschicken?«

»Natürlich nicht«, antwortete Perry, der noch nicht recht über die Geschichte mit den Leibwächtern hinweg war. »Da ich annehme, dass es Ihre Freunde sind.«

»Sie sind britisch, ja?«

»Korrekt.«

»Englisch-britisch? Von Wales? Schottland?«

»Einfach nur englisch.«

Perry suchte sich eine Bank, knallte seine Sporttasche darauf und öffnete den Reißverschluss. Er kramte zwei Schweißbänder heraus, eins für die Stirn, eins fürs Handgelenk.

»Sind Sie Priester, vielleicht?«, forschte Dima in unverändert feierlichem Ton nach.

»Wieso? Brauchen Sie einen?«

»Doktor? Von Medizin?«

»Nein, auch kein Doktor, tut mir leid.«

»Anwalt?«

»Ich spiele einfach nur Tennis.«

»Banker?«

»Da sei Gott vor«, sagte Perry gereizt und fingerte an einem ramponierten Sonnenhut herum, nur um ihn dann zurück in die Tasche zu stopfen.

Doch in Wahrheit war er mehr als gereizt. Er fühlte sich für dumm verkauft, und er ließ sich nicht gern für dumm verkaufen. Für dumm verkauft von dem Pro und für dumm verkauft von den Leibwächtern, auch wenn er dem einen Riegel vorgeschoben hatte. Trotzdem, dass sie mit auf dem Platz waren – wie Linienrichter je an einem Ende aufgebaut –, genügte vollauf, um seinen Zorn am Schwelen zu halten. Vor allem aber fühlte er sich von Dima selbst für dumm verkauft, und dass Dima einen Haufen Herumtreiber dazu vergattert hatte, um sieben Uhr früh aufzumarschieren, um ihn gewinnen zu sehen, machte die Sache nicht besser.

Dima hatte die Hand in die Tasche seiner langen schwarzen Tennisshorts geschoben und einen silbernen John-F.-Kennedy-Halbdollar herausgezogen.

»Wissen Sie, was meine Jungs sagen? Irgendein Gauner

hat mir den manipuliert, sagen sie«, vertraute er Perry an und nickte mit seinem kahlen Schädel hinüber zu den beiden sommersprossigen Teenagern auf der Tribüne. »Ich werf hoch, ich gewinn, gleich denken meine Kinder, das verdammte Ding ist manipuliert. Sie haben Kinder?«

»Nein.«

»Aber bald, ja?«

»Irgendwann.« Sprich: Kümmer dich um deinen eigenen Kram.

»Kopf oder Zahl?«

Manipuliert, wiederholte Perry stumm für sich. Woher kannte ein Mann, der ein verhunztes Englisch mit Pseudo-Bronx-Akzent sprach, ein Wort wie *manipuliert?* Er sagte Zahl, verlor und hörte ein Schnauben, das erste Anzeichen von Interesse, das irgendjemand auf der Tribüne zu bekunden geruhte. Sein Lehrerauge machte rasch Dimas beide Söhne aus, die hinter vorgehaltener Hand kicherten. Dima spähte zur Sonne hoch und wählte das schattige Ende.

»Was für ein Schläger haben Sie da?«, sagte er, und die Seehundaugen zwinkerten. »Sieht verboten aus. Egal, schlag ich Sie sowieso.« Und ehe er nach seiner Seite abzog: »Ist viel Kamele wert, so ein Mädchen. Besser, Sie machen schnell Hochzeit mit ihr.«

Und woher zum Teufel weiß der Kerl, dass wir nicht verheiratet sind?, fragte sich Perry grimmig.

* * *

Perry hat vier Asse in Folge erzielt, genau wie gegen das indische Paar, aber jetzt drischt er zu fest, weiß es, scheißegal. Und als Dima mit dem Aufschlag an der Reihe ist, macht er etwas, was er sich sonst nur herausnimmt, wenn er unmittelbar vor dem Sieg steht und einen klar unterlegenen Gegner hat: Er bleibt ganz vorn, praktisch an der

Aufschlaglinie, und spielt den Ball mit einem Halbvolley zurück, diagonal über den Platz oder bis haarscharf an die Seitenlinie, wo sich der milchgesichtige Leibwächter mit verschränkten Armen aufgepflanzt hat. Aber nur für die ersten beiden Bälle, denn Dima kommt ihm schnell auf die Schliche und treibt ihn zurück an die Grundlinie, wo er hingehört.

»Ab da hab ich mich dann so langsam wieder eingekriegt«, sagte Perry mit einem reuigen Grinsen in Richtung seiner Befrager und rieb sich mit dem Handrücken über den Mund.

»Perry war ein grauenhafter Snob«, stellte Gail richtig. »Und Dima war ein Naturtalent. Für sein Gewicht, seine Größe und sein Alter geradezu phänomenal. Nicht wahr, Perry? Und so viel Sportsgeist dabei. Großartig. Das hast du selber gesagt. Du hast gesagt, er hätte die Schwerkraft überwunden.«

»Er ist nicht nach dem Ball gesprungen, er ist levitiert«, räumte Perry ein. »Und ja, er hat sich sportlich verhalten, vollkommen einwandfrei. Ich hatte mich auf Wutanfälle gefasst gemacht, auf endlose Liniendispute, aber nichts dergleichen. Er war ein extrem angenehmer Gegner. Und gerissen wie eine Horde Affen. Hat seine Schläge bis zur allerletzten Sekunde zurückgehalten und noch länger.«

»*Und* er hat gehinkt«, ergänzte Gail lebhaft. »Er stand seitlich zum Netz, und das rechte Bein war ihm ganz klar das liebere, stimmt's, Perry? Und er war so steif wie ein Ladestock. Und er hatte ein bandagiertes Knie. Und trotzdem schien er schwerelos.«

»Na ja, ein bisschen zurückhalten musste ich mich schon«, wandte Perry ein und knetete an seiner Stirn herum. »Sein Gekeuche wurde mit der Zeit ein bisschen schwer zu ertragen, um ehrlich zu sein.«

Aber bei allem Gekeuche ging das Verhör in den Spielpausen doch unverdrossen weiter:

»Sind großer Wissenschaftler, vielleicht? Jagen die gottverdammte Welt hoch, so wie hier mit dem Ball?«, fragte Dima, während er Eiswasser in sich hineinschüttete.

»Ganz bestimmt nicht.«

»Apparatschik?«

Das Ratespiel zog sich schon zu lange hin. »Nein, ich bin Dozent«, sagte Perry und begann sich eine Banane zu schälen.

»Dozent, das ist für Studenten, ja? Wie Professor?«

»Ja, ich unterrichte Studenten. Aber ich bin kein Professor.«

»Wo?«

»Zurzeit in Oxford.«

»Oxford wie Cambridge?«

»Richtig.«

»Und was?«

»Englische Literatur«, antwortete Perry, dem nicht eben danach war, einem Wildfremden zu erklären, dass seine Zukunft augenblicklich in den Sternen stand.

Aber Dima geriet ganz aus dem Häuschen vor Glück:

»Hören Sie! Sie kennen *Jack London*? Nummer-Eins-Schriftsteller von England?«

»Nicht persönlich.« Ein Scherz, auf den Dima nicht einstieg.

»Und? Mögen Sie?«

»Er ist großartig.«

»Charlotte Brontë? Sie mögen auch?«

»Sehr sogar.«

»Somerset Maugham?«

»Nicht sonderlich, muss ich zugeben.«

»Ich hab Bücher von alle diese Leute! Hunderte! Alles Russisch! Riesenschränke voll Bücher!«

»Sehr gut.«

»Sie lesen Dostojewski? Lermontow? Tolstoi?«

»Natürlich.«

»Hab ich alle. Alle die Nummer-Eins-Leute. Ich hab Pasternak. Wissen Sie was? Pasternak hat von meine Stadt daheim geschrieben. Jurjatino, so heißt sie bei ihm. Das ist Perm. Dieser Spinner sagt Jurjatino. Keine Ahnung, warum. Schriftsteller machen so was. Alles Spinner. Sie sehen meine Tochter da oben? Das ist Natascha, interessiert sich ein Dreck für Tennis, liebt nur immer Bücher. He, Natascha. Sag dem Professor hier guten Tag!«

Verzögert, damit auch ja klarwird, dass sie sich gestört fühlt, hebt Natascha den Kopf und streicht zerstreut das Haar zur Seite, gerade lange genug, um Perry mit ihrer Schönheit zu blenden, bevor sie sich wieder in ihren ledergebundenen Wälzer versenkt.

»Ist ihr peinlich«, erklärt Dima. »Mag nicht, wenn ich so laut zu ihr rufe. Sehen Sie das Buch, das sie hat? Turgenjew. Nummer-Eins-Schriftsteller von Russland. Hab ich ihr gekauft. Sie will ein Buch, ich kauf es. Okay, Professor. Ihr Aufschlag.«

»Von diesem Moment an war ich der Professor. Ich hab ihm immer wieder gesagt, dass ich keiner bin, aber er wollte nicht hören, also hab ich irgendwann aufgegeben. Nach ein paar Tagen hat das halbe Hotel mich Professor genannt. Was einem schon reichlich merkwürdig vorkommt, wenn man gerade beschlossen hat, dass man nicht mal mehr Dozent ist.«

Als sie die Seiten wechseln, tröstet es Perry zu sehen, dass Gail den zudringlichen Mark abgeschüttelt hat und jetzt auf der obersten Bank zwischen zwei kleinen Mädchen sitzt.

* * *

Das Spiel hatte zu einem ganz brauchbaren Rhythmus gefunden, sagte Perry. Nicht das größte Match aller Zeiten, aber – solange er halbwegs leisetrat – spannend und unterhaltsam anzusehen, immer vorausgesetzt, jemand wollte unterhalten werden, was fraglich schien, denn bis auf die Zwillinge hätte die Gesellschaft ebenso gut zu einer Séance versammelt sein können. Mit *Leisetreten* meinte er, das Tempo ein wenig drosseln und hier und da einen Ball annehmen, der auf dem Weg ins Aus war, oder ihn zurückschlagen, ohne allzu genau darauf zu schauen, wo er gelandet war. Denn das Gefälle zwischen ihnen – vom Alter, vom Können und von der Beweglichkeit her – trat doch immer deutlicher zutage, und Perry wollte einfach nur zum Ende kommen, Dima seine Würde lassen und sich mit Gail ein verspätetes Frühstück auf dem Captain's Deck gönnen. So zumindest hatte er sich das gedacht, bis beim nächsten Seitenwechsel Dima ihn beim Arm packte und mit wütendem Knurren auf ihn losfuhr:

»Verdammt, was ist das hier? Schwuchteltennis?«

»Wie bitte?«

»Der lange Ball da war Aus. Sie sehen ihn draußen, Sie spielen ihn rein. Sie denken, ich bin so ein fetter alter Schlappschwanz, der gleich tot umfällt, wenn Sie nicht Samtpfoten nehmen.«

»Es war ein Grenzfall.«

»Ich spiel nicht klein-klein, Professor. Ich will was, ich hol's mir verdammt noch mal. Ich brauch kein Schwuchteltennis. Sollen wir um ein Tausender spielen? Bisschen Zug reinbringen?«

»Nein danke.«

»Fünftausend?«

Perry lachte und schüttelte den Kopf.

»Sie sind Schisser, ja? Ein Schisser, deshalb Sie wetten nicht.«

»Das muss es sein«, stimmte Perry zu, dem der linke Oberarm noch von Dimas Griff schmerzte.

* * *

»Vorteil Großbritannien!«

Der Ruf schallt über den Platz und erstirbt. Die Zwillinge brechen in nervöses Kichern aus und warten auf das Donnerwetter. Bisher hat Dima ihre gelegentlichen Anfälle von Übermut geduldet. Jetzt nicht mehr. Er legt seinen Schläger auf der Bank ab, humpelt die Stufen der Tribüne hinauf, bis er vor den Jungen steht, und setzt ihnen beiden den Zeigefinger auf die Nasenspitze.

»Wollt ihr, ich nehm mein Gürtel und prügel euch grün und blau?«, fragt er auf Englisch – damit Perry und Gail auch etwas davon haben vermutlich, denn warum sonst redet er nicht russisch mit ihnen?

Worauf einer der Jungen in deutlich besserem Englisch antwortet: »Du hast doch gar keinen Gürtel an, Papa.«

Das war's. Dima gibt dem näheren Sohn eine so schallende Ohrfeige, dass der Bub eine halbe Drehung auf der Bank macht, bis er sich mit den Beinen abfangen kann. Auf die erste Ohrfeige folgt eine nicht minder laute zweite, mit derselben Hand, aber für den anderen Sohn, so dass Gail sich an ihren gesellschaftlich aufstrebenden älteren Bruder erinnert fühlt, wenn der mit seinen reichen Freunden auf Fasanenjagd geht (ein Zeitvertreib, den Gail verabscheut) und, wie er es nennt, einen Doppeltreffer landet: ein toter Fasan pro Gewehrlauf.

»Und sie haben nicht mal den Kopf weggedreht, das war das Verrückte. Sie saßen einfach da und haben es eingesteckt«, sagte Perry, der Lehrerssohn.

Aber das Seltsamste, warf Gail ein, war doch, wie friedlich das Gespräch danach weiterging:

»Ihr wollt Tennisstunde bei Mark nachher? Oder lieber heim, dass eure Mutter euch Religion gibt?«

»Stunde, bitte, Papa«, sagt einer von den Jungen.

»Dann kein Rumschreien mehr, sonst gibt's heut Abend kein Kobefleisch. Ihr wollt Kobefleisch heute Abend?«

»Klar, Papa.«

»Du, Viktor?«

»Klar, Papa.«

»Wenn ihr klatschen wollt, klatscht dem Professor hier, nicht eurem dämlichen alten Vater. Kommt her.«

Und jeder der beiden wird von ihm ungestüm ans Herz gedrückt, bevor das Match ohne weiteren Zwischenfall seinem unausweichlichen Ende zugeht.

* * *

Dima begrüßt seine Niederlage mit einem Überschwang, der schon fast peinlich ist. Er verliert nicht nur großmütig, sondern mit Tränen der Bewunderung und der Dankbarkeit. Erst muss er Perry für die dreifache russische Umarmung an seine breite Brust ziehen – eine *hürnene* Brust, schwört Perry. Die Tränen strömen ihm derweil über die Wangen und von da Perrys Hals hinab.

»Sie sind echter Engländer, Fairplay und alles, hören Sie, Professor? Sie sind gottverdammter englischer Gentleman wie in Büchern. Ich lieb Sie, hören Sie? Gail, Sie auch.« Bei Gail fällt die Umarmung noch einmal andächtiger aus – und vorsichtiger, wofür sie dankbar ist. »Sie haben Auge auf diesen Blödmann, hören Sie? Tennis kann er null, aber ich sag Ihnen, er ist ein gottverdammter Gentleman. Er ist Professor für *Fairplay*, hören Sie?« – eine Formel, die er wiederholt, als hätte er sie erfunden.

Worauf er sich mit Schwung wegdreht und barsch in ein Handy raunzt, das der milchgesichtige Leibwächter ihm hinhält.

* * *

Die Zuschauer ziehen langsam ab. Die kleinen Mädchen wollen von Gail gedrückt werden. Gail lässt sich nicht lange bitten. Einer von Dimas Söhnen näselt ein sehr amerikanisches »*Cool game, man*«, als er auf dem Weg zu seiner Stunde an Perry vorbeistiefelt, seine Backe noch rot von der Ohrfeige. Die schöne Natascha reiht sich in die Prozession ein, ihr dickes Buch in der Hand. Ihr Daumen klemmt an der Stelle, wo man sie aus ihrer Lektüre gerissen hat. Die Nachhut bildet Tamara an Dimas Arm, ihr Bischofskreuz glitzernd im Schein der gestiegenen Sonne. Jetzt, nach dem Match, ist Dimas Humpeln ausgeprägter. Er geht hintübergelehnt, das Kinn vorgeschoben, die Schultern trutzig gereckt vor dem Feind. Die Leibwächter eskortieren die Gruppe den gewundenen Treppenpfad hinunter. Drei Minivans mit getönten Scheiben warten hinter dem Hotel, um sie heimzubringen. Mark der Pro geht als Letzter.

»Klasse Match, Sir!« – er klopft Perry auf die Schulter. »Exzellente Court-Performance. Nur eine *Spur* holprig bei der Rückhand, wenn ich mir die Bemerkung erlauben darf. Vielleicht sollten wir daran noch ein bisschen feilen?«

Seite an Seite beobachten Gail und Perry schweigend, wie der Konvoi die zerfurchte Uferstraße entlangrumpelt und zwischen den Mahagonibäumen verschwindet, die das Haus mit dem Namen Three Chimneys vor zudringlichen Blicken abschirmen.

* * *

Luke schaut von seinen Notizen auf. Wie auf ein Stichwort hebt auch Yvonne den Kopf. Beide lächeln. Gail versucht Lukes Blick auszuweichen, aber Luke sieht ihr mitten ins Gesicht, sie hat keine Chance.

»Also, Gail«, sagt er zackig. »Jetzt wieder zu Ihnen, wenn's recht ist. Mark war eine Nervensäge. Trotzdem scheint er informationstechnisch ja eine Goldgrube gewesen zu sein. Was konnten Sie von ihm denn noch über Familie Dima erfahren?« – seine zarten Hände machen eine ruckende Bewegung, als wollte er sein Pferd antreiben.

Gail späht zu Perry hinüber, wozu, weiß sie selbst nicht recht. Perry erwidert den Blick nicht.

»Er war einfach dermaßen *schleimig*«, beschwert sie sich, indem sie ihren Unmut über Luke auf Mark abwälzt, und rümpft die Nase zum Zeichen, dass der üble Nachgeschmack noch anhält.

* * *

Mark saß noch kaum neben ihr auf der Bank, begann Gail, da schwadronierte er auch schon los. Was für ein hochwichtiger Millionär sein russischer Freund Dima doch sei. Und dass Three Chimneys nur einer seiner vielen Landsitze sei. Auf Madeira habe er auch einen, und noch einen in Sotschi am Schwarzen Meer.

»Plus ein Haus in der Nähe von Bern«, fuhr sie fort, »wo sich seine Geschäftszentrale befindet. Aber er ist ständig auf Achse. Einen Teil des Jahres verbringt er in Paris, einen Teil in Rom, einen Teil in Moskau. Sagt Mark« – sie sah zu, wie Yvonne sich wieder etwas notierte. »Aber zu Hause sind sie in der Schweiz, jedenfalls die Kinder, und zur Schule gehen sie in so einer Art Millionärsinternat in den Bergen. Er spricht von *der Firma*; Mark nimmt an, dass sie ihm gehört. Es gibt eine Firma mit Sitz in Zypern. Und Banken. Gleich mehrere sogar. Die sind der ganz große Renner. Deswegen ist er ja auch hier auf der Insel. In Antigua gibt es derzeit vier russische Banken, nach Marks Zählung, außerdem noch eine ukrainische. Sie bestehen aus nichts außer Messingschildern in Einkaufspassagen und einem Telefon auf dem Schreibtisch von irgendeinem Anwalt. Eins von diesen Messingschildern ist Dima. Den Kaufpreis für Three Chimneys hat er übrigens in bar hingelegt. Wobei er das Geld nicht in Koffern anschleppte, sondern bezeichnenderweise in Waschkörben, die ihm das Hotel geliehen hat, behauptet Mark. Und zwar Zwanzigdollarscheine, keine Fünfziger. Fünfziger sind zu heiß. Der Preis war für das Haus, eine stillgelegte Zuckermühle und die Halbinsel, auf der sie stehen.«

»Hat Mark einen Betrag genannt?« – Luke jetzt wieder.

»Sechs Millionen US-Dollar. Und das Tennis war auch nicht zum reinen Vergnügen. Oder jedenfalls anfangs nicht«, berichtete sie weiter, selbst ganz überrascht, wie viel von dem Monolog des grässlichen Mark sie behalten hatte. »Tennis gilt in Russland als *das* große Statussymbol. Wenn ein Russe Ihnen erzählt, dass er Tennis spielt, heißt das in anderen Worten, er ist ein Krösus. Dank Marks begnadetem Unterricht kam Dima nach Moskau zurück und gewann ein Turnier, und allen blieb der Mund offen stehen. Aber das darf Mark keinem verraten, weil Dima sich damit brüstet, es ganz allein geschafft zu haben. Nur bei mir hatte Mark das Gefühl, eine Ausnahme machen zu können, weil er mir so rückhaltlos vertraut. Und wenn ich mal Lust hätte, bei ihm im Laden vorbeizuschauen, dann gäbe es da ein kuschliges kleines Zimmer im Obergeschoss, in dem wir unsere Unterhaltung fortsetzen könnten.«

Luke und Yvonne reagierten mit mitfühlendem Lächeln. Perry verzog keine Miene.

»Und Tamara?«, fragte Luke.

»Die unkomische Heilige, nannte er sie. Verrückt wie ein Hutmacher, nach dem, was die Inselbewohner sagen. Schwimmt nicht, geht nicht runter zum Strand, spielt nicht Tennis, spricht nicht mit ihren eigenen Kindern, es sei denn über Gott, behandelt Natascha wie Luft, und die einzige Einheimische, mit der sie ein Wort wechselt, ist Elspeth, Ambrose' Frau. Ambrose kümmert sich um die Hotelgäste. Elspeth arbeitet in einem Reisebüro, aber für die Dimas lässt sie alles stehen und liegen und hilft aus. Angeblich hatte sich eins von den Dienstmädchen vor einer Weile für einen Tanzabend irgendein Schmuckstück von Tamara ausgeborgt. Tamara hat sie erwischt, bevor sie es zurücklegen konnte, und sie so fest in die Hand gebissen, dass sie mit zwölf Stichen genäht werden musste. Mark meinte, er an ihrer Stelle hätte sich auch gleich gegen Tollwut impfen lassen.«

»Dann erzählen Sie uns jetzt ein bisschen von den kleinen Mädchen, die sich zu Ihnen gesetzt haben, wenn Sie so nett wären, Gail«, schlug Luke vor.

* * *

Yvonne spielte die leitende Staatsanwältin, Luke gab ihren Adlatus, und Gail im Zeugenstand versuchte, nicht aus der Haut zu fahren – eine Sünde, für die sie ihren eigenen Zeugen für gewöhnlich die Exkommunikation androhte.

»Saßen die Mädchen denn schon oben, Gail, oder kamen sie die Treppe hochgehüpft, sobald sie die hübsche Dame so ganz allein dort sitzen sahen?«, wollte Yvonne wissen und legte sich den Bleistift an den Mund, während sie ihre Aufzeichnungen studierte.

»Sie kamen die Treppe hoch und haben sich links und rechts neben mich gesetzt. Und sie sind nicht hochge*hüpft*, sie sind hochge*gangen*.«

»Lächelnd? Kichernd? Übermütig?«

»Kein Lächeln, gar nichts. Nicht mal ansatzweise.«

»Und waren die Mädchen Ihrer Meinung nach von der Dame, die auf sie aufpasste, zu Ihnen hochgeschickt worden?«

»Sie kamen rein aus eigenem Antrieb. Meiner Meinung nach.«

»Sind Sie sich da sicher?« Je hartnäckiger sie nachfragte, desto mehr hörte man ihr die Schottin an.

»Ich hatte ja alles im Blickfeld. Mark hatte eine plumpe Anspielung zu viel gemacht, und ich war in die oberste

Reihe hochgestampft, um so weit von ihm wegzugelangen wie nur möglich. Da oben saß niemand außer mir.«

»Und wo saßen unsere Mädelchen zu diesem Zeitpunkt? Direkt unter Ihnen? Seitlich von Ihnen? Wo genau?«

Gail atmete tief durch, um ihre Ungeduld zu bezähmen, dann sagte sie bedächtig:

»*Unsere Mädelchen* saßen in der zweiten Reihe neben Elspeth. Die Größere drehte sich um und sah zu mir hoch, dann sagte sie etwas zu Elspeth. Und nein, ich konnte nicht hören, was sie sagte. Elspeth wandte den Kopf, sah zu mir her und nickte. Die beiden Mädchen berieten miteinander, worauf sie aufstanden und die Stufen heraufkamen. *Langsam*. Gemessen.«

»Machen Sie sie nicht bockig«, warnte Perry.

* * *

Die Zeugin versucht auszuweichen. So klingt es zumindest für Gails Anwaltsohr, und für Yvonnes Ohr zweifellos auch. Ja, die Mädchen kamen zu ihr herauf, sagt sie. Die Größere machte einen Knicks, den sie eigentlich nur in der Ballettschule gelernt haben konnte, und fragte tiefernst auf Englisch, mit nur ganz schwachem ausländischem Akzent: *Can we sit with you, please, Miss?* Also lachte Gail und sagte: *You can indeed, Miss,* und die beiden nahmen sie in die Mitte, immer noch ohne ein Lächeln.

»Ich habe die Große nach ihrem Namen gefragt. Flüsternd, weil alle so still waren. Sie sagte: ›Katja‹, und ich fragte: ›Und wie heißt deine Schwester?‹, und sie sagte: ›Irina.‹ Und Irina drehte sich um und starrte mich an, als ob ich … ja, als ob ich ihr zu nahe getreten wäre – ich konnte nicht begreifen, wo die Feindseligkeit herkam. Ich sagte: ›Sind euer Papa und eure Mama auch hier?‹ Zu ihnen beiden. Katja schüttelte heftig den Kopf. Irina reagierte gar nicht. Eine Zeitlang saßen wir stumm da. Eine lange

Zeit, für Kinder. Und ich dachte: Vielleicht hat man ihnen eingetrichtert, dass man beim Tennis nicht sprechen darf. Oder sie dürfen nicht mit Fremden reden. Oder vielleicht können sie nicht mehr Englisch, oder sie sind autistisch oder sonst wie behindert.«

Sie hält inne, hofft auf eine Ermutigung oder eine Frage, aber über den Tisch schauen sie nur zwei Augenpaare erwartungsvoll an, und Perry neben ihr hat den Hinterkopf an die Ziegelwand gelehnt, deren Geruch ihr die Trinkgewohnheiten ihres verstorbenen Vaters zurückbringt. Innerlich schnauft sie ein letztes Mal tief durch und wagt dann den Sprung:

»Das Spiel war kurz unterbrochen. Also versuchte ich es noch einmal: Wo geht ihr in die Schule, Katja? Katja schüttelt den Kopf, Irina schüttelt den Kopf. Keine Schule? Oder nur im Moment nicht? Nur im Moment nicht, wie es scheint. Bis jetzt sind sie auf die englische Internationale Schule in Rom gegangen, aber auf die gehen sie nicht mehr. Keine Begründung, wobei ich auch nach keiner gefragt habe. Ich wollte nicht aufdringlich sein, aber ich hatte ein ungutes Gefühl, das ich nicht näher benennen konnte. Dann wohnt ihr also in Rom? Nein, jetzt nicht mehr. Wieder Katja. Und in Rom habt ihr so gut Englisch gelernt? Ja. In der Internationalen Schule konnten sie zwischen Italienisch und Englisch wählen. Englisch war besser. Ich zeige auf Dimas Söhne. Sind das eure Brüder? Wieder Kopfschütteln. Vettern? Ja, so eine Art. Nur so eine Art? Ja. Gehen sie auch auf die Internationale Schule? Ja, aber in der Schweiz, nicht in Rom. Und das schöne Mädchen, das nur Augen für ihr Buch hat, sage ich, ist das eure Kusine? Antwort von Katja, ihr abgerungen wie ein Geständnis: Natascha ist ihre Kusine, aber auch nur so eine Art. Und immer noch von keiner der beiden ein Lächeln. Aber Katja streichelt meinen seidenen Überwurf. Als hätte sie noch nie Seide angefasst.«

Gail holt Atem. Das ist noch gar nichts, sagt sie bei sich. Das ist nur der Appetithappen. Wartet bis zum nächsten Tag für die Fünf-Gänge-Horrorgeschichte. Wartet, bis die späteren Erkenntnisse ins Spiel kommen.

»Und als sie die Seide lange genug gestreichelt hat, lehnt sie den Kopf an meinen Arm und lässt ihn da liegen und macht die Augen zu. Und das war's mit unserer Kommunikation für die nächsten fünf Minuten, außer dass Irina auf der anderen Seite Katjas Beispiel gefolgt ist und jetzt meine Hand hält. Sie hat richtige kleine Klauen, wie eine Krabbe, und sie krallt sich regelrecht ein. Dann drückt sie meine Hand gegen ihre Stirn und dreht ihr Gesicht hinein, als sollte ich merken, dass sie Fieber hat, nur dass ihre Backen nass sind, und mir wird klar, dass sie weint. Dann gibt sie mir meine Hand zurück, und Katja sagt: ›Sie weint manchmal. Das ist normal.‹ Und damit endet das Match, und Elspeth eilt schon die Stufen herauf, um sie zu holen, und ich bin inzwischen so weit, dass ich Irina am liebsten in meinen Sarong wickeln und sie mit nach Hause nehmen würde und ihre Schwester gleich dazu, aber da das ja nicht geht und ich keine Ahnung habe, was mit ihr ist und wer die beiden überhaupt sind – Vorhang.«

* * *

Nur dass der Vorhang natürlich nicht wirklich fällt. Nicht auf Antigua. Das Stück geht munter weiter. Perry Makepiece und Gail Perkins genießen nach wie vor den glücklichsten Urlaub ihres Lebens, genau wie sie es sich damals im November vorgenommen haben. Um sich ihr Glück ins Gedächtnis zu rufen, spult Gail sich im Stillen die unzensierte Version ab:

Ca. zehn Uhr früh, Tennis vorbei, kommen zurück in unser Häuschen, damit Perry duschen kann.

Sex, wunderbar wie nur je, das haben wir noch nicht

verlernt. Perry kann nichts halbherzig machen. Seine Konzentration gilt immer nur einer Sache auf einmal.

Mittag oder später. Verpassen Frühstücksbüfett aus obigen Gründen, schwimmen im Meer, lunchen am Pool, dann wieder zum Strand, weil Perry mich dringend im Boccia schlagen muss.

Ca. sechzehn Uhr. Kommen zurück, Perry als Sieger (warum kann er ein Mädel nicht *einmal* gewinnen lassen?), dösen, lesen, wieder Sex, dösen noch mehr, verlieren jedes Zeitgefühl. Sitzen im Bademantel auf dem Balkon und machen dem Chardonnay aus der Minibar den Garaus.

Ca. zwanzig Uhr. Fühlen uns zu faul, um uns anzuziehen, bestellen Abendessen aufs Zimmer.

Immer noch der Urlaub unseres Lebens. Immer noch in Eden, die Backen voll mit dem verdammten Apfel.

Ca. einundzwanzig Uhr. Das Abendessen kommt, hereingerollt nicht von einem schnöden Zimmerkellner, sondern von dem ehrwürdigen Ambrose höchstselbst, der uns zusätzlich zu dem kalifornischen Fusel, den wir bestellt haben, eine frostbeschlagene Flasche edelsten Krug-Champagners in einem silbernen Eiskübel bringt, laut Weinkarte 380 Dollar plus Steuern, die er uns feierlich auftischt, zusammen mit zwei frostbeschlagenen Gläsern, einer Platte mit extrem lecker aussehenden Canapés, zwei Damastservietten und einer vorbereiteten Rede, die er mit schallender Stimme vorträgt, den Brustkorb vorgewölbt und die Hände an die Seiten gedrückt wie ein Wachtmeister, der vor Gericht aussagen muss.

»Diese sehr hervorragende Flasche Champagner schickt Ihnen beiden mit seinen besten Empfehlungen der unvergleichliche Mr Dima persönlich. Mr Dima, er möchte Ihnen danken für« – aus seiner Hemdtasche bringt er einen Zettel und eine Lesebrille zum Vorschein –, »er sagt, ich zitiere: ›Professor, ich danke Ihnen aus meinem Herzen für eine sehr ausgezeichnete Stunde in der großen Kunst, Fairplay-Tennis zu spielen und ein englischer Gentleman zu sein. Ich danke Ihnen auch, dass Sie mir fünftausend Dollar Wette gespart haben.‹ Und seine Grüße an die wunderbar schöne Miss Gail, und das ist seine Nachricht.«

Wir trinken ein paar Gläser Champagner und beschließen, dass der Rest mit zu uns ins Bett darf.

* * *

»Was ist eigentlich Kobefleisch?«, fragt mich Perry irgendwann im Lauf einer ereignisreichen Nacht.

»Hast du schon mal einem Mädchen den Bauch massiert?«, frage ich zurück.

»Würde mir nicht im Traum einfallen«, sagt Perry, die Hand auf meinem Bauch.

»Jungfräuliche Kühe«, erkläre ich ihm. »Gemästet mit Sake und feinstem Bier. Koberinder bekommen jeden Abend den Bauch massiert, bis sie reif fürs Schlachthaus sind. Außerdem sind sie geistiges Eigentum erster Güte«, füge ich hinzu, was völlig korrekt ist, aber ich bin mir nicht sicher, ob er noch zuhört. »Unsere Kanzlei hat sie in einem Prozess vertreten und mit fliegenden Hufen gewonnen.«

Als ich einschlafe, habe ich einen prophetischen Traum, in dem ich in Russland bin und kleine Kinder schlimme Dinge erleiden, Schwarzweißbilder wie aus dem Krieg.

3

So wie sich Gails Himmel verdüstert, verdüstert sich auch das Souterrain. Mit dem schwindenden Tageslicht scheint die matte Deckenlampe über dem Tisch noch trüber zu brennen, und die Ziegelwände wirken schwarz. Oben auf der Straße wummern die Fahrzeuge in größeren Abständen vorbei. Und auch die schattenhaften Füße, die an den Milchglasfenstern entlangstapfen, sind merklich weniger geworden. Der massige Ollie, mützenlos jetzt, hat geschäftig vier Tassen Tee und einen Teller Kekse hereingebracht und ist wieder verschwunden.

Obwohl es derselbe Ollie ist, der sie am frühen Abend mit einem schwarzen Taxi in Gails Wohnung abgeholt hat, steht jetzt doch fest: Er ist kein echter Taxifahrer, trotz der Plakette mit der Lizenznummer, die er auf der breiten Brust zur Schau trägt. Ollie »sorgt dafür, dass wir nicht vom rechten Weg abkommen«, so Luke, aber das nimmt Gail ihm nicht ab. Ein schottisch-calvinistischer Blaustrumpf bedarf keiner moralischen Anleitung, und für einen schnieken Jockey mit begehrlichen Augen und dem diskreten Charme der Oberschicht kommt jede Hilfe zu spät.

Außerdem hat Ollie für ihr Gefühl zu viel Grips für seine dienende Rolle. Auch der Ohrring verwirrt sie – trägt er ihn als Erkennungszeichen oder einfach so? Und dann die Stimme: Durch die Gegensprechanlage in Primrose

Hill klang sie für Gail nach waschechtem Cockney. Aber als er dann durch die Trennscheibe mit ihnen über den grausigen Mai plauderte, den sie derzeit haben – nach diesem traumhaften April, und mein Gott aber auch, wie sollen sich die Blüten je von der Sintflut gestern Nacht erholen? –, machte sie fremdländische Einschläge aus, und sein Satzbau lief leicht aus dem Ruder. Was ist seine Muttersprache? Griechisch? Türkisch? Hebräisch? Oder ist die Stimme genau wie der eine Ohrring nur eine falsche Fährte, die er legt, um uns Spießer zu verunsichern?

Wenn sie bloß nie diese verdammte Erklärung unterschrieben hätte. Und Perry auch nicht. Wobei es kein *Unterschreiben* war, als er den Namen unter dieses Formular gesetzt hat, es war ein *Sich-Verschreiben*.

* * *

Am Freitag hatten die Flitterwöchner ihren letzten Urlaubstag, sagt Perry. Deshalb spielten sie statt der üblichen drei Sätze fünf und verpassten als Folge auch diesmal wieder das Frühstück.

»Also dachten wir, schwimmen wir erst mal und schauen dann, wann wir Hunger kriegen. Wir blieben gleich an unserem Ende des Strands. Normalerweise war es uns dort zu voll, aber es zog uns zur Shipwreck Bar.«

Sein effizienter Ton, erkennt Gail. Perry der Pauker. Tatsachen und kurze Sätze. Keine abstrakten Begriffe. Lassen wir die Geschichte für sich sprechen. Sie suchten sich einen Sonnenschirm, sagt er. Sie breiteten ihre Sachen aus. Sie wollten gerade ins Wasser gehen, als ein Minivan mit getönten Scheiben in der Parkverbotszone hielt, dem als Erstes der milchgesichtige Leibwächter entstieg, dann der Schottenmützenträger vom Mittwoch, der zu seiner Mütze diesmal Shorts und eine gelbe Buckskin-Weste trug. Als Nächstes kam Elspeth, Ambrose' Frau, hinter Elspeth ein aufgeblasenes Gummikrokodil mit offenem Rachen, und hinter dem Krokodil Katja (Perry, der Gedächtniskünstler, zeigt, was er kann). Und hinter Katja ein gigantischer roter Hüpfball mit Grinsegesicht und zwei Ohren zum Festhalten, zu dem Irina gehörte, schon im Badeanzug.

Und als Letzte stieg Natascha aus, sagt er – Zeit für Gail, sich einzuschalten. *Natascha ist meine Angelegenheit, nicht deine.*

»Aber erst nach einer Art Kunstpause, als wir schon dachten, es wäre niemand mehr im Wagen«, sagt sie. »Todschick angezogen, mit einem Chinesenhut so groß wie ein Wagenrad und einem Cheongsam mit Knebelknöpfen und über Kreuz geschnürten griechischen Sandalen, und ihren Lederwälzer hat sie natürlich auch dabei. Sie stakst mit zierlichen Schritten über den Sand, so dass jeder hinschauen muss, und dann lässt sie sich ermattet unter den hintersten Sonnenschirm in der Reihe sinken und beginnt ihre *hochkonzentrierte* Lektüre. Korrekt, Perry?«

»Wenn du es sagst«, antwortet Perry unbeholfen und rückt mit seinem Stuhl ein Stückchen nach hinten, wie um sich von ihr zu distanzieren.

»Allerdings sage ich das. Aber das wirklich Unheimliche an der Szene, das geradezu Gespenstische daran«, erzählt sie forsch weiter, nun da die Klippe Natascha fürs Erste umschifft ist, »war, dass sie alle, Große wie Kleine, kaum dass sie am Stand angekommen waren, haargenau zu wissen schienen, wohin und was tun.«

Der milchgesichtige Leibwächter steuerte schnurstracks die Shipwreck Bar an und bestellte eine Dose Ginger-Ale, an der er sich die folgenden zwei Stunden festhielt, fuhr sie fort, um das Heft nicht aus der Hand zu geben. Der Mann mit der Schottenmütze – ein *Vetter* laut Mark, einer der zahlreichen Vettern aus Perm, der Stadt des Permafrosts – kletterte trotz seiner Leibesfülle die wackligen Stufen des Bademeisterturms hinauf, zog aus seiner Buckskin-Weste einen Gummiring hervor, blies ihn auf und schob ihn sich unters Gesäß, Hämorrhoiden vermutlich. Die beiden kleinen Mädchen, in gebührendem Abstand gefolgt von der üppigen Elspeth mit ihrem prallvollen Korb, gingen die sandige Böschung hinunter zu der Stelle, wo Perry und Gail ihr Lager aufgeschlagen hatten, mitsamt Hüpfball und Krokodil.

»Sie *gingen*«, wiederholt Gail, eigens für Yvonne. »Kein Hüpfen, kein Hopsen, kein Juchzen. Sie *gingen*, und zwar genauso glupschäugig und leichenbittermäßig wie schon auf dem Tennisplatz. Irina mit Daumen im Mund und einem Riesenflunsch im Gesicht, Katja mit einer Stimme, die ungefähr so freundlich klang wie die Zeitansage im Telefon: ›Wollen Sie mit uns schwimmen, bitte, Miss Gail?‹ Worauf ich sagte – um die Stimmung ein bisschen aufzulockern, nehme ich an –: ›Miss Katja, es ist Mr Perry und mir eine Ehre, mit euch schwimmen zu gehen.‹ Also sind wir geschwommen. Nicht wahr?« – dies zu Perry, der zustimmend nickte und schon wieder die Hand auf ihre legte, entweder zum Zeichen der Unterstützung oder um sie zu bremsen, ganz konnte sie es nicht deuten, aber hinaus lief es auf das Gleiche: Sie musste die Augen schließen und ein paar Sekunden verstreichen lassen, ehe sie weiterreden konnte, in einem neuerlichen Wortschwall:

»Es war eine einzige Inszenierung. Wir wussten, dass es eine war. Die Kinder wussten, dass es eine war. Aber wenn je zwei Mädchen eine Runde Plantschen mit Krokodil und Hüpfball nötig hatten, dann diese zwei, oder, Perry?«

»Unbedingt«, bestätigt Perry mit Nachdruck.

»Jedenfalls packte Irina meine Hand und führte mich quasi ab in die Wellen. Katja und Perry kamen mit dem Krokodil hinterher. Und die ganze Zeit über dachte ich: Wo um Himmels willen sind ihre Eltern, und warum machen *wir* das alles und nicht sie? Ich wollte Katja nicht direkt danach fragen. Ich hatte wohl schon so eine Ahnung, dass es die falsche Frage sein könnte. Scheidung, irgendwas in der Art. Also fragte ich sie, wer denn der nette Herr mit der Mütze sei, der auf der Leiter. Onkel Wanja, sagt Katja. Ah, sage ich, und wer ist Onkel Wanja? Antwort: Ach, ein Onkel. Aus Perm? Ja, aus Perm. Keinerlei weitere Erklärung. So wie: Wir gehen nicht mehr in Rom zur Schule. Irgendein Fußfehler bis hierher, Perry?«

»Alles bestens.«

»Dann mach ich weiter.«

* * *

Eine Zeitlang tun Sonne und Meer das ihre, fährt sie fort: »Die Mädchen plantschen und spritzen herum, und Perry ist ein Bild für die Götter als der mächtige Poseidon, der aus den Fluten auftaucht und seine Seeungeheuer-Grunzer ausstößt – nein, ganz ehrlich, Perry, du warst großartig, gib's zu.«

Dann taumeln sie erschöpft ans Ufer, wo schon Elspeth wartet, um die Mädchen abzutrocknen, anzuziehen, einzucremen.

»Aber buchstäblich in Sekunden sind sie wieder da und hocken am Rand meines Handtuchs. Und ein einziger Blick auf ihre Gesichter zeigt mir, dass die düsteren Schatten nicht weg sind, sie hatten sich nur versteckt. Also gut, denke ich: Brause und ein Eis. Perry, so was ist Männersache, sage ich zu ihm, walte deines Amtes. Stimmt's, Perry?«

Brause?, wiederholt sie für sich. Warum klinge ich schon wieder wie meine bescheuerte Mutter? Wahrscheinlich weil ich selber eine gescheiterte Schauspielerin mit einer Gießkannenstimme bin, die immer durchdringender wird, je länger ich spreche.

»Stimmt«, bekräftigt Perry verspätet.

»Also zieht er los, um sie zu besorgen. Walnuss-Karamell-Waffeln für alle, Ananassaft für die Mädchen. Aber als Perry es auf seine Rechnung setzen lassen will, sagt ihm der Barmann, dass alles bereits bezahlt ist. Und von wem?«, quasselt sie mit der gleichen falschen Fröhlichkeit weiter, »von Wanja! Von dem ach-so-gütigen fetten Onkel mit der Schottenmütze oben in seinem Ausguck! Aber was Perry ist, dem kommt so was nicht in die Tüte, hab ich recht?«

Abwehrendes Schütteln des schmalen Kopfes, zum Zeichen, dass er beide Hände fürs Seil braucht, aber die Botschaft vernommen hat.

»Er hat eine *krankhafte* Abneigung dagegen, sich freihalten zu lassen, nicht wahr, Perry? Und noch dazu von jemandem, den du nicht mal kennst. Also klettert Perry die Leiter hinauf, um Onkel Wanja zu erklären, dass das wirklich ganz reizend von ihm ist, aber er bezahlt seine Rechnungen lieber selbst.«

Der Redeschwall versiegt. Perry übernimmt für sie, ohne diese verzweifelte Munterkeit:

»Ich bin die Leiter hochgestiegen, wo Onkel Wanja auf seinem Gummiring saß. Ich beugte mich unter das Sonnendach, um mein Sprüchlein aufzusagen, und fand mich Auge in Auge mit einer sehr großen schwarzen Pistole, die unter seiner Wampe hervorstand. Er hatte in der Hitze seine Buckskin-Weste aufgeknöpft, und da war sie, dick und fett. Ich kenn mich mit Waffen nicht aus, Gott sei Dank. Habe auch keinerlei Verlangen danach. Bei Ihnen ist das ja sicher anders. Diese war jedenfalls XXL«, sagt er kummervoll, und ein vielsagendes Schweigen tritt ein, in dem er einen wehleidigen Blick zu Gail hinüberschießt, der von ihr nicht erwidert wird.

* * *

»Und Sie hatten nicht das Bedürfnis, einen Kommentar abzugeben, Perry?«, fragt der flinke kleine Luke, stets zur Stelle, wenn es einen Riss zu übertünchen gilt.

»Nein, hatte ich nicht. Ihm schien gar nicht bewusst zu sein, dass ich es gesehen hatte, also hielt ich es für taktisch klüger, nichts bemerkt zu haben. Ich bedankte mich für das Eis, stieg die Leiter wieder hinunter und ging zurück zu unserem Platz, wo Gail sich mit den Mädchen unterhielt.«

Irgendetwas daran gibt Luke anscheinend zu denken. Was setzt ihm so zu? Vielleicht ja die Vertracktheiten der Spionage-Etikette, überlegt Gail spaßhaft. Was mache ich, wenn jemandem, den ich nicht besonders gut kenne, die Knarre aus der Weste hängt? Ihn darauf ansprechen oder darüber hinweggehen? So wie bei einem Fremden, dem der Hosenstall offen steht.

Miss Blaustrumpf beschließt, Luke aus der Patsche zu helfen.

»Auf *Englisch*, Perry?«, fragt sie streng. »Sie haben ihm auf *Englisch* gedankt, nehme ich an. Hat er auch auf Englisch geantwortet?«

»Er hat in gar keiner Sprache geantwortet. Aber mir fiel auf, dass er an seiner Weste einen schwarzen Trauer-Anstecker trug, etwas, was ich seit ewigen Zeiten nicht mehr gesehen hatte. Und *du* wusstest ja nicht mal, dass es so etwas gibt«, fährt er in aggressivem Ton fort.

Verblüfft über seine Vehemenz, schüttelt Gail den Kopf. Richtig, Perry. Schuldig im Sinne der Anklage. Ich wusste nicht, dass es Trauer-Anstecker gibt, und jetzt weiß ich es, also könnten wir doch eigentlich weitermachen im Text.

»Und Ihnen ist nicht in den Sinn gekommen, beispielsweise die Hotelleitung zu verständigen?«, beharrt Luke stur. »›Da auf dem Bademeisterturm sitzt ein Russe mit einer fetten Knarre‹?«

»Mir sind viele Möglichkeiten in den Sinn gekommen, Luke, und das war zweifellos eine davon«, entgegnet Perry, dessen Angriffslust noch keineswegs abgeflaut ist. »Aber was hätte das Hotel denn Ihrer Meinung nach unternehmen sollen? Wo doch alles dafür sprach, dass Dima den Laden, wenn er ihm schon nicht gehörte, praktisch in der Tasche hatte? Außerdem mussten wir an die Kinder denken. Uns fragen, ob es richtig von uns wäre, in aller Öffentlichkeit Alarm zu schlagen. Wir sind zu dem Schluss gekommen, dass es das nicht war.«

»Und sich an die Polizei zu wenden? Das erschien Ihnen keine Möglichkeit?« – Luke wieder.

»Uns blieben noch vier Tage. Die wollten wir uns nicht unbedingt mit irgendwelchen dramatischen Aussagen über Machenschaften verderben, in die die Polizei im Zweifelsfall sowieso bis über beide Ohren verstrickt war.«

»Und war das eine *gemeinsame* Entscheidung?«

»Es war eine Exekutiventscheidung. Meine. Schließlich konnte ich mich schlecht vor Gail hinstellen und zu ihr sagen: ›Wanja hat eine Pistole im Gürtel stecken, meinst du, wir sollen die Polizei holen?‹ – schon gar nicht vor den Mädchen. Als wir dann allein waren und ich Zeit zum Überlegen gehabt hatte, erzählte ich ihr, was ich gesehen hatte. Wir sprachen alles rational durch, und das war der Entschluss, zu dem wir gelangt sind: nichts unternehmen.«

In einem ungeplanten Aufwallen liebender Solidarität springt Gail ihm mit ihrer Juristensicht bei: »Wanja hätte ja eine einwandfreie lokale Genehmigung zum Führen von Waffen haben können, woher sollte Perry das wissen? Oder er brauchte gar keine Genehmigung. Oder die Polizei hatte ihm die Pistole sogar selbst gegeben. Wir waren nicht unbedingt sattelfest im antiguanischen Waffenrecht, stimmt's, Perry, weder du noch ich.«

Halb macht sie sich darauf gefasst, dass Yvonne ein rechtliches Gegenargument ins Feld führt, aber die ist zu beschäftigt damit, ihr Exemplar des anstößigen Dokuments in seinem braunen Aktenordner zu konsultieren.

»Dürfte ich Sie wohl beide bitten, uns diesen Onkel Wanja zu beschreiben?«, fragt sie mit aggressionsfreier Stimme.

»Pockennarbig«, antwortet Gail prompt, auch jetzt wieder ganz verblüfft darüber, wie klar ihr alles vor Augen steht. Fünfzig aufwärts. Die Backen durchlöchert wie Bimsstein. Säuferwanst. Sie meint sich zu erinnern, dass er während des Matches verstohlen aus einem Flachmann getrunken hat, aber beschwören kann sie es nicht.

»Die rechte Hand voller Ringe, an jedem Finger ein paar«, sagt Perry, als die Reihe an ihm ist. »Ergab einen regelrechten Schlagring. Schwarze Haarfransen hinten, wie bei einer Vogelscheuche, aber ich schätze mal, dass er oben am Kopf kahl war und deshalb die Schottenmütze trug. Ziemliche Speckschwarten überall.«

Und: Ja, Yvonne, das ist er, sind sie sich murmelnd einig, als sie Schläfe an Schläfe auf das großformatige Photo hinabschauen, das sie ihnen hingeschoben hat, und die Spannung spüren, die zwischen ihnen zu knistern beginnt. Ja, das ist Wanja aus Perm, als Zweiter von links sitzt er mit drei anderen fidelen, übergewichtigen Männern in einem Nachtclub, umgeben von Nutten und Luftschlangen und Champagnerflaschen, Silvester 2008 in Gottweißwo.

* * *

Gail muss auf die Toilette. Yvonne führt sie die schmale Kellertreppe hinauf in das rätselhaft plüschige Erdgeschoss. Der freundliche Ollie lümmelt, nach wie vor barhäuptig, in einem Ohrensessel, tief versunken in seine Zeitung. Nicht irgendeine Zeitung, denn die Schrift ist kyrillisch. Gail glaubt, *Nowaja Gaseta* entziffern zu können, aber sie ist sich nicht sicher und hat keine Lust, ihm den Gefallen zu tun und zu fragen. Yvonne wartet draußen, bis Gail fertig ist. Die Toilette ist edel: hübsche kleine Handtücher, duftende Seife und an der teuren Tapete Drucke mit Jorrocks-Jagdszenen. Sie kehren ins Souterrain zurück. Perry sitzt noch immer über seine Hände gebeugt, aber jetzt zeigen seine Handflächen nach oben, so dass es wirkt, als wollte er aus beiden gleichzeitig die Zukunft lesen.

»Also, Gail«, sagt der kleine Luke schneidig. »Sie haben das Wort.«

Das *Wort*, Luke? Passen Sie bloß auf, dass kein *Schrei* draus wird. Der sich schon lange in mir anstaut, wie Ihnen ja eigentlich kaum entgangen sein kann, schließlich beäugen Sie mich durchaus eingehender, als das Agenten-Handbuch für zwischengeschlechtliche Interaktion zwingend vorschreibt.

* * *

»Ich hatte einfach keine Ahnung«, beginnt sie, den Blick geradeaus gerichtet, aber mehr zu Yvonne als zu Luke. »Ich bin mit beiden Füßen ins Fettnäpfchen getreten. Ich hätte viel eher schalten müssen. Aber ich hab nicht geschaltet.«

»Du hast dir absolut nichts vorzuwerfen«, fährt Perry hitzig dazwischen. »Niemand hat dir was gesagt, niemand hat dich in irgendeiner Weise gewarnt. Wenn jemanden eine Schuld trifft, dann Dimas Haufen.«

So leicht lässt Gail sich nicht trösten. Dieser ziegelgemauerte nächtliche Weinkeller ist der Gerichtssaal, in dem sie das Beweismaterial gegen die Angeklagte zusammenstellt, und die Angeklagte ist sie selbst. Nachmittag am Strand von Antigua also: Gail Perkins liegt bäuchlings unter einem Sonnenschirm und hat ihr Bikinioberteil aufgehakt, neben ihr kauern zwei kleine Mädchen, und auf ihrer anderen Seite räkelt sich Perry mit seinen Schuljungenshorts und dem alten Kassengestell seines toten Vaters, das er zu einer Sonnenbrille in seiner eigenen Dioptrienstärke umgerüstet hat.

Die Mädchen haben ihre spendierte Eiskrem gegessen und ihren spendierten Fruchtsaft getrunken. Onkel Wanja aus Perm sitzt mit seiner dicken Wumme im Gürtel oben auf der Leiter, und *Natascha* – bei dem Namen scheut Gail jedes Mal wieder, sie muss auf ihn zuhalten und die Hürde nehmen wie beim Reitunterricht in der Schule –, Natascha also liegt in glanzvoller Isolation am anderen Ende des Strands. Elspeth derweil hat sich in sichere Entfernung zurückgezogen. Vielleicht ahnt sie, was bevorsteht. Im Licht der späteren Erkenntnisse, das sie auszublenden hat, hält Gail dies für äußerst wahrscheinlich.

Die Mienen der Mädchen haben sich wieder verdüstert, bemerkt sie. Ihre Befürchtung, die beiden könnten ein schlimmes Geheimnis mit sich herumtragen, wächst. Bei den Dingen, die sie Tag für Tag im Gerichtssaal erlebt, macht so etwas sie stutzig, facht ihre Neugierde an: Kinder, die nicht plappern und nicht toben. Die einem nicht in die Augen schauen können. Die Opfer sind, ohne es zu wissen. Kinder, die sich selbst die Schuld an dem geben, was die Erwachsenen ihnen antun.

»Fragen stellen ist mein *Beruf*«, sagt sie heftig. Sie spricht jetzt ausschließlich zu Yvonne. Luke ist nur ein verschwommener Fleck am Rande. Perry befindet sich außerhalb ihres Gesichtsfelds, von ihr bewusst dorthin abgeschoben. »Ich mache Familienrecht, ich habe Kinder als Zeugen vernommen. Was wir in unserer Arbeit tun, das tun wir auch privat. Wir können uns nicht in zwei verschiedene Menschen aufspalten. Wir bleiben immer nur wir selbst.«

In einer Bewegung, die mehr Gails Anspannung lindern soll als seine eigene, streckt Perry den Oberkörper durch und dehnt die langen Arme wie ein Schwimmer, aber Gail ist keine Entspannung anzumerken.

»Also habe ich als Erstes zu ihnen gesagt: Erzählt mir noch ein bisschen was über Onkel Wanja. Sie hatten sich so kryptisch über ihn geäußert, dass ich dachte, vielleicht ist er ein böser Onkel. ›Onkel Wanja spielt Balalaika mit uns, wir mögen ihn sehr gern, und er wird lustig, wenn er betrunken ist.‹ O-Ton Irina. Jetzt ist sie die Gesprächige und nicht ihre große Schwester. Aber ich denke bei mir: ein betrunkener Onkel, der Musik für sie spielt, was spielt der sonst noch?«

»Und das alles nach wie vor auf *Englisch*, nehme ich an«, fragt Yvonne, die es immer bis ins kleinste Detail wissen muss. Aber behutsam jetzt, von Frau zu Frau. »Nicht in rudimentärem Französisch oder so etwas?«

»Englisch war praktisch ihre erste Sprache. Internats-Amerikanisch mit einem leichten italienischen Einschlag. Meine nächste Frage war also: Ist Wanja ein echter Onkel oder bloß ein Onkel ehrenhalber. Antwort: Wanja ist der Bruder von unserer Mutter, und er war früher mit Tante Raïsa verheiratet, die in Sotschi wohnt, mit einem neuen Mann, den keiner leiden kann. Wir klappern jetzt den Stammbaum ab, was mir nur recht ist. Tamara ist Dimas Frau, und sie ist sehr streng, und sie betet ständig, weil sie so fromm ist, und es ist sehr gütig von ihr, uns aufzunehmen. Gütig? Aufnehmen? Und dann sage ich – clevere Anwältin, die ich bin, keine Holzhammerfragen, sondern die durchtriebenen, indirekten –, ist Dima lieb zu Tamara? Ist Dima lieb zu seinen Söhnen? Sprich: Ist Dima vielleicht ein bisschen zu lieb zu euch? Und Katja sagt, ja, Dima ist lieb zu Tamara, weil er ihr Mann ist und ihre Schwester tot ist, und er ist lieb zu Natascha, weil er ihr Vater ist und ihre Mutter tot ist, und zu seinen Söhnen, weil er ihr Vater ist. Was mir die Tür zu der Frage öffnet, die ich eigentlich stellen will, und ich stelle sie Katja, weil sie die Ältere ist: Und wer ist *euer* Vater, Katja? Und Katja sagt: Er ist tot. Und Irina fällt ein und sagt: Und unsere Mutter auch. Sie sind beide tot. Ich gebe so eine Art ›ach, wirklich?‹ von mir, und als sie mich nur anschauen, sage ich: Das tut mir sehr leid. Wie lange sind sie denn schon tot? Ich war mir nicht mal sicher, ob ich ihnen so ganz glaubte. Ein Teil von mir hoffte immer noch, dass es nur ein grausamer Kinderscherz war. Inzwischen hat Irina das Reden übernommen, und Katja ist diejenige, die ein bisschen neben sich zu stehen scheint. Ich auch, aber das ist unwichtig. Sie sind am *Mittwoch* gestorben, sagt Irina. Den Tag mit aller Macht betont. Als ob der Tag schuld wäre. Am Mittwoch sind sie gestorben, wann immer dieser Mittwoch war. Und ich frage – es wird immer schlimmer –, meint ihr letzten Mittwoch? Und Irina sagt, ja, Mittwoch vor einer Woche, am 29. April; ganz präzise, dass ich es auch ja richtig abspeichere. Mittwoch vor einer Woche also, und irgendetwas über einen Autounfall, und ich sitze nur da und starre sie an, und Irina nimmt meine Hand und streichelt sie, und Katja legt den Kopf in meinen Schoß, und Perry, den ich völlig vergessen hatte, schlingt die Arme um mich, und die Einzige, die heult, bin ich.«

* * *

Gail hat sich den Zeigefingerknöchel zwischen die Zähne geklemmt, wie sie es auch im Gerichtssaal macht, wenn sie sich gegen unprofessionelle Emotionen schützen will.

»Als ich es hinterher in unserem Häuschen mit Perry rekapituliert habe, ergab sich ein mehr oder weniger klares Bild«, sagt sie, die Stimme ein wenig erhoben, um noch unparteiischer zu klingen, aber Perry findet immer noch nicht Einlass in ihr Blickfeld, während sie es so hinzustellen sucht, als wäre es völlig normal, dass sich zwei kleine Mädchen nur wenige Tage nach dem Unfalltod ihrer Eltern am Strand vergnügen.

»Ihre Eltern waren am Mittwoch gestorben. Das Tennismatch fand am Mittwoch darauf statt. Ergo hatte der ganze Haushalt eine Woche lang getrauert, und Dima hatte verfügt, dass sie langsam ein bisschen frische Luft brauchten, also Schluss mit dem Trübsalblasen, auf geht's zum

Tennis. Wenn sie Juden waren, was uns durchaus denkbar erschien, wenigstens einige von ihnen, oder vielleicht zumindest die toten Eltern, dann hatten sie vielleicht bis dahin Schiv'a gesessen und mussten am Mittwoch ins Leben zurückkehren. Zu Tamaras Kreuz und ihrer christlichen Frömmigkeit passte das zwar nicht ganz, aber religiöse Stimmigkeit war hier nicht der Punkt, nicht bei diesem Haufen, und dass Tamara nicht ganz dicht war, wusste ja sowieso jeder.«

Yvonne wieder, respektvoll, aber dezidiert. »Ich will nicht drängeln, Gail, aber dieser Autounfall, von dem Irina gesprochen hat. Hat sie sonst noch etwas darüber gesagt? Zum Beispiel, wo sich der Unfall abgespielt hat?«

»Irgendwo außerhalb von Moskau. Vage. Sie schob es auf die Straßen. Die Straßen wären so voller Löcher. Alle fahren in der Straßenmitte, um die Löcher zu vermeiden, da müssen die Autos natürlich zusammenstoßen.«

»War von einem Krankenhausaufenthalt die Rede? Oder waren Mama und Papa auf der Stelle tot? Wie lautete da die Geschichte?«

»Sofort tot. ›Ein riesengroßer Laster kam die Straße entlanggedonnert und hat sie totgemacht.‹«

»Irgendwelche sonstigen Todesopfer, abgesehen von den Eltern?«

»Ich war nicht allzu gut bei den weiterführenden Fragen, fürchte ich« – sie merkt, wie sie unsicher wird.

»Aber gab es zum Beispiel einen Fahrer? Wenn der Fahrer auch umgekommen ist, wäre das doch bestimmt Teil der Geschichte gewesen, oder?«

Yvonne hat die Rechnung ohne Perry gemacht.

»Weder Katja noch Irina haben etwas über einen Fahrer gesagt, tot oder lebendig, weder direkt noch indirekt, Yvonne«, erklärt er in dem langsamen, methodischen Ton, der bei ihm sonst faulen Studenten und übergriffigen Leibwächtern vorbehalten ist. »Es fiel kein einziges Wort über sonstige Unfallopfer, Krankenhäuser oder die in den Unfall involvierten Automarken.« Seine Stimme wird lauter. »Oder über Vollkasko oder …«

»Schnitt!«, sagt Luke.

* * *

Gail war noch einmal nach oben gegangen, diesmal ohne Geleitschutz. Perry blieb, wo er war, die Stirn in die Finger der einen Hand gestützt, während er mit der anderen Hand nervös auf dem Tisch herumklopfte. Gail kam zurück und setzte sich hin. Perry schien es gar nicht zu bemerken.

»Also, Perry«, sagte Luke, ganz resch und geschäftsmäßig.

»Was also?«

»Kricket.«

»Das war doch erst einen Tag später.«

»Das ist uns klar. Es steht ja in Ihrem Dokument.«

»Warum lesen Sie es dann nicht?«

»Ich dachte, das hätten wir schon durchdiskutiert, oder?«

Na schön, es war am nächsten Tag, selbe Zeit, selber Strand, anderer Abschnitt, bestätigte Perry mürrisch. Dieselben Minivans mit den getönten Scheiben hielten in der Parkverbotszone, und zum Vorschein kamen nicht nur Elspeth, die beiden Mädchen und Natascha, sondern auch die Jungs.

Dennoch, das Wort Kricket blieb nicht ganz ohne Wirkung auf Perry: »Wie zwei halbausgewachsene Fohlen kamen sie mir vor, die zu lange im Stall eingesperrt waren und jetzt endlich losstürmen dürfen«, sagte er, unversehens mitgerissen von der Erinnerung.

Für ihren heutigen Strandbesuch hatten Gail und er sich eine Stelle gesucht, die so weit von Three Chimneys entfernt lag wie nur möglich. Nicht um sich vor Dima und Co. zu verstecken, aber sie hatten eine schlechte Nacht hinter sich und waren spät und mit dröhnenden Kopfschmerzen aufgewacht, nachdem sie so leichtsinnig gewesen waren, von dem Willkommens-Rum zu trinken, der sie in ihrem Häuschen erwartet hatte.

»Und es gab ja sowieso kein Entkommen vor ihnen« – Gail fand es an der Zeit, von ihm zu übernehmen. »Nirgends auf dem ganzen Strand. Oder, Perry? Nirgends auf der ganzen Insel, so gesehen. Warum waren die Dimas so unheimlich interessiert an uns? Ich meine, wer waren sie überhaupt? Was wollten sie? Und warum von *uns?* Sooft wir um eine Ecke bogen, standen sie schon da, so kam es uns langsam vor. Wenn wir in unserem Häuschen saßen, starrten sie über die Bucht zu uns herüber. Bildeten wir uns jedenfalls ein, was unterm Strich auch nicht besser war. Und für den Strand brauchten sie nicht mal Ferngläser. Sie mussten sich einfach nur über die Gartenmauer lehnen und gaffen. Das hatten sie anscheinend auch fleißig getan, denn wir saßen gerade ein paar Minuten an unserem Platz, als schon der Minivan angerumpelt kam.«

Derselbe milchgesichtige Leibwächter – Perry jetzt wieder. Nicht an der Bar postiert diesmal, sondern unter einem Baum auf einer kleinen Anhöhe. Und anstelle von Onkel Wanja aus Perm mit seiner Schottenmütze und der Knarre heute die Zweitbesetzung: so ein langes Elend, Fitness-Fanatiker offenbar, denn statt zum Ausguck hochzuklettern, tänzelte er mit einer Stoppuhr in der Hand den Strand auf und ab, und an jedem Ende legte er eine kleine Tai-Chi-Pause ein.

»Kraushaariger Bursche«, sagte Perry, während sich das Grinsen unaufhaltsam über sein ganzes Gesicht ausbreitete. »Bewegungshungrig. Na ja, manisch trifft es wohl eher. Konnte keine fünf Sekunden stillhalten. Und mager ist gar kein Ausdruck. Klapperdürr. Ein neu eingetroffenes Mitglied der Familie Dima, nahmen wir an. Wir waren zu dem

Schluss gekommen, dass sich bei den Dimas die Vettern aus Perm die Klinke in die Hand gaben.«

»Jedenfalls musste Perry nur einen Blick auf die Kinder werfen«, sagte Gail. »Auf die Jungs besonders – und du dachtest, ach du Schreck, was machen wir bloß mit dieser Truppe? Dann hattest du deinen Geistesblitz für diese Ferien: Kricket. Gut, wenn man Perry kennt, so ein Geistesblitz auch wieder nicht. Er braucht nur einen zerkauten Hundeball und ein Stück Treibholz, und schon ist er dem nicht Kricket spielenden Teil der Menschheit abhandengekommen. Stimmt's, Perry?«

»Wir haben das Spiel sehr ernst genommen, wie es sich auch gehört« – Perry modellierte sein Lächeln zu einem nicht sehr überzeugenden Stirnrunzeln um. »Wir haben uns aus Treibgut ein Tor gebaut, mit Zweigen als Querholz, der Bademeister hat für uns einen halbwegs brauchbaren Schläger und Bälle aufgetrieben, wir haben eine Handvoll Rastas und britische Opas fürs Außenfeld zusammengetrommelt, und schon hatten wir sechs Mann auf jeder Seite, Russland gegen den Rest der Welt, eine absolute Premiere. Ich schickte die Zwillinge los, damit sie Natascha ins Tor holten, aber sie kamen zurück und sagten, sie würde irgend so einen Kerl namens Turgenjew lesen, von dem sie noch nie gehört haben wollten. Die nächste große Herausforderung bestand darin, die heiligen Gesetze des Krickets einer« – und wieder das Grinsen, das sich von einem Ohr bis zum anderen ausbreitete –, »einer ziemlich gesetzlosen Bande zu vermitteln. Nicht die alten Herren und die Rastas natürlich. Die hatten Kricket mit der Muttermilch aufgesogen. Aber die jungen Dimas waren echte Internatsbrut. Ein bisschen Baseball, das kannten sie, aber sie sahen partout nicht ein, warum sie mit gestrecktem Arm werfen sollten, statt ordentlich auszuholen. Die kleinen Mädchen mussten ein bisschen diszipliniert werden, aber als wir die Opas einmal als Schlagmänner vergattert hatten, gaben die zwei ganz brauchbare Läufer ab. Und wenn ihnen zwischendurch langweilig wurde, holte Gail ihnen was zu trinken und ging eine Runde schwimmen mit ihnen, nicht wahr, Gail?«

»Uns schien es die Hauptsache, sie beschäftigt zu halten«, ergänzte Gail, ganz bewusst im gleichen sportlichen Ton wie Perry. »Ihnen keine Zeit zum Grübeln zu lassen. Die Jungs waren Feuer und Flamme, egal, was wir machten. Und die Mädchen – schon ihnen ein Lächeln zu entlocken war für mich … ich meine, Herr*gott* …« Sie ließ den Rest unausgesprochen.

Perry sah ihre Not und eilte ihr zu Hilfe.

»Schwierige Sache, auf diesem weichen Sand ein ordentliches Kricketfeld hinzukriegen«, erklärte er Luke, um ihr Zeit zu geben. »Würfe versacken, Schläge kentern, wie Sie sich ja wohl vorstellen können.«

»Lebhaft«, stimmte ihm Luke, der rasch auf seinen Ton einschwenkte, markig zu.

»Nicht dass es irgendwen gestört hätte. Alle hatten einen Heidenspaß, und für die Sieger gab es ein Eis. Wir erklärten es zum Unentschieden, so dass beide Seiten welches bekamen«, sagte Perry.

»Bezahlt von dem neuen vorsitzenden Onkel?«, regte Luke an.

»Das hatte ich unterbunden«, sagte Perry. »Das Eis ging strikt auf unsere Rechnung.«

Gail hatte sich wieder gefangen, und Lukes Stimme nahm gleich einen ernsteren Ton an:

»Und während beide Seiten ihren Sieg heimtrugen – also ziemlich spät im Spiel, wenn man so will –, konnten Sie auf einmal in den geparkten Minivan hineinsehen. Habe ich das richtig verstanden?«

»Wir wollten schon grade die Pflöcke rausziehen«, nickte Perry. »Und plötzlich stand die Seitentür offen, und da waren sie. Vielleicht wollten sie etwas frische Luft. Oder einen freieren Blick. Was weiß ich. Es war wie der Besuch einer königlichen Hoheit. Inkognito.«

»Und wie lange war die Tür schon offen?«

Perry auf der Hut vor seinem unvergleichlichen Gedächtnis. Perry, der ideale Zeuge, der immer misstrauisch gegen sich selbst blieb, nie übereilt antwortete, sich immer neu Rechenschaft ablegte. Ein weiterer Perry, den Gail liebte.

»Weiß ich ehrlich gesagt nicht, Luke. Kann ich Ihnen nicht beantworten. Wir beide nicht« – mit einem raschen Blick hinüber zu Gail, die den Kopf schüttelte: nein, auch sie nicht. »Ich schaute hin; Gail sah mich schauen, richtig? Also schaute sie auch. Wir haben sie beide gesehen. Dima und Tamara, Seite an Seite, kerzengerade aufgerichtet, Dunkel und Hell, Dünn und Dick, wie sie vom Rücksitz des Vans zu uns herausstarrten. Und *peng!*, knallt die Tür wieder zu.«

»Sie starrten. Kein Lächeln also«, vergewisserte sich Luke leichthin und machte eine Notiz.

»Es war etwas – gut, ich habe es schon gesagt – etwas Hoheitliches an ihm. Doch. An beiden. Die erhabenen Dimas. Wenn einer von ihnen die Hand ausgestreckt und eine seidene Kordel gezogen hätte, damit der Kutscher weiterfuhr, hätte es mich kein bisschen gewundert.« Er hing dem Bild ein wenig nach, bekräftigte es dann mit einem Nicken. »Auf einer Insel wirken große Menschen noch größer. Und die Dimas waren – ja, große Menschen. Sind es noch.«

Yvonne hat einmal wieder ein Photo für sie parat, diesmal ein Fahndungsbild in Schwarzweiß: das Gesicht von vorne und im Profil, zwei blaue Augen, ein blaues Auge. Und der zerschundene, verschwollene Mund eines Mannes, der gerade eine freiwillige Aussage abgegeben hat. Gail kraust missbilligend die Nase. Sie tauscht einen Blick mit Perry, und sie sind sich einig: niemand, den wir kennen.

Aber so schnell gibt Yvonne als echte Schottin nicht auf.

»Wenn ich ihm jetzt aber eine Lockenperücke aufsetze und ihm das Gesicht so ein klein bisschen abtupfe, meinen Sie nicht, dann könnten Sie eventuell Ihren Fitness-Fanatiker in ihm sehen, letzten Dezember, als er frisch aus dem italienischen Gefängnis entlassen war?«

Doch, denkbar wäre es. Sie rücken enger zusammen. Sie sind sich sicher.

* * *

Angekündigt wurde ihnen die Einladung noch am selben Abend von dem verehrungswürdigen Ambrose, als er Perry im Captain's-Deck-Restaurant einen Probeschluck Wein ins Glas schenkte. Perry, der Puritanersohn, imitiert keine Stimmen. Gail, die Schauspielertochter, tut nichts lieber als das. Sie übernimmt die Rolle des verehrungswürdigen Ambrose selbst:

»Ja, morgen werd ich ja nicht das Vergnügen haben, die jungen Herrschaften zu bedienen. Und wollen Sie wissen, warum? Weil die jungen Herrschaften morgen Abend die hochgeehrten Überraschungsgäste von Mr Dima und seiner Frau Gattin zum vierzehnten Geburtstag von Mr Dimas Zwillingssöhnen sein werden, die Sie heute persönlich in die edle Kunst des Kricketspiels eingeführt haben, wie ich höre. Und meine Elspeth, sie hat die größte, köstlichste Walnusstorte gebacken, die die Welt je gesehen hat. Noch eine Spur größer, Miss Gail, und diese Kinder würden wahrscheinlich denken, *Sie* kommen aus ihr herausgesprungen, so abgöttisch lieben sie Sie.«

Und gleichsam als Abschlusstusch überreicht Ambrose ihnen ein Kuvert, adressiert an *Mr Perry und Miss Gail*. Darin zwei von Dimas Visitenkarten, mattweißes Büttenpapier wie bei Hochzeitseinladungen, mit seinem vollen Namen darauf: *Dimitri Wladimirowitsch Krasnow, Euro-*

pean Director, The Arena Multi Global Trading Conglomerate, Nikosia, Zypern. Gefolgt von der Website-Adresse der Firma sowie einer Anschrift in Bern, unter der *Wohnsitz und Geschäftsräume* steht.

4

Falls es einem von ihnen einfiel, Dimas Einladung auszuschlagen, gaben sie es jedenfalls nicht voreinander zu, so Gail:

»Wir machten es ja für die Kinder. Hurra, unsere zwei Rabauken feiern Geburtstag. In diesem Geist wurde uns die Sache verkauft, und in diesem Geist haben wir zugesagt. Aber mir ging es um die beiden Mädchen« – neuerliche Erleichterung darüber, dass sie es geschafft hatte, Natascha aus dem Spiel zu lassen. »Für Perry dagegen …« Sie warf ihm einen zweifelnden Blick zu.

»Für Perry dagegen …?«, wiederholte Luke, als Perry nicht reagierte.

Sie ruderte schon wieder zurück, stellte sich schützend vor ihren Liebsten. »Dich hat einfach das Ganze so fasziniert, oder, Perry? Dima – diese Urkraft, die er verkörperte, der vom Leben geformte Mann. Dieser Haufen russischer Outlaws. Die Gefahr. Überhaupt die Exotik. Da war ja ein *Draht* da. Tue ich dir da Unrecht?«

»Klingt für mich ein bisschen sehr nach Psychogelaber«, sagte Perry schroff, defensiv.

Der kleine Luke, verbindlich wie stets, beeilte sich dazwischenzugehen. »Also im Grunde gemischte Motive auf beiden Seiten«, schlug er im Ton eines Mannes vor, für den gemischte Motive das tägliche Brot sind. »Wogegen ja an sich nichts zu sagen ist, oder? War schließlich ein ziemlich gemischtes Terrain, mit dem Sie's da zu tun hatten. Wanjas Pistole. Gerüchte über Waschkörbe voll russischem Bargeld. Zwei kleine Waisenmädchen, die Sie als ihre Retter ansahen – und die Erwachsenen ja vielleicht auch, weiß man's? Und dazu noch der Geburtstag der Zwillinge. Ich meine, wie hätte ein anständiger Mensch da nein sagen können?«

»Auf einer Insel«, erinnerte Gail ihn leise.

»Eben. *Und* Sie brannten ja wohl auch vor Neugier, wenn ich das mal so sagen darf. Wie denn auch nicht? Ich meine, die Mischung konnte einem ja ziemlich zu Kopfe steigen. *Ich* wäre bestimmt schwach geworden.«

Das glaubte Gail auch. Sie hatte so das Gefühl, dass der kleine Luke seinerzeit bei so einigem schwach geworden war und dass ihn das selbst ein wenig beunruhigte.

»Und *Dima*«, insistierte sie. »Dima machte für dich den eigentlichen Reiz aus, gib's zu, Perry. Das hast du selbst gesagt. Für mich waren es die Kinder, aber für dich war es letzten Endes Dima. Wir haben gerade erst vor ein paar Tagen darüber gesprochen, erinnerst du dich?«

Sprich: während du dein Drecksdokument abgefasst hast und ich wie eine Idiotin danebensaß.

Perry brütete über dieser Aussage eine Zeitlang, wie er über jedem anderen akademischen Postulat gebrütet hätte, ehe er mit dem Lächeln des guten Sportsmannes seine Richtigkeit anerkannte.

»Das stimmt. Ich hatte das Gefühl, von ihm *auserwählt* zu sein. Von ihm *gepuscht*, könnte man auch sagen. So ganz weiß ich offen gestanden nicht mehr, was ich empfand. Vielleicht wusste ich es damals schon nicht.«

»Aber Dima wusste es. Sie waren sein Professor für Fairplay.«

* * *

»Also sind wir an diesem Nachmittag nicht an den Strand gegangen, sondern zum Einkaufen in die Stadt«, nahm Gail den Faden wieder auf. Sie sprach an Perrys abgewandtem Gesicht vorbei zu Yvonne, aber ihre Worte waren an ihn gerichtet. »Für die Geburtstagskinder bot sich natürlich eine Kricketausrüstung an. Das war deine Zuständigkeit. Es hat dir einen Riesenspaß gemacht, nach Kricketsachen zu suchen. Du warst völlig begeistert von diesem Sportgeschäft mit dem alten Ladenbesitzer und den Photos der großen westindischen Spieler an den Wänden. Learie Constantine? Wer hing da außerdem noch?«

»Martindale.«

»Und Sobers. Gary Sobers war da. Du hast ihn mir gezeigt.«

Er nickte. Sobers, genau.

»Uns gefiel auch das Verschwörerische an der Sache. Der Kinder wegen. Ambrose' Idee, dass ich aus der Torte springen sollte, war gar nicht so abwegig, stimmt's? Und ich hab Geschenke für die Mädchen ausgesucht. Mit ein bisschen Unterstützung von dir. Schals für die Kleinen, und für Natascha eine sehr hübsche Muschelkette mit Halbedelsteinen dazwischen.« Geschafft. Sie hatte Natascha wieder ins Spiel gebracht, ohne dass jemand nachhakte. »Du wolltest mir auch eine kaufen, aber das habe ich dir nicht erlaubt.«

»Aus welchen Gründen, Gail?« Yvonne mit ihrem zurückgenommenen, intelligenten Lächeln versuchte die Spannung ein bisschen herauszunehmen.

»Alleinstellung. Es war lieb gemeint von Perry, aber ich wollte nicht über einen Kamm mit Natascha geschoren werden«, erwiderte Gail beiden, Perry ebenso wie Yvonne. »Und Natascha auch nicht mit mir, da bin ich sicher. Danke, das ist eine sehr liebe Idee, aber heb sie dir für später auf, hab ich zu dir gesagt. Stimmt's? Mal ganz abgesehen von der Unmöglichkeit, in St. John's, Antigua, zumutbares Geschenkpapier aufzutreiben!«

Schnell weiter:

»Dann war da die Frage, wie man uns hineinschmuggeln würde. Da wir ja die große Überraschung sein sollten. Das fanden wir auch so witzig. Wir spielten mit dem Gedanken, uns als karibische Piraten zu verkleiden – du jedenfalls –, aber das schien uns dann doch etwas übertrieben, zumal die Familie ja noch in Trauer war, auch wenn wir das offiziell nicht wussten. Also gingen wir so, wie wir waren, nur ein klein bisschen feingemacht. Perry in seinem alten Blazer und den grauen Hosen, die er für den Flug angehabt hatte. Seiner Brideshead-Kluft. Mode ist nicht so ganz Perrys Ding, aber er hat sein Bestes getan. Plus natürlich die Badehose. Und ich zog mir ein Baumwollkleid über den Badeanzug und dazu eine Strickjacke, falls es frisch würde, denn wir wussten, dass Three Chimneys einen Privatstrand hat, und dachten, dass vielleicht geschwommen würde.«

Yvonne schreibt einen säuberlichen Vermerk. Für wen? Luke, Kinn in die Hand gestützt, trinkt Gails Worte in sich hinein, ein wenig arg tief, findet sie. Perry fixiert düster ein Fleckchen Mauerwerk an der dunklen Ziegelwand. Ungeteilte Aufmerksamkeit allerorten für Gails Schwanengesang.

* * *

Ambrose hatte sie beide für sechs Uhr an den Hoteleingang beordert, fuhr Gail in gemäßigterem Ton fort – auf dass sie in einem der Minivans mit den getönten Scheiben nach Three Chimneys expediert und dort durch eine Seitentür ins Haus eingeschleust würden, dachten sie. Fälschlich, wie sich zeigte.

Stattdessen wurden sie auf einem Umweg zum Parkplatz dirigiert. Dort wartete Ambrose am Steuer eines Geländewagens. Der Plan, so erklärte er ihnen in aufgeregtem Verschwörerton, war es, die Überraschungsgäste über den alten Naturpfad, der über den Grat der Halbinsel führte, direkt zur Hintertür von Three Chimneys zu schaffen, wo Mr Dima sie persönlich in Empfang nehmen würde.

Sie redete wieder als Ambrose:

»Die haben eine Steelband da, *und* Lichterketten im Garten, *und* eine Ladung vom zartesten Kobefleisch, das je aus einer Kuh gekommen ist. Die haben echt alles, ich sag's euch. Und Mr Dima, der hat die Sache bis aufs i-Tüpfelchen durchdacht und geplant. Hat meine Elspeth mit der ganzen Rasselbande zu einem Krabbenrennen auf der anderen Seite von St. John's verfrachtet, nur dass wir die jungen Herrschaften durch die Hintertür hereinschmuggeln können, so hochgeheim ist das mit euch heute Abend!«

Wenn sie auf ein Abenteuer aus gewesen wären, so hätte schon allein der Naturpfad ausgereicht. Es musste buchstäblich Jahre her sein, dass ihn das letzte Mal jemand benutzt hatte. Zwischendurch musste Perry ihnen allen Ernstes einen Weg durch das Dickicht bahnen.

»Was er natürlich großartig fand. Er hätte als Bauer mit der Machete zur Welt kommen sollen, stimmt's, Perry? Und dann tauchten wir aus diesem endlosen grünen Tunnel auf, und vor uns stand Dima wie ein glückstrahlender Minotaurus. Falls es so etwas gibt.«

Perrys knochiger Zeigefinger hob sich mahnend.

»Es war das erste Mal, dass wir Dima *allein* zu Gesicht bekamen«, gab er zu bedenken. »Keine Leibwächter, keine Familie. Keine Kinder. Niemand, der ein Auge auf uns hatte. Zumindest nicht sichtbar. Wir standen zu dritt am Rande eines Urwalds. Ich glaube, wir empfanden das beide sehr stark. Diese plötzliche Ausschließlichkeit.«

Doch Perrys bedeutungsschwangerer Einwurf ging unter in Gails sprudelndem Erzählschwall.

»Er hat uns umarmt, Yvonne. Aber richtig. Erst Perry, dann hat er ihn zur Seite gestoßen, um mich zu umarmen, dann war wieder Perry an der Reihe. Keine Anmache. Eher väterlich-überschwänglich. Als hätte er uns eine Ewigkeit nicht gesehen. Oder würde uns nie wiedersehen.«

»Oder er war verzweifelt«, stellte Perry in demselben gewichtig-nachdenklichen Ton wie vorher in den Raum. »Ein bisschen war das mein Eindruck. Deiner vielleicht nicht so. Wie viel wir ihm in diesem Moment bedeuteten. Welche Schlüsselstellung wir hatten.«

»Er *liebte* uns«, fuhr Gail vollmundig fort. »Er stand da und erklärte uns seine Liebe. Auch Tamara liebt uns, versicherte er. Sie kann es nur nicht richtig zum Ausdruck bringen, weil sie seit ihrem Problem ein bisschen verrückt ist. Nichts darüber, worin ihr Problem bestehen könnte, und fragen konnten wir ja schlecht. Natascha liebt uns auch, sagte er, nur sagt sie dieser Tage zu gar niemandem etwas, sie liest nur Bücher. Die ganze Familie liebt uns Engländer, wegen unserer Menschlichkeit und unserem Fairplay. Wobei er nicht *Menschlichkeit* sagte – was sagte er gleich wieder?«

»Herz.«

»Wir standen also am Ende des Tunnels und ließen diese Umarmungsorgie über uns ergehen, und er schwang glühende Reden über unsere Herzen. Ich meine, mit wie viel Liebe kann man jemanden überschütten, mit dem man in seinem Leben keine sechs Worte gewechselt hat?«

»Perry?«, forderte Luke ihn auf.

»Ich empfand ihn als *heroisch*«, antwortete Perry, die lange, schmale Hand in klassischer Denkergebärde an die Stirn gedrückt. »Ich wusste bloß nicht, warum. Habe ich das nicht auch irgendwo in unserem Dokument geschrieben? *Heroisch?* Ich fand, dass er …« Mit einem Achselzucken verwarf er seine eigene Empfindung als wertlos. »*Würde unter Beschuss,* dachte ich. Ich wusste nur nicht,

Beschuss von wem. Oder weshalb. Ich wusste gar nichts, außer dass er …«

»… mit dir in der Wand hing«, vollendete Gail ohne Spott.

»Ja. Ganz genau. Und er hatte sich bös verstiegen. Er brauchte uns.«

»*Dich*«, verbesserte sie ihn.

»Von mir aus. Mich. Mehr versuche ich ja gar nicht zu sagen.«

»Dann erzähl du weiter.«

* * *

»Er führte uns heraus aus dem Tunnel und zum Haus hoch. Wir kamen von hinten, wie wir ziemlich bald sahen«, setzte Perry an und brach ab. »Ich nehme an, Sie möchten eine möglichst *akkurate* Beschreibung?«, wandte er sich streng an Yvonne.

»Das stimmt, Perry«, erwiderte Yvonne knapp. »Bis ins kleinste, ödeste Detail, wenn Sie so nett wären.« Und kehrte zurück zu ihrem akribischen Gekritzel.

»An der Stelle, wo wir aus dem Wald gekommen waren, begann ein Stück Straße, so ein alter roter Schlackenweg, den die Bauleute damals wahrscheinlich als Zufahrtsstraße angelegt hatten. Er stieg steil an, mit vielen Schlaglöchern.«

»Und wir die ganze Zeit mit unseren Geschenken in der Hand«, warf Gail von der Seitenlinie ein. »Du mit deinen Kricketsets, ich mit den eingewickelten Geschenken für die Mädchen in der schicksten Tüte, die ich nur finden konnte, was nicht viel heißt.«

Hört überhaupt jemand zu?, fragte sie sich. Mir schon mal nicht. Perry ist hier der Wortführer. Ich dackle hinterher.

»Von hinten glich das Haus einem Trümmerhaufen«, fuhr Perry fort. »Dass wir keinen Palast erwarten durften, hatte man uns ja gesagt, wir wussten, dass das Haus zum Abriss stand. Aber wir hatten nicht mit einer Ruine gerechnet.« Der Oxford-Dozent nun als der Mann im Innenraum. »Es gab ein baufälliges Ziegelgebäude mit Gitterfenstern, die alte Sklavenunterkunft höchstwahrscheinlich. Es gab eine hohe weißgetünchte Grundstücksmauer, etwa vier Meter hoch und mit Nato-Draht gekrönt, die neu und brutal aussah. Rundherum standen Flutlichtmasten, wie um ein Fußballstadion, die auf jeden herabgleißten, der in die Nähe kam. Wir hatten den Schein von unserem Balkon aus gesehen. Zwischen den Masten waren Lichterketten gespannt, für die bevorstehenden Geburtstagsfeierlichkeiten vermutlich. Überwachungskameras, die aber von uns weg zeigten, weil wir auf der falschen Seite davon waren. Ich nehme an, das war die Absicht dahinter. Eine blitzende neue Satellitenschüssel, an die sieben Meter hoch und, soweit ich das auf unserem Rückweg erkennen konnte, grob nach Norden ausgerichtet. Auf Miami vielleicht. Oder auf Houston. Das ließ sich nur raten.« Denkpause. »Gut, *Sie* wissen so was wahrscheinlich. Gehört bei Ihnen ja auch zum Beruf.«

Soll das eine Provokation sein, soll das ein Witz sein? Weder noch. Perry führt ihnen lediglich vor, wie großartig er ihre Arbeit macht, falls sie es noch nicht bemerkt haben. Der Bezwinger überhängender Nordwände demonstriert ihnen, dass er nie eine Route vergisst. Dass er zu keiner Herausforderung nein sagen kann, solange seine Chancen nur schlecht genug stehen.

»Dann ging es durch noch mehr Wald wieder bergab zu einem Stück Wiese, an dessen Ende die Landspitze aufragte. Letztlich hatte das Haus gar keine Rückseite. Oder es bestand nur aus Rückseiten, wie Sie möchten. So ein pseudo-elisabethanischer Flachbau aus Schindeln und Asbest, der in drei Richtungen schaute. Grau verputzte Wände. Winzige bleigefasste Fenster. Sperrholz, das sich als Fachwerk ausgab, und eine überdachte Hintertür, über der eine Laterne baumelte. Kannst du das so unterschreiben, Gail?«

Seit wann zählt meine Meinung? »Du machst das schon«, sagte sie. Was nicht ganz das war, was er gefragt hatte.

»Nachträglich angebaute Schlafzimmer, Bäder, Küchen und Wirtschaftsräume mit eigenen Eingängen, es muss also früher einmal eine Art Kommune oder Siedlung gewesen sein. Mit anderen Worten, ein wüster Mischmasch. Dimas Schuld war es nicht. Das wussten wir ja von Mark. Die Dimas waren gerade erst hingezogen. Hatten nichts daran gemacht, außer im Schnellverfahren die Sicherheit aufgestockt. Uns hat das nicht weiter gestört. Eher im Gegenteil. Es hat für einen schwer überfälligen Realitätsbezug gesorgt.«

Dr. Yvonne, die es nie genau genug wissen konnte, blickte von ihrem medizinischen Gutachten auf. »Und *Schornsteine* gab es demnach keine, Perry?«

»Doch, zwei gehörten zu einer verfallenen Zuckermühle am Westende der Landzunge, und der dritte stand allein am Waldrand. Ich dachte, ich hätte das auch in unserem Dokument erwähnt.«

Von wegen unser *Dokument! Wie oft soll ich mir das noch anhören?* Unser *Dokument, das* du *geschrieben hast und das* ich *nicht sehen durfte, aber* die *schon? Es ist* dein *Scheißdokument! Es ist* denen *ihr Scheißdokument!* Gails Wangen brannten, und sie hoffte, dass er es bemerkte.

»Und dann, als wir den Hang zum Haus hinunterstiegen, vielleicht zwanzig Meter entfernt, würde ich sagen, stoppte Dima uns plötzlich«, sagte Perry, und sein Ton gewann an Dringlichkeit. »Beide Hände erhoben. *STOPP!*«

»Und war das auch der Moment, als er verschwörerisch den Finger an die Lippen legte?«, fragte Yvonne und hob kurz den Kopf, während sie schrieb.

»Ganz genau«, schaltete Gail sich ein. »*Exakt* der Moment. *Unglaublich* verschwörerisch. Erst das STOPP, dann der Finger an den Lippen. Wir dachten, das gehört mit zur Kinderüberraschung, deshalb gingen wir darauf ein. Ambrose hatte zwar gesagt, sie wären zum Krabbenrennen verfrachtet worden, deshalb schien es ein bisschen seltsam, dass sie plötzlich doch im Haus sein sollten. Aber wir nahmen einfach an, der Plan hätte sich geändert und sie wären doch nicht gefahren. Ich zumindest dachte das.«

»Danke, Gail.«

Wofür, Herrgott noch mal? Dafür, dass ich Perry die Schau zu stehlen versuche? Nichts zu danken, Yvonne, das tu ich doch gern. Und gleich weiter:

»Dima hatte uns so weit, dass wir buchstäblich den Atem angehalten haben. Wir sind auf Zehenspitzen geschlichen. Ohne eine Sekunde an ihm zu zweifeln – das sollte ich vielleicht noch dazusagen. Wir *gehorchten* ihm, ganz untypisch für uns beide, aber so war es. Er führte uns zu einer Tür, einer Haustür, die aber an der Seite war. Sie war nicht verschlossen, er drückte sie einfach auf und trat vor uns hindurch und drehte sich dann sofort zu uns um, eine Hand erhoben und die andere an die Lippen gedrückt wie« – *wie Daddy als Gestiefelter Kater im Weihnachtsspiel, nur nüchtern,* hätte sie fast gesagt, verkniff es sich aber – »ja, und dazu eben dieser bohrende Blick, der uns zum Schweigen verdonnerte. Oder, Perry? Erzähl du weiter.«

»Und dann, als er wusste, er hat uns am Haken, winkte er uns herein.« Perrys Tonfall minimalistisch in bewusstem Gegensatz zu ihrem, die Stimme, die er macht, wenn er ernstlich aufgeregt ist, es aber nicht zeigen will. »Wir sind in eine leere Eingangshalle geschlichen. Gut, was heißt Halle! Vielleicht drei mal vier Meter groß, mit einem gesprungenen Westfenster mit einem Rautenmuster aus Klebeband, durch das die Abendsonne hereinströmte.

Dima hatte immer noch den Finger am Mund. Ich trat über die Schwelle, und er packte meinen Arm, so wie er ihn schon auf dem Tennisplatz gepackt hatte. Ein Griff wie ein Schraubstock. Ich hätte nie im Leben dagegenhalten können.«

»Dachten Sie denn, Sie müssten dagegenhalten?«, wollte Luke mitfühlend wissen, Männer unter sich.

»Ich wusste nicht, was ich denken sollte. Ich war in Sorge um Gail, ich hatte das Gefühl, ich sollte mich zwischen sie stellen. Für ein paar Sekunden nur.«

»Aber lang genug, um sich darüber klarzuwerden, dass es hier nicht mehr um eine Kinderüberraschung ging«, meinte Yvonne.

»Ja, so langsam dämmerte mir das«, gestand Perry und hielt einen Moment inne, um das Jaulen eines Martinshorns oben auf der Straße verklingen zu lassen. »Sie müssen sich klarmachen, was für ein *Lärm* uns da drin plötzlich umtoste«, betonte er, als hätte ein Geräusch das andere ausgelöst. »Wir standen in diesem winzig kleinen Flur, aber wir konnten den Wind um das ganze klapperige Haus heulen hören. Und das Licht war – nun ja, phantasmagorisch, um einen Lieblingsausdruck meiner Studenten zu benutzen. Es fiel sozusagen in Schichten durch das Westfenster herein. Einmal dieses zerfaserte Licht aus der niedrigen Wolkenbank, die sich vom Meer her heranschob, und ganz flach darüber ein Balken strahlenden Sonnenlichts. Und pechschwarze Schatten, wo das Licht nicht hinreichte.«

»Und kalt war es«, klagte Gail und schlang theatralisch die Arme um sich. »Eine Kälte, wie nur leere Häuser sie ausstrahlen. Und dazu dieser klamme Grabgeruch. Aber mein einziger Gedanke war: Wo sind die Mädchen? Warum ist von ihnen nichts zu hören oder zu sehen? Warum ist nichts und niemand zu hören als nur dieser Wind? Und wenn niemand da ist, wozu dann diese ganze Heimlichtuerei? Wem machen wir hier etwas vor außer uns selbst? Und du dachtest das Gleiche, nicht wahr, Perry, das hast du mir hinterher ja gesagt.«

* * *

Und hinter Dimas erhobenem Zeigefinger, so Perry, das Gesicht eines Fremden. Aller Überschwang schlagartig daraus verschwunden. Sogar aus den Augen. Keine Spur von Humor mehr. Es war erstarrt. Als wäre es todwichtig, dass wir Angst haben. Genauso große Angst wie er selbst. Und während sie ihn anstarrten, verwirrt und, ja, erschrocken, wurde plötzlich wie eine Geistererscheinung Tamara sichtbar, die von ihnen unbemerkt schon die ganze Zeit in einer Ecke des kleinen Flurs gestanden hatte, im finstersten Winkel jenseits der Sonnenstreifen. Sie trug dasselbe lange schwarze Kleid wie bei dem Tennismatch und drei Tage später im Wagendunkel mit Dima, und sie sah aus wie ihr eigenes Gespenst.

Gail riss die Erzählung wieder an sich:

»Das Erste, was ich von ihr sah, war ihr Bischofskreuz. Und um das Kreuz nahm dann der Rest von ihr Gestalt an. Sie hatte sich für die Geburtstagsparty Zöpfe geflochten, hatte Rouge aufgelegt und Lippenstift um den Mund geschmiert – und zwar *richtig* geschmiert. Sie sah so verrückt aus wie ein Märzhase. Sie hat sich den Finger nicht gegen die Lippen gedrückt. Das hatte sie gar nicht nötig. Ihr ganzer Körper schien ein Warnschild in Schwarz und Rot. Vergiss Dima, dachte ich. Das hier ist der wahre Irrsinn. Und natürlich fragte ich mich nach wie vor, was wohl ihr *Problem* war. Denn sie hatte eins, aber wie.«

Perry setzte zum Sprechen an, aber sie übertönte ihn resolut:

»Sie hielt ein Blatt Papier in der Hand – A4-Schreibmaschinenpapier, in der Mitte gefaltet – und streckte es uns hin. Wofür? War es ein religiöses Traktat? Macht euch bereit, denn der Herr naht? Oder händigte sie uns einen Haftbefehl aus?«

»Und Dima, was machte Dima derweil?«, fragte Luke, nun wieder an Perry gewandt.

»Der ließ endlich meinen Arm los«, sagte Perry mit einer Grimasse. »Aber erst, nachdem er ganz sicher war, dass ich Tamaras Zettel im Blick hatte. Den sie mir daraufhin unter die Nase hielt. Und Dima nickte dazu: *Lesen!* Aber immer noch mit dem Finger am Mund. Und Tamara wie eine Besessene aussehend. Nein, eigentlich wirkten sie alle beide besessen. Von einer Angst, mit der sie uns anstecken wollten. Aber Angst wovor? Also las ich es. Nicht laut natürlich. Und auch nicht sofort. Ich stand nicht im Licht. Ich musste damit erst ans Fenster gehen. Auf Zehenspitzen – was zeigt, wie sehr wir in ihrem Bann standen. Und dann musste ich mich mit dem Rücken zum Fenster stellen, weil die Sonne so blendete. Dann musste Gail mir noch meine Ersatzlesebrille aus ihrer Handtasche geben …«

»Weil er die richtige in unserem Häuschen vergessen hatte wie immer …«

»Und dann kam Gail auf Zehenspitzen hinter mich geschlichen …«

»Weil du mir ein Zeichen gemacht hattest …«

»Zu deinem Schutz – und las über meine Schulter mit. Und ich würde sagen, wir haben es beide mindestens zweimal gelesen.«

»Mindestens«, bestätigte Gail. »Ich meine, was für ein Gottvertrauen! Wie kamen sie dazu, sich uns dermaßen auszuliefern? Warum waren sie sich plötzlich so sicher, dass wir die Richtigen sind? Es war so eine … so eine verdammte *Zumutung!*«

»Viel anderes blieb ihnen nicht übrig«, meinte Perry gedämpft, zu einem weisen Nicken von Luke, dem sich

Yvonne diskret anschloss, und Gail fühlte sich noch ausgegrenzter als den ganzen Abend schon.

* * *

Vielleicht setzte die angespannte Atmosphäre in dem stickigen Kellerraum Perry langsam doch zu. Oder vielleicht, dachte Gail, war es ein sehr verspäteter Anfall von schlechtem Gewissen. Jedenfalls ließ er seinen langen Körper im Stuhl nach hinten fallen und die knochigen Schultern hängen, um sie zu lockern, und zeigte mit dem Finger auf den braunen Aktenordner, der zwischen Lukes zierlichen Fäusten lag:

»Aber Sie haben Tamaras Text ja in unserem Dokument vorliegen, das heißt, ich muss ihn Ihnen nicht herunterbeten«, sagte er aggressiv. »Sie können ihn selber lesen, sooft Ihr Herz begehrt. Haben Sie ja sicher schon.«

»Trotzdem«, sagte Luke. »Wenn es Ihnen nichts ausmacht, Perry. Einfach der Vollständigkeit halber.«

Stellte Luke ihn auf die Probe? Gail glaubte es beinahe. In dem akademischen Dschungel, den Perry so dringend hinter sich lassen wollte, war er berühmt für seine Fähigkeit, ganze Textpassagen gleich nach der ersten Lektüre auswendig zu zitieren. Bei seiner Ehre gepackt, begann Perry nun langsam und ausdruckslos, wie ein Gerichtsbeamter, der eine Zeugenaussage verliest:

»Dimitri Wladimirowitsch Krasnow, der Mann, den sie Dima nennen, Europadirektor von Arena Multi Global Trading Conglomerate in Nikosia, Zypern, ist bereit, durch Vermittler Professor Perry Makepiece und Anwalt Madam Gail Perkins mit den großbritannischen Behörden Einigung zu verhandeln zu Nutzen für beide Seiten, als Tausch gegen Informationen, welche sehr wichtig, sehr dringend, sehr kritisch sind für Großbritannien Ihrer Majestät. Kinder und Haushalt kehren zurück in zirka ein und eine halbe Stunde. Es gibt praktischen Ort, wo Dima und Perry günstig sprechen können ohne Gefahr von Abhören. Gail wird bitte mit Tamara anderen Teil im Haus aufsuchen. *Kann sein dies Haus hat viele Mikrophone.* Wir REDEN KEIN WORT BITTE bis alle Personen zurückgekehrt sind von Krabbenrennen für Party.«

»In dem Moment klingelte das Telefon«, sagte Gail.

* * *

Perry sitzt so aufrecht da wie ein angepfiffener Schüler. Hände flach auf der Tischplatte wie zuvor, Rückgrat durchgedrückt, Schultern hängend, so sinnt er über die Richtigkeit dessen nach, was er gleich tun wird. Das Kinn hat er abwehrend vorgeschoben, dabei will ihm doch gar niemand etwas, niemand außer Gail, die ihn mit einem Ausdruck würdevoller Beschwörung fixiert – hofft sie jedenfalls, aber vielleicht schielt sie ihn auch nur böse an; sie ist sich nicht mehr sicher, was für Signale sie aussendet.

Luke klingt unbeschwert, ja nonchalant, was vermutlich Absicht ist:

»Ich versuche mir nur gerade vorzustellen, wie Sie da gestanden haben müssen«, sagt er lebhaft. »Ein ganz und gar *einzigartiger* Moment, nicht wahr, Yvonne? Die beiden Seite an Seite in diesem Flur stehend. Lesend. Perry mit dem Brief in der Hand. Gail, die ihm über die Schulter schaut. Beide im wahrsten Sinne des Wortes *sprachlos*. So plötzlich mit diesem ungeheuerlichen Ansinnen konfrontiert, auf das Sie in keiner Weise reagieren dürfen. Was für ein Alptraum! Und soweit es Dima und Tamara betrifft, sind Sie ja schon halb mit im Boot, einfach dadurch, dass Sie stumm bleiben müssen. Keiner von Ihnen hat im Zweifel den Nerv, kurzerhand aus dem Haus zu stürmen. Sie sind festgenagelt. Sowohl physisch als auch emotional. Hab ich recht? Vom Standpunkt der beiden heißt das, wunderbar, Sie haben stillschweigend eingewilligt, einzuwilligen. Das ist die Botschaft, die sich Tamara und Dima vermittelt. Ohne jeglichen Vorsatz Ihrerseits. Sie tun nichts, Sie sind einfach nur da, und schon sind Sie Mitspieler in ihrem großen Spiel.«

»Auf mich wirkten sie schlicht und ergreifend durchgeknallt«, sagt Gail, um ihn wieder auf den Boden zu holen. »Völlig paranoid alle beide, um ehrlich zu sein, Luke.«

»Paranoid inwiefern?« – Luke, unbeirrt.

»Woher soll ich das wissen? Allein diese Vorstellung, dass das Haus verwanzt sein soll. Und dass kleine grüne Männchen mithören.«

Aber Luke zeigt mehr Schneid, als sie erwartet hat. Er kontert scharf:

»Kam Ihnen das wirklich so unglaubwürdig vor, nach allem, was Sie gesehen und gehört hatten? Wie kann Ihnen nicht klargewesen sein, dass Sie mindestens mit einem Bein im Russenmafia-Sumpf stecken? Als erfahrene Anwältin auch noch, wenn ich das sagen darf.«

* * *

Eine lange Pause trat ein. Gail hatte nicht damit gerechnet, mit Luke die Klingen zu kreuzen, aber wenn er auf Streit aus war, den konnte er haben.

»Die sogenannte Erfahrung, von der Sie sprechen, Luke«, begann sie wütend, »erstreckt sich bedauerlicherweise nicht auf …«, aber da griff schon Perry ein.

»Das Telefon klingelte«, erinnerte er sie behutsam.

»Ja. Also gut, das Telefon klingelte«, lenkte sie ein. »Es stand vielleicht einen Meter entfernt von uns. Eher weniger, oder, Perry? Sechzig Zentimeter. Ein Schrillen, als würde der Feueralarm losgehen. Wir kriegten fast einen Herzinfarkt. Sie natürlich nicht, nur wir beide. So ein angestaubtes schwarzes Vierziger-Jahre-Trumm mit Wählscheibe und Ringelschnur, das auf einem wackligen Rattantischchen stand. Dima hob ab und blaffte auf Russisch in den Hörer, und wir durften zuschauen, wie sein Gesicht sich zu diesem Arschkriecherlächeln verzog. Alles an ihm war plötzlich ganz und gar gezwungen. Aufgesetztes Lächeln, aufgesetztes Lachen, aufgesetzte Leutseligkeit, ›Aber ja doch‹, ›Aber nein doch‹, während sein Gesichtsausdruck sagte: ›Ich erwürg dich mit meinen bloßen Händen.‹ Und immer den Blick auf die verdrehte Tamara gerichtet, die ihm zeigte, wo's langgeht. Den Finger wieder an die Lippen gelegt, damit wir auch ja keinen Mucks machen, während er spricht. Stimmt's, Perry?« – an Luke sah sie bewusst vorbei.

Stimmt.

»Das sind also die Leute, vor denen sie Angst haben, denke ich bei mir. Und vor denen wir auch Angst haben sollen. Tamara gibt ihm die Einsätze. Nickt mit den Rouge-Bäckchen, schüttelt sie hin und her, zieht eine Medusenfratze, wenn irgendwas gar nicht geht. Brauchbare Beschreibung, Perry?«

»Blumig, aber korrekt«, bestätigte Perry hölzern – um ihr dann, Gott sei's gedankt, ein echtes, ungedimmtes Lächeln zukommen zu lassen: schuldbewusst, aber dennoch.

»Und das war der erste von vielen Anrufen an diesem Abend, nicht wahr?«, sagte Luke hurtig und sah mit schnellen, seltsam unbeteiligten Augen zwischen ihnen hin und her.

»Ein halbes Dutzend waren es mindestens, bis die Familie zurückkam«, bestätigte Perry. »Du hast sie auch gehört, oder?« – zu Gail gewandt –, »und das war nur der Anfang. Die ganze Zeit, während ich mit Dima in Klausur war, klingelte das Telefon, und dann schrie entweder Tamara, dass Dima abheben solle, oder Dima sprang mit viel russischem Gefluche von selbst auf und rannte hin. Wenn es im Haus noch andere Anschlüsse gab, habe ich sie jedenfalls nicht gesehen. Irgendwann im Lauf des Abends sagte er, sie hätten hier oben durch die vielen Bäume und die Felsen keinen Handyempfang, deshalb würden ihn alle übers Festnetz anrufen. Ich hab ihm das nicht abgenommen. Ich dachte mir, dass sie wahrscheinlich überprüfen wollten, ob er daheim war, und ihn übers Festnetz anzurufen schien eine ziemlich sichere Methode.«

»*Sie?*«

»Diese Leute, die ihm nicht trauten. Und denen er auch nicht traute. Die Leute, denen er verpflichtet ist. Und die er hasst. Die Leute, vor denen sie sich fürchten, so dass wir uns auch fürchten müssen.«

Sagen wir doch gleich, die Leute, über die Perry, Luke und Yvonne Bescheid wissen dürfen und ich nicht, dachte Gail. Die Leute aus unserem Scheißdokument, das nicht unseres ist.

»Und das war der Zeitpunkt, zu dem Sie und Dima sich an Ihren *praktischen Ort* verfügt haben, wo Sie sich austauschen konnten, ohne dass jemand mithört«, half Luke ihm weiter.

»Ja.«

»Und Gail, Sie sind mit Tamara abgezogen zu einem kleinen Plausch unter Mädels.«

»Plausch, dass ich nicht lache.«

»Aber Sie sind mit ihr mitgegangen.«

»In ein versifftes Wohnzimmer, das nach Fledermauspisse stank. Mit einem Plasmafernseher, in dem das russisch-orthodoxe Hochamt lief. Sie hatte eine Blechbüchse dabei.«

»Eine Blechbüchse?«

»Hat Perry das nicht erwähnt? In unserem gemeinsamen Dokument, das ich nicht kenne? Tamara schleppte eine schwarze Blechhandtasche mit sich herum. Wenn sie sie abstellte, machte es *klonk*. Ich weiß ja nicht, wo normale Frauen ihre Schießeisen hinstecken, aber ich hatte schwer das Gefühl, dass da Onkel Wanja grüßen ließ.«

Wenn das mein Schwanengesang ist, will ich verdammt noch mal was davon haben.

»Der Fernseher nahm fast die ganze Wand ein. Die übrigen Wände waren mit Ikonen bedeckt. Wanderikonen. Prunkvoll gerahmt, damit es im Himmel mehr hermacht. Männliche Heilige, keine Jungfrauen. Tamara geht keinen Schritt ohne sie, zumindest war das meine Vermutung. Ich habe eine Tante, die auch so ist, früher Nutte von Beruf, jetzt Katholikin. Bei der hat jeder Heilige ein anderes Aufgabenfeld. Für verlorene Schlüssel ist Antonius zuständig. Wenn sie den Zug nimmt, Christopherus. Wenn sie knapp bei Kasse ist, Markus. Wenn ein Verwandter krank ist, Franziskus. Wenn alles zu spät ist, Petrus.«

Schweigen. Sie war im Text stecken geblieben: eine drittklassige Schauspielerin, eine von vielen, die keiner brauchen kann.

»Und der Rest des Abends, ganz kurz noch, Gail?«, fragte Luke – gerade, dass er nicht auf die Uhr sah.

»Ein *Traum*, danke der Nachfrage. Beluga-Kaviar, Hummer, geräucherter Stör, kübelweise Wodka, brillante halbstündige Trinksprüche in gelalltem Russisch für die Erwachsenen, eine göttliche Geburtstagstorte, heruntergespült mit heilbringenden Wolken von beißendem russischem Zigarettenrauch. Kobefleisch und Kricket im Flutlichtschein, eine lärmende Steelband, der keiner zuhörte, ein Feuerwerk, bei dem keiner hinsah, ein Mitternachtsbad für die Letzten, die noch stehen konnten, und danach heim zu einem Schlummertrunk und einer netten kleinen Runde Manöverkritik.«

* * *

Noch einmal ein Stoß von Yvonnes Hochglanzphotos, jetzt wirklich zum letzten Mal. Wenn Sie bitte alle identifizieren würden, die Sie von den Feierlichkeiten her zu erkennen meinen, sagt Yvonne mechanisch.

Den da und *den* da, sagt Gail und deutet lustlos.

Und *ihn* doch auch, oder?, sagt Perry.

Ja, Perry, *ihn* auch. Noch so ein verdammter *Er*. Eines Tages werden wir Chancengleichheit für weibliche russische Kriminelle haben.

Schweigen, während Yvonne einen weiteren ihrer sorgfältigen Vermerke schreibt und dann den Stift weglegt. Danke, Gail, Sie haben uns sehr geholfen, sagt Yvonne. Für den spitzen kleinen Luke das Stichwort, um zügig zum Ende zu kommen. Zügigkeit ist Barmherzigkeit.

»Gail, ich glaube, wir sollten Sie heimgehen lassen. Sie sind uns extrem entgegengekommen, Sie waren eine ausgezeichnete Zeugin, und wegen allem anderen können wir uns an Perry halten. Wir sind Ihnen sehr verbunden. Beide. Danke.«

Sie steht an der Tür, nicht sicher, wie sie dorthin gelangt ist. Yvonne steht neben ihr.

»Perry?«

Antwortet er ihr? Sie kann sich an nichts erinnern. Sie steigt die Treppe hinauf, Yvonne, ihre Schließerin, dicht hinter ihr. Oben in der plüschigen, überladenen Diele faltet der massige Ollie mit dem Cockney-Akzent und dem fremdländischen Zungenschlag seine russische Zeitung zusammen, rappelt sich aus seinem Sessel auf und bleibt kurz vor einem antiken Spiegel stehen, um sich mit beiden Händen die Baskenmütze zurechtzurücken.

5

»Und ich soll Sie wirklich nicht bis zur Haustür begleiten, Gail?«, erkundigte sich Ollie und drehte sich in seinem Sitz nach hinten, um sie durch die Trennscheibe seines Taxis ins Auge zu fassen.

»Danke, nicht nötig.«

»Sie sehen aber so aus, als ob Sie es vielleicht doch nötig hätten, Gail. Von hier vorn jedenfalls. Sie sehen angeschlagen aus. Ich könnte Ihnen eine schöne Tasse Tee machen.«

Als ob ich's nötig habe?

»Nein, danke. Wirklich nicht. Ich muss einfach nur schlafen.«

»Ja, so ein schönes kleines Schläfchen, da geht nichts drüber, hm?«

»Nein. Da geht nichts drüber. Gute Nacht, Ollie. Danke fürs Heimbringen.«

Sie überquerte die Straße und wartete, dass er losfuhr, aber er fuhr nicht.

»Halt, Ihre Handtasche, Schätzchen!«

Tatsächlich! Sie hätte sich ohrfeigen mögen. Aber erst recht hätte sie Ollie ohrfeigen mögen, dass er sie bis zur Haustür kommen ließ, bevor er ihr nachspurtete. Sie dankte ihm noch einmal, murmelte, was für eine Idiotin sie doch sei.

»Nein, sagen Sie das nicht, Gail, ich bin noch viel schlimmer. Ich würde meinen eigenen Kopf vergessen, wenn ich ihn abnehmen könnte. Also, sind Sie sich absolut sicher, Schätzchen?«

Absolut *nicht*, Schätzchen. Über gar nichts mehr. Nicht darüber, ob du ein Topspion bist oder ein Handlanger. Nicht darüber, warum du eine dicke Brille brauchst, um am helllichten Tag nach Bloomsbury zu fahren, aber keine auf dem Rückweg, wenn es stockfinster ist. Oder kann es sein, dass Spione nur im Dunkeln sehen?

* * *

Die Wohnung, die Gails Vater ihr hinterlassen hatte, erstreckte sich über die obersten beiden Stockwerke eines hübschen weißen viktorianischen Reihenhauses von der Art, wie sie Primrose Hill seinen Reiz verleihen. Noch gehörte sie zur Hälfte Gails fasanenmordendem Aufsteiger-Bruder, aber in rund fünfzig Jahren (sofern ihn der Suff nicht bis dahin ins Grab gebracht hatte und sie und Perry noch zusammen waren, was Gail im Augenblick bezweifelte) würden sie ihn ausbezahlt haben.

Der Hausflur stank nach dem Rinderschmortopf aus dem ersten Stock und hallte wider vom Fernsehlärm und dem Gekeife der übrigen Bewohner. Das Mountainbike, das Perry für seine Wochenendbesuche hier abgestellt hatte, stand wie üblich im Weg, an das Fallrohr gekettet. Eines Tages, predigte sie ihm, würde ein unternehmungslustiger Dieb das Fallrohr ganz einfach mit klauen. Perrys höchstes Glück war es, morgens um sechs nach Hampstead Heath zu radeln und im Höllentempo die Wege entlangzurasen, auf denen Fahrrad fahren verboten war.

Der Teppich auf den vier schmalen Stiegen, die zu ihrer Wohnung hochführten, bestand nur noch aus ein paar Fädchen, aber der Besitzer der Erdgeschosswohnung sah nicht ein, warum er auch nur einen Penny dafür ausgeben sollte, und die anderen beiden weigerten sich zu zahlen, ehe er nicht bezahlt hätte, und von Gail als der hauseigenen Juristin erwarteten sie einen Kompromiss, aber da keine der Parteien einen Millimeter von ihrer Position abrückte, sah es für einen Kompromiss düster aus.

Heute Nacht allerdings war sie dankbar für das alles – sollten sie nur nach Herzenslust keifen und ihre verdammte Musik spielen, ihr eine saftige Dosis Normalität verpassen, denn sie lechzte nach Normalität! Wenn sie nur endlich aus dem OP-Saal in den Aufwachraum durfte! Wenn man ihr nur endlich sagte: Der Alptraum ist vorbei, Gail, Liebes, es gibt keine säuselnden schottischen Blaustrümpfe mehr, keine kleinwüchsigen Spiokraten mit Eton-Akzent, keine Waisenkinder, bildschönen Nataschas, knarrenschwingenden Onkel, Dimas und Tamaras, und Perry Makepiece, dein gottgesandter Liebster, dieses Unschuldslamm, ist nicht drauf und dran, sich zu opfern, weder auf dem Altar von Orwells verlorenem England noch für seinen hochgeheimen Dienst an diesem England, noch für seine eigene, pervertierte Form puritanischer Eitelkeit.

Mit leicht zitternden Knien begann sie die Treppe hinaufzusteigen.

Auf dem ersten winkligen Treppenabsatz wurde das Zittern stärker.

Nach dem zweiten zitterte sie so heftig, dass sie sich an der Wand abstützen musste, bis ihre Beine sie wieder trugen.

Und auf dem letzten Stück musste sie sich am Handlauf des Geländers hochziehen, um die Wohnungstür zu erreichen, bevor das Licht ausging.

Dann stand sie in dem kleinen Flur und lauschte, den Rücken gegen die geschlossene Tür gelehnt, schnupperte nach Alkohol, ungewaschenen Körpern, schalem Zigarettenrauch oder allem zusammen – diesem Geruch, der sie vor ein paar Monaten schon gewarnt hatte, ehe sie noch die Wendeltreppe hinaufgestiegen war, um die Spuren des

Einbruchs vorzufinden: das vollgepisste Bett, die aufgeschlitzten Kissen, die obszönen Lippenstiftbotschaften quer über ihrem Spiegel.

Erst als der Erinnerung zur Gänze Genüge getan war, öffnete sie die Küchentür, hängte ihren Mantel auf, ging ins Bad, pinkelte, goss sich ein gewaltiges Glas Rioja ein, trank einen Riesenschluck ab, schenkte es gleich wieder bis zum Rand voll und balancierte es hinüber ins Wohnzimmer.

* * *

Trank dort im Stehen. Von passivem Herumgesitze hatte sie bis an ihr Lebensende genug, besten Dank.

Stand vor dem unbenutzbaren offenen Kamin, einem pseudo-georgianischen Fertigteil ganz aus Kiefernholz, das einer der Vorbesitzer eingebaut hatte, und starrte auf das schmale Schiebefenster. Keine sechs Stunden war es her, dass Perry durch dieses Fenster auf die Straße hinuntergespäht hatte, den langen Körper so abgewinkelt, dass er vogelhaft und mindestens zweieinhalb Meter groß aussah, während er nach einem ganz gewöhnlichen schwarzen Taxi mit ausgeschaltetem Dachlämpchen ausschaute, dessen Kennzeichen auf 73 enden sollte und dessen Fahrer Ollie hieß.

Keine Vorhänge an unseren Fenstern, nur Jalousien. Perry, der seine Fenster unverhängt mag, aber sich an Vorhängen beteiligen will, wenn Gail unbedingt welche möchte. Perry, der gegen Zentralheizungen ist und sich doch ständig sorgt, ob Gail es auch schön warm hat. Perry, der ihnen nicht mehr als ein Kind zugesteht, um der Überbevölkerung Rechnung zu tragen, aber im nächsten Atemzug mindestens sechs haben will, und zwar bitte vorgestern. Perry, der sich, kaum dass sie nach ihrem verpatzten Traumurlaub den Fuß auf englischen Boden gesetzt haben, nach Oxford verzieht, sich in seiner Bude vergräbt und für die nächsten sechsundfünfzig Stunden nichts mehr von sich hören lässt bis auf vereinzelte kryptische SMS von der Front:

dokument fast fertig ... habe kontakt mit entsprechenden stellen aufgenommen ... komme mittag in london an ... leg schlüssel bitte unter die matte

»Es ist ein Spezialteam, hat er gesagt, nicht der gewöhnliche Kader«, informiert er sie, während er die falschen Taxis vorbeifahren sieht.

»Er?«

»Adam.«

»Der Mann, der dich zurückgerufen hat? Dieser Adam?«

»Ja.«

»Vor- oder Nachname?«

»Hat er nicht gesagt, warum auch. Er meinte, solche Fälle werden bei ihnen gesondert behandelt. In einem sicheren Haus. Er wollte am Telefon nicht sagen, wo. Der Taxifahrer weiß Bescheid, sagte er.«

»Ollie.«

»Ja.«

»Und was sind *solche Fälle*, wenn man fragen darf?«

»Fälle wie unserer. Mehr weiß ich auch nicht.«

Ein schwarzes Taxi fährt vorbei, aber sein Lämpchen brennt. Kein Geheimdiensttaxi also. Ein normales Taxi. Mit einem Fahrer, der nicht Ollie ist. Perry, abermals enttäuscht, schießt gegen Gail:

»Hör mal, was soll ich denn bitte schön machen? Wenn du einen besseren Vorschlag hast, immer her damit! Seit wir wieder hier sind, kommt von dir als Einziges nur dieses Gestichel.«

»Und du hältst mich als Einziges nur auf Abstand. Ach ja, und behandelst mich wie ein Kind, das hätte ich jetzt fast vergessen. Vom schwachen Geschlecht.«

Er hat sich wieder dem Fenster zugewandt.

»Ist dieser Adam der Einzige, der deinen Brief-alias-Dokument-alias-Bericht-alias-Zeugenaussage gelesen hat?«, fragt sie.

»Kann ich mir kaum vorstellen. Und ich könnte auch nicht darauf schwören, dass er wirklich Adam heißt. Er hat Adam mehr wie ein Passwort gesagt.«

»Ach ja? Wie mag er das wohl gemacht haben?«

Sie probiert mehrere Arten, Adam wie ein Passwort zu sagen, aber Perry lässt sich nicht aus der Reserve locken.

»Aber du bist sicher, dass Adam ein Mann ist? Nicht einfach eine Frau mit einer tiefen Stimme?«

Keine Antwort. Nicht, dass sie mit einer gerechnet hätte.

Wieder fährt ein Taxi vorbei. Immer noch nicht unseres. Was zieht man wohl am besten *an* für Spione, Darling?, hätte ihre Mutter in so einem Fall gesagt. Wütend auf sich selbst, dass sich ihr die Frage überhaupt stellt, hat Gail ihre Bürokleider gegen einen Rock und eine hochgeschlossene Bluse vertauscht. Und vernünftige Schuhe, nichts, was das Blut in Wallung brächte – gut, das von Luke schon, aber wie hätte sie das ahnen sollen?

»Vielleicht steckt er im Stau«, schlägt sie vor und erntet wieder Schweigen, diesmal zu Recht. »Also, noch mal von vorn. Du hast den Brief einem Adam gegeben. Und ein Adam hat ihn in Empfang genommen. Sonst hätte er sich ja im Zweifelsfall nicht bei dir gemeldet.« Sie sucht Streit, und sie weiß es. Und er weiß es auch. »Wie viele Seiten hat es? Unser Geheimdokument? Dein Geheimdokument.«

»Achtundzwanzig«, erwidert er.

»Handschriftlich oder getippt?«

»Handschriftlich.«

»Wieso nicht getippt?«

»Weil ich zu dem Schluss gelangt bin, dass es handschriftlich sicherer ist.«

»Ach ja? Auf wessen Rat hin?«

»Ich hatte zu dem Zeitpunkt noch keinen Rat eingeholt. Dima und Tamara waren der Meinung, dass jedes Wort von ihnen abgehört wird, also schien es mir richtig, ihre Ängste zu respektieren und nichts in dieser Richtung zu unternehmen – nichts Elektronisches. Nichts Abfangbares.«

»War das nicht etwas paranoid?«

»Doch, bestimmt. Wir sind beide paranoid. Genau wie Dima und Tamara. Wir sind *alle* paranoid.«

»Dann geben wir es doch wenigstens zu! Seien wir gemeinsam paranoid!«

Keine Antwort. Das dumme kleine Frauchen kann es immer noch nicht lassen:

»Willst du mir vielleicht erzählen, wie du überhaupt an Mr Adam geraten bist?«

»Jeder kann das. Das ist gar kein Problem heutzutage. Es geht sogar übers Internet.«

»Hast *du* es übers Internet gemacht?«

»Nein.«

»Weil du dem Internet nicht getraut hast?«

»Ja.«

»Traust du *mir*?«

»Natürlich.«

»Ich kriege tagtäglich die unglaublichsten Bekenntnisse zu hören. Das ist dir klar, oder?«

»Ja.«

»Und du kannst nun nicht gerade behaupten, ich würde unsere Freunde bei Essenseinladungen mit den Geheimnissen meiner Mandanten unterhalten, oder doch?«

»Nein.«

Neuer Anlauf:

»Dir ist auch klar, dass eine junge Rechtsanwältin ohne Festanstellung, die ständig um ihr nächstes Mandat zittern muss, eine berufsbedingte Abneigung gegen mysteriöse

Aufträge hat, bei denen weder Prestige noch ein sonstiger Lohn winkt.«

»Niemand erteilt dir irgendwelche Aufträge, Gail. Niemand verlangt irgendetwas von dir, außer dass du erzählst.«

»Das nenne ich einen Auftrag.«

Noch ein falsches Taxi. Und noch ein Schweigen, ein ungutes.

»Na ja, wenigstens hat der alte Adam uns beide eingeladen«, sagt sie gewollt munter. »Ich dachte schon, du hättest mich völlig aus deinem Dokument rausretuschiert.«

Worauf Perry wieder zu Perry wird und der Dolch in ihrer Hand sich gegen sie kehrt, denn aus dem Blick, mit dem er sie ansieht, spricht so viel verwundete Liebe, dass sie mehr um Perry bangt als um sich selbst.

»Ich hab versucht, dich rauszuretuschieren, Gail. Ich hab so ziemlich alles getan, um dich rauszuretuschieren. Ich dachte, ich könnte verhindern, dass du da mit hineingezogen wirst. Keine Chance. Sie brauchen uns beide. Für den Anfang zumindest. Da war er – na ja – eisern.« Gezwungenes Lachen. »So wie du es bei einem Zeugen wärst. ›Wenn Sie beide zugegen waren, dann müssen logischerweise auch Sie beide kommen.‹ Es tut mir furchtbar leid.«

Und er sagte die Wahrheit. Sie wusste es. Der Tag, an dem Perry es lernte, Gefühle zu heucheln, war der Tag, an dem er aufhören würde, Perry zu sein.

Und ihr tat es genauso leid wie ihm. Mindestens. Sie lag in seinen Armen und versicherte ihm das, als unten auf der Straße ein schwarzes Taxi mit ausgeschaltetem Lämpchen vorfuhr, die letzten beiden Ziffern auf dem Nummernschild 7 und 3, und eine Männerstimme ihnen in nahezu waschechtem Cockney durch die Gegensprechanlage mitteilte, dass Ollie da sei, um zwei Fahrgäste für Adam abzuholen.

* * *

Und jetzt war sie wieder die Dumme. Ausgeschlossen, abgemeldet, außen vor.

Die brave kleine Gattin, die wartete, dass ihr Herr und Meister heimkam, und sich dazu bei einem weiteren mannsgroßen Glas Rioja Beistand holte.

Gut, diese ganze absurde Prozedur hatte von vornherein darauf abgezielt. Sie hätte dem gleich einen Riegel vorschieben sollen. Aber dasitzen und Däumchen drehen musste sie deshalb noch lange nicht.

Perry wusste nicht, dass sie heute Morgen, während er hier in der Wohnung demütig dem Ruf des alten Adam entgegengeharrt hatte, eifrig an ihrem Kanzleicomputer zugange gewesen war, ausnahmsweise nicht in Sachen *Samson gegen Samson*.

Dass sie damit gewartet hatte, bis sie ins Büro kam, statt ihren Laptop daheim zu benutzen – dass sie überhaupt gewartet hatte –, schien ihr noch immer unbegreiflich, wenn nicht nachgerade unverzeihlich. Sie schob es auf die allgemeine Verschwörungsstimmung, die Perry verbreitete.

Dass sie Dimas Visitenkarte mit dem Büttenrand noch hatte, war ein Kapitalverbrechen, da Perry ihr befohlen hatte, sie zu vernichten.

Dass sie ins Netz gegangen war – wo Dinge abgefangen werden konnten –, stellte sich nun als weiteres Kapitalverbrechen heraus. Aber da Perry sie vorab nicht von dieser speziellen Ausprägung seiner Paranoia in Kenntnis gesetzt hatte, konnte er sich darüber kaum beschweren.

Bei dem Arena Multi Global Trading Conglomerate in Nikosia, Zypern, handelte es sich, wie die Website ihr in ungelenkem Englisch mitteilte, um ein Beratungsunternehmen, das auf *Hilfestellung für aktive Trader* spezialisiert war. Seinen Hauptsitz hatte es in Moskau. Niederlassungen befanden sich in Toronto, Rom, Bern, Karatschi, Frankfurt, Budapest, Prag, Tel Aviv und Nikosia. Nicht jedoch auf Antigua. Und eine Bank in Form eines Messingschilds gab es dort auch nicht. Zumindest war keine aufgeführt.

»*Arena Multi Global garantiert ihnen vertraulichkeit [beides kleingeschrieben] und breit gefächertes unternemerisches* [ohne ›h‹] *Knowhow* [korrekt buchstabiert]. *Wir bieten top* [sic] *Chancen und Privatbank. Bitte beachten: Diese Website wird derzeit neu gestaltet. Für nähere Informationen kontaktieren sie unser Zentralbüro in Moskau.*«

Ted war ein amerikanischer Junggeselle, der Termingeschäfte für Morgan Stanley tätigte. Von ihrem Schreibtisch in der Kanzlei rief sie ihn an:

»Ah, die Frau meiner Träume!«

»Eine Firma, die sich Arena Multi Global Trading Conglomerate nennt. Kannst du für mich rausbringen, was für Dreck die am Stecken haben?«

Dreck? Wenn jemand einen Riecher für Dreck hatte, dann Ted. Zehn Minuten später rief er sie zurück.

»Diese Russenfreunde von dir …«

»Russen?«

»Die sind wie ich. Stinkreich und das Heißeste, was rumläuft.«

»Wie reich ist stinkreich?«

»Das weiß keiner, aber ich würde sagen, mega. Über fünfzig Tochtergesellschaften, alle mit Top-Handelsbilanzen. Willst du Geld waschen lassen, Gail?«

»Woher weißt du das?«

»Diese Russkis schieben sich die Gelder in so rasendem Tempo hin und her, dass keiner weiß, was wem für wie lang gehört. Mehr hab ich nicht für dich, aber ich hab mit Blut dafür bezahlt. Liebst du mich jetzt auf immer und ewig?«

»Ich überleg's mir, Ted.«

Ihre nächste Anlaufstelle war der Buchhalter der Kanzlei, Ernie, ein höchst findiger Mitsechziger. Sie wartete bis zur Mittagspause, als die Luft vergleichsweise rein war.

»Ernie. Eine Bitte. Es soll eine ganz üble Chatseite geben, auf der Sie sich rumtreiben, um die Firmen unserer verehrten Mandanten unter die Lupe zu nehmen. Ich bin entsetzt … aber wenn Sie vielleicht kurz was für mich nachsehen könnten?«

Dreißig Minuten später legte Ernie ihr einen zensierten Ausdruck despektierlicher Kommentare zum Thema Arena Multi Global Trading Conglomerate vor:

Überreißt irgendeine von euch Luschen wer diesen Sauhaufen managt? Die wechseln ihre MDs wie die Hemden. P. BROSNAN

Lest, goutiert & verinnerlicht die goldenen Worte des Maynard Keynes: Die Märkte können länger irrational bleiben als wir solvent. Selber Lusche. R. CROW

Was ist mit der verf***ten MG-Website? Die hängt. B. PITT

Website hängt aber Business brummt. Fett schwimmt oben. Rette seinen Arsch wer kann! M. MUNROE

Aber die haben mich echt neugierig gemacht. Gehen erst zur Sache als ob sie affenscharf auf mich sind, dann lassen sie mich aufgegeilt & hechelnd sitzen. P. B.

Hey Jungs, hört euch das an. Hier heißt es, MGTC hätte ein Büro in Toronto eröffnet. R. C.

Büro? Red kein Sch**ß. Verf***ter russischer Nachtclub ist das Mann. Poledance, Stolly und Borscht. M. M.

Hey Luschen, ich noch mal. Ist das Büro, das die in Toronto aufgemacht haben, dasselbe das sie in Äquatorial-Guinea geschlossen haben? Wenn, dann alle Mann in Deckung. Jetzt! R. C.

Arena Multi f***ing Global hat genau null Einträge bei Google. NULL! Dieser Sch**ßladen ist ein dermaßener Dilettantenverein, ich krieg das Kotzen! P. B.

Glaubt ihr an ein Leben nach dem Tod? Fangt besser damit an. Ihr latscht nämlich auf die Fetteste Bananenschalski im ganzen Geldwaschbetrieb. Und das ist amtlich. M. M.

Die waren so was von heiß auf mich. Und jetzt das. P. B.

Lass die Finger davon. Lass sie so was von weg. R. C.

* * *

Sie ist auf Antigua, dort angespült von einem neuerlichen Schwall Rioja aus der Küche.

Sie lauscht dem Pianisten mit dem fliederfarbenen Schlips, der einem ältlichen amerikanischen Paar in Bermudashorts, das einsam auf der Tanzfläche seine Kreise dreht, Simon & Garfunkel vorgurrt.

Sie ignoriert die Blicke gutaussehender Kellner, die nichts Besseres zu tun haben, als sie in Gedanken auszuziehen. Sie hört, wie die siebzigjährige texanische Witwe mit den tausend Liftings Ambrose befiehlt, ihr einen Rotwein zu bringen, aber bloß keinen französischen!

Sie steht auf dem Tennisplatz und tauscht einen sittsamen ersten Händedruck mit einem kahlköpfigen Kampfstier, der sich Dima nennt. Sie sieht seine braunen Seehundaugen vor sich, das Nussknackerkinn, den steif hintübergelehnten Erich-von-Stroheim-Gang.

Sie sitzt in dem Souterrain in Bloomsbury, plötzlich nicht mehr Perrys Lebensgefährtin, sondern sein Übergepäck, Ballast auf seiner Reise. Sie ist in Klausur mit drei Menschen, die, dank *unserem Dokument* und all dem, was Perry seither noch so hervorgesprudelt haben mag, lauter Dinge wissen, die sie nicht weiß.

Nachts um halb eins, und sie hält die Stellung im Wohnzimmer ihrer begehrten Maisonettewohnung in Primrose Hill, allein, auf dem Schoß die Akte *Samson gegen Samson*, neben sich ein leeres Weinglas.

Mit einem Ruck steht sie auf – ups! – und klettert die Wendeltreppe zu ihrem Schlafzimmer hinauf, macht das Bett, folgt der Spur von Schmutzwäsche, die Perry über den Boden verstreut hat, ins Bad und stopft alles in den Wäschepuff. Fünf Tage hatten wir jetzt keinen Sex mehr. Steuern wir einen Rekord an?

Sie kehrt nach unten zurück, immer schön eine Stufe nach der anderen, die Hand am Geländer. Sie steht wieder am Fenster und starrt hinab auf die Straße, betet, dass ein schwarzes Taxi mit den Endziffern 7 und 3 ihr endlich ihren Mann heimbringt. Sie holpert in dem Minivan mit den getönten Scheiben durch die Nacht, Schenkel an Schenkel mit Perry; die Geburtstagsfeier in Three Chimneys ist zu Ende, und der milchgesichtige Kurzhaargorilla mit dem goldenen Kettenarmband fährt sie zurück ins Hotel.

»War schön, heut Abend, Gail?«

Achtung, Achtung, hier spricht Ihr Chauffeur. Bisher hat der Milchbubi durch nichts zu erkennen gegeben, dass er Englisch kann. Als Perry ihn auf dem Tennisplatz angegangen ist, schien er kein Wort zu verstehen. Woher also dieser Sinneswandel?, fragt sie sich, so wachsam wie nie zuvor in ihrem Leben.

»*Phantastisch*, danke«, bestätigt sie im Tonfall ihres Vaters, umso lebhafter, als Perry taub geworden zu sein scheint. »Einfach *wunderbar*. Das sind ja zwei dermaßene *Pracht*jungen.«

»Heiß ich Niki, okay?«

»Okay. Sehr gut. Hallo, Niki«, sagt Gail. »Wo kommen Sie her?«

»Perm, Russland. Guter Platz. Perry? War auch schön heut Abend?«

Gail will Perry fast schon anstoßen, da erwacht er von selber zum Leben. »Großartig, danke, Niki. Ausgezeichnetes Essen. Ganz reizende Leute. Hervorragend. Der beste Abend unseres Urlaubs.«

Nicht schlecht fürs erste Mal, denkt Gail.

»Wann sind Sie gekommen nach Three Chimneys?«, will Niki wissen.

»Wir wären beinahe *überhaupt* nicht hingekommen, Niki«, ruft Gail und kichert, um Perrys Zögern zu übertünchen. »Stimmt's, Perry? Wir haben den Naturpfad genommen und mussten uns durchs Unterholz *hacken!* Wo haben Sie so gut Englisch gelernt, Niki?«

»Boston, Massachusetts. Sie haben Messer?«

»Messer?«

»Zum Holzschlagen, Sie brauchen großes Messer.«

Diese toten Augen im Rückspiegel, was haben sie gesehen? Was sehen sie in diesem Moment?

»Wenn wir nur eins gehabt hätten, Niki«, lacht Gail, die immer noch als ihr Vater auftritt. »Nur laufen wir Engländer dummerweise nicht mit Messern herum.« Was für einen Blödsinn schwatze ich da zusammen? Egal. Weiterschwatzen. »Gut, manche natürlich schon, um ganz ehrlich zu sein, aber nicht Leute wie wir. Wir sind in der falschen Gesellschaftsschicht dafür. Sie haben ja vielleicht von unserem Klassensystem gehört? Also, in England trägt man nur ein Messer, wenn man untere Mittelschicht oder darunter ist.« Und zu neuerlichen Lachsalven umrunden sie den Kreisverkehr und biegen in die Hoteleinfahrt ein.

Zwischen den angestrahlten Hibiskushecken tappen sie auf ihr Häuschen zu, benommen, zwei Fremde. Perry schließt die Tür hinter sich, macht aber kein Licht. In der Dunkelheit stehen sie einander gegenüber, das Bett zwischen ihnen. Eine Ewigkeit bleibt auch der Ton ausgeschaltet. Was nicht heißt, dass Perry nicht genauestens weiß, was er sagen will:

»Ich brauche Stift und Papier. Und du auch.« Seine Kommandostimme, sonst nur für saumselige Studenten reserviert, die ihre wöchentliche Hausarbeit verschusselt haben, mutmaßt Gail.

Er zieht die Vorhänge vor. Er knipst das kümmerliche Leselämpchen auf meinem Nachttisch an, so dass das restliche Zimmer im Dunkeln bleibt.

Er ruckt *meine* Nachttischschublade auf und zerrt einen gelben Schreibblock heraus: auch meiner. Beschrieben mit meinen brillanten Überlegungen zu *Samson gegen Samson*: mein erster halbwegs großer Fall, mein heißersehntes Sprungbrett zu Ruhm und Reichtum.

Oder doch nicht?

Er reißt die Seiten, auf denen ich meine Perlen juristischer Weisheit verewigt habe, einfach heraus und stopft sie zurück in die Schublade, trennt das, was von *meinem* gelben Block übrig ist, in zwei Hälften und wirft mir eine hin.

»Ich gehe da rein« – er zeigt auf das Bad. »Du bleibst hier. Setz dich an den Schreibtisch und schreib alles auf, woran du dich erinnerst. Alles, was passiert ist. Und ich mache es genauso. Einverstanden?«

»Warum können wir nicht beide hier drin sein? Herrgott noch mal, Perry. Ich hab eine Scheißangst. Du nicht?«

Auch abgesehen von einem verzeihlichen Verlangen nach seiner Nähe ist ihre Frage nur vernünftig. Neben einem vielbenutzten Bett von der Größe eines Rugbyfelds enthält ihr Häuschen noch ein Schreibpult, zwei Sessel und einen Tisch. Hinter Perry liegt sein Tête-à-Tête mit Dima, aber was hatte Gail außer dem Exil mit der übergeschnappten Tamara und ihren bärtigen Heiligen?

»Separate Zeugen haben Anspruch auf separate Aussagen«, verfügt Perry, schon halb im Badezimmer.

»Perry! Halt! Komm zurück! Bleib da! Ich bin hier die Juristin, nicht du, verdammt. Was hat Dima dir erzählt?«

Nichts, nach seinem Gesichtsausdruck zu schließen. Es ist, als wäre eine Klappe zugefallen.

»Perry.«

»Was?«

»Verdammt noch mal. Ich bin's. Gail. Kennst du mich nicht mehr? Also setz dich gefälligst hin und sag Tante Gail, was Dima dir erzählt hat, dass du hier plötzlich als Zombie herumschleichst. Na schön, dann setz dich nicht hin. Sag's mir im Stehen. Geht morgen die Welt unter? Ist er ein Mädchen? Was zum Teufel läuft zwischen euch, das ich nicht wissen darf?«

In seinem Gesicht zuckt es. Unübersehbar. Deutlich genug zumindest, um sie hoffen zu lassen. Fehlanzeige.

»Ich kann nicht.«

»Was kannst du nicht?«

»Dich da mit hineinziehen.«

»Schwachsinn.«

Noch ein Zucken. Auch nicht ergiebiger als das erste.

»Hörst du mir zu, Gail?«

Wonach sieht's denn aus? Pirouettendrehen?

»Du bist eine gute Anwältin, und du hast eine glänzende Laufbahn vor dir.«

»Danke.«

»Und in zwei Wochen wird dein großer Fall verhandelt. Kann man das so sagen?«

Ja, Perry, so kann man das sagen. Ich habe eine glänzende Laufbahn vor mir, es sei denn, wir setzen vorher noch schnell sechs Kinder in die Welt, und der Fall Samson gegen Samson *hat in fünfzehn Tagen Termin, aber so wie ich unseren Chef kenne, werde ich nicht ein Wort dazwischenkriegen.*

»Du bist der Jungstar einer renommierten Anwaltskanzlei. Du arbeitest bis zum Umfallen. Das hast du mir oft genug gesagt.«

Ja, auch das stimmt, ich bin hoffnungslos überarbeitet, was für eine Nachwuchsanwältin ein Glücksfall ist, wir haben gerade den mit Abstand schlimmsten Abend unseres Lebens hinter uns, und was zum Henker versuchst du mir hier durch die Blume mitzuteilen? Perry, du kannst das nicht machen! Komm zurück! Aber das alles denkt sie nur. Sie ist fürs Erste mundtot.

»Wir ziehen eine ganz klare Trennlinie. Was Dima mir gesagt hat, erfährt niemand außer mir. Was Tamara dir gesagt hat, weißt nur du. Daran halten wir uns. Die Aussagen unserer Mandanten unterliegen strikter Geheimhaltungspflicht.«

Sie findet die Sprache wieder. »Willst du mir sagen, dass Dima jetzt dein *Mandant* ist? Du bist genauso irr wie sie.«

»Ich gebrauche eine juristische Metapher. Ein Bild aus deiner Welt, nicht aus meiner. Dima ist mein Mandant und Tamara deiner. So gesehen.«

»Tamara hat *nichts* gesagt, Perry. Nicht ein einziges verdammtes Wort. Für sie sind noch die Vögel, die hier durch die Luft schwirren, verdrahtet. Gelegentlich hat sie es für angezeigt gehalten, einem ihrer bärtigen Schutzpatrone ein russisches Gebet darzubringen, was jedes Mal hieß, dass ich mich neben sie knien musste. Ich bin keine anglikanische Atheistin mehr, ich bin jetzt eine russisch-orthodoxe Atheistin. Sonst ist ums Verrecken nichts vorgefallen zwischen Tamara und mir, was ich dir nicht bis ins Letzte zu enthüllen bereit wäre, und ich hab es schon gerade enthüllt. Meine Hauptangst war, dass sie mir die Hand abbeißt. Das hat sie nicht. Meine Hände sind beide noch dran. So, und jetzt du.«

»Tut mir leid, Gail. Es geht nicht.«

»Soll das ein Witz sein?«

»Ich sage nicht mehr. Ich lasse es nicht zu, dass du noch

weiter in die Sache verwickelt wirst, als du es schon bist. Ich will, dass du unberührt bleibst. Ungefährdet.«

»Das *willst* du.«

»Darauf *bestehe* ich. Du führst mich nicht in Versuchung.«

In Versuchung? Spricht da noch Perry? Oder eher der Brandredner aus Huddersfield, nach dem er benannt ist?

»Es ist mir todernst damit«, fügt er hinzu, falls sie noch irgendwelche Zweifel hat.

Und nun verwandelt auch dieser Perry sich wundersam. Aus ihrem geliebten, so leidenschaftlich ringenden Jekyll kommt ein ungleich unappetitlicherer Mr Hyde vom britischen Geheimdienst zum Vorschein.

»Du hast auch mit Natascha geredet, habe ich bemerkt. Ziemlich lange sogar.«

»Ja.«

»Allein.«

»Nicht direkt. Wir hatten zwei kleine Mädchen bei uns, die allerdings schliefen.«

»Also effektiv allein.«

»Ist das ein Verbrechen?«

»Sie ist eine Quelle.«

»Sie ist was?«

»Hat sie mit dir über ihren Vater geredet?«

»Wie bitte?«

»Ich habe gefragt, ob sie mit dir über ihren Vater geredet hat.«

»Das sag ich nicht.«

»Ich meine es ernst, Gail.«

»Ich auch. Todernst. Ich sag's dir nicht. Entweder du kümmerst dich um deinen eigenen Dreck, oder du erzählst mir, was Dima dir gesagt hat.«

»Hat sie mit dir darüber gesprochen, womit Dima sein Geld verdient? Mit wem er sich abgibt, wem er vertraut, vor wem sie alle solche Angst haben? Wenn du irgendetwas in dieser Richtung gehört hast, solltest du es dazuschreiben. Es könnte von entscheidender Bedeutung sein.«

Womit er sich ins Bad zurückzieht und – ewige Schande über ihn! – den Riegel vorschiebt.

Eine halbe Stunde sitzt Gail zusammengekauert auf dem Balkon, die Tagesdecke um die Schultern gerafft, zu kaputt, um sich auszuziehen. Die Rumflasche fällt ihr ein, Kater garantiert, und sie schenkt sich trotzig einen Spritzer daraus ein und döst. Als sie aufwacht, hat die Badezimmertür sich geöffnet, und im Türrahmen steht gebückt Superagent Perry, den Kopf eingezogen, um sich ihn nicht am Türstock anzuschlagen, unschlüssig, ob er herauskommen soll oder nicht. Ihren halben Schreibblock hält er mit beiden Händen hinterm Rücken versteckt. Eine Ecke davon schaut hervor, und sie ist eng mit seiner Schrift bekritzelt.

»Trink einen Schluck«, lädt sie ihn ein und zeigt auf die Rumflasche.

Er überhört es.

»Es tut mir leid«, sagt er. Dann räuspert er sich und sagt es noch einmal: »Es tut mir furchtbar leid, wirklich, Gail.«

Worauf sie Stolz und Vernunft gleichermaßen in den Wind schlägt, aufspringt, zu ihm läuft und ihn umarmt. Aus Sicherheitsgründen hält er die Arme hinterm Rücken verschränkt. Sie hat Perry noch nie in Angst erlebt, aber jetzt hat er Angst. Nicht um sich selbst. Um sie.

* * *

Mit verschwommenem Blick schaut sie auf ihre Uhr. Halb drei. Sie steht auf, will sich noch einen Rioja holen, verwirft die Idee, setzt sich in Perrys Lieblingssessel und merkt plötzlich, dass Natascha zu ihr unter die Decke geschlüpft ist.

»Und was macht er, dein Max?«, fragt Gail sie.

»Er liebt mich ganz und gar«, erwidert Natascha. »Auch körperlich.«

»Ich meinte, davon mal abgesehen, womit verdient er sein Geld?«, erklärt Gail und hütet sich zu lächeln.

Es geht auf Mitternacht zu. Um dem kalten Wind zu entkommen und zwei todmüde kleine Waisenmädchen bei Laune zu halten, hat Gail im Schutz der hohen Gartenmauer aus Decken und Kissen ein Zelt gebaut. Unangekündigt hat sich auch Natascha eingefunden, buchlos diesmal. Als Erstes erkennt Gail durch einen Spalt in den Decken ihre Füße in den griechischen Sandalen, die auf ihren Auftritt warten. Mehrere Minuten verharren sie so. Lauscht sie? Nimmt sie ihren Mut zusammen? Wofür? Will sie einen Überfall vortäuschen, als Spaß für die Kinder? Da Gail bisher noch kein Wort mit Natascha gewechselt hat, kann sie über ihre möglichen Beweggründe nur mutmaßen.

Die Decke wird zurückgeschlagen, vorsichtig schiebt sich eine griechische Sandale herein, gefolgt von einem Knie und Nataschas zur Seite gewandtem Kopf mit dem schwarzen Haarvorhang. Dann die zweite Sandale und der Rest von ihr. Die kleinen Mädchen schlafen tief und rühren sich nicht. Wieder vergehen Minuten, während Gail und Natascha Schulter an Schulter daliegen und durch die Öffnung in der Zeltwand stumm zu den Raketensalven hinausschauen, die Niki und seine Waffenbrüder mit beunruhigender Effizienz abfeuern. Natascha zittert. Gail zieht eine Decke über sie beide.

»Es hat den Anschein, als wäre ich kürzlich schwanger«, bemerkt Natascha in gepflegtem Jane-Austen-Englisch, nicht zu Gail, sondern zu einer Garbe grellbunter Pfauenfedern, die am Nachthimmel herabrieseln.

Wenn du das Glück hast, dass dich ein junger Mensch ins Vertrauen zieht: nie ihn direkt ansehen, immer nur einen ge-

meinsamen Punkt in der Ferne – Gail Perkins, *ipsissima verba*. In der Zeit vor ihrem Jurastudium hat sie an einer Schule für lernbehinderte Kinder unterrichtet, und dies gehört zu den Dingen, die sie dort gelernt hat. Und wenn einem eine bildschöne Sechzehnjährige aus heiterem Himmel gesteht, dass sie schwanger zu sein glaubt, wird eine solche Lektion doppelt wichtig.

* * *

»Gegenwärtig ist Max Skilehrer«, beantwortet Natascha Gails beiläufige Frage nach dem möglichen Vater. »Aber das ist vorübergehend. Er wird Architekt sein und Häuser für arme Leute ohne Geld bauen. Max ist sehr kreativ, außerdem sehr einfühlsam.«

Sie sagt es ohne jede ironische Distanz. Dazu ist wahre Liebe zu ernst.

»Und seine Eltern, was machen die?«, fragt Gail.

»Sie haben Hotel. Es ist für Touristen. Es ist minderwertig, aber Max ist in materiellen Dingen ganz und gar philosophisch.«

»Ein Hotel in den Bergen?«

»In Kandersteg. Das ist ein Dorf in den Bergen, sehr touristisch.«

Gail sagt, dass sie selbst nie in Kandersteg war, aber dass Perry an einem Skirennen dort teilgenommen hat.

»Die Mutter von Max ist ganz und gar ohne Kultur, aber sie ist sensibel und spirituell wie ihr Sohn. Der Vater ist ganz und gar negativ. Ein Idiot.«

Schön auf neutralem Boden bleiben. »Und arbeitet Max für die offizielle Skischule«, fragt Gail weiter, »oder privat?«

»Max ist ganz und gar privat. Er fährt nur mit Menschen Ski, die er achtet. Am liebsten abseits der Piste, das ist ästhetisch. Und auf Gletschern.«

In einer abgelegenen Hütte hoch über Kandersteg, so Natascha, war es denn auch, dass die Leidenschaft sie beide übermannte:

»Ich war eine Jungfrau. Auch sehr unwissend. Max ist ganz und gar rücksichtsvoll. Es liegt in seiner Natur, auf alle Menschen Rücksicht zu nehmen. Selbst in der Leidenschaft ist er ganz und gar rücksichtsvoll.«

Gail, strikt um Unverfänglichkeit bemüht, erkundigt sich, wie weit Natascha in der Schule ist, welche Fächer sie am liebsten mag und in welchen sie Abitur machen will. Seit sie bei Dima und Tamara lebt, erklärt Natascha, besucht sie eine Klosterschule im Kanton Fribourg und kommt an den Wochenenden heim.

»Bedauerlicherweise glaube ich nicht an Gott, doch das ist unwesentlich. Im Leben ist es häufig nötig, religiöse Überzeugung zu heucheln. Am liebsten mag ich Kunst. Max ist ebenfalls sehr künstlerisch. Vielleicht studieren wir beide zusammen Kunst in St. Petersburg oder in Cambridge. Es wird sich entscheiden.«

»Ist er katholisch?«

»In der Ausübung unterwirft sich Max der Familienreligion. Das kommt, weil er pflichtbewusst ist. Aber in seiner Seele glaubt er an alle Götter.«

Und im Bett, fragt Gail sich, aber nicht Natascha, unterwirft er sich da auch der Familienreligion?

»Und wer weiß noch alles von dir und Max?«, sagt sie in dem gleichen gemächlich-leichtherzigen Ton, den sie bisher durchgehalten hat. »Außer seinen Eltern natürlich. Oder wissen die es am Ende auch nicht?«

»Die Situation ist kompliziert. Max hat einen extrem starken Eid geschworen, dass er niemand etwas von unserer Liebe verraten wird. Auf dies habe ich bestanden.«

»Nicht mal seiner Mutter?«

»Auf die Mutter von Max ist nicht Verlass. Sie ist gefangen in bürgerlichen Wertvorstellungen, außerdem auch geschwätzig. Wenn es praktisch für sie ist, wird sie es ihrem Mann sagen, dazu vielen anderen bürgerlichen Personen.«

»Wäre das denn so schlimm?«

»Wenn Dima erfährt, dass Max mein Geliebter ist, kann es sein, dass Dima ihn tötet. Es liegt in Dimas Natur, gewaltbereit zu sein.«

»Und Tamara?«

»Tamara ist nicht meine Mutter«, faucht sie mit einem Auflodern der väterlichen Gewaltbereitschaft.

»Was wollt ihr also tun, wenn du feststellst, dass du tatsächlich schwanger bist?«, fragt Gail leichthin, während ein Schauer von Funkengarben die Landschaft erleuchtet.

»Im Augenblick der Gewissheit werden wir sogleich in die Fremde fliehen, vielleicht nach Finnland. Max regelt alles. Gegenwärtig ist es nicht praktisch, weil er auch Bergführer ist. Wir werden noch ein Monat warten. Vielleicht können wir in Helsinki studieren. Vielleicht auch bringen wir uns um. Man wird sehen.«

Gail hat die schwerwiegendste Frage bis zuletzt aufgehoben, vielleicht weil ihre bürgerlichen Wertvorstellungen sie vor der Antwort zurückscheuen lassen:

»Und dein Max ist wie alt, Natascha?«

»Einunddreißig. Aber in seinem Herzen ist er Kind.«

So wie du auch, Natascha. Ist das ein romantisches Märchen, das du hier unter den karibischen Sternen zusammenspinnst, eine Kleinmädchen-Phantasie von dem Traummann, dem du eines Tages begegnen wirst? Oder bekommst du wirklich ein Kind von einem miesen kleinen, einunddreißigjährigen Skiheini, der vor seiner Mama kuscht? Denn dann bist du bei mir an der richtigen Adresse.

Gail war ein wenig älter gewesen, nicht viel. Der Kindsvater war in ihrem Fall kein Skiheini, sondern ein Schulabbrecher ohne einen Penny in der Tasche, dafür aber mit Migrationshintergrund und geschiedenen Eltern in Südafrika. Gails Mutter hatte sich drei Jahre zuvor auf Nimmerwiedersehen aus dem Schoß der Familie verabschiedet. Gails Säufer-Vater, weit entfernt davon, irgendjemandem Gewalt anzudrohen, starb im Krankenhaus an Leberversagen. Mit Geld, das ihr Freundinnen liehen, hat Gail das Kind dilettantisch abtreiben lassen und dem Jungen nie ein Wort davon gesagt.

Und bis zum heutigen Tag hat es sich auch nie ergeben, dass sie es Perry erzählt. So wie es momentan zwischen ihnen steht, zweifelt sie, ob es noch dazu kommt.

* * *

Aus der ums Haar in Ollies Taxi verbliebenen Handtasche fischt Gail ihr Mobiltelefon und überprüft es auf neue Nachrichten. Nichts. Sie scrollt zurück. Natascha simst in theatralischen Großbuchstaben. Vier Nachrichten hat sie geschickt, über eine Woche verteilt:

ICH HABE MEINEN VATER VERRATEN ICH BIN EINE SCHANDE

GESTERN WIR HABEN MISCHA UND OLGA BEGRABEN IN SCHÖNER KIRCHE VIELLEICHT BIN ICH BALD BEI IHNEN

BITTE SAGE MIR WANN IST ES NORMAL WENN ICH MORGENS BRECHE

– gefolgt von Gails Antwort, die sie unter gesendeten Nachrichten gespeichert hat:

Im Prinzip in den ersten 3 Monaten, aber wenn du dich krank fühlst, geh SOFORT zum Arzt, xxxx Gail

Wogegen Natascha sich gebührend verwahrt:

BITTE SAG NICHT ICH BIN KRANK. LIEBE IST NICHT KRANKHEIT. NATASCHA

* * *

Wenn sie schwanger ist, braucht sie mich.

Wenn sie doch nicht schwanger ist, braucht sie mich auch.

Und wenn sie eine neurotische Halbwüchsige mit Suizidphantasien ist, braucht sie mich erst recht.

Ich bin ihre Anwältin und ihre Vertraute.

Ich bin alles, was sie hat.

* * *

Perrys Trennlinie ist gezogen.

Sie ist nicht verhandelbar, unter keinen Bedingungen.

Nicht einmal Tennis hilft mehr. Das indische Paar ist abgereist. Die Einzel sind zu geladen. Mark ist der Feind.

Nur im Bett können sie das Trennende zeitweise vergessen. Aber danach ist es prompt wieder da.

Abends nach dem Essen sitzen sie auf ihrem Balkon und sehen hinüber zu dem Bogen aus weißen Sicherheitslampen, der das Ende der Halbinsel überspannt. Gail, weil sie sich einen Blick auf die Mädchen erhofft – doch auf wen hofft Perry?

Auf Dima, seinen Jay Gatsby? Dima, seinen Kurtz? Oder einen anderen versehrten Helden seines geliebten Joseph Conrad?

Das Gefühl, belauscht und beobachtet zu werden, verlässt sie zu keiner Tages- oder Nachtzeit. Sogar wenn Perry sein selbstauferlegtes Schweigen brechen wollte: Die Angst vor dem Abgehörtwerden würde ihm den Mund verschließen.

An ihrem vorletzten Tag steht er um sechs Uhr auf und geht laufen. Gail schläft aus, aber als sie sich schließlich zum Captain's Deck aufmacht, um in Gottes Namen alleine zu frühstücken, berät dort Perry mit Ambrose über Mittel und Wege, den Abreisetermin vorzuziehen. Ambrose bedauert zutiefst, dass ihre Flüge nicht umbuchbar sind.

»Ja, wenn die Herrschaften *gestern* losgewollt hätten! Da hätten Sie gleich zusammen mit Mr Dima und seiner Familie fahren können. Bloß dass die alle erster Klasse geflogen sind, und Sie sitzen in der guten alten Holzklasse. Nein, da werden Sie's wohl noch einen Tag mehr auf unsrer Insel aushalten müssen.«

Sie gaben sich redliche Mühe. Sie gingen in die Stadt und besichtigten alles, was es nur zu besichtigen gab. Perry dozierte über die Gräuel der Sklaverei. Sie fuhren an einen Strand auf der anderen Seite der Insel und schnorchelten, zwei Briten unter vielen, die mit so viel Sonne überfordert waren.

Erst beim Abendessen auf dem Captain's Deck platzte Gail schließlich der Kragen. Als hätte er über ihre Gespräche in der Hütte nie ein Embargo verhängt, wagte es Perry allen Ernstes, sie zu fragen, ob sie »rein zufällig« jemanden aus dem »Geheimdienst-Metier« kenne.

»Wieso, für den arbeite ich doch«, gab sie zurück. »Hast du das immer noch nicht geschnallt?« Ihr Sarkasmus verpuffte wirkungslos.

»Ich dachte nur, vielleicht hat jemand bei dir in der Kanzlei einen Draht dahin«, sagte Perry lahm.

»Ach. Und wie kommst du darauf?« Gail spürte, wie ihr die Hitze ins Gesicht stieg.

»Na ja« – betont unschuldiges Achselzucken –, »ich dachte eben, bei so vielen Prozessen und öffentlichen Anfragen wegen dieser ganzen Thematik – Überstellung von Terrorverdächtigen, Folter, alles solches Zeug – müssten die Spione doch eigentlich alle juristische Schützenhilfe brauchen, die sie kriegen können.«

Das war zu viel. Mit einem heftigen »Du bist so ein Arschloch!« rannte sie den Weg zu ihrem Häuschen hinunter, wo sie in wildes Schluchzen ausbrach.

Und ja, es tat ihr fürchterlich leid. Und ihm tat es auch fürchterlich leid. Er konnte es nicht fassen. Beide konnten sie es nicht fassen. Es ist ganz allein meine Schuld. Nein, meine. Fahren wir heim nach England und lassen diesen ganze Schlamassel hinter uns. Kurzzeitig wieder vereint, klammern sie sich aneinander wie Ertrinkende und lieben sich, als könnte das sie retten.

* * *

Sie steht wieder an dem schmalen Fenster und stiert böse auf die Straße hinunter. Kein einziges Scheißtaxi. Nicht mal ein falsches.

»*Saubande*«, sagt sie laut mit der Stimme ihres Vaters. Und stumm – zu der Saubande oder auch zu sich selbst:

Was zum Teufel macht ihr mit ihm?

Was zum Teufel wollt ihr von ihm?

Wozu sagt er nein, aber irgendwie doch ja, während er vor euch seinen moralischen Eiertanz vollführt?

Wie würde es euch gefallen, wenn Dima sein Geständnis mir abgelegt hätte und nicht Perry? Wenn er sich statt eines Beichtvaters eine Beichtmutter gesucht hätte?

Und wie fände Perry es wohl, hier zu warten wie bestellt und nicht abgeholt, bis ich mit einer neuen Ladung Geheimnisse ankomme, in die ich ihn zu seinem eigenen Besten leider, leider nicht einweihen darf?

* * *

»Bist du das, Gail?«

Gute Frage.

Jemand hat ihr das Telefon in die Hand gedrückt und ihr befohlen, mit ihm zu sprechen. Nein, Unsinn. Sie ist allein. Und es ist Perry in Echtzeit, kein Flashback, und sie steht nach wie vor mit der Hand am Fensterrahmen abgestützt und starrt hinunter auf die Straße.

»Hör zu. Tut mir leid, dass es so spät ist und alles.«

Alles?

»Hector will uns beide morgen früh um neun sprechen.«

»Hector?«

»Ja.«

Ganz ruhig. Wenn um dich der Wahnsinn tobt, halt dich an die Fakten. »Das geht nicht. Ich weiß, es ist Sonntag, aber ich muss ins Büro. *Samson gegen Samson* schläft nie.«

»Dann ruf an und sag, dass du krank bist. Es ist wichtig, Gail. Noch wichtiger als *Samson gegen Samson*. Im Ernst.«

»Sagt das Hector?«

»Wir beide sagen das, Gail.«

6

»Sein Name wird übrigens Hector sein«, sagte der kundige kleine Luke mit einem flüchtigen Aufblicken von seinem Exemplar des braunen Aktenordners.

»Ist das eine Warnung oder göttliche Prophezeiung?«, kam es von Perry hinter den Händen hervor, eine gute Weile, nachdem Luke es aufgegeben hatte, auf eine Antwort zu warten.

In der halben Ewigkeit seit Gails Aufbruch hatte Perry bewegungslos am Tisch gesessen – hatte weder den Kopf gehoben noch sich von seinem Platz neben ihrem leeren Stuhl weggerührt.

»Wo ist Yvonne?«

»Heimgegangen«, sagte Luke, wieder über seinen Ordner gebeugt.

»Freiwillig oder mit ein bisschen Nachhilfe?«

Keine Antwort.

»Ist Hector Ihr Oberboss?«

»Sagen wir, ich bin zweite Liga und er erste« – er applizierte ein Bleistifthäkchen.

»Dann ist Hector also Ihr Vorgesetzter?«

»Auch eine Art, es auszudrücken.«

Und auch eine Art, eine Antwort zu umschiffen.

Wobei Perry zugeben musste, dass sich mit Luke, soweit er das bisher beurteilen konnte, durchaus klarkommen ließ. Kein Überflieger, gut. Ein Zweitligist, wie er von sich selbst sagte. Ein bisschen geziert vielleicht, ein bisschen elitär, aber doch ein verlässlicher Partner am Seil.

»Hat Hector jetzt mitgehört?«

»Ich nehme es an.«

»Und uns zugesehen?«

»Manchmal ist Hören allein besser. Wie bei einem Hörspiel.« Und nach einer Pause. »Tolle Frau, Ihre Gail. Sind Sie schon lange zusammen?«

»Fünf Jahre.«

»Wahnsinn.«

»Was heißt Wahnsinn?«

»Na ja, mir geht's wohl ein bisschen wie Dima: Heiraten Sie sie lieber schnell.«

Das war Sperrgebiet, und Perry war drauf und dran, ihn das auch wissen zu lassen, verzieh ihm dann aber.

»Wie lange machen Sie diesen Job schon?«, fragte er stattdessen.

»Rund zwanzig Jahre.«

»Inland oder Ausland?«

»Ausland hauptsächlich.«

»Und verbiegt einen das?«

»Wie bitte?«

»Die Arbeit. Verformt sie den Charakter? Beobachten Sie an sich – na ja – eine *déformation professionelle?*«

»Sie meinen, ob ich einen Hau habe?«

»Nichts so Drastisches. Nur – ja, wie es sich eben auf lange Sicht auf Sie auswirkt.«

Lukes Kopf blieb gebeugt, aber sein Bleistift wanderte nicht mehr herum, und die Reglosigkeit hatte etwas Herausforderndes.

»Auf *lange Sicht?*«, wiederholte er in gesuchter Verwirrtheit. »Auf lange Sicht müssen wir alle sterben, dachte ich immer.«

»Ich meinte mehr, wie geht es einem damit, ein Land zu vertreten, das seine Rechnungen nicht bezahlen kann?«, erläuterte Perry, ehe ihm klarwurde, dass er sich hier auf schwankenden Boden begab. »Nachdem unsere gute Geheimdienstarbeit so ungefähr das Einzige ist, was uns dieser Tage noch internationale Anerkennung verschafft – hab ich jedenfalls irgendwo gelesen«, ruderte er weiter. »Muss doch ziemlich belastend für die Leute sein, die diese Arbeit ganz konkret leisten, denke ich mir. Boxen in einer zu hohen Gewichtsklasse sozusagen«, setzte er hinzu und hätte sich am liebsten die Zunge abgebissen, als ihm aufging, wie sich das für den zierlichen Luke anhören musste.

Ihr gequälter Small Talk wurde durch ein langsames, weiches Tappen unterbrochen, als schlurften oben Filzpantoffeln über den Boden und kämen dann vorsichtig die Kellertreppe herunter. Wie auf Kommando stand Luke auf, trat an ein Sideboard, nahm ein Tablett mit Malt, Mineralwasser und drei Gläsern und stellte es auf den Tisch.

Die Schritte erreichten den Fuß der Treppe. Die Tür öffnete sich. Perry erhob sich unwillkürlich. Eine wechselseitige Musterung folgte. Die zwei Männer waren gleich groß, was für beide ungewöhnlich war. Ohne seine gebückte Haltung wäre Hector vielleicht sogar der Größere gewesen. Mit seiner klassisch breiten Stirn und dem wallenden weißen Haar, das in zwei unordentlichen Wellen nach hinten geworfen war, erschien er Perry als der Prototyp des zerstreuten Professors. Er war Mitte fünfzig, schätzte Perry, aber auf Zeit und Ewigkeit angetan mit einem räudigen braunen Sportsakko mit Lederflicken auf den Ellbogen und lederverstärkten Manschetten. Die ausgebeulten grauen Flanellhosen hätten Perry gehören können. Die verschrammten Hushpuppies ebenso. Die uncharmante Hornbrille schien gar einem Karton auf dem Dachboden von Perrys Vater zu entstammen.

Schließlich, wenngleich verspätet, sprach Hector.

»Wilfred *verdammich* Owen«, verkündete er mit einer

Stimme, die es fertigbrachte, dröhnend und andächtig zugleich zu sein. »Edmund *verdammich* Blunden. Siegfried *verdammich* Sassoon. Robert *verdammich* Graves. Und Konsorten.«

»Was ist mit ihnen?«, fragte der perplexe Perry, ohne sich Zeit zum Nachdenken zu lassen.

»Ihr *abartig* brillanter Artikel im *London Review of Books* letzten Herbst über die Dichter des Ersten Weltkriegs! ›*Das Selbstopfer tapferer Männer macht nicht aus Unrecht Recht. P. Makepiece scripsit.*‹ Einsame Spitzenklasse!«

»Danke«, sagte Perry hilflos und kam sich wie ein Idiot vor, dass er nicht schnell genug geschaltet hatte.

Wieder trat Schweigen ein, während Hector sich in der Bewunderung seiner Trophäe erging.

»Ich kann Ihnen sagen, was Sie sind, Mr Perry Makepiece«, erklärte er in einem Ton, als wäre er nun zu dem Schluss gelangt, auf den sie beide gewartet hatten. »Sie sind ein gottverfluchter Held, das sind Sie« – er nahm Perrys Hand in einen laschen Doppelgriff und schüttelte sie schlaff –, »und das ist keine Bauchpinselei. Wir wissen, was Sie über uns denken. Einige von uns denken das Gleiche, und wir haben recht. Das Dumme ist nur, wen gibt es außer uns? Die Regierung kaspert sich einen ab, die halbe Beamtenschaft können Sie in der Pfeife rauchen. Das Außenministerium ist ein Schuss in den Ofen, das Land geht auf dem Zahnfleisch, und die Banker nehmen unser Geld und zeigen uns den Finger. Was sollen wir da machen? Heulend zur Mami laufen oder den Karren aus dem Dreck ziehen?« Und ohne Perrys Antwort abzuwarten: »Ich wette, Sie haben Blut und Wasser geschwitzt, bevor Sie zu uns gekommen sind. Aber gekommen sind Sie. Nur ein Spritzer« – er hatte Perrys Hand losgelassen und instruierte Luke in puncto Malt – »für Perry, ganz minimal. Viel Wasser und gerade so viel Hochprozentigen, dass er ein bisschen locker wird. Stört's Sie, wenn ich mich gleich hier neben Luke setze, oder riecht Ihnen das zu sehr nach Tribunal? Scheiß übrigens auf Adam, ich heiße Meredith. Hector Meredith. Wir haben gestern telefoniert. Wohnung in Knightsbridge, Frau und zwei Kinder, beide inzwischen erwachsen, Strandhaus oben in Norfolk, und ich stehe hier wie dort im Telefonbuch. Luke, wer sind *Sie*, wenn Sie sich nicht gerade als wer anderes ausgeben?«

»Luke Weaver der Name. Wir wohnen ein Stück hinter Gail, auf dem Parliament Hill. Letzter Einsatz Mittelamerika. In zweiter Ehe verheiratet, ein gemeinsamer Sohn, zehn Jahre alt, der es übrigens gerade an die University College School in Hampstead geschafft hat, worauf wir natürlich stolz wie die Schneekönige sind.«

»Und keine harten Fragen bis zum Schluss«, ordnete Hector an.

Luke schenkte drei winzig kleine Schuss Whisky in die Gläser. Perry setzte sich zackig hin und wartete. Erstligist Hector saß ihm direkt gegenüber, Zweitligist Luke etwas weiter seitlich.

»Na dann, *scheiß* drauf«, sagte Hector fröhlich.

»Scheiß drauf, allerdings«, stimmte Perry benebelt zu.

* * *

In der Tat hätte Hectors Parole nicht besser getimt, sein enthusiastischer Auftritt nicht treffsicherer platziert sein können, um Perry aufleben zu lassen. In dem Dunkel des schwarzen Lochs, das Gails erzwungener Abgang gerissen hatte (erzwungen von keinem anderen als ihm, mochten die Gründe noch so gut sein), hatte sein gespaltenes Herz sich ergangen in einer Orgie von Selbsthass und Zerknirschung.

Er hätte niemals hierherkommen dürfen, weder mit noch ohne Gail.

Er hätte einfach sein Dokument übergeben und dazu

sagen sollen: »Da. Macht damit, was ihr wollt. Ich *bin*, also spioniere ich nicht.«

Zählte es denn überhaupt noch, dass er eine ganze lange Nacht hindurch in seiner Oxforder Wohnung auf und ab gelaufen war, immer hin und her auf dem fadenscheinigen Teppich, und mit diesem Schritt gehadert hatte, von dem er dennoch wusste, er würde ihn tun?

Zählte es, dass sein Vater, Protestant, Freidenker und militanter Pazifist, gegen alles Böse dieser Welt von Atomwaffen bis hin zum Irakkrieg demonstriert, geschrieben und gewettert hatte und dafür mehr als einmal in einer Gefängniszelle gelandet war?

Oder dass sein Großvater väterlicherseits, gelernter Maurer und bekennender Sozialist, im Spanischen Bürgerkrieg auf der Seite der Republikaner gekämpft und ein Bein und ein Auge verloren hatte?

Oder dass Siobhan, die irische Perle der Familie Makepiece, die zwanzig Jahre lang vier Stunden wöchentlich bei ihnen geschaltet und gewaltet hatte, von der Polizei in Hertfordshire so unter Druck gesetzt worden war, dass sie in regelmäßigen Abständen den Inhalt von Perrys Vaters Papierkorb einem Zivilfahnder auslieferte – eine solche Gewissenslast für sie, dass sie die ganze Geschichte eines Tages wild schluchzend Perrys Mutter beichtete und danach keinen Fuß mehr in die Nähe des Hauses setzte, sosehr seine Mutter sie auch beschwor?

Oder dass Perry selbst vor einem knappen Monat eine ganzseitige Anzeige für die *Oxford Times* entworfen hatte, federführend für einen hastig von ihm aus dem Boden gestampften Verein, der sich »Akademiker gegen Folter« nannte und zu Protesten gegen Englands Geheimregierung und die schleichende Unterhöhlung unserer schwer erkämpften bürgerlichen Freiheitsrechte aufrief?

Nun, für Perry hatte das alles extrem viel gezählt.

Und es zählte noch immer, als er nach seiner langen

Nacht der Unschlüssigkeit Schlag acht mit einem Ringbuch unterm Arm voll Todesverachtung den Innenhof des altehrwürdigen Colleges überquerte, dem er bald für immer den Rücken kehren würde, und die wurmstichige Treppe zu den Räumen von Studiendekan Dr. jur. Basil Flynn erklomm, kaum zehn Minuten nachdem er ihn um eine kurze Unterredung in einer privaten und vertraulichen Angelegenheit ersucht hatte.

* * *

Nur drei Jahre trennten die beiden Männer, aber für Perry war Flynn schon jetzt der Sitzungshengst par excellence. »Ich *könnte* Sie reinschieben, aber dann müssten Sie jetzt sofort kommen«, hatte er wichtig gesagt, »um neun habe ich Ratssitzung, und die ziehen sich erfahrungsgemäß hin.« Er trug einen dunklen Anzug und schwarze Schuhe mit polierten Seitenschnallen. Einzig das sorgfältig gebürstete schulterlange Haar hob ihn aus der vollständigen Konformität heraus. Perry hatte sich keinen Einstieg für das Gespräch mit Flynn zurechtgelegt, und sein Eröffnungssatz, das musste er rückblickend einräumen, war etwas unbedacht:

»Sie haben im Frühjahr einem Studenten von mir Avancen gemacht«, platzte er heraus, kaum dass er über die Schwelle war.

»Ich habe *was?*«

»Halbägypter. Dick Benson. Ägyptische Mutter, englischer Vater. Spricht arabisch. Er wollte ein Forschungsstipendium, aber Sie haben ihm stattdessen nahegelegt, sich an gewisse Bekannte von Ihnen in London zu wenden. Er hat nicht verstanden, was Sie meinen. Er hat mich um Rat gefragt.«

»Und wie lautete der?«

»Nichts zu überstürzen, wenn die Bekannten in London

die seien, die ich vermutete. Am liebsten hätte ich ihm gesagt, meiden Sie sie wie die Pest, aber so weit wollte ich denn doch nicht gehen. Es war seine Entscheidung, nicht meine. Stimmt meine Vermutung?«

»Welche?«

»Dass Sie Leute für sie anwerben. Für sie auf Talentsuche gehen.«

»Und mit ›sie‹ meinen Sie wen?«

»Die Spione. Dick Benson wusste nicht, wovon Sie reden, woher soll ich es also wissen? Ich will Ihnen nicht an den Karren fahren. Ich frage lediglich. Stimmt es? Dass Sie mit ihnen in Kontakt sind? Oder leidet Benson an Wahnvorstellungen?«

»Warum sind Sie hier und was wollen Sie?«

An diesem Punkt wäre Perry beinahe gegangen. Hinterher wünschte er, er hätte es getan. Er drehte sich um und machte einen Schritt zur Tür, dann riss er sich zusammen und kam zurück.

»Ich muss mit Ihren Bekannten in London Kontakt aufnehmen«, sagte er, das rote Ringbuch immer noch unterm Arm, und wartete auf die Frage »Warum?«.

»Wollen Sie Spion werden? Gut, heutzutage nehmen die fast jeden, aber …«

Wieder juckte es Perry, einfach zu gehen. Wieder wünschte er hinterher, er hätte es getan. Aber nein, er beherrschte sich, er atmete tief durch, und diesmal fand er die richtigen Worte.

»Ich bin zufällig auf gewisse Informationen gestoßen« – seine langen, nervösen Finger klopften leicht auf die Ringbindung, die *ping* machte. »Informationen, die ich ohne mein Zutun und gegen meinen Willen erlangt habe und die …«, er zögerte, bevor er das Wort gebrauchte, »… die geheim sind.«

»Wer sagt das?«

»Ich.«

»Und warum?«

»Wenn sie zutreffen, könnten sie Menschenleben gefährden. Vielleicht auch Menschenleben retten. Das fällt nicht in mein Ressort.«

»In meins glücklicherweise auch nicht. Ich bin Talentsucher. Krippenräuber. Meine Bekannten haben eine völlig akzeptable Website. Sie betreiben außerdem hirnrissige Anzeigenwerbung in der Patriotenpresse. Beide Wege stehen Ihnen offen.«

»Dafür ist mein Material zu dringlich.«

»Nicht nur geheim also, sondern auch noch dringlich?«

»Wenn es überhaupt etwas wert ist, dann ist es sogar außerordentlich dringlich.«

»Das Schicksal der Nation hängt am seidenen Faden? Sprich, an dem Kleinen Roten Buch, das da unter Ihrem Arm klemmt?«

»Darin ist die Niederschrift.«

In gegenseitiger Abneigung musterten sie sich.

»Sie haben aber nicht ernsthaft vor, es mir zu geben, oder?«

»Doch. Ja. Warum nicht?«

»Sie lassen Ihre dringlichen Geheimnisse bei Flynn? Damit der eine Briefmarke draufklebt und sie seinen Bekannten in London schickt?«

»So ungefähr. Woher soll ich das Procedere in eurem Verein kennen?«

»Und Sie gehen derweil Ihre unsterbliche Seele pflegen?«

»Ich gehe meiner Arbeit nach. Und Ihre Bekannten gehen ihrer Arbeit nach. Was ist daran verkehrt?«

»Alles ist daran verkehrt. Bei diesem Spiel, das übrigens mitnichten ein Spiel ist, macht der Bote mindestens die halbe Botschaft aus. Manchmal ist er sogar eine Botschaft für sich. Wohin gehen Sie jetzt? Ich meine, jetzt unmittelbar?«

»Zurück zu mir.«

»Haben Sie ein Mobiltelefon?«

»Natürlich habe ich ein Mobiltelefon.«

»Schreiben Sie mir die Nummer auf, bitte« – er schob ihm einen Zettel hin –, »ich speichere nie etwas im Kopf, das ist zu unsicher. Und Sie haben einen ausreichenden Empfang bei Ihnen drüben, ja? Die Mauern sind nicht zu dick oder so was?«

»Ich habe ausgezeichneten Empfang, besten Dank.«

»Nehmen Sie Ihr Kleines Rotes Buch. Gehen Sie nach Hause und warten Sie auf einen Anruf von jemandem, der sich Adam nennt. Mr oder Ms Adam. Ich werde ein Amuse-Gueule von Ihnen brauchen.«

»Wie bitte?«

»Irgendwas, um sie anzuspitzen. Ich kann nicht einfach sagen: ›Ich habe hier einen Kaffeehaus-Kommunisten, der glaubt, eine Weltverschwörung aufgedeckt zu haben.‹ Ich muss ihnen sagen können, worum es geht.«

Perry schluckte seinen Ärger hinunter und versuchte erstmals bewusst, einen Aufmacher zu formulieren.

»Sagen Sie ihnen, es geht um einen betrügerischen russischen Banker, der sich Dima nennt«, sagte er zuletzt, als keiner seiner anderen Ansätze greifen zu wollen schien. »Er möchte einen Deal mit ihnen machen. Dima ist die Kurzform von Dimitri, falls sie das nicht wissen.«

»Klingt unwiderstehlich«, sagte Flynn sarkastisch, nahm einen Bleistift und kritzelte etwas auf den Zettel mit der Nummer.

Perry saß noch keine Stunde wieder in seinem Zimmer, als sein Handy klingelte und dieselbe aufgekratzte, eine Spur heisere Männerstimme ertönte, der er nun hier im Souterrain lauschte.

»Perry Makepiece? Wunderbar. Adam der Name. Habe gerade Ihre Nachricht erhalten. Darf ich nur ganz kurz ein paar Fragen auf Sie abfeuern, damit auch klar ist, ob wir nach demselben Knochen buddeln? Nicht nötig, Ihren Kumpel beim Namen zu nennen. Wir sollten nur sichergehen, dass wir beide über denselben Kumpel reden. Hat er zufällig eine Frau?«

»Hat er.«

»So eine dicke Blonde? Typ Barfrau?«

»Schwarzhaarig und ausgemergelt.«

»Und die genauen Umstände, unter denen Sie sich über den Weg gelaufen sind? Das Wo und Wie?«

»Antigua. Auf einem Tennisplatz.«

»Wer hat gewonnen?«

»Ich.«

»Sehr gut. So, und jetzt die dritte Frage: Wie schnell schaffen Sie es nach London, auf unsere Rechnung, versteht sich, und wie bald können wir dieses berüchtigte Dossier von Ihnen in die Finger bekommen?«

»Zirka zwei Stunden von Haus zu Haus, schätze ich. Es ist auch ein kleines Päckchen dabei. Das habe ich mit in das Dossier geklebt.«

»So dass es hält?«

»Ich glaube schon.«

»Kontrollieren Sie noch mal nach. Schreiben Sie außen ADAM drauf, in großen schwarzen Buchstaben – mit einem Wäschestift oder so was. Dann wedeln Sie damit am Empfang herum, bis jemand Sie bemerkt.«

Wäschestift? Sprach da der alte Junggeselle? Oder war das eine verkappte Anspielung auf Dimas zwielichtiges Finanzgebaren?

* * *

Beflügelt durch Hectors lässige Nähe, sprach Perry rasch und mit Nachdruck, nicht in die leere Luft über den Köpfen seiner Zuhörer, wo Akademiker traditionsgemäß Zuflucht suchen, sondern mitten hinein in Hectors Adlerblick – und halb auch zu dem schmucken Luke, der in Habtachthaltung an Hectors Seite saß.

Nun da ihn keine Gail mehr zurückhielt, konnte sich Perry ihnen beiden ungehemmt anvertrauen. Er legte ihnen die Beichte ab, so wie Dima ihm gebeichtet hatte: von Mann zu Mann und von Angesicht zu Angesicht. Er ließ sich mitreißen vom Sog dieses Beichtens. Er gab den Dialog mit der Akkuratesse wieder, mit der er jegliche Texte wiedergab, gute wie schlechte, ohne abzusetzen oder sich zu verbessern.

Zu schauspielerischen Höhenflügen, wie Gail sie so liebte, fehlte ihm die Begabung, oder ein falscher Stolz verbot sie ihm. Aber in der Erinnerung hörte er wieder Dimas klumpige Aussprache, und vor seinem inneren Auge sah er das schweißüberströmte Gesicht so nahe an seinem, dass sie fast mit den Stirnen zusammenstießen. Er roch beim Erzählen den Wodkadunst in Dimas keuchenden Atemstößen. Er sah ihn sein Glas nachfüllen, finster darauf hinabstieren, dann zupacken und es in einem Zug herunterstürzen. Er spürte erneut dieses ungewollte Band zwischen ihnen entstehen, die schnelle und unerlässliche Kameradschaft zweier Männer in Bergnot.

»Aber nicht *stinkbesoffen,* würden Sie sagen?«, erkundigte sich Hector und nippte an seinem Malt. »Eher ein Geselligkeitstrinker, der ein bisschen in Fahrt kommt?«

Genau, bestätigte Perry. Nicht konfus, nicht rührselig, nicht lallend – einfach *in seinem Element.*

»Wenn wir am nächsten Tag zum Tennis verabredet gewesen wären, hätte er wahrscheinlich so gespielt wie immer. Er hat einen riesigen Motor, und der läuft mit Alkohol. Darauf ist er stolz.«

Es klang so, als wäre Perry ebenfalls stolz darauf.

»Oder um ein Zitat des Meisters zu verfälschen« – auch die Liebe zu P. G. Wodehouse hatten sie also gemeinsam –,

»ein Zeitgenosse, der ein paar Gläschen unter seinem Normalpegel zur Welt gekommen ist?«

»Exakt, Bertie«, stimmte Perry in seinem besten Wodehouse-isch zu, und sie schoben ein kurzes Gelächter ein, sekundiert von Zweitligist Luke, der mit Hectors Ankunft ansonsten die Schweigerolle übernommen hatte.

* * *

»Darf ich kurz mal eine Frage betreffs der unantastbaren Gail einwerfen?«, wollte Hector wissen. »Keine harte. Eine mittelweiche.«

Hart, mittelweich – Perry war auf der Hut.

»Als ihr zwei aus Antigua nach England zurückkamt«, begann Hector – »nach Gatwick, richtig?«

Goldrichtig, versicherte ihm Perry.

»Da habt ihr ja getrennte Wege eingeschlagen. Nicht wahr? Gail zu ihren Anwaltspflichten und ihrer Wohnung in Primrose Hill, Sie nach Oxford, um daselbst Ihre unsterbliche Prosa abzufassen.«

Ebenfalls richtig, gab Perry zu.

»Was für einen Deal hattet ihr denn da miteinander vereinbart – *Übereinkunft* ist vielleicht das nettere Wort –, was das weitere Vorgehen betraf?«

»Vorgehen in Bezug worauf?«

»Nun ja, letztlich auf uns.«

Da er unsicher war, worauf die Frage abzielte, zögerte Perry. »Es gab keine Übereinkunft in dem Sinn«, antwortete er vorsichtig. »Keine ausdrückliche. Gail hatte ihren Beitrag geleistet. Damit war die Reihe an mir.«

»An euren getrennten Standorten.«

»Ja.«

»Ohne miteinander zu kommunizieren.«

»Wir haben kommuniziert. Nur nicht über die Dimas.«

»Und der Grund dafür war …?«

»Gail wusste nicht, was ich in Three Chimneys erfahren hatte.«

»Und war folglich noch in Arkadien?«

»Mehr oder weniger. Ja.«

»Wo sie, nach Ihrem Kenntnisstand zumindest, auch bleibt. Solange es in Ihrer Macht steht.«

»Ja.«

»Tut es Ihnen leid, dass Sie sie heute Abend hierher mitgebracht haben?«

»Sie hatten gesagt, Sie brauchen uns beide. Ich habe ihr gesagt, Sie brauchen uns beide. Sie hat sich bereit erklärt mitzukommen«, erwiderte Perry unwirsch.

»Aber sie wollte es im Zweifelsfall ja auch, oder? Sonst hätte sie sich geweigert. Sie hat ihren eigenen Kopf. Sie ist keine Frau, die blind gehorcht.«

»Nein. Ganz bestimmt nicht«, gestand Perry ein und wurde mit Hectors liebreichem Lächeln belohnt.

* * *

Perry beschreibt das winzige Kabuff, in das Dima ihn für ihre Besprechung geschleppt hat: Ein Krähennest nennt er es, zwei mal drei Meter höchstens, zu erreichen über eine Schiffstreppe, die von einer Ecke des Esszimmers weggeht; ein schiefes Trapez mit Blick auf die Bucht, ein Spielzeugerker aus Holz und Glas, wo der Wind an den Schalbrettern rüttelte und die Fenster kreischten und ächzten.

»Es war bestimmt der lauteste Platz im Haus. Deshalb hatte er ihn wohl auch ausgesucht. Ich kann mir nicht vorstellen, dass irgendein Mikrophon auf der Welt uns in diesem Radau hätte hören können.« Und in dem rätselnden Ton eines Mannes, der einen Traum schildert: »Es war ein unheimlich *redseliges* Haus. Drei Schornsteine und drei Winde. Und diese Schuhschachtel, in der wir saßen, Kopf an Kopf.«

Dimas Gesicht keine Handbreit von meinem weg, wiederholt er und beugt sich über den Tisch zu Hector vor, um ihm zu zeigen, *wie* nah.

»Eine Ewigkeit saßen wir nur da und starrten uns an. Ich glaube, ihn packten Zweifel. An ihm. An mir. Daran, dass er es durchziehen konnte. Dass er den richtigen Mann gefunden hatte. Und ich wollte unbedingt dieser Mann sein, lässt sich das irgendwie nachvollziehen?«

Für Hector überhaupt kein Problem.

»Er versuchte einen ungeheuren Widerstand in seinem Kopf zu überwinden, was bei einer Beichte wahrscheinlich gar nicht anders geht. Dann schließlich bellte er eine Frage hervor, die allerdings mehr wie ein Befehl klang: ›Sie sind Spion, Professor? Englischer Spion?‹ Ich hielt es zunächst für eine Anschuldigung. Dann wurde mir klar, dass er erwartete, nein, *hoffte*, ich würde ja sagen. Also sagte ich, nein, tut mir leid, ich bin kein Spion, war nie einer und werde auch nie einer sein. Ich bin nur ein Lehrer, mehr nicht. Aber damit gab er sich nicht zufrieden:

›Viele Engländer sind Spion. Lords. Feine Herren. Intellektuelle Herren. Ich weiß das! Ihr seid Fairplay-Menschen. Ihr seid Land mit Gesetz. Ihr habt gute Spione.‹

Ich musste es noch einmal wiederholen, nein, Dima, ich bin kein – haben Sie gehört, *kein* – Spion. Ich bin Ihr Tennispartner und ein Collegedozent, der sich neu orientieren will. Ich hätte empört sein sollen. Aber was bedeutete das schon, *hätte*? Ich war in einer neuen Welt.«

»Und schwerst fasziniert davon, stimmt's?«, wirft Hector ein. »Mann, wär ich gern an Ihrer Stelle gewesen! Ich hätte mich sogar auf einen verfluchten Tennisplatz gestellt!«

Schwerst fasziniert, allerdings, gibt Perry zu. Er konnte den Blick nicht von Dima wenden. Er musste ihn anstarren, selbst in dem Halbdunkel. Und ihm zuhören, Wind hin oder her.

* * *

Ob hart, weich oder mittel, Hectors Frage kam in einem so lockeren, gütigen Ton daher, dass sie wunderbar trostreich klang.

»Und bei all Ihren wohlbegründeten Vorbehalten gegen uns hätten Sie sich in diesem Moment fast gewünscht, ein Spion zu sein, hab ich recht?«, sagte er.

Perry runzelte die Stirn, kratzte sich unbeholfen den Lockenschopf und fand nicht gleich eine Antwort.

* * *

»Sie kennen Guantánamo, Professor?«

Und ob Perry Guantánamo kennt. Er hat auf alle Arten gegen Guantánamo protestiert, auf die ein Mensch nur protestieren kann. Aber was will Dima ihm hier sagen? Warum ist Guantánamo plötzlich so *sehr wichtig, sehr dringend, sehr kritisch für Großbritannien* – um Tamaras schriftlichen Appell zu zitieren?

»Sie kennen Geheimflugzeuge, Professor? Diese Drecksflieger, die die CIA mietet, dass sie Terroristen fliegen von Kabul nach Guantánamo?«

Ja, Perry weiß Bescheid über diese Geheimflugzeuge. Er hat einen ganzen Batzen Geld an einen gemeinnützigen Verein überwiesen, der die dazugehörigen Muttergesellschaften wegen Menschenrechtsverletzung zu verklagen gedenkt.

»Kuba nach Kabul, diese Flieger sind ohne Fracht, okay? Und warum? Weil kein gottverdammter Terrorist Guantánamo – Afghanistan fliegt. Aber ich habe *Freunde*.«

Das Wort *Freunde* scheint ihm Sorgen zu bereiten. Er wiederholt es, bricht ab, murmelt etwas auf Russisch und kippt einen Wodka, bevor er weiterspricht.

»Meine *Freunde*, sie reden mit diese Piloten, machen Deal, ganz heimlichen Deal, kriegt kein Schwein davon Wind, okay?«

Okay. Kein Schwein kriegt Wind davon.

»Und was haben sie drin in diese leere Flieger, Professor? Nix mit Zoll, einfach Ladung rein und zu Käufer, Guantánamo – Kabul, Cash vorweg?«

Nein, Perry kann sich nicht denken, welche Fracht sie wohl geladen haben, diese Maschinen unterwegs von Guantánamo nach Kabul, Cash vorweg.

»Hummer, Professor!« – er klatscht sich die dicken Schenkel, und ein wildes Gelächter schüttelt ihn. »Viel tausend gottverdammte Hummer von Bucht von Mexiko! Wer kauft gottverdammte Hummer? Verrückte Warlords. Von Warlords, CIA kauft Gefangene. An Warlords, CIA verkauft gottverdammte Hummer. Cash. Vielleicht auch noch ein paar Kilo Heroin, für Wärter in Guantánamo. Beste Sorte. 999. Ohne Scheiß, ich schwör, Professor!«

Soll Perry darüber schockiert sein? Er würde ja gern. Aber ist das schon ein hinreichender Grund, um ihn hinaufzuzerren in diesen klapperigen Ausguck, wo der Wind ihnen in den Ohren heult? Er kann es nicht so recht glauben. Dima auch nicht, argwöhnt er. Die Geschichte scheint eher ein Probeschuss zu sein, Sondierung des Terrains für das, was folgt.

»Weißt du, was meine *Freunde* machen mit diesem Geld, Professor?«

Nein, Perry hat keine Ahnung, was Dimas Freunde, die Hummer aus der Bucht von Mexiko zu afghanischen Warlords schmuggeln, mit ihrem Profit machen.

»Sie bringen dies Geld zu Dima. Und warum? Weil sie Vertrauen haben in Dima! Viel viele russischen Syndikaten haben Vertrauen in Dima! Nicht bloß russisch! Groß, klein, mir egal! Nehm ich alle! Sagst du englische Spione: Ihr habt schmutziges Geld? Dima wäscht für euch, kein Problem! Ihr wollt anlegen, sparen? Kommt zu Dima! Aus viel kleine Straßen, Dima macht *ein* große. Sagst du das dein gottverdammte Spione, Professor!«

* * *

»Und wie deuten Sie sein Verhalten zu diesem Zeitpunkt?«, fragt Hector. »Der Mann schwitzt, er renommiert, er säuft, reißt Witze. Er sagt Ihnen, dass er ein Gauner und Geldwäscher ist, und prahlt mit seinen korrupten Amigos – aber was sehen und hören Sie wirklich? Was geht in seinem Innern vor?«

Perry brütet über der Frage, als wäre sie ihm von höchster Instanz vorgelegt worden, denn als solche sieht er Hector zunehmend. »Wut?«, bietet er an. »Gerichtet gegen eine oder mehrere Personen, die erst benannt werden müssen?«

»Weiter«, befiehlt Hector.

»Verzweiflung. Ebenfalls erst noch zu definieren.«

»Wie wär's mit dem guten alten Hass, nie ganz verkehrt?«

»Kommt im Zweifel noch.«

»Rache?«

»Spielt bestimmt auch mit rein.«

»Berechnung? Zweifel? Gerissenheit? Ein bisschen mehr Anstrengung, bitte!« – im Scherz gesagt, aber nicht so aufgenommen.

»Kommt alles dazu. Keine Frage.«

»Und *Scham. Selbstekel?* Davon gar nichts?«

Perry stutzt, grübelt stirnrunzelnd, sieht um sich. »Doch«, räumt er ein, sehr gedehnt. »*Doch*. Scham. Die Scham des Renegaten. Scham, dass er sich überhaupt mit mir abgibt. Scham über seinen Verrat. Deshalb musste er auch so aufschneiden.«

»Ich bin ein verdammter Hellseher«, verkündet Hector befriedigt. »Fragen Sie, wen Sie wollen.«

Perry glaubt ihm auch so.

* * *

Perry schildert die langen Minuten des Schweigens, die widerstreitenden Grimassen auf Dimas schweißglänzendem Gesicht im Halbdunkel – wie er sich Wodka nachschenkt, ihn hinunterstürzt, sich übers Gesicht wischt, grinst, Perry grollend anstiert, als zweifelte er an seinem Recht, hier zu sein, herüberlangt und sein Knie packt, damit er ihm auch ja zuhört, das Knie loslässt, Perry neuerlich vergisst. Um schließlich in einem Ton tiefsten Misstrauens eine Frage zu knurren, die offen und ehrlich beantwortet sein will, ehe die sonstigen Geschäfte abgewickelt werden können:

»Hast du gesehn, meine Natascha?«

Ja, die hat Perry gesehen.

»Ist schön, meine Natascha, ja?«

Perry fällt es leicht, Dima zu versichern, dass Natascha in der Tat sehr schön ist.

»Zehn Bücher die Woche, zwölf Bücher, ist ihr völlig schnurz. Liest sie alle. Nach so ein Schüler schleckst du dir die Finger ab.«

Perry kann ihm nur beipflichten.

»Reitet Pferde, tanzt Ballett. Ski fährt so schön wie Vogel mit Flügeln. Und weißt du? Ihre Mutter. Die ist tot. Hab ich geliebt, diese Frau, okay?«

Perry gibt bedauernde Laute von sich.

»Kann sein, ich hab Liebe gemacht mit zu viele Frauen. Manche Männer, sie brauchen große Menge Frauen. Gute Frauen, sie wollen einzige Frau sein. Zu viel Rumgeficke, und sie drehn durch. Sehr schade das.«

Perry stimmt ihm zu, dass es sehr schade ist.

»*Jesusmaria*, Professor!« Er beugt sich vor, rammt Perry den Zeigefinger ins Knie. »Nataschas Mutter, ich liebe die Frau, ich liebe sie so, dass ich zerplatze, hörst du? Liebe, dass mir der ganze Bauch voller Feuer ist. Schwanz, Eier, Herz, Kopf, Seele, alles brennt nur für diese Liebe.« Er fährt sich mit dem Handrücken über den Mund, murmelt

»wie deine Gail, so schön«, kippt einen Wodka, und weiter geht's. »Ihr Scheißdreckmann knallt sie ab«, eröffnet er Perry. »Weißt du, wieso?«

Nein, Perry weiß nicht, wieso der Scheißdreckmann von Nataschas Mutter Nataschas Mutter abgeknallt hat, aber er hofft, es bald zu erfahren, so wie er auch zu erfahren hofft, ob er hier in einem Irrenhaus gelandet ist oder nicht.

»Natascha, sie ist *mein* Kind. Und weil sie nicht lügen kann, sie sagt ihm das, bringt ihr Scheißdreckmann sie um. Eines Tages kann sein, ich finde das Schwein. Bring ihn um. Nicht mit Gewehr, *damit.*«

Er hält Perry seine unmöglich zarten Hände zur Begutachtung hin. Perry bewundert sie pflichtschuldig.

»Meine Natascha geht auf Eton-Schule, okay? Sagst du das dein Spione. Kein Deal sonst.«

Einen kurzen Moment fühlt sich Perry, um den herum sich die Welt wild im Kreis dreht, auf sicherem Grund.

»Ich bin mir nicht sicher, ob Eton schon Mädchen aufnimmt«, sagt er vorsichtig.

»Ich zahl gut. Ich geb Swimmingpool. Kein Problem.«

»Selbst dann wird Eton wohl kaum seine Satzung für sie umstoßen.«

»Wo soll sie dann hin?«, fragt Dima herausfordernd, als wäre es Perry, der sich querstellt, nicht die Schule.

»Es gibt eine Schule, die Roedean heißt. Das soll das weibliche Pendant zu Eton sein.«

»Nummer eins von England?«

»Heißt es jedenfalls.«

»Kinder von Intelligenzija? Lords? Nomenklatura?«

»Sagen wir, es ist eine Schule für die oberen Kreise der britischen Gesellschaft.«

»Und teuer?«

»Unverschämt teuer.«

Dima ist nur halb beschwichtigt.

»Na gut«, knurrt er. »Wenn wir Deal machen mit Spione, Nummer-Eins-Bedingung: Roedean-Schule.«

* * *

Hector glotzt mit offenem Mund. Er schaut zu Luke neben ihm, dann wieder zu Perry. Kopfschüttelnd fährt er sich mit der Hand durch sein wirres weißes Haar.

»Sonst noch Wünsche!«, murmelt er. »Wie wär's mit einem Platz in der Gardekavallerie für seine Zwillinge, wenn wir schon mal dabei sind? Was haben Sie ihm gesagt?«

»Ihm versprochen, dass ich mich nach besten Kräften dafür einsetzen werde«, erwidert Perry, der sein Herz für Dima schlagen fühlt. »Das ist das England, das er zu lieben glaubt. Was hätte ich ihm denn sonst sagen sollen?«

»Sie waren *fabelhaft*«, lobt ihn Hector. Und der kleine Luke stimmt ihm bei – *fabelhaft* scheint ein Wort zu sein, das auch er gern benutzt.

* * *

»Sie wissen *Mumbai*, Professor? Letzter November? Diese Pakistani-Spinner, lassen die ganze verdammte Welt hochgehen? Kriegen ihre Befehle über Handy? Ballern in diesem gottverdammten Café rum? Murksen diese ganzen Juden ab? Hotels, Bahnhöfe? Die verdammten Kinder, Mütter, alle tot? Wie zum Teufel kann das sein, verrückte Scheißdreckkerle?«

Perry hat auch keine Erklärung.

»Meine Kinder, sie schneiden sich den Finger, kommt Blut raus, wird mir schon schlecht«, entrüstet sich Dima. »Hab ich genug Tod gehabt in mein Leben, Professor. Für was machen die das, irre Scheißkerle?«

Der Atheist Perry möchte sagen »für Gott«, aber er lässt es. Dima stählt sich, dann wagt er den Sprung:

»Okay. Sagst du das dein gottverdammte englische Spione, Professor«, drängt er in erneuter Angriffslust. »Oktober 2008. Kennst du, diesen Datum? Ruft mich ein *Freund* an. Okay? Ein *Freund?*«

Okay. Noch so ein Freund also.

»Pakistaner. Von Syndikat, mit dem wir Geschäfte machen. 30. Oktober, mitten in gottverdammter Nacht, er ruft mich an. Ich bin in Bern, in der Schweiz, sehr ruhige Stadt, sehr viel Banker. Tamara, sie schläft neben mir. Wacht auf. Gibt mir das verdammte Telefon: für dich. Ist dieser *Freund*. Okay, Professor?«

Der Professor nickt.

»›Dima‹, sagt er zu mir. ›Hier ist dein Freund Khalil.‹ Bullshit. Mohamed, so heißt er. Khalil, das ist bloß sein Name für Cash-Geschäfte, die ich manchmal mache, scheißegal. ›Ich hab Markt-Tipp für dich, Dima. Sehr groß, sehr heiß. Sehr speziell. Dürft ihr nicht vergessen, wer euch gesagt hat den Tipp. Vergesst ihr nicht?‹ Nein, sag ich. Okay. Vier Uhr Nacht, irgendwas von Aktien in Mumbai. Egal. Sag ich ihm, nein, wir vergessen nicht, dass du's warst, Khalil. Wir haben gutes Gedächtnis. Keiner bescheißt dich. Was ist dein heißer Tipp?

›Dima, geh raus mit dein Aktien aus Mumbai, oder sie fliegen dir um die Ohren.‹ – ›*Was?*‹, sage ich, ›*was*, Khalil? Bist du krank im Kopf drin? Was fliegt mir in Mumbai um meine Ohren? Wir haben Massen saubere Geschäfte in Mumbai. Alles regulär, alles sauber investiert, hab ich fünf Jahre gebraucht zu waschen – Dienstleistung, Tee, Holz, Hotels so weiß und so groß, kann der Papst seine Messe drin halten.‹ Mein Freund hört nicht zu. ›Dima, hörst du, schau, dass du rausgehst aus Mumbai. Vielleicht in ein Monat, du gehst wieder rein, machst ein paar Millionen. Aber erst gehst du gottverdammt raus aus diesen Hotels.‹«

Dima schiebt sich die Faust übers Gesicht, boxt den Schweiß weg. *Jesusmaria*, flüstert er vor sich hin und starrt hilfesuchend in dem winzigen Kabuff umher. »Sagst du das dein englische Apparatschicks, Professor!«

Perry will tun, was er kann.

»30. Oktober 2008, wo dieses Pakistani-Arschloch mich aufweckt, schlaf ich nicht gut, okay?«

Okay.

»Nächsten Morgen, 31., ich ruf mein Schweizer Banken an. ›Geht verdammt noch mal raus aus Mumbai.‹ Dienstleistungen, Holz, Tee, krieg ich vielleicht dreißig Prozent. Hotels siebzig. Zwei Wochen später, ich bin in Rom. Ruft Tamara mich an. ›Mach Fernseher an!‹ Und was seh ich? Diese verrückten Dreckspakistanis schießen Mumbai kurz und klein, indische Börse macht dicht. Nächsten Tag sind die indischen Hotels sechzehn Prozent runter, bei 40 Rupien, und fallen. Im März drauf sie sind bei 31. Ruft Khalil mich an. ›Okay, mein Freund, jetzt steigst du voll wieder ein. Nicht vergessen, Tipp ist von mir.‹ Also steig ich *voll* wieder ein.« Der Schweiß strömt ihm über den blanken Schädel, übers Gesicht. »Ende vom Jahr, indische Hotels sind bei 100 Rupien. Hab ich zwanzig Millionen Profit gemacht, zack. Die Juden sind tot, die Geiseln sind tot, und ich bin verdammtes Genie. Sagst du das dein englische Spione, Professor. Jesusmaria.«

Das schweißnasse Gesicht eine Maske des Selbstekels. Die morschen Schalbretter knarzen im Meereswind. Dima hat sich an den Punkt geredet, an dem es kein Zurück mehr gibt. Perry ist gemustert und geprüft und für gut befunden worden.

* * *

Beim Händewaschen oben in der liebevoll dekorierten kleinen Gästetoilette leuchtet ihm aus den Zügen im Spiegel ein Eifer entgegen, den Perry von sich so nicht kennt. Er eilt die plüschigen Stufen wieder hinunter.

»Noch eine Träne?«, fragt Hector mit einer lässigen Handbewegung zum Getränketablett hin. »Luke, seien Sie so gut, kochen Sie uns noch einen Kaffee dazu!«

7

Oben auf der Straße fegt ein Krankenwagen vorbei, und im Jaulen seiner Sirene scheint der Schmerz der ganzen Welt mitzugellen.

In dem windgepeitschten Erker mit Blick über die Bucht krempelt Dima den Satinärmel an seinem linken Arm hoch. Im wechselhaften Mondschein – denn die Sonne ist mittlerweile verschwunden – kann Perry eine barbusige Madonna ausmachen, umringt von kurvenreichen Engeln in aufreizenden Posen. Die Tätowierung reicht von Dimas wuchtiger Schulter bis hinab zu dem Goldarmband seiner brillantbesetzten Rolex.

»Willst du wissen, wer das gemacht hat, Professor?«, flüstert er, heiser vor Ergriffenheit. »Sechs verdammte Monate lang, eine Stunde jeden Tag?«

Ja, Perry brennt darauf zu wissen, wer Dimas kolossalem Arm über ein halbes Jahr hinweg eine halbnackte Madonna mitsamt Frauenchören auftätowiert hat. Ebenso, wie er gerne wüsste, was die Heilige Jungfrau mit Dimas Forderung nach Nataschas Aufnahme an der Roedean School oder nach unbefristetem Bleiberecht für seine gesamte Familie im Austausch für hochwichtige Informationen zu tun hat, aber der Englischdozent in ihm erkennt auch, dass Dima, der Geschichtenerzähler, seinen eigenen Spannungsbogen braucht und dass seine Handlungsstränge Umwege nehmen müssen.

»Hat meine Rufina gemacht. Sie war *sek*, so wie ich. Lagernutte, krank mit Tuberkulose, eine Stunde jeden Tag. Wie sie fertig war damit, sie ist gestorben. Jesusmaria, hm? Jesusmaria.«

Respektvolles Schweigen, während beide Männer Rufinas Meisterwerk betrachten.

»Hast du gehört von Kolyma, Professor?«, fragt Dima, immer noch mit diesem Rest Heiserkeit in der Stimme. »Kennst du, ja?«

Ja, Perry hat von Kolyma gehört. Er hat seinen Solschenizyn gelesen. Er hat seinen Schalamow gelesen. Er weiß, dass die Kolyma ein Fluss nördlich des Polarkreises ist, der den brutalsten Lagern des Gulag-Archipels vor wie auch nach Stalin den Namen gegeben hat. Und auch, was Sek bedeutet, weiß er: die Gefangenen Russlands, Millionen und Abermillionen davon.

»Mit vierzehn ich war gottverdammter Sek in Kolyma. *Kriminell* gefangen, nicht politisch. Politisch ist Dreck. Kriminell ist *rein*. Fünfzehn Jahre.«

»Fünfzehn Jahre in Kolyma?«

»Natürlich. Hab meine fünfzehn gesessen, Professor.«

Das Belegte ist aus Dimas Stimme gewichen, jetzt klingt Stolz daraus.

»Für *Kriminelle*, Gefangene sind voll Respekt. Warum war ich in Kolyma? Weil ich Mörder war. Guter Mörder. Wen hab ich getötet? Drecks-Sowjet-Apparatschik in Perm. Unser Vater hat sich gemordet, war müde, viel Wodka immerzu. Muss unsere Mutter Drecks-Apparatschik ficken, damit wir Essen haben, Seife haben. In Perm, wir haben Gemeinschaftswohnung, acht verkackte Zimmer, dreißig Leute, ein verkackte Küche, ein Scheißhaus, alle stinken, alle rauchen. Die Kinder mögen nicht diesen Drecks-Apparatschik, der unsre Mutter fickt. Wir müssen raus in die Küche, sehr dünne Wand, wenn Apparatschik kommt, Essen bringt, Mutter fickt. Alle starren uns an, hört ihr eure Mutter, sie ist Hure. Wir müssen uns unsere gottverdammte Ohren zuhalten. Und willst du noch was wissen, Professor?«

Immer.

»Dieser Kerl, dieser Apparatschik, wo kriegt er sein Essen?«

Perry weiß es nicht.

»Ist bei der Drecks-Militärverwaltung. Gibt Essen aus in der Kaserne. Hat ein Revolver. Feiner schicker Revolver, Lederhalfter, großer Held. Hast du schon mal gefickt mit Revolvergürtel um dein Arsch? Musst du guter Akrobat sein. Dieser Militärverwalter, dieser Apparatschik, er zieht Schuhe aus. Er zieht sein schicken Revolver aus. Tut Revolver in Schuhe. Okay, denk ich. Vielleicht du hast meine Mutter genug gefickt. Vielleicht du fickst sie nie wieder. Vielleicht starrt uns bald keiner mehr an wie Nuttenkinder. Ich klopf an die Tür. Ich mach Türe auf. Ich bin höflich. ›Entschuldigung‹, sag ich. ›Ich bin's, Dima. Entschuldigung, Herr Drecks-Apparatschik. Kann ich bitte dein schicken Revolver ausborgen? Schaust du mir in mein Gesicht, bitte. Wenn du nicht schaust, wie soll ich dich töten? Danke sehr.‹ Meine Mutter schaut auf mich. Sie sagt nichts. Apparatschik schaut auf mich. Ich töte den Dreckskerl. Eine Kugel.«

Dima legt den Zeigefinger an den Nasenrücken, um zu zeigen, wo sie eingedrungen ist. Perry sieht diesen selben Zeigefinger vor sich, wie er während des Tennisspiels auf den Nasen seiner Söhne lag.

»Warum ich töte diesen Apparatschik?«, fragt Dima rhetorisch. »War Liebe für mein *Mutter*, die ihre Kinder beschützt. War Liebe für mein verrückter *Vater*, der sich gemordet hat. War zu Ehre von *Russland* ich töte den Dreckskerl. Dass nicht alle mehr starren im Hausflur, deshalb. Darum in Kolyma, ich bin willkommen. Ich bin *krutoi* – ein Guter, keine Probleme, alles okay. Ich bin *rein*, guter russischer Junge. Ich bin kein *Politischer*. Ich bin Krimineller. Ich bin *Held*, ich bin *Kämpfer*. Ich habe Militär-Apparatschik getötet, vielleicht sogar *Tschekist*. Warum krieg ich sonst fünfzehn? Ich habe *Ehre*. Ich bin nicht …«

* * *

An diesem Punkt seiner Geschichte geriet Perry ins Stocken, und sein Ton wurde unsicher:

»Ich bin nicht *Specht*. Ich bin nicht *Hund*, Professor«, zitierte er zweifelnd.

»Er meint Informant«, erläuterte Hector. »Specht, Hund, Henne: Suchen Sie's sich aus. Alles Synonyme für Informant. Er versucht Ihnen weiszumachen, dass er keiner ist, dabei ist er genau das.«

Mit einem Nicken als Tribut an Hectors höhere Einsicht nahm Perry den Faden wieder auf.

* * *

»Eines Tages, nach drei Jahre, wird dieser gute Junge Dima *Mann*. Wie wird er Mann? Mein Freund Nikita macht ihn *Mann*. Wer ist Nikita? Nikita hat auch Ehre, auch guter Kämpfer, großer Krimineller. Er wird *Vater* für diesen guten Jungen Dima. Er wird *Bruder* für ihn. Er wird Dima *beschützen*. Wird Dima *lieben*. Mit *reiner* Liebe. Eines Tages, ein sehr guter, stolzer Tag für mich, Nikita bringt mich zu *Wory*. Kennst du *Wory*, Professor? Kennst du *Wor*?«

Ja, Perry kennt *Wory*. Und *Wor* kennt er auch. Er hat seinen Solschenizyn gelesen, er hat seinen Schalamow gelesen. Er weiß, dass als Wory diejenigen Gefangenen bezeichnet werden, die im Gulag Recht sprechen und Recht durchsetzen, eine Bruderschaft von Ehrenkriminellen, eingeschworen auf einen strikten Verhaltenskodex, hinter dem Ehe, Eigentum und Staatsdienerschaft zurückstehen müssen. Und er weiß, dass die Wory Mysterien lieben und sich gern mit dem Nimbus des Priesterlichen umgeben und dass die Einzahl von Wory Wor ist. Und dass die Wory stolz darauf sind, »Diebe im Gesetz« zu sein, eine Elite, die haushoch über dem Straßengesindel steht, das in seinem ganzen Leben kein Gesetz gekannt hat.

»Mein Nikita spricht vor sehr großem Wory-Komitee. Viel große Kriminelle sind bei diesem Treffen, viel gute Kämpfer. Er sagt zu Wory: ›Liebe Brüder, hier ist Dima. Dima ist *bereit*, meine Brüder. Nehmt ihn auf.‹ Also nehmen sie Dima auf, sie machen ihn Mann. Sie machen ihn Ehrenkrimineller. Aber Nikita muss Dima trotzdem noch beschützen. Das kommt, weil Dima sein … sein …«

Während Dima der Ehrenkriminelle noch nach dem passenden Ausdruck sucht, kommt ihm Perry der scheidende Oxford-Dozent zu Hilfe:

»Sein Jünger ist?«

»*Jünger! Richtig,* Professor! Wie bei Jesus! Nikita wird sein Jünger Dima beschützen. Das ist normal. Ist Wory-Gesetz. Er wird ihn immer beschützen. Das ist versprochen. Nikita hat mich Wor gemacht. Deshalb beschützt er mich. Aber Nikita stirbt.«

Dima tupft mit dem Taschentuch an seiner kahlen Stirn herum, dann fährt er sich mit dem Handgelenk über die Augen, dann zwickt er mit Daumen und Zeigefinger die Nasenlöcher zusammen wie ein Schwimmer, der aus dem Wasser auftaucht. Als er die Hand sinken lässt, sieht Perry, dass er um Nikita weint.

* * *

Hector folgt dem Ruf der Natur. Luke hat Kaffee gekocht. Perry nimmt eine Tasse an und lehnt auch einen Schokoladenkeks nicht ab. Er ist im besten Vorlesungsmodus, paradiert sämtliche seiner Fakten und Beobachtungen, um sie mit all der Präzision und Penibilität darzulegen, derer er fähig ist. Aber über das aufgeregte Glitzern in seinen Augen, die Röte, die auf seinen mageren Wangen glänzt, kann das nicht ganz hinwegtäuschen.

Und vielleicht merkt das sein innerer Zensor und schreitet ein, denn als Perry fortfährt, ist sein Stil knapp, fast stakkatohaft, frei vom Taumel des Abenteuers, der nüchterner Didaktik so schlecht zu Gesicht steht.

»Nikita hatte sich ein Lagerfieber zugezogen. Es war tiefster Winter. Temperaturen um die minus sechzig Grad. Viele Gefangene starben. Die Wärter scherten sich nicht darum. Die Lazarette waren nicht zum Heilen da, sie waren der Ort, wo man starb. Nikita war ein zäher Hund, deshalb brauchte er lange fürs Sterben. Dima pflegte ihn. Versäumte seine Lagerarbeit, wurde in die Strafzelle geworfen. Kaum kam er raus, lief er zurück zu Nikitas Pritsche, bis sie ihn wieder einfingen. Prügel, Nahrungsentzug, Lichtentzug, während er bei Minusgraden an der Wand angekettet war. All diese kleinen Kniffe eben, die ihr Leute an weniger zimperliche Länder outsourct und dann so tut, als wüsstet ihr von nichts«, fügt er in einem Aufflackern halbhumoristischer Streitlust hinzu, das überhört wird. »Und wie er so Nikitas Hand hielt, fassten sie den Plan, dass Dima seinen eigenen Protegé in die Wory-Bruderschaft einführen sollte. Ein feierlicher Moment, allem Anschein nach: der sterbende Nikita, der durch Dima seine Nachfolge regelt. Die Fackel, die an die nächste Verbrechergeneration weitergereicht wird. Dimas Protegé – sein Jünger, wie er ihn nun bevorzugt nennt, mea culpa – war ein gewisser Michail, genannt Mischa.« Perry schildert die Szene:

»›Mischa ist Mann von Ehre, wie ich!‹, versichert Dima dem Ehrenkomitee der Wory-Kämpfer. ›Ist Krimineller, kein Politischer. Mischa liebt unsere wahre Mutter Russland, nicht Sowjetunion. Mischa achtet alle Frauen. Er ist stark, ist *rein*, ist nicht Specht, nicht Hund, nicht Militär, nicht Wärter, KGB. Ist nicht Polizei. Er *tötet* Polizei. Er hasst alle Apparatschiks. Mischa ist mein Sohn. Er ist euer Bruder. Nehmt Dimas Sohn als euren Wory-Bruder auf!«

* * *

Perry noch immer im Vorlesungsmodus. Das Folgende für Sie zum Mitnotieren, meine Damen und Herren. Die Passage, die ich nun vortrage, ist eine Kurzversion von Dimas Geschichte, so wie er selbst sie erzählt hat, mit reichlich Wodka im Krähennest des Hauses mit Namen Three Chimneys:

»Aus Kolyma entlassen, eilte er heim nach Perm und kam gerade rechtzeitig, um seine Mutter zu beerdigen. Die frühen achtziger Jahre waren goldene Jahre für Kriminelle. Ein Leben auf der Überholspur, kurz und gefährlich, aber profitabel. Dank seiner erstklassigen Referenzen wird Dima von den Permer Wory mit offenen Armen aufgenommen. Er hat einen Kopf für Zahlen, wie er feststellt, und tut sich schon bald durch illegale Währungsspekulationen, Versicherungsbetrug und Schmuggel hervor. Seine wachsende Umtriebigkeit als Kleinkrimineller führt ihn in die DDR, mit Schwerpunkt auf Autodiebstahl, gefälschten Pässen und Währungsbetrügereien. Dabei lernt er behelfsmäßig Deutsch. Er nimmt sich seine Frauen, wo er sie findet, aber seine dauerhafte Partnerin ist Tamara, die auf dem Schwarzmarkt in Perm so seltene Ware wie Damenkleidung und Grundnahrungsmittel vertreibt. Mit Beihilfe von Dima und ähnlich gesinnten Kumpanen betätigt sie sich nebenher als Wucherin, Entführerin und Erpresserin. Damit kommt sie einer rivalisierenden Bruderschaft ins Gehege, die Tamara erst gefangen nimmt und foltert, um sie dann unter einem Vorwand der Polizei zu übergeben, die sie munter weiterfoltert. Dima erklärt Tamaras *Problem:*

»Sie *schreit* nicht, das ist es, Professor. Sie ist gute Kriminelle, besser wie Männer. Sie stecken sie in Verhörzelle. Kannst du vorstellen Verhörzelle, ja? Hängen sie kopfüber auf, ficken sie zehnmal durch, zwanzigmal, prügeln sie grün und blau, und sie schreit nicht. Sagt ihnen, sollen sie arschlecken. Tamara, sie ist große Kämpferin, nicht *Dreckschwein.*«

Wieder stellte Perry das Wort zaghaft in den Raum, und wieder kam ihm Hector diskret zu Hilfe:

»Dreckschwein ist noch übler als Hund oder Specht. Ein Dreckschwein verrät den Unterweltkodex. Unserem Dima schlägt das Gewissen mittlerweile gewaltig.«

»Dann ist er vielleicht deshalb über das Wort gestolpert«, mutmaßte Perry, und Hector sagte, durchaus möglich.

Perry nun wieder als Dima: »Eines Tags, die Polizei hat die Schnauze so voll von Tamara, sie ziehn sie nackt aus und werfen sie raus in Schnee. Sie schreit nicht, kapiert? Wird bisschen verrückt, okay. Spricht zu Gott. Kauft zig Ikonen. Vergräbt Geld im Garten, dass keiner mehr findet, scheißegal. Diese Frau ist loyal, kapiert? Diese Frau ich lass niemals gehen. Nataschas Mutter, sie habe ich geliebt. Aber Tamara, sie lasse ich nie gehen. Kapiert?«

Perry hat kapiert.

Sobald Dima beginnt, im großen Stil zu verdienen, lässt er Tamara in einer Schweizer Klinik aufpäppeln, dann heiraten sie. Innerhalb eines Jahres kommen die Zwillinge zur Welt. Der Hochzeit auf dem Fuß folgt die Verlobung von Tamaras hinreißend schöner, sehr viel jüngerer Schwester Olga, einer Edelnutte, die bei den Wory hoch im Kurs steht. Und der Bräutigam ist kein anderer als Dimas geliebter Jünger Mischa, der inzwischen ebenfalls aus Kolyma entlassen ist.

»Mit dem Bund zwischen Olga und Mischa war das Maß von Dimas Freuden voll«, so Perry. »Dima und Mischa waren fortan wahre Brüder. Nach dem Wory-Gesetz war Mischa ohnehin schon Dimas Sohn, durch die Heirat wurden sie nun auf der ganzen Linie verwandt. Dimas Kinder würden die Kinder von Mischa sein, Mischas Kinder die von Dima«, schloss Perry und lehnte sich mit entschiedener Geste zurück, wie um die Fragen aus den hinteren Bankreihen entgegenzunehmen.

Doch Hector, der Perrys Rückzug in die Akademikerrolle mit einiger Belustigung beobachtet hatte, begnügte sich mit einem trockenen Kommentar anderer Art:

»Sind schon ein verdammt merkwürdiger Haufen, diese Wory, finden Sie nicht? Da schwören sie großartig der Ehe, der Politik, dem Staat und all diesem Zeugs ab, nur um dann mit einem Riesenbrimborium zu dröhnendem Glockengeläut zum Altar zu schreiten. Hier, nehmen Sie noch einen Schuss von diesem Gesöff. Nur einen Teelöffel. Wasser?«

Geklapper mit Flasche und Karaffe.

»Deshalb auch diese ganze Truppe, nicht wahr?«, hing Perry seinem eigenen Gedankengang nach und nippte an seinem sehr schwachen Whisky. »Diese ganzen schrulligen Vettern und Onkel in Antigua. Alles Diebe im Gesetz, die angereist waren, um Mischa und Olga betrauern zu helfen.«

* * *

Perry wieder dezidiert als der Collegedozent. Der einen Geschichtsabriss präsentiert und nichts sonst:

Perm wird zu klein für Dima und die Bruderschaft. Das Geschäft weitet sich aus. Verbrechersyndikate bilden

Allianzen. Deals mit anderen Mafia-Organisationen kommen zustande. Und das Beste: Dima, der Primitivling aus Kolyma, der nichts weiß und nichts gelernt hat, erweist sich als Genie darin, die Erträgnisse des Verbrechens zu waschen. Als Dimas Bruderschaft beschließt, ihre Geschäfte nach Amerika auszuweiten, ist es darum Dima, den sie nach New York schicken, damit er eine Geldwäsche-Kette mit Hauptsitz Brighton Beach aufzieht. Dima nimmt Mischa als seinen Mann fürs Grobe mit. Als die Bruderschaft beschließt, eine europäische Dependance seines Geschäfts einzurichten, betraut sie Dima mit der Aufgabe. Dima bedingt sich auch jetzt wieder aus, dass Mischa mitbedacht wird, diesmal als Dimas Nummer zwei in Rom. Auch das wird bewilligt. So dass die Dimas und die Mischas nun wahrhaft eine große Familie sind, vereint in der Arbeit wie auch daheim – sich besuchen, miteinander Häuser tauschen und gegenseitig ihre prachtvollen Kinder bewundern.

Perry nippt noch einmal an seinem Whisky.

»Das war zu Zeiten des alten Prinzen«, sagt er beinahe wehmütig. »Für Dima das Goldene Zeitalter. Der alte Prinz war ein echter Wor. Er war unfehlbar.«

»Und der neue Prinz?«, fragt Hector provozierend. »Dieser junge? War von dem auch irgendwann die Rede?«

Das kann Perry nicht komisch finden. »Das wissen Sie haargenau«, knurrt er. Und ergänzt: »Der Prinz ist das größte Dreckschwein aller Zeiten. Der Erzverräter schlechthin. Er ist der Prinz, der die Wory gegen den Staat ausspielt, was das übelste Verbrechen ist, das man als Wor begehen kann. Einem solchen Mann in den Rücken zu fallen ist kein Verrat, es ist Pflicht.«

* * *

»Du magst gern die zwei Kleinen, Professor?«, fragt Dima in gespielter Nonchalance, indem er den Kopf zurückwirft und so tut, als würde er die abblätternden Panele an der Decke studieren. »Katja? Irina? Magst du, ja?«

»Ja, natürlich. Sie sind eine Wucht.«

»Und Gail, sie mag auch?«

»Das wissen Sie doch. Sie fühlt so sehr mit den beiden mit.«

»Was sagen sie ihr, die kleinen Mädchen, wie ihr Vater gestorben ist?«

»Bei einem Autounfall. Vor zehn Tagen. Außerhalb von Moskau. Eine Tragödie. Vater und Mutter beide zugleich.«

»Ja. War Tragödie. War Autounfall. Stinkeinfacher Autounfall. Stink*normaler* Autounfall. In Russland wir haben viel solchen Autounfall. Vier Männer, vier Kalaschnikows, vielleicht sechzig Kugeln, scheißegal. Das ist gottverdammter Autounfall, Professor. Zwanzig, dreißig Kugeln für jeden. Mein Mischa, mein Jünger, so jung noch, vierzig Jahre. Dima hat ihn zu Wory gebracht, hat ihn *Mann* gemacht.«

Und in plötzlicher Wut:

»Aber warum ich habe nicht beschützt mein Mischa? Warum ich lass ihn nach Moskau? Dass die Schweine von Dreckschwein-Prinz ihm zwanzig, dreißig Kugeln reinjagen. Dass sie Olga totschießen, schöne Schwester von mein Tamara, Mutter von Mischas kleine Mädchen. Warum ich hab ihn nicht beschützt? Du bist Professor! Du sagst mir, bitte, warum hab ich nicht beschützt mein Mischa?«

Wenn es die Wut war und nicht die Lautstärke, die seiner Stimme solch ungeheure Kraft verlieh, dann ist es seine chamäleonhafte Natur, die es ihm nun erlaubt, diese Wut gegen ein bedrücktes slawisches Sinnieren zu vertauschen:

»Okay. Kann sein, Olga, die Schwester von Tamara, sie

ist nicht so verdammt fromm«, gibt er einem Einwand statt, den Perry nicht erhoben hat. »Sag ich zu Mischa: ›Vielleicht dein Olga, sie schaut noch zu viel andern Männern nach, mit so ein Superarsch, wie sie hat. Vielleicht du hörst auf mit Rumficken, Mischa, bleibst lieber zu Hause wie ich jetzt, passt auf sie auf.‹« Seine Stimme senkt sich wieder zu einem Flüstern. »Dreißig gottverdammte Kugeln, Professor. Dieser Dreckschwein-Prinz muss bezahlen für dreißig Kugeln in mein Mischa.«

* * *

Perry war verstummt. Es war, als hätte irgendwo weit weg ein Gong das Ende der Stunde geschlagen, und nun, verspätet, hörte er es auch. Einen Augenblick schien er verblüfft, sich hier am Tisch wiederzufinden. Dann ging ein Ruck durch seinen langen, eckigen Körper, und er kam in der Gegenwart an.

»Und das war's mehr oder weniger«, sagte er in abschließendem Ton. »Dima sank ein Weilchen in sich zusammen, fuhr wieder hoch, schien nicht gleich zu wissen, wie ich hierherkam, wirkte empört darüber, fand sich dann damit ab, vergaß mich neuerlich, schlug sich die Hände vors Gesicht und murmelte auf Russisch vor sich hin. Dann stand er auf, fischte in seinem Satinhemd und riss das kleine Päckchen heraus, das ich meinem Dokument beigelegt habe«, fuhr er fort. »Gab es mir, umarmte mich. Es war ein emotionaler Moment.«

»Für Sie beide.«

»Auf ganz unterschiedliche Weise, ja. Doch, ich glaube, ja.«

Plötzlich schien er es sehr eilig zu haben, zu Gail zurückzukommen.

»Irgendwelche Anweisungen das Päckchen betreffend?«, erkundigte Hector sich, während sein kleiner Freund aus der zweiten Liga auf seine adrett gefalteten Hände hinablächelte.

»Sicher. ›Bringst du das dein Apparatschiks, Professor. Ein Geschenk von Nummer-Eins-Geldwäscher von ganzer Welt. Sagst du, ich will Fairplay.‹ Genauso, wie ich es in meinem Dokument geschrieben habe.«

»Irgendeine Vorstellung, was in dem Päckchen war?«

»Nur Vermutungen. Es war in Watte gepackt und mit Frischhaltefolie umwickelt. Wie Sie ja gesehen haben. Ich nahm an, dass es eine Kassette war – aus irgendeiner Art Mini-Recorder. Danach hat es sich zumindest angefühlt.«

So schnell ließ Hector nicht locker. »Und Sie haben nicht versucht, es zu öffnen?«

»Natürlich nicht. Es war ja für Sie bestimmt. Ich habe lediglich sichergestellt, dass es fest in den Deckel des Dossiers eingeklebt war.«

Hector blätterte langsam in Perrys Dokument herum und nickte geistesabwesend.

»Er hatte es direkt am Körper getragen«, fuhr Perry fort, den es offenbar drängte, gegen das sich verdichtende Schweigen anzureden. »Wie in Kolyma, habe ich gedacht. Die Kniffe, die sie sich dort einfallen lassen mussten. Botschaften schmuggeln, alles das. Das Ding war klatschnass. Ich musste es bei uns in der Hütte erst mit einem Handtuch trockenwischen.«

»Aber geöffnet haben Sie es nicht?«

»Ich habe doch gesagt, nein. Warum sollte ich auch? Es ist nicht mein Stil, anderer Leute Nachrichten zu lesen. Oder sie mir anzuhören.«

»Nicht mal, bevor Sie damit in Gatwick durch den Zoll mussten?«

»Ganz sicherlich nicht.«

»Aber betastet haben Sie es.«

»Ja, natürlich. Wie ich Ihnen gerade gesagt habe. Worauf

wollen Sie eigentlich hinaus? Durch die Frischhaltefolie. Und die Watte. Gleich als er es mir gegeben hat.«

»Und nachdem Sie es von ihm bekommen hatten, was haben Sie dann damit gemacht?«

»Es sicher verwahrt.«

»Nämlich wo?«

»Wie bitte?«

»Wo Sie es verwahrt haben.«

»Bei meinem Rasierzeug. Sobald ich in die Hütte zurückkam, bin ich auf direktem Weg ins Bad gegangen und habe es da versteckt.«

»Neben Ihrer Zahnbürste sozusagen.«

»Sozusagen.«

Erneutes langes Schweigen. Kam es ihnen so lang vor, wie es Perry vorkam? Wohl kaum, fürchtete er.

»Warum?«, wollte Hector schließlich wissen.

»Was?«

»Das Rasierzeug«, präzisierte Hector geduldig.

»Ich dachte, da ist es sicherer.«

»Wenn Sie in Gatwick durch den Zoll müssen?«

»Ja.«

»Da es ja das einschlägige Versteck für Kassetten ist?«

»Ich dachte einfach, es würde …« Er zuckte die Achseln.

»Im Waschbeutel weniger auffallen?«

»So ungefähr.«

»Wusste Gail davon?«

»Was? Natürlich nicht. Nein.«

»Hätte mich auch gewundert. Ist die Aufnahme auf Englisch oder auf Russisch?«

»Woher soll ich das wissen? Da ich sie mir nicht *angehört* habe.«

»Dima hat Ihnen nicht gesagt, in welcher Sprache sie ist?«

»Er hat überhaupt nichts dazu gesagt, außer dem, was Sie schon von mir wissen. Prost.«

Er kippte die letzten Tropfen seines sehr dünnen Scotchs und setzte das Glas dann mit fester Hand auf dem Tisch ab, ein Schlusspunkt. Doch Hector ließ sich von seiner Eile nicht anstecken. Ganz im Gegenteil. Er blätterte in Perrys Dokument eine Seite zurück. Dann zwei nach vorne.

»Aber *warum* das alles?«, insistierte er.

»Warum was?«

»Warum tun Sie sich das an? Warum schmuggeln Sie ein dubioses Päckchen für einen russischen Gauner durch den britischen Zoll? Warum haben Sie es nicht in der Karibik versenkt, und basta?«

»Ich hätte gedacht, das liegt auf der Hand.«

»Für mich, ja. Aber bei Ihnen wundert mich das. Inwiefern liegt es denn für Sie auf der Hand?« Perry suchte nach einer Antwort, schien aber keine zu finden.

»Weil's einfach *da war*, vielleicht?«, schlug Hector vor. »Deshalb klettern die Leute doch auch auf Berge: weil sie *da* sind.«

»Heißt es, ja.«

»Absoluter Blödsinn, wenn Sie mich fragen. Weil die *Leute* da sind, von mir aus. Kein Grund, es auf die armen Berge zu schieben. Oder?«

»Möglich.«

»Der *Bergsteiger* ist es schließlich, der den fernen Gipfel erspäht. Dem Berg ist es schnurzpiepegal.«

»Höchstwahrscheinlich, ja« – ein nicht sehr überzeugendes Grinsen.

»Hat Dima mit Ihnen über Ihre persönliche Beteiligung an diesen Verhandlungen gesprochen, sollte es zu Verhandlungen kommen?«, fragte Hector mit einer Verzögerung, die Perry endlos erschien.

»Ein bisschen.«

»Und was heißt ein bisschen?«

»Er wollte, dass ich dabei zugegen bin.«

»Nämlich wozu?«

»Um das Fairplay sicherzustellen, denke ich doch.«

»Wessen Fairplay, verflucht noch mal?«

»Ihres, würde ich vermuten«, sagte Perry verstockt. »Er wollte, dass ich dafür sorge, dass Sie Wort halten. Er hat etwas gegen Apparatschiks, wie Ihnen vielleicht auch aufgefallen ist. Er möchte Sie bewundern, weil Sie englische Gentlemen sind, aber gleichzeitig misstraut er Ihnen, weil Sie Apparatschiks sind.«

»Empfinden Sie das auch so?« – die grauen Vogelaugen sahen Perry durchdringend an. »Dass wir Apparatschiks sind?«

»Möglich«, räumte Perry auch jetzt wieder ein.

Hector wandte sich Luke zu, der unverändert zackig neben ihm saß. »Luke, alter Junge, hatten Sie nicht einen Termin? Dann sollten wir Sie nicht noch länger aufhalten.«

»Stimmt«, sagte Luke, warf Perry ein knappes Abschiedslächeln zu und verließ folgsam den Raum.

* * *

Der Malt kam von der Isle of Skye. Hector schenkte ihnen beiden großzügig ein und ließ Perry beim Wasser freie Hand.

»Also dann«, verkündete er. »Zeit für die harten Bandagen. Sind Sie bereit?«

Hatte er eine Wahl?

»Wir haben hier eine Unstimmigkeit. Und zwar eine gewaltige.«

»Mir ist nichts aufgefallen.«

»Aber mir. Etwas, was in Ihrem Einser-Aufsatz nicht steht und was Sie bisher auch bei Ihrem ansonsten erstklassigen Mündlichen unterschlagen haben. Soll ich es aussprechen, oder möchten Sie es?«

Perry zuckte die Achseln, sichtlich verlegen. »Machen Sie's ruhig.«

»Gern. Sie verschweigen in beiden Darstellungen einen zentralen Punkt in Dimas Forderungen und Bedingungen, so wie sie uns in dem Päckchen übermittelt wurden, das Sie so findig in Ihrem Rasierzeug oder, wie wir älteren Semester das gerne nennen, Ihrem Kulturbeutel durch den Zoll in Gatwick geschmuggelt haben. Dima besteht darauf – und zwar nicht *ein bisschen*, wie Sie uns glauben machen wollen, sondern als *conditio sine qua non*, und nicht nur *er*, sondern auch *Tamara*, was wahrscheinlich sogar noch schwerer wiegt –, sie *beide* bestehen darauf, dass Sie, Perry, bei sämtlichen Verhandlungen zugegen sind und dass diese Verhandlungen Ihretwegen auf Englisch stattfinden. Oder kam diese Bedingung in seinen Ausführungen am Ende gar nicht vor?«

»Doch.«

»Aber das haben Sie sicherheitshalber für sich behalten?«

»Ja.«

»Könnte das rein zufällig damit zu tun haben, dass Dima und Tamara nicht nur die Anwesenheit von *Professor Makepiece* zur Bedingung machen, sondern auch die einer Dame, die sie liebevoll *Madame Gail Perkins* nennen?«

»Nein!« – die Stimme stählern, das Kinn vorgereckt.

»*Nein?* Was nein? Nein, Sie haben diese Bedingung nicht unilateral aus Ihrem schriftlichen wie auch aus Ihrem mündlichen Bericht herauszensiert?«

Perrys Antwort erfolgte mit solcher Vehemenz und Gezieltheit, dass klar war, dass er sie schon länger parat haben musste. Aber erst schloss er die Augen, wie um Zwiesprache mit seinen inneren Dämonen zu halten. »Ich mache mit – um Dima zu helfen. Und vielleicht sogar, um Ihnen zu helfen. Aber ich mache es allein oder gar nicht.«

»Obwohl ja Dima in denselben weitschweifigen Auslassungen an unsere Adresse«, fuhr Hector in einem Ton fort, als hätte Perry seine dramatische Erklärung nie abgegeben, »auch noch von einem Treffen in Paris spricht, das für kommenden Juni anberaumt ist. Für den siebten, um genau zu sein. Ein Treffen nicht mit uns verhassten Apparatschiks, sondern mit Ihnen und Gail, was uns ein bisschen sonderbar vorkam. Können Sie dazu etwas sagen, rein zufällig?«

Perry konnte es entweder nicht, oder er wollte es nicht. Er stierte düster in das Halbdunkel, eine lange Hand zu einer Art Maulkorb vor den Mund gewölbt.

»Er scheint ein Stelldichein vorzuschlagen«, redete Hector weiter. »Oder genauer gesagt, sich auf eins zu beziehen, das er bereits vorgeschlagen hat und dem Sie allem Anschein nach zugestimmt haben. Wo mag wohl der Treffpunkt sein, frage ich mich? Schlag Mitternacht unterm Eiffelturm, mit dem gestrigen *Figaro* unterm Arm?«

»So ein Blödsinn!«

»Wo dann?«

Mit einem unterdrückten »Ach, verdammt« fuhr Perry mit der Hand in die Innentasche seines Sakkos, zog ein blaues Kuvert hervor und knallte es auf den ovalen Tisch. Es war unverschlossen. Hector nahm es, bog mit seinen dünnen weißen Fingerspitzen vorsichtig die Klappe auf, fischte zwei bedruckte blaue Kärtchen heraus und faltete sie auseinander. Dann ein weißes Blatt Papier, ebenfalls gefaltet.

»Und das sind Tickets *wo*für?«, erkundigte er sich nach ausgedehnter Inspektion, die ihm die Antwort nach normalen Maßstäben längst hätte liefern müssen.

»Können Sie nicht lesen? French Open, Herrenfinale. Roland-Garros-Stadion, Paris.«

»Und daran sind Sie wie gekommen?«

»Als ich unsere Hotelrechnung beglichen habe. Gail war beim Packen. Ambrose hat sie mir überreicht.«

»Zusammen mit diesem netten Briefchen von Tamara?«

»Richtig. Zusammen mit diesem netten Briefchen von Tamara. Gut kombiniert.«

»Tamaras Brief lag mit den Tickets im Umschlag, nehme ich an? Oder kam er gesondert?«

»Tamaras Brief war in einem eigenen Umschlag, der zugeklebt war und den ich inzwischen vernichtet habe«, sagte Perry mit gepresster Stimme. »Die beiden Karten für das Roland-Garros-Stadion waren in einem unverschlossenen Umschlag. Das ist der Umschlag, den Sie augenblicklich in der Hand halten. Den Umschlag von Tamaras Brief habe ich weggeworfen und den Brief in das Kuvert mit den Karten gesteckt.«

»Hervorragend. Darf ich ihn lesen?«

Er las ihn schon:

> »Wir laden Sie ein bitte, dass Sie zu Ihrer Begleitung Gail mitbringen. Wir werden glücklich sein über ein Wiedersehen mit Ihnen.«

»Herrgott noch mal«, murrte Perry.

> »Halten Sie sich bereit bitte um fünfzehn (15) Minuten vor Spielbeginn in Allée Marcel-Bernard auf Roland-Garros-Gelände. Es sind viele Geschäfte in dieser Allée. Bitte beachten Sie besonders den Stand mit Adidas-Ware. Es wird große Überraschung scheinen Sie zu sehen. Es wird Zufall und göttliche Fügung scheinen. Bitte besprechen Sie diesen Punkt mit Ihren britischen Beamten. Sie werden diese Situation verstehen.
>
> Bitte folgen Sie auch Einladung in Spezialloge zu Vertreter von Arena-Firma. Es wird günstig sein, wenn ein Verantwortlicher der großbritannischen Geheimbehörde zu

dieser Zeit für sehr diskrete Besprechung in Paris sein kann. Bitte ermöglichen Sie dies.

In der Liebe Gottes,

Tamara.«

»Ist das alles?«

»Alles.«

»Und Sie sind angefressen. Geladen. Sauer, dass Sie Ihre Karten auf den Tisch legen mussten.«

»Um ehrlich zu sein, bin ich absolut stinkwütend«, gab Perry zu.

»Gut, bevor Sie völlig ausrasten, wie wär's mit ein paar kleinen Zusatzinformationen von uns? Könnten die einzigen sein, die Sie kriegen.« Er lehnte sich weit über den Tisch, in seinen fanatischen grauen Augen glitzerte es. »Auf Dima kommen zwei alles entscheidende Unterzeichnungstermine zu, durch die er sein gesamtes hochraffiniertes Geldwäschesystem in jüngere Hände geben wird, sprich an den Prinzen und sein Gefolge. Die Summen dabei sind astronomisch. Der erste Termin ist in Paris, am Montag, dem 8. Juni, einen Tag nach Ihrer Tennispartie. Der zweite und letzte Termin – der finale, könnte man sagen – findet zwei Tage später in Bern statt, am Mittwoch, dem 10. Juni. Sobald Dima sein Lebenswerk überschrieben hat – mit der Unterzeichnung in Bern am 10. Juni also –, ist er für dieselbe unfreundliche Behandlung fällig, die sein Freund Mischa erfahren musste. Umnieten, mit anderen Worten. Ich erwähne das am Rande, damit Sie ermessen können, welche Tragweite Dimas Planungen haben, in welch verzweifelter Lage er sich befindet und wie hoch der Einsatz ist, der hier – buchstäblich – auf dem Spiel steht. Bis zur Unterzeichnung ist er immun. Seinen Goldesel erschießt man nicht. Sobald er unterschrieben hat, ist er reif für den Schlachter.«

»Aber warum fährt er dann für die Beerdigung nach Moskau?«, wandte Perry in abwesendem Ton ein.

»Richtig, Sie und ich täten das nicht«, stimmte Hector ihm zu. »Aber wir sind keine Wory, und Rache hat ihren Preis. Wie auch Überleben. Solange er nicht unterzeichnet hat, ist er unverwundbar. Können wir wieder zu Ihnen zurückkommen?«

»Wenn's sein muss.«

»Muss es. Sie haben gerade eben gesagt, dass Sie absolut stinkwütend sind. Ehrlich gesagt haben Sie auch allen Grund, stinkwütend zu sein, und zwar auf sich selbst. Weil Sie sich nämlich aus *einer* Sicht, der des normalen menschlichen Miteinanders – wenn auch unter zugegebenermaßen schwierigen Umständen –, wie ein chauvinistisches Arschloch verhalten. Sie brauchen mich gar nicht so anzufunkeln. Schauen Sie sich den Schlamassel doch an, den Sie bis jetzt angerichtet haben. Gail ist nicht an Bord, obwohl sie es liebend gern wäre. Ich weiß ja nicht, in welchem Jahrhundert wir Ihrer Meinung nach leben, aber sie hat dasselbe Recht auf Entscheidungsfreiheit wie Sie. Hatten Sie wirklich ernsthaft vor, sie um eine Freikarte für das Herrenfinale beim French Open zu prellen? Gail? Ihre Partnerin im Leben wie auch beim Tennis?«

Perry, die Hand wieder vor dem Mund, schnaubte gequält.

»Gut so. Und jetzt zur anderen Sicht, der des *abnormalen* menschlichen Miteinanders. Meiner Sicht, Lukes Sicht. Dimas Sicht. Sie erkennen völlig korrekt, dass Sie und Gail versehentlich in ein üppig bestücktes Minenfeld geraten sind. Und wie jeder anständige Mensch Ihres Schlages haben Sie den Drang, Gail nur ja aus diesem Minenfeld herauszulotsen, und zwar ein für alle Mal. Ihnen ist außerdem klar, wenn ich mich nicht sehr irre, dass Sie ganz persönlich, einfach weil Sie sich Dimas Angebot angehört und an uns übermittelt haben und von ihm zum

Schiedsrichter oder Beobachter oder was immer bestimmt worden sind – dass Sie dadurch nach den Wory-Regeln, also in den Augen derjenigen, die Dima ans Messer liefern will, ein legitimer Kandidat für die Höchststrafe sind. So weit richtig?«

Richtig.

»Bis zu welchem Grade Gail als möglicher Kollateralschaden anzusehen ist, bleibt dahingestellt. Auch das haben Sie sicher bedacht.«

Ebenfalls richtig.

»Dann rekapitulieren wir doch mal die großen Fragen. Große Frage Nummer eins: Sind Sie, Perry, moralisch dazu berechtigt, Gail über die Gefahr im Unklaren zu lassen, in der sie sich befindet? *Ich* würde sagen, *nein*. Und wenn sie einmal im Bilde ist, große Frage Nummer zwei: Sind Sie moralisch dazu berechtigt, ihr die Entscheidung darüber abzunehmen, ob sie an Bord kommen will oder nicht? So, wie ihr die Kinder am Herzen liegen – von ihren Gefühlen für *Sie* ganz zu schweigen? Ich würde auch wieder sagen, nein, aber das können wir nachher noch ausdiskutieren. Und Frage Nummer drei, die müssen wir stellen, obwohl sie ziemlich haarsträubend ist: Juckt es Sie, Perry, juckt es Gail, juckt es Sie beide als Paar, was so richtig *Scheißgefährliches* für Ihr Land zu tun, für letztlich keinen anderen Lohn als das, was man so schön die Ehre nennt, und nie, nie, nie damit angeben zu dürfen, nicht mal vor Ihren Liebsten und Nächsten, weil wir Sie sonst wie Furien bis ans Ende der Welt verfolgen werden?« Er ließ eine Pause, damit Perry antworten konnte, und als Perry stumm blieb, fuhr er fort:

»Sie sind aktenkundig als jemand, nach dessen Meinung unsere schöne grüne Insel dringend vor sich selbst gerettet werden muss. Dieser Meinung bin ich auch. Ich habe die Seuche studiert, ich bin drin gewesen in dem Sumpf. Es ist meine begründete Überzeugung, dass wir, als die große

Nation von einst, an Kollektivfäulnis von der Spitze abwärts leiden. Und das ist nicht nur die Ansicht eines tattrigen alten Knackers. Eine Menge Leute in meinem Dienst geben sich alle Mühe, die Dinge nicht schwarzweiß zu sehen. Nicht, dass ich mit ihnen viel gemeinsam hätte. Ich bin ein spätberufener Radikaler mit Schaum vor dem Mund. Können Sie mir folgen?«

Widerstrebendes Nicken.

»Was Dima Ihnen bietet – und was ich Ihnen biete –, ist die ganz große Chance, etwas zu *tun*, statt nur herumzutönen. Und was machen Sie? Zerren an der Leine, aber geben nicht zu, dass Sie an der Leine zerren, was ich persönlich als etwas verlogen empfinde. Deshalb meine ganz entschiedene Empfehlung: Rufen Sie Gail *jetzt* an, erlösen Sie sie aus der Ungewissheit, und wenn Sie nach Primrose Hill zurückkommen, setzen Sie sie über alles in Kenntnis, über jedes noch so kleine Detail, das Sie ihr bis jetzt vorenthalten haben. Dann kommen Sie mit ihr morgen um neun wieder hierher. *Heute* um neun, sollte ich wohl sagen. Ollie holt Sie ab. Dann unterzeichnen Sie beide ein noch drakonischeres und unleserlicheres Dokument, als Sie heute schon unterzeichnet haben, und wir erzählen Ihnen so viel vom Rest der Geschichte, wie wir können, ohne dass es Ihnen die Petersilie verhagelt, falls Sie sich wirklich nach Paris wagen – und so wenig, wie Sie es uns durchgehen lassen, wenn Sie sich dagegen entscheiden. Sollte es Gail lieber sein, sich hinter Rechtseinwänden zu verstecken, dann ist das ihre Sache, aber ich wette mit Ihnen hundert zu eins, dass sie bis zum bitteren Ende an Bord bleibt.«

Perry hob nun endlich doch den Kopf.

»*Wie?*«

»Was, wie?«

»*Wie* sollen wir England retten? Wovor? Gut, vor sich selbst. Vor welchem Teil seiner selbst?«

Jetzt war es Hector, der erst nachdenken musste. »Da muss Ihnen unser Wort reichen.«

»Das Wort Ihres Dienstes?«

»Fürs Erste, ja.«

»Was nützt mir das? Seid ihr nicht die Gentlemen, von denen es heißt, sie lügen, um ihrem Land zu dienen?«

»Das sind die Diplomaten. Wir sind keine Gentlemen.«

»Dann lügt ihr eben, um eure Haut zu retten.«

»Das sind die Politiker. Welten dazwischen.«

8

An einem sonnigen Sonntagmittag, zehn Stunden nachdem Perry Makepiece nach Primrose Hill zurückgekehrt war, um sich mit Gail auszusöhnen, erhob sich Luke Weaver in seinem überteuerten roten Reihenhaus am Parliament Hill vom häuslichen Esstisch – von dem schönen fleischigen Freilandhähnchen mit Semmelbröseln, das seine Frau Eloise extra gebraten hatte, für ihn und seinen Sohn Ben und einen israelischen Schulfreund von Ben – und machte sich, den Widerhall seiner eigenen Entschuldigungen noch im Ohr, zu einer Besprechung auf, die gut die wichtigste in seiner wechselvollen Spionagelaufbahn werden konnte.

Sein Ziel, soweit es Eloise und Ben wissen durften, war die potthässliche Geheimdienstzentrale am Themseufer in Lambeth – *la Loubianka-sur-Tamise*, nannte sie Eloise, in deren Adern französisches Adelsblut floss. In Wirklichkeit war es, wie während der letzten drei Monate auch schon, Bloomsbury. Als Fortbewegungsmittel wählte er, trotz oder gerade wegen seiner inneren Anspannung, statt U-Bahn oder Bus Schusters Rappen, eine Gewohnheit noch aus Moskauer Zeiten, wo drei Stunden Pflastertreten bei jedem Wetter zum Standardprogramm gehört hatten, wenn ein toter Briefkasten geleert sein wollte oder in einem offenen Hauseingang eine dreißigsekündige atemlose Übergabe von Geld und Material zu bewerkstelligen war.

Für den Fußmarsch vom Parliament Hill nach Bloomsbury (eine gute Stunde veranschlagte Luke dafür in der Regel) nahm er möglichst jeden Tag eine andere Route, weniger um eingebildete Verfolger abzuschütteln, auch wenn er diesen Gedanken selten ganz loswurde, sondern um die Nebenstrecken einer Stadt neu zu erkunden, die er nach Jahren im Auslandsdienst etwas aus dem Blick verloren hatte.

Und weil heute die Sonne so schön schien und er den Kopf für den bevorstehenden Einsatz freibekommen wollte, hatte er einen Schwenk durch den Regent's Park beschlossen, bevor er in östlicher Richtung weiterging, und war deshalb noch eine halbe Stunde früher aufgebrochen. In seine Stimmung, die aufgekratzt war, voller Erwartung, mischte sich auch eine Portion Angst. Er hatte kaum ein Auge zugetan. Er musste die Kaleidoskopscherben in seinem Innern zur Ruhe bringen. Er brauchte den Anblick normaler, ungeheimer Menschen, er musste Blumen sehen, die Alltagswelt.

»Ein ganz klares *Ja* von ihm, und ein noch klareres *Ja, und ihr könnt mich mal* von ihr«, hatte Hector über die verschlüsselte Leitung geschwärmt. »Heute Mittag um zwei erstatten wir Billy Boy Bericht, und der liebe Gott im Himmel schaut zu.«

* * *

Sechs Monate zuvor, als Luke nach drei Jahren Bogotá daheim Däumchen drehte, hatte ihm die Chefin der Personalabteilung, die Pique Dame, wie sie geheimdienstweit respektlos genannt wurde, eröffnet, dass er fürs Abstellgleis bestimmt war. Er hatte es nicht anders erwartet. Trotzdem dauerte es ein paar schmerzhafte Sekunden, bis er ihre Botschaft dechiffriert hatte.

»Der Dienst übersteht die Rezession mit seiner mittlerweile schon sprichwörtlichen Unverwüstlichkeit, Luke«, versicherte sie ihm in so kernig-optimistischem Tonfall, dass man es ihm nicht verdenken konnte, wenn er sich einen Augenblick lang eher als Leiter eines Regionalbüros sah als unter der Brücke. »Unsere Aktien in Whitehall stehen so hoch wie noch nie, wenn ich das ganz unbescheiden so sagen darf, und der Zulauf ist größer denn je. Achtzig Prozent der jungen Hoffnungsträger, die wir letztens rekrutieren konnten, haben mit Auszeichnung an einer renommierten Universität abgeschlossen, und *niemand* redet mehr über den Irak. Manche haben sogar eine *doppelte* Auszeichnung, können Sie sich das vorstellen?«

Das konnte Luke, verkniff sich aber den Hinweis, dass er sich auch mit einer bloßen Zwei plus zwanzig Jahre über sehr anständig geschlagen hatte.

Das einzige *echte* Problem heutzutage, erklärte sie in dem gleichen bewusst frohgemuten Ton, sei, dass Männer von Lukes Kaliber und Besoldungsstufe, die ihre *natürliche Wasserscheide* erreicht hätten, immer schwieriger unterzubringen seien. Und manche könnten einfach gar nicht mehr untergebracht werden, klagte sie. Aber was blieb ihr übrig, wollte sie von ihm wissen – bei einem so *jungen* Chef, der es nun mal lieber hatte, wenn seine Mitarbeiter kein Gepäck aus dem Kalten Krieg mit sich rumschleppten? Es sei einfach *zu* traurig.

Das *Beste*, was sie ihm bieten könne, leider Gottes, Luke, trotz seiner *ausgezeichneten* Arbeit in Bogotá – und so *tapfer* auch noch!, und übrigens, was er in seinem Privatleben mache, spiele für sie *keinerlei* Rolle, solange es nicht seine Leistung beeinträchtige, was es ja nun erwiesenermaßen nicht getan habe (all dies gleichsam in Parenthese heruntergeleiert) –, sei eine Vertretungsstelle in der Verwaltung, bis die eigentliche Inhaberin aus dem Mutterschutz zurückkam.

In der Zwischenzeit könnte es vielleicht schlau sein, wenn er sich mal mit den Leuten von der Wiedereingliederungsabteilung unterhielt, einfach um zu sehen, was sich so bot in der großen Welt draußen – wo es, trotz des Unsinns, den die Zeitungen immer wieder verbreiteten, keineswegs nur desolat zugehe. Die Terrorangst, *und* dazu die Gefahr ziviler Unruhen, das sei ein echter Segen für die privaten Sicherheitsdienste. Ein paar ihrer allerbesten Ehemaligen verdienten jetzt doppelt so viel wie früher beim Geheimdienst und fühlten sich pudelwohl. Mit einer Einsatzerfahrung wie der seinen – und nun, da in seinem Privatleben ja wohl wieder alles paletti sei, nicht dass das für sie irgendeine Rolle spiele – habe sie keinerlei Zweifel daran, dass sich jeder Arbeitgeber nach einem Mitarbeiter wie Luke die Finger lecken würde.

»Sie brauchen aber keine posttraumatische Betreuung oder etwas in der Art?«, fragte sie noch besorgt, ehe er ging.

Von dir ganz bestimmt nicht, dachte Luke. Und in meinem Privatleben ist gar nichts paletti, dass du's nur weißt.

* * *

Die Verwaltungsabteilung fristete ihr trübes Dasein im Erdgeschoss, und Lukes Schreibtisch stand so dicht an der Straße, wie es überhaupt nur möglich war, ohne dass Luke selbst auf der Straße saß. Nach drei Jahren in der Kidnapping-Hauptstadt der Welt fiel es ihm nicht leicht, sich mit dem Kilometergeld für daheim lebende Jungbeamte abzugeben, aber er bemühte sich. Umso größer seine Überraschung, als einen Monat nach Strafantritt das Telefon klingelte – schon das an sich eine Seltenheit – und Hector Meredith ihn mit sofortiger Wirkung zum Lunch in seinen anerkannt schäbigen Londoner Club zitierte.

»*Heute*, Hector? Himmelherrgott.«

»Kommen Sie früh, und kein Wort zu irgendwem. Sagen Sie, Sie kriegen Ihre Tage, oder was weiß ich.«

»Was heißt früh?«

»Elf.«

»Elf? Zum *Lunch*?«

»Sind Sie nicht halb verhungert?«

Zeit und Ort erwiesen sich als weniger abwegig, als man hätte meinen können. Wochentags um elf röhren in einem abgehalfterten Club in der Pall Mall die Staubsauger, ausgebeutete Gastarbeiter decken unter leisem Singsang fürs Mittagessen ein, mehr passiert nicht. Das säulengeschmückte Foyer lag verlassen bis auf den hutzeligen Portier in seiner Loge und eine schwarze Putzfrau, die den Marmorboden wischte. Hector, der mit übereinandergeschlagenen Beinen auf einem reichgeschnitzten alten Sessel thronte, las in der *Financial Times*.

* * *

In einer Welt der Nomaden, unter denen Verschwiegenheit oberstes Gebot ist, sind gesicherte Erkenntnisse über gleich welchen Kollegen grundsätzlich Mangelware. Doch selbst nach diesen bescheidenen Maßstäben war der einstige Vizedirektor Westeuropa, dann Vizedirektor Russland, dann Vizedirektor Afrika & Südostasien und seit neuestem mysteriöserweise Direktor der Abteilung Sonderprojekte, ein wandelndes Rätsel oder, um mit einigen seiner Kollegen zu sprechen, eine *Zumutung*.

Vor fünfzehn Jahren hatten Luke und Hector zusammen einen dreimonatigen Intensivkurs für Russisch absolviert, bei einer ältlichen Prinzessin in deren efeuumrankter Villa im alten Hampstead, keine zehn Minuten von Lukes jetzigem Wohnsitz entfernt. Ihr tägliches Pensum fand seinen Abschluss jeweils in einem kathartischen Marsch durch den Park. Hector war schnell unterwegs in diesen Tagen, lauf- wie auch karrieretechnisch. Wenn er mit seinen langen Beinen ausschritt, hatte Luke es nicht leicht, mit ihm mitzuhalten. Seine Themen, die oft im wahrsten Wortsinn über Lukes Kopf hinweggingen und stets gespickt mit Kraftausdrücken daherkamen, reichten von den »beiden größten Bauernfängern aller Zeiten«, Karl Marx und Sigmund Freud, bis hin zu dem eklatanten Fehlen einer Art von britischem Patriotismus, die sich mit dem modernen Gewissen vereinbaren ließ – in der Regel gefolgt von einer Hector-typischen Hundertachtzig-Grad-Wendung und der Frage, was das überhaupt sei, *Gewissen*.

Seitdem hatten sich ihre Pfade kaum noch gekreuzt. Während Lukes Außendienst seinen vorhersehbaren Lauf nahm – Moskau, Prag, Amman, wieder Moskau, dazwischen Gastspiele in der Zentrale und schließlich Bogotá –, schien Hectors rasanter Aufstieg in den vierten Stock von einer göttlichen Macht vorherbestimmt, und seine Unnahbarkeit, soweit es Luke betraf, wurde vollkommen.

Doch mit der Zeit tat sich Hector zunehmend durch Quertreibertum hervor. Eine neue, machtgierigere Generation von Geheimdienstlern verlangte nach mehr Mitsprache in Westminster. In einem geheimen Aufruf an die höheren Chargen, der sich als nicht ganz so geheim wie gedacht herausstellte, geißelte Hector die Einfaltspinsel aus der Chefetage, die bereit seien, »die geheiligte Wahrheitspflicht des Geheimdiensts der politischen Einflussnahme zu opfern«.

Der Wirbel hatte sich noch kaum gelegt, als Hector als Leiter einer stürmischen Sitzung, die eine Einsatzpanne zum Gegenstand hatte, die Übeltäter gegen die Wichtigtuer vom Planungsstab in Schutz nahm: Mit dem Kopf im Ami-Arsch, so sagte er, sehe sich's nun mal nicht gut.

Irgendwann im Jahr 2003, wen wundert's, verschwand er dann. Keine Abschiedsfeiern, kein Nachruf im monatlichen Rundbrief, keine obskure Medaille, keine Nachsendeadresse. Erst verschwand sein Geheimkürzel von Einsatzbefehlen. Als Nächstes verschwand sein Name aus den Verteilern. Dann verschwand er aus dem Intranet und schließlich aus dem telefonischen Geheimnummernverzeichnis, was einer Todesmeldung gleichkam.

Und den Platz des Mannes selbst nahm das unvermeidliche Gemunkel ein:

Er habe sich in der Irak-Frage mit der obersten Führung angelegt, hieß es, und sei dafür gefeuert worden. Falsch, wollten andere wissen. Es sei um die Bombardierung Afghanistans gegangen, und er sei nicht gefeuert worden, sondern zurückgetreten.

In einem wüsten Streit sollte er dem Kabinettssekretär ins Gesicht gesagt haben, dass er ein »verlogenes Arschloch« sei. Auch wieder falsch, behauptete eine andere Fraktion. Es sei der Generalstaatsanwalt gewesen, und er habe ihn als »rückgratlosen Arschkriecher« bezeichnet.

Andere mit etwas mehr Faktenwissen führten die persönliche Tragödie an, die Hector kurz vor seinem Ausscheiden aus dem Dienst ereilt hatte, als Adrian, sein missratener einziger Sohn, wieder einmal im Drogenrausch ein Auto geklaut und sich damit überschlagen hatte. Wie durch ein Wunder war das einzige Opfer Adrian selbst gewesen, der sich Verletzungen an Gesicht und Brustkorb zugezogen hatte. Aber eine junge Mutter und ihr Baby waren nur um Haaresbreite verschont geblieben, und ZUGEDRÖHNT: SOHN VON SPITZENBEAMTEM BAUT HORRORUNFALL taugte schlecht zum Aushängeschild. Mehrere kleinere Delikte kamen erschwerend hinzu. Der von dem Skandal gebrochene Hector, so das Gerücht, habe dem Geheimdienst den Rücken gekehrt, um seinem Sohn während seiner Haft eine Stütze zu sein.

Aber während für diese Version zumindest sprach, dass sie durch konkrete Tatsachen erhärtet wurde, konnte sie unmöglich die ganze Wahrheit sein, denn einige Monate nach seinem Verschwinden starrte plötzlich Hectors eigenes Gesicht von den Titelseiten der Gazetten, nicht als der geknickte Vater von Adrian, sondern als der einsame Kämpfer, der alle Kräfte einsetzte, um sein alteingesessenes Familienunternehmen aus den Fängen der FINANZGEIER zu erretten, wie er sie titulierte, wodurch er sich aufsehenerregende Schlagzeilen sicherte.

Wochenlang durften sich die Hector-Fans an aufwühlenden Geschichten über diese alteingesessene, angenehm wohlhabende Getreide-Importfirma in den Docklands ergötzen, deren fünfundsechzigköpfiger Belegschaft (durchweg langgedient, durchweg Anteilseigner) »über Nacht der Lebensfaden gekappt« worden war – Zitat Hector, der seinerseits über Nacht sein Talent für die Stimmungsmache entdeckt hatte: *»Die Heuschrecken und Halsabschneider lauern vor Englands Toren, und fünfundsechzig unserer tüchtigsten Männer und Frauen müssen auf den Müll«*, teilte er der Öffentlichkeit mit. Und binnen Monatsfrist verkündeten die Schlagzeilen: MEREDITH RUPFT FINANZGEIER – FAMILIENUNTERNEHMEN TRIUMPHIERT GEGEN FEINDLICHE ÜBERNAHME.

Und ein Jahr später saß Hector wieder in seinem alten Büro im vierten Stock und brachte ein bisschen die Kacke zum Dampfen, wie er das nannte.

* * *

Auf welche Weise Hector den Geheimdienst um den Finger gewickelt hatte oder ob der Geheimdienst auf Knien zu ihm gekommen war und worin überhaupt die Funktion eines sogenannten Direktors der Abteilung Sonderprojekte bestand: alles Fragen, die Luke zwangsläufig im Kopf herumgingen, als er ihm im Schneckentempo die prunkvolle Treppe hinauffolgte, vorbei an den abblätternden

Porträts clubeigener Helden aus Empire-Zeiten in eine muffige Bibliothek voller Bücher, die kein Mensch las. Und sie gingen ihm weiter im Kopf herum, während Hector die große Mahagonitür zuzog, den Schlüssel drehte, ihn sich in die Tasche steckte, die Schnallen einer alten braunen Aktentasche öffnete und Luke einen verschlossenen Dienstumschlag ohne Briefmarke hinschob, bevor er zu dem deckenhohen Schiebefenster hinüberschlenderte, das auf den St. James's Park hinausblickte.

»Dachte, das passt ein bisschen besser zu Ihnen, als in der Verwaltung rumzudümpeln«, bemerkte er leichthin, sein kantiger Körper eine Silhouette vor den angegrauten Tüllgardinen.

Der Brief in dem Dienstumschlag war eine ausgedruckte E-Mail von ebenjener Personalchefin, die gerade zwei Monate zuvor den Stab über Luke gebrochen hatte. In leidenschaftslosem Beamtenton beförderte ihn dieses Schreiben ab sofort und ohne Erklärung zum Koordinator einer im Aufbau befindlichen Einheit, die sich Sonderdienststelle Refinanzierung nannte und dem Direktor der Abteilung Sonderprojekte unterstellt war. Ihre Aufgabe, so stand da, war die »proaktive Rückgewinnung operativer Kosten aus Kundenbereichen, welche in besonderem Maße von den Aktivitäten unseres Hauses profitiert haben«. Mit der Ernennung ging eine achtzehnmonatige Vertragsverlängerung einher, die ihm auf seine Altersversorgung angerechnet werden sollte. Etwaige Fragen zu richten an obige E-Mail-Anschrift.

»Na, kommen Sie klar damit?«, erkundigte sich Hector von seinem Platz vor dem hohen Fenster.

Perplex murmelte Luke etwas darüber, dass es ihm beim Abzahlen der Hypothek helfen würde.

»Gefällt Ihnen *proaktiv*? Zieht das bei Ihnen?«

»Geht so«, sagte Luke mit einem verwirrten Auflachen.

»Die Pique Dame steht auf *proaktiv*«, erklärte Hector.

»Macht sie rattenscharf. Bauen Sie noch irgendwo das Wort Refinanzierung ein, und sie geht ab wie eine Rakete.«

Sollte Luke den Mann einfach weiterfaseln lassen? Was zum Henker hatte er vor, dass er ihn um elf Uhr morgens in seinen grässlichen Club zitierte, ihm einen Brief überreichte, der nicht mal von ihm war, und dabei am Vokabular der Pique Dame herumkrittelte?

»Soll ja nicht so gut gelaufen sein in Bogotá«, sagte Hector.

»Na ja, es ging recht auf und ab«, erwiderte Luke ausweichend.

»Beim Bumsen mit der Frau Ihres Stellvertreters, meinen Sie? Diese Art Auf und Ab?«

Luke starrte auf den Brief in seiner Hand hinab. Das Blatt zitterte leicht, aber er beherrschte sich und sagte nichts.

»Oder eher die Sorte, die man durchmacht, wenn irgend so ein windiger Drogenbaron, den man für seinen Zuträger gehalten hat, einen mit vorgehaltenem Maschinengewehr abführt?«, fuhr Hector fort. »*Diese* Art Auf und Ab?«

»Wahrscheinlich beide«, entgegnete Luke steif.

»Darf ich fragen, was zuerst kam? Die Entführung oder die Vögelei?«

»Dummerweise Letzteres.«

»*Dummerweise* deshalb, weil Ihr Drogenbaron Sie in seinem Dschungelverlies schmachten ließ, und derweil kriegte Ihre arme kleine Frau in Bogotá spitz, dass Sie mit dem Nachbarsmädel ins Bett gehüpft waren?«

»Ja. Das ist richtig. So war's.«

»Mit dem Ergebnis, dass Ihnen, als Sie der Gastfreundschaft Ihres Drogenbarons entronnen waren und sich nach mehreren Tagen hautnahen Wildniskontakts endlich nach Hause durchgeschlagen hatten, nicht der Heldenempfang zuteil wurde, den Sie sich vorstellten?«

»Genau.«

»Und, haben Sie alles ausgespuckt?«

»Bei dem Drogenbaron?«

»Bei Eloise.«

»Na ja, nicht *alles*«, sagte Luke, der selbst nicht verstand, warum er das mit sich machen ließ.

»Sie haben ihr das gestanden, was sie schon wusste oder mit Sicherheit noch herausfinden würde«, schlug Hector in beifälligem Ton vor. »Das Teilgeständnis, das sich als volle, rückhaltlose Beichte ausgibt. Kann man das so sagen?«

»Wahrscheinlich schon.«

»Ich will nicht schnüffeln, Luke, alter Junge. Kein Urteil über Sie fällen. Ich will nur klarsehen. Wir haben ein paar ziemlich gute Pferde miteinander gestohlen, als die Zeiten noch besser waren. In meinen Augen sind Sie ein verdammt guter Mann, deshalb sind Sie hier. Was halten Sie davon? Im Großen und Ganzen. Von dem Brief, den Sie da in der Hand haben. Und dem Rest.«

»Dem Rest? Na ja, ein bisschen verwirrt bin ich schon.«

»Verwirrt wovon?«

»Warum diese Dringlichkeit, zum Beispiel? Sicher, es ist ab sofort. Aber die Stelle existiert ja nicht.«

»Muss sie auch nicht. Der Plot ist doch hieb- und stichfest. Die Truhen sind leer, also geht der Chef mit seinem Säckel zum Fiskus und bittet um mehr Geld. Fiskus stellt sich stur. ›Keine Chance. Wir sind blank. Holt's euch von den ganzen Hallodris zurück, die ihr freigehalten habt.‹ Ich fand, das klingt sehr plausibel in Zeiten wie diesen.«

»Doch, hört sich gut an«, sagte Luke ernsthaft und fühlte sich dabei noch hilfloser, als er es seit seiner unrühmlichen Rückkehr nach England ohnehin schon tat.

»Also, wenn es für Sie nicht gut klingt, dann sagen Sie's jetzt, Himmelherrgott. Zweite Chancen gibt's bei diesem Spiel nämlich keine.«

»Doch, es klingt sehr gut, sicher. Und ich bin Ihnen sehr

dankbar, Hector. Danke, dass Sie an mich gedacht haben. Danke für die Hilfestellung.«

»Die Pique Dame will Ihnen Ihr eigenes Büro geben, die gute Seele. Gleich neben der Finanzabteilung. Gut, da kann ich ihr nicht dreinreden. Wäre ein bisschen unhöflich. Aber ich rate Ihnen: Machen Sie um die Finanzabteilung einen großen Bogen. Die wollen sich von Ihnen nicht in die Karten gucken lassen, und wir uns von denen genauso wenig. Oder?«

»Nein, wohl nicht.«

»Wie auch immer, Sie werden eh nicht viel dort sein. Sie werden die Gegend unsicher machen, Ihre Netze in Whitehall auswerfen und den Bonzen-Ministerien tüchtig auf den Senkel gehen. Ein-, zweimal die Woche schauen Sie dann bei mir vorbei, berichten mir über Ihre Fortschritte, frisieren Ihre Spesen auf, und das war's. Nehmen Sie es mir immer noch ab?«

»Nicht so richtig.«

»Warum nicht?«

»Na ja, warum sitzen wir *hier*, beispielsweise? Warum schicken Sie mir nicht einfach eine Mail runter ins Erdgeschoss oder rufen mich übers Haustelefon an?«

Für Kritik war Hector noch nie zu haben gewesen, erinnerte sich Luke, und er war es auch jetzt nicht. »Mann Gottes! Und *wenn* ich Ihnen eine Mail geschickt hätte? Oder Sie angerufen hätte, was auch immer? Würden Sie es mir dann abnehmen? Das Angebot der Pique Dame, so wie es hier vor Ihnen liegt, verdammt?«

Verspätet erstand vor Lukes geistigem Auge ein anderes, erfreulicheres Szenario.

»Wenn Sie mich fragen, ob ich das Angebot der Pique Dame, so wie es in dem Brief umrissen ist, annehme – wenn Sie mich das rein theoretisch fragen –, lautet meine Antwort ja. Wenn Sie mich – wiederum rein theoretisch – fragen, ob es mir verdächtig vorkäme, wenn ich den Brief auf meinem Schreibtisch oder in meinem Posteingang vorfinden würde, dann ist die Antwort, nein, es käme mir nicht verdächtig vor.«

»Pfadfinderehrenwort?«

»Pfadfinderehrenwort.«

In dem Moment wurde aggressiv am Türgriff gerüttelt, es folgte mehrfaches wütendes Klopfen. Mit einem müden »Drecksbagage« bedeutete Hector Luke, sich zwischen die Regale zu verdrücken, sperrte die Tür auf und steckte den Kopf durch den Spalt.

»Tut mir leid, alter Junge, heute ist zu«, hörte Luke ihn sagen. »Müssen hier kurz mal Inventur machen. Der übliche Schlamassel. Die Leutchen nehmen Bücher mit und tragen sich nicht ein. Hoffentlich sind Sie nicht auch so einer. Freitag wieder, ja? So ziemlich das erste Mal, dass ich froh bin, dass ich mir den Bibliothekarsposten aufhalsen lassen hab«, fuhr er in kaum leiserem Ton fort, während er die Tür zudrückte und neuerlich abschloss. »Sie können wieder rauskommen. Und bevor Sie jetzt denken, ich führe irgendein Kamikaze-Komplott an, lesen Sie diesen Brief hier besser auch noch, dann geben Sie ihn mir wieder, und ich esse ihn auf.«

Dieses zweite Kuvert war blassblau und auffallend dickwandig. Die Prägung auf der Umschlagklappe zeigte einen Löwen und ein Einhorn, beide steigend. Und in dem Kuvert ein Bogen vom selben Blau, die kleinstmögliche Größe, mit dem ominösen Briefkopf: Büro des Amtschefs.

Lieber Luke,
hiermit bestätige ich Ihnen, dass die höchst vertrauliche Unterhaltung, die Sie heute mit unserem gemeinsamen Kollegen beim Lunch in seinem Club führen, mit meiner inoffiziellen Zustimmung stattfindet.

Mit bestem Gruß –

und dann eine winzig kleine Unterschrift, die aussah, als wäre sie mit vorgehaltener Pistole erzwungen worden: William J. Matlock (Persönlicher Referent des Amtschefs), besser bekannt als Billy Boy Matlock oder auch einfach »der Bulle« – was fast alle, die sich je mit ihm angelegt hatten, deutlich mehr überzeugte –, dienstältester und gnadenlosester Troubleshooter des Secret Service und linke Hand des Bosses höchstselbst.

»Augenwischerei und sonst nichts, aber was bleibt dem armen Schwein schon übrig?«, bemerkte Hector, während er den Brief in sein Kuvert zurücksteckte und sich das Kuvert in eine Innentasche seines abgewetzten Sportsakkos stopfte. »Schließlich wissen sie, dass ich recht habe, auch wenn es ihnen lieber wäre, ich hätte nicht recht – und wenn ich recht habe, wissen sie nicht, was sie tun sollen. Ins Zelt darf ich nicht pissen, vors Zelt auch nicht. Mich einsperren und knebeln, das wäre die einzige Lösung, aber das hab ich nicht gern. Hatte ich noch nie. Sie offenbar auch nicht, was man so hört … warum haben da drüben eigentlich keine Tiger Sie gefressen, oder was die sonst so für Viehzeug haben?«

»Hauptsächlich Insekten.«

»Und Blutegel?«

»Auch.«

»Stehen Sie nicht rum. Setzen Sie sich irgendwohin.«

Luke nahm gehorsam Platz. Aber Hector blieb stehen, mit hängenden Schultern, die Hände tief in die Taschen gebohrt, und starrte finster in den kalten Kamin mit seinen alten Messingzangen und Schürhaken und der rissigen Lederumrandung. Und für Luke hatte die Atmosphäre in der Bibliothek mit einem Mal etwas Lastendes, ja Bedrohliches. Und vielleicht ging es Hector genauso, denn seine Schnodderigkeit verließ ihn, und sein hageres, kränkliches Gesicht wurde so grimmig wie das eines Leichenbestatters.

»Ich frag Sie jetzt mal was«, verkündete er unvermittelt, mehr an den Kamin gewandt als an Luke.

»Nur zu.«

»Was war das Übelste, Grauenhafteste, was Sie in Ihrem ganzen Leben gesehen haben? Außer der Uzi, meine ich, an der Ihr Drogenboss Sie riechen lassen hat? Kinder im Kongo mit abgehackten Händen und Blähbäuchen, rasend vor Hunger, aber zu müde zum Weinen? Kastrierte Väter mit dem Schwanz im Mund und den Augenhöhlen voller Fliegen? Frauen mit Bajonetten in der Möse?«

Luke hatte nie im Kongo gedient, darum musste er annehmen, dass Hector seine eigene Erfahrung beschrieb.

»Wir hatten unsere Entsprechungen«, sagte er.

»Wie zum Beispiel?«

»Die kolumbianische Regierung, die's krachen lässt. Mit tatkräftiger Unterstützung durch die Amerikaner, versteht sich. Ganze Dörfer abgefackelt. Die Bewohner x-fach vergewaltigt, gefoltert, in Stücke gehackt. Alle tot bis auf den einen Überlebenden, der erzählt, wie alles kam.«

»Ja. Gut. Das heißt, wir haben beide ein bisschen was von der Welt gesehen«, konzedierte Hector. »Wir können Tacheles reden.«

»Ja.«

»Und das schmutzige Geld, in dem sie waten, die Profiteure des Leids, das haben wir auch gesehen. Allein in Kolumbien *Milliarden*. Sie waren ja dort. Weiß Gott, was *Ihr* Mann wert war.« Er wartete die Antwort nicht ab. »Im Kongo: *Milliarden*. In Afghanistan: *Milliarden*. Ein Achtel der gottverfluchten Weltwirtschaft: schwarz wie Schuhwichse. Alle beide wissen wir das.«

»Ja. Das stimmt.«

»Blutgeld. Alles Blutgeld.«

»Ja.«

»Völlig egal, wo. Ob in einem Schuhkarton unterm Bett eines somalischen Warlords oder in einer Bank in der Londoner City neben dem Regal mit dem Portwein. Es wechselt nicht die Farbe. Es bleibt trotzdem Blutgeld.«

»Ja.«

»Da hilft kein Glamour, kein Schönfärben. Es ist der Lohn für Erpressung, Drogenhandel, Mord, Einschüchterung, Massenvergewaltigung, Versklavung. Blutgeld eben. Unterbrechen Sie mich, wenn ich zu dick auftrage.«

»Nein, überhaupt nicht.«

»Sie stoppen es nur auf vier Arten. Erstens, Sie greifen sich die Typen, die damit reich werden. Setzen sie fest, bringen sie um, lassen sie sonst wie hochgehen. Wenn Sie können. Zweitens, Sie greifen sich die Ware. Fangen sie ab, verhindern, dass sie auf die Straße oder den Marktplatz kommt. Wenn Sie können. Dritte Methode: Sie greifen sich den Profit, Sie drängen die Schweinehunde aus dem Geschäft.«

Eine beunruhigende Pause, während der Hector über Belange weit oberhalb von Lukes Gehaltsstufe nachzusinnen schien. Dachte er an die Dealer, die seinen Sohn erst an die Nadel und dann in den Knast gebracht hatten? Oder an die Finanzgeier, die drauf und dran gewesen waren, seiner Familienfirma das Wasser abzugraben und fünfundsechzig unserer tüchtigsten Männer und Frauen auf den Müll zu verfrachten?

»Und dann gibt es die *vierte* Art«, fuhr Hector fort. »Das ist die ganz miese. Die sicherste, leichteste, bequemste, gebräuchlichste, die am wenigsten Umstände macht. Treten Sie die Leute, die hungern, die vergewaltigt und gefoltert werden und an ihrer Sucht sterben, einfach ins Kreuz. Wer fragt schon nach dem Blutzoll? Geld stinkt nicht, solange es nur genug davon gibt und es unsres ist. Hauptsache, wir denken in großen Zusammenhängen. Fangen wir die kleinen Fische und lassen die Haie im Becken. Ein Typ wäscht ein paar Millionen? Was für ein verdammter Schuft! Alarmiert die Bankenaufsicht, legt ihn in Ketten! Aber ein paar

Milliarden? Da lässt sich schon eher drüber reden. Milliarden, das ist *Statistik*.« Und er verfiel ins Sinnen, die Augen geschlossen, so dass er einen Moment lang seiner eigenen Totenmaske glich, oder zumindest erschien es Luke so. »Sie müssen mir in nichts beipflichten, Lukie«, sagte er dann gütig und öffnete die Augen wieder. »Die Tür steht offen. Bei dem Ruf, der mir vorauseilt, hätten eine Menge Leute längst das Weite gesucht.«

Die Metaphorik kam Luke reichlich ironisch vor, da Hector den Schlüssel ja eingesteckt hatte, aber er behielt den Gedanken für sich.

»Sie müssen nur nach dem Lunch ins Büro zurückgehen und der Pique Dame sagen, tausend Dank, aber Sie sitzen Ihre Zeit lieber im Erdgeschoss ab. Kassieren Sie Ihre Pension, lassen Sie die Finger von Drogenbaronen und Kollegenfrauen, dann können Sie für den Rest Ihres Lebens eine ruhige Kugel schieben. Noch ist kein Porzellan zerschlagen.«

Luke brachte ein Lächeln zustande. »Eine ruhige Kugel schieben ist nicht so mein Ding, fürchte ich«, sagte er.

Aber Hector wollte es partout auf die harte Tour. »Was ich Ihnen hier biete, ist eine Einbahnstraße ins Nichts«, insistierte er. »Wenn Sie sich auf diese Sache einlassen, greifen Sie zu hundert Prozent in die Scheiße. Wenn wir verlieren, sind wir zwei glücklose Denunzianten und Nestbeschmutzer. Und wenn wir gewinnen, hasst uns der ganze Whitehall-Westminster-Dschungel samt allen Neben-, Außen- und Zwischenstellen. Ganz zu schweigen von dem Dienst, den wir nach besten Kräften lieben und ehren und dessen Gebote wir achten.«

»Und das ist alles, was ich erfahre?«

»Zu Ihrem Schutz und meinem, ja. Kein Gefummel, bevor Sie nicht mit mir an den Altar treten.«

Sie standen an der Tür. Hector hatte den Schlüssel gezückt und steckte ihn ins Schloss.

»Ach ja. Billy Boy«, sagte er.

»Was ist mit ihm?«

»Er wird Sie in die Zange nehmen. Garantiert. Zuckerbrot und Peitsche. ›Was hat dieser Spinner Meredith Ihnen erzählt? Was plant er und wo? Wen heuert er an?‹ Wenn das passiert, sprechen Sie vorher mit mir, und danach sprechen Sie wieder mit mir. Niemand ist bei dieser Sache koscher. Jeder ist schuldig, bevor nicht seine Unschuld erwiesen ist. Abgemacht?«

»Bis jetzt habe ich mich in Verhören eigentlich immer recht wacker gehalten«, erwiderte Luke, dem es an der Zeit schien, seinerseits ein paar Pflöcke einzuschlagen.

»Trotzdem«, sagte Hector und wartete weiter auf seine Antwort.

»Hat es vielleicht mit Russland zu tun?«, fragte Luke hoffnungsvoll – eine echte Eingebung, empfand er später. Er war hochgradig russophil und hatte es immer schwergenommen, dass man ihn aus Russland abgezogen hatte, weil man ihm Überidentifikation mit dem Feind unterstellte.

»Könnte mit Russland zu tun haben. Könnte mit so ziemlich allem zu tun haben«, gab Hector zurück, und aus seinen großen grauen Augen loderte das Zelotenfeuer.

* * *

Hatte Luke zu irgendeiner Zeit wirklich ja gesagt? Ließ sich im Rückblick ein Moment ausmachen, in dem er erklärt hatte: »Ja, Hector, ich komme zu Ihnen an Bord, gefesselt und mit einem Sack überm Kopf wie in der Nacht damals in Kolumbien, und schließe mich Ihrem mysteriösen Kreuzzug an« – oder etwas in der Art?

Nein, nichts dergleichen.

Selbst als sie sich zum »zweitschlechtesten Mittagessen der Welt« setzten, wie Hector es fröhlich beschrieb, »erster

Preis noch nicht vergeben«, plagten Luke noch schleichende Zweifel, ob das, wofür er hier rekrutiert wurde, nicht doch einer jener Privatkriege war, wie sie der Geheimdienst von Zeit zu Zeit wider besseres Wissen führte, jedes Mal mit verheerenden Folgen.

Hectors erste Anläufe zu liebenswürdigem Small Talk zerstreuten diese Ängste nicht gerade. Er hatte ihnen Plätze am äußeren Rand des gruftartigen Speisezimmers ausgesucht, an dem Tisch, der dem Klappern aus der Küche am stärksten ausgesetzt war, und erteilte Luke eine Meisterlektion in der hohen Kunst der eindeutig-zweideutigen Gesprächsführung an öffentlichen Orten.

Beim Räucheraal erkundigte er sich zunächst nur nach Lukes Familie, wobei er die Namen sowohl seiner Frau als auch seines Sohnes aus dem Kopf wusste, für Luke ein weiterer Beweis, dass er in seiner Personalakte gelesen hatte. Zum Hackfleischauflauf mit matschigem Kohl, serviert auf einem scheppernden silbernen Rollwagen, den ein fuchtiger alter Schwarzer im roten Jagdrock schob, schnitt er das etwas intimere, wenngleich ähnlich harmlose Thema von Jennys Heiratsplänen an (Jenny, so stellte sich heraus, war seine geliebte Tochter), die sich kürzlich zerschlagen hatten, weil der Mann im Spiel, O-Ton Hector, als miese kleine Ratte enttarnt worden war.

»Wobei es von Jennys Seite nicht Liebe war, eher eine Art Sucht. Wie bei Adrian letztlich, nur keine Drogen, gottlob. Der Kerl war ein Sadist, sie hat einen Helferkomplex – passt wie die Faust aufs Auge, dachten wir. Gesagt haben wir nichts, was denn auch. Hoffnungslos. Haben ihnen ein hübsches kleines Häuschen in Bloomsbury gekauft, mit allen Schikanen. Dieser vulgäre Mistkerl hat sich zehn Zentimeter tiefe Plüschteppichböden eingebildet, also brauchte Jenny sie auch. Mich können Sie mit so was ja jagen, aber was will man machen? Nur ein paar Gehminuten vom British Museum entfernt, also perfekt für Trotzki und ihre Doktorarbeit. Aber Jenny ist dem kleinen Scheißer gottlob auf die Schliche gekommen, zehn Punkte für sie. Guter Rezessionspreis, der Besitzer war pleite, Geld verliere ich also keins. Netter Garten, nicht zu groß.«

Der alte Kellner nahte mit einem außerplanmäßigen Kännchen Vanillesauce, Hector scheuchte ihn weg. Verwünschungen murmelnd, hatschte er mit seiner Last zum nächsten Tisch gut sieben Meter weiter.

»Einen ordentlichen Keller gibt's auch, was man heutzutage nicht oft kriegt. Müffelt ein bisschen, aber nicht sehr. Wurde mal von irgendwem als Weinkeller benutzt. Alle Wände frei stehend. Nicht zu wenig Verkehr auf der Straße. Ich bin ja nur froh, dass sie sich von dem Kerl kein Kind machen lassen hat. So wie ich Jenny kenne, haben sie nicht verhütet.«

»Immerhin etwas«, sagte Luke höflich.

»Ja, nicht wahr?«, stimmte Hector zu und beugte sich vor, damit Luke ihn über dem Lärm aus der Küche auch ja hörte. Der fragte sich langsam, ob Hector überhaupt eine Tochter hatte. »Ich dachte, Sie könnten vielleicht für ein Weilchen mietfrei dort einziehen. Jenny setzt keinen Fuß mehr hinein, verständlicherweise, aber so ganz unbewohnt, das ist nicht gut. Ich geb Ihnen nachher gleich den Schlüssel. Erinnern Sie sich an Ollie Devereux? Sohn eines weißrussischen Reisekaufmanns aus Genf und einer Fish-&-Chips-Verkäuferin aus Harrow? Wirkt wie ein Sechzehnjähriger, der stramm auf die fünfundvierzig zugeht? Hat Ihnen damals aus der Patsche geholfen, in dem Hotel in Petersburg, wissen Sie noch, als Sie das mit der Wanze verbockt hatten?«

Luke erinnerte sich gut an Ollie Devereux.

»Französisch, Russisch, Schweizerdeutsch und Italienisch, wenn nötig, und der beste Mann für die Hintertür, den die Branche zu bieten hat. Sie bezahlen ihn in bar.

Geld kriegen Sie von mir nachher auch noch. Antritt morgen früh um Punkt neun, da können Sie noch in aller Ruhe Ihren Schreibtisch in der Verwaltung räumen und Ihre Reißzwecken und Büroklammern in den dritten Stock schaffen. Ach übrigens, Sie teilen sich Ihre kleine WG mit einer netten Frau namens Yvonne, sonstige Namen irrelevant: Profi-Schnüfflerin, sieht aus, als könnte sie kein Wässerchen trüben, aber dabei beinhart.«

Der silberne Rollwagen rückte wieder an. Hector empfahl den hausgemachten Brotauflauf. Luke erklärte, das sei sein Lieblingsnachtisch. Diesmal auch gern mit ein wenig Vanillesauce, danke sehr. In einer Wolke geriatrischer Erbostheit rollte der Wagen davon.

»Ist nebenbei bemerkt ein sehr erlesener kleiner Kreis, dem Sie hier seit zwei Stunden angehören«, sagte Hector und tupfte sich mit einer mottenzerfressenen Damastserviette den Mund. »Sie wären Nummer sieben auf der Liste, Ollie inbegriffen, wenn's eine Liste gäbe. Ich will keine Nummer acht, ohne dass ich grünes Licht gebe. Abgemacht?«

»Abgemacht«, sagte Luke diesmal.

Also hatte er vielleicht doch ja gesagt.

* * *

Noch am selben Nachmittag packte Luke, ordentlich benebelt von dem gemeingefährlichen Bordeaux des Clubs, unter den steinernen Blicken seiner Mithäftlinge in der Verwaltungsabteilung seine Reißzwecken und Büroklammern und trug sie in die Abgeschiedenheit des dritten Stocks, wo tatsächlich ein abgewohntes, aber annehmbares Büro mit einem Schild SONDERDIENSTSTELLE REFINANZIERUNG an der Tür auf seinen hypothetischen Bewohner wartete. Unter Lukes Sachen war eine alte Strickjacke, und etwas trieb ihn dazu, sie über die Lehne des

Schreibtischstuhls zu hängen, wo sie bis heute hing wie der Geist seines anderen Ichs, wenn er an den Freitagnachmittagen kurz vorbeischaute, um ein bisschen mit den Kollegen zu flachsen, die er auf dem Korridor traf, oder die fiktiven Spesen der vergangenen Woche einzureichen, die er später gewissenhaft in die Haushaltskasse in Bloomsbury einzahlte.

Und gleich am nächsten Morgen – er begann nachts gerade wieder schlafen zu können – trat er den ersten seiner Fußmärsche nach Bloomsbury an, gerade so wie heute, nur dass am Tag seiner Jungfernfahrt ein Wolkenbruch den anderen gejagt hatte, weshalb er seinen bodenlangen Gummimantel nebst Regenhut trug.

* * *

Erst war er die Straße abgegangen – kaum der Mühe wert in dieser Sintflut, aber manche Dienstgewohnheiten lassen sich nicht abschütteln, egal wie viel Schlaf man bekommt und wie stramm man marschiert –, einmal von Nord nach Süd, dann von einer Querstraße aus, die direkt gegenüber dem Zielhaus einmündete, der Hausnummer 9.

Die genauso hübsch war, wie von Hector versprochen, selbst im strömenden Regen: zweistöckig und schlicht, rote Londoner Ziegel, ein Reihenhäuschen aus dem späten achtzehnten Jahrhundert mit frisch geweißelten Stufen, die hinaufführten zu einer in Königsblau gestrichenen Haustür mit einem Fächerfenster darüber, zwei Schiebefenstern zu beiden Seiten und Souterrainfenstern rechts und links von der Treppe.

Aber kein separater Kelleraufgang außen am Haus, stellte Luke pflichtschuldig fest, als er die Stufen hinaufstieg, aufschloss und drinnen auf der Fußmatte stehen blieb, erst um zu lauschen, dann um sich aus seiner triefenden Regenkleidung zu schälen und ein Paar trockene Slipper aus der Plastiktüte zu ziehen, die er unter den Gummischichten verstaut gehabt hatte.

Die Diele üppig mit hochflorigem Grellrot ausgelegt: das Vermächtnis des kleinen Scheißers, dem Jenny gerade noch rechtzeitig auf die Schliche gekommen war. Ein alter Portierssessel in grasgrünem Lederdress. Ein antiker Spiegel, verschwenderisch nachvergoldet. Hector hatte es gut gemeint mit seiner geliebten Jenny, und nach seinem erfolgreichen Feldzug gegen die Finanzgeier konnte er es sich vermutlich auch leisten. Zwei Treppen führten nach oben, auch sie dick verplüscht. »Jemand zu Hause?«, rief er – und hörte nichts. Er stieß die Tür zum Wohnzimmer auf. Alter Kamin. David-Roberts-Lithographien, Sofa und Sessel in straff sitzenden Edelbezügen. In der Küche nur hochwertigstes Gerät, dazu ein auf alt getrimmter Kieferntisch. Er öffnete die Kellertür und rief die Steinstufen hinunter: »Hallo – Entschuldigung« – keine Antwort.

Er stieg in den ersten Stock hinauf, ohne seine eigenen Schritte zu hören. Vom Treppenabsatz gingen zwei Türen ab. Die linke war mit einer Stahlplatte verstärkt und an beiden Seiten auf Schulterhöhe mit Messingschlössern gesichert. Die rechte war einfach nur eine Tür. Zwei unbezogene Einzelbetten, ein kleines Bad.

Noch ein zweiter Schlüssel baumelte an dem Ring mit dem Hausschlüssel, den Hector ihm gegeben hatte. Mit ihm öffnete Luke die Tür links von ihm und trat in einen stockdunklen Raum, in dem es nach dem Deo einer Frau roch, einem, das auch Eloise früher gemocht hatte. Er tastete nach dem Lichtschalter. Tiefrote, noch kaum ausgehängte Samtportieren, dicht zugezogen und mit übergroßen Sicherheitsnadeln zusammengesteckt, die ihm vage seine Genesungswochen in dem amerikanischen Krankenhaus in Bogotá ins Gedächtnis riefen. Kein Bett. In der Zimmermitte ein kahler Tapeziertisch mit Drehstuhl,

Computer und Leselampe. An der Wand vor ihm, oben an der Deckenkante angebracht, reichten vier schwarze Wachstuchjalousien bis zum Boden hinunter.

Er trat hinaus auf den Treppenabsatz und beugte sich übers Geländer. Noch einmal rief er: »Irgendwer zu Hause?«, und auch jetzt bekam er keine Antwort. Wieder im Zimmer, löste er die schwarzen Jalousien eine nach der anderen, ließ sie behutsam hochgleiten in ihr Deckengehäuse. Im ersten Moment hielt er das, was da die Wand vor ihm bedeckte, für den Bauplan eines Architekten. Aber ein Bauplan wofür? Dann dachte er, es müsse eine gewaltige Rechenaufgabe sein. Aber eine Berechnung wovon?

Er studierte die bunten Linien und las die sorgfältigen, schräggeneigten Beschriftungen. Waren das Städtenamen? Aber welche Städte hatten schon Namen wie Pastor, Bischof, Priester oder Kurat? Gestrichelte neben durchgehenden Linien. Schwarze Linien, die zu Grau verblassten, dann verschwanden. Linien in Lila und Blau, die zu einem Punkt ein Stück südlich der Mitte zusammenliefen, oder gingen sie von ihm aus?

Und sämtliche Linien mit so vielen Abschweifungen, so vielen Kehrtwendungen, so vielen Haken, Verdoppelungen und Richtungswechseln, auf, ab, seitwärts und dann wieder aufwärts … hätte sich sein Sohn Ben in einem seiner unerklärlichen Wutanfälle in diesem selben Zimmer verbarrikadiert, sich eine Schachtel Buntstifte geschnappt und die ganze Wand mit seinem Zickzack vollgekrakelt, die Wirkung wäre keine sehr andere gewesen.

»Gefällt's Ihnen?«, fragte Hector dicht hinter ihm.

»Sind Sie sicher, dass es richtig rum ist?«, fragte Luke zurück, nicht bereit, sich seine Überraschung anmerken zu lassen.

»*Die Anarchie des Geldes* nennt sie es. Die Tate Modern wäre sicher begeistert.«

»Sie?«

»Yvonne. Unsere eiserne Jungfrau. Sie arbeitet meistens nachmittags. Das hier ist ihr Zimmer. Sie wohnen oben.«

Zusammen stiegen sie hinauf in einen ausgebauten Speicher mit abgebeizten Balken und Dachgauben. Ein Tapeziertisch von gleicher Art wie bei Yvonne. Hector schien kein Freund von Schreibtischschubladen zu sein. Ein PC. Kein Netzwerkkabel.

»Wir benutzen kein Festnetz, weder verschlüsselt noch unverschlüsselt«, sagte Hector mit dieser unterdrückten Heftigkeit in der Stimme, die Luke mittlerweile schon von ihm zu erwarten gelernt hatte. »Keine trickreichen Hotlines zur Zentrale, keine E-Mail-Kontakte, ob chiffriert, unchiffriert oder frittiert. Die einzigen Dokumente, mit denen wir arbeiten, sind auf Ollies kleinen orangenen Stöpseln.« Er hielt einen hoch: einen ganz gewöhnlichen USB-Stick, auf dessen orangefarbenes Plastikgehäuse eine Sieben gedruckt war. »Jeder Stick wird, wenn er weitergegeben wird, von jedem von uns auf seiner Seite quittiert, verstehen Sie? Rein, raus. Ollie spielt den Boten, führt die Listen. Schauen Sie Yvonne eine Zeitlang zu, dann haben Sie's sicher bald raus. Der Rest ergibt sich. Irgendwelche Probleme?«

»Ich glaube nicht.«

»Ich auch nicht. Also entspannen Sie sich, denken Sie an England, verplappern Sie sich nicht und bauen auch sonst keinen Scheiß.«

An England? Dann doch lieber an unsere eiserne Jungfrau. Unsere beinharte Profi-Schnüfflerin, die nach Eloises teurem Deo duftet.

* * *

Dennoch war es ein Rat, den Luke nun schon drei Monate lang nach besten Kräften befolgte, und er betete zu Gott, dass es ihm auch heute gelingen möge. Schon zweimal hatte ihn Billy Boy Matlock zu sich beordert, um ihm Honig ums Maul zu schmieren oder ihm zu drohen, meist beides. Zweimal hatte Luke laviert und sich gewunden und nach Hectors Anweisungen gelogen und war damit durchgekommen. Einfach war es nicht gewesen.

»Yvonne existiert nicht, weder im Himmel noch auf Erden«, so Hectors Ratschluss vom ersten Tag an. »Hat nie existiert, wird nie existieren. Capito? Das ist das A und O. Und wenn Billy Boy Sie an den Eiern am Kronleuchter aufhängt, existiert sie immer noch nicht.«

Existiert nicht? Die ernste junge Frau mit dem ungeschminkten Gesicht, die am allerersten Abend seines allerersten Tages hier vor der Tür gestanden hatte, in langem dunklem Regenmantel und spitzer Kapuze, eine ausgebeulte Aktentasche mit beiden Armen an sich gedrückt, als hätte sie sie gerade eben der Flut entrissen – diese Frau sollte *nie existiert* haben?

»Hallo. Ich bin Yvonne.«

»Luke. Kommen Sie rein, um Gottes willen!«

Ein sehr feuchter Händedruck holte sie über die Schwelle. Ollie, der Mann für die Hintertür, brachte einen Kleiderbügel für ihren Regenmantel und hängte ihn in die Toilette, wo er auf den Fliesenboden tropfen konnte. Eine dreimonatige nicht existente Arbeitsbeziehung nahm ihren Anfang. Hectors Papieraversion schloss nicht Yvonnes prallvolle Tasche mit ein, wie Luke im Laufe des Abends erfahren durfte. Das kam daher, dass alles, was sie in ihrer Tasche anschleppte, noch am selben Tag darin auch wieder verschwand. Und das wiederum kam daher, dass Yvonne keine bloße Rechercheurin war, sondern eine geheime Quelle.

An einem Tag mochte ihre Tasche etwa eine fette Akte von der Bank of England enthalten. An einem anderen eine von der Finanzaufsichtsbehörde, dem Schatzamt, der Abteilung zur Bekämpfung der organisierten Kriminalität.

Und an einem Freitagabend, den keiner von ihnen so schnell vergessen sollte, platzte die Aktentasche fast von sechs umfangreichen Bänden und zwanzig Hörkassetten aus den geheiligten Archiven des technischen Aufklärungsdienstes, des GCHQ höchstselbst. Ollie, Luke und Yvonne arbeiteten das ganze Wochenende durch, um das Material zu kopieren, zu photographieren oder auf sonst eine Weise zu vervielfältigen, damit Yvonne es am Montag mit dem ersten Hahnenschrei zu seinen rechtmäßigen Besitzern zurückbringen konnte.

Ob sie auf legalem Weg an ihre Beute gelangte oder durch List, ob sie sie stahl oder ihren Kollegen und Komplizen abschwatzte, darüber tappte Luke bis zum heutigen Tag im Dunkeln. Er wusste nur, dass Ollie, sobald sie durch die Tür kam, mit ihrer Tasche in sein Kabuff hinter der Küche verschwand, um den Inhalt dort einzuscannen, auf einen USB-Stick zu überspielen und die Tasche sodann an Yvonne zurückzugeben, die damit ihrerseits am Ende des Tages zurück nach Whitehall entschwebte, zu jener ungenannten Regierungsabteilung, in deren Dienst sie offiziell stand.

Denn auch das war ein Geheimnis, das nie gelüftet wurde, in den ganzen langen Nachmittagen nicht, während deren Luke und Yvonne die Köpfe zusammensteckten und die illustren Namen von Finanzgeiern mit den Bargeldtransfers abglichen, durch die Milliarden von Dollar innerhalb eines Tages mit Lichtgeschwindigkeit quer über drei Kontinente expediert wurden, und auch nicht mittags in der Küche über einer von Ollies Suppen (der größte Renner seine Tomatensuppe, dicht gefolgt von der französischen Zwiebelsuppe. Und erst der Krabbeneintopf, den er halbfertig in einer Thermoskanne mitbrachte und auf dem Gasherd noch einmal aufkochen ließ: ein Gedicht, unbestritten!). Aber soweit es Billy Boy Matlock angeht, hat Yvonne nie existiert und wird nie existieren. Wozu sonst sollen die wochenlangen Schulungen gut gewesen sein, in denen ihm Standhaftigkeit in »schwierigen Befragungssituationen« antrainiert wurde? Wozu sonst der Monat, den er gut verschnürt in der Dschungelfestung eines durchgeknallten Drogenbarons lag, während seine Frau zu Hause dahinterkam, dass sie einen zwanghaften Schürzenjäger zum Mann hatte?

* * *

»Welches sind denn nun die undichten Stellen, Luke?«, so Matlock bei einer schönen Tasse Tee in der Wohlfühlecke seines großen Büros in *la Loubianka-sur-Tamise,* wohin er Luke auf ein kleines Schwätzchen eingeladen hat, von dem Hector ja nichts zu wissen braucht. »Ich meine, wenn sich jemand mit Informanten auskennt, dann ja wohl Sie. Gerade neulich habe ich erst an Sie gedacht, als es um die neue Ausbilderstelle für Führungsoffiziere ging, die wir einrichten wollen. Ein schöner Fünf-Jahres-Vertrag für jemanden genau in Ihrem Alter«, sagt Matlock mit seinem gemütlich-schleppenden Midlands-Akzent.

»Um ganz ehrlich zu sein, Billy, ich weiß es genauso wenig wie Sie«, erwidert Luke, denn Yvonne hat ja nie existiert und wird es auch nie, selbst wenn Billy Boy ihn mit den Eiern am Kronleuchter aufhängt, was so ungefähr das Einzige ist, worauf die Jungs des Drogenbarons nicht verfallen sind. »Hector schnipst sich seine Informationen einfach so aus dem Nichts herbei, scheint mir. Wirklich verblüffend«, fügt er noch hinzu, mit einer gebührenden Portion Staunen in der Stimme.

Matlock hat diese Antwort offenbar nicht gehört, oder sie missfällt ihm, denn die Herzlichkeit ist aus seinem Ton verflogen, als hätte es sie nie gegeben.

»Ist natürlich ein zweischneidiges Schwert, so eine Ausbilderposition. Wir müssten nach einem altgedienten Beamten suchen, dessen Laufbahn Vorbildcharakter für unsere idealistischen jungen Nachwuchskräfte hat – Männlein wie Weiblein, das muss ich wohl nicht erst betonen. Das Ministerium müsste sicher sein können, dass ein erfolgreicher Kandidat keiner noch so kleinen Unregelmäßigkeit bezichtigt werden kann. Und unser Büro würde da naturgemäß seine Empfehlungen aussprechen. In Ihrem Fall hieße das, dass wir Ihren Lebenslauf vielleicht eine Spur aufpolieren müssten.«

»Das wäre großzügig, Billy.«

»Das wäre es, Luke«, stimmt Matlock zu. »Das wäre es allerdings. Ein bisschen hinge es natürlich auch von Ihrem derzeitigen Verhalten ab.«

* * *

Wer *war* Yvonne? Den ersten dieser drei Monate hatte sie Luke – inzwischen konnte er das sagen, inzwischen konnte er es zugeben – fast um den Verstand gebracht. Er liebte ihre Sprödigkeit, diesen Schutzpanzer der Zurückhaltung, den er so gern durchbrochen hätte. Ihr diskret parfümierter Körper, wenn sie ihn denn jemals vor ihm enthüllte, würde klassisch anmuten, er sah es genauestens vor sich. Stundenlang saßen sie Seite an Seite vor Yvonnes Bildschirm oder brüteten über ihrem Tate-Modern-Wandgemälde, so nah, dass einer die Körperwärme des anderen spürte und ihre Hände sich streiften. Sie teilten sämtliche Berg- und Talfahrten ihrer Jagd, jede falsche Fährte, jede Sackgasse und jeden kurzzeitigen Triumph, dicht an dicht im Schlafzimmer eines Hauses, von dem niemand wusste und das sie den größten Teil des Tages für sich hatten.

Aber nichts geschah – bis sie eines Abends erschöpft zu zweit am Küchentisch saßen, vor sich eine Tasse von Ollies Suppe und, auf Lukes Vorschlag hin, einen Schuss von Hectors Islay Malt. Da verblüffte Luke sich selber, indem er Yvonne auf den Kopf zu fragte, was für ein Leben sie denn abgesehen von *diesem* hier führte und ob sie es mit jemandem teilte, der ihr bei ihrer aufreibenden Plackerei eine Stütze war – um dann mit einem kleinen, schmerzlichen Lächeln, für das er sich gleich darauf schämte, hinzuzufügen, dass es schließlich nur unsere *Antworten* seien, die uns gefährlich werden könnten, nicht die Fragen, wenn sie wisse, was er meine?

Eine lange Zeit ließ ihre gefährliche Antwort auf sich warten.

»Ich bin Regierungsangestellte«, sagte sie dann in dem roboterhaften Ton eines Menschen, der bei einer Quizsendung in die Kamera spricht. »Yvonne ist nicht mein richtiger Name. Wo ich arbeite, geht Sie nichts an. Aber das war wohl auch nicht Ihre Frage. Ich bin eine Entdeckung von Hector, das sind wir vermutlich beide. Aber ich glaube, danach haben Sie mich auch nicht gefragt. Wonach Sie fragen, das ist meine sexuelle Ausrichtung. Und in der Erweiterung, ob ich mit Ihnen ins Bett gehen möchte.«

»Yvonne, ich habe Sie nichts dergleichen gefragt!«, protestierte Luke unwahrheitsgemäß.

»Also zu Ihrer Information: Ich bin mit einem Mann verheiratet, den ich liebe, wir haben eine dreijährige Tochter, und ich habe keine Affären, nicht mal mit so jemand Nettem wie Ihnen. Also essen wir schön unsere Suppe auf, bevor sie kalt wird, ja?«, schlug sie vor – worauf sie wundersamerweise beide in ein lautes Gelächter ausbrachen, das die Luft zwischen ihnen reinigte, und danach friedlich in ihre getrennten Ecken zurückkehrten.

* * *

Und Hector, wer war er, nach den drei Monaten, die sie ihn nun erlebten, wenn auch nur in sporadischen Blitzauftritten – Hector mit dem Fanatikerblick und den Fäkaltiraden gegen die Finanzhaie, die die Wurzel allen Übels waren? Beim Geheimdienst munkelte man, dass Hector die Rettung seiner Familienfirma Methoden verdanke, die nur ein halbes Leben im Dienst der Schwarzen Kunst hervorbringen konnte und die selbst nach den bodenlos niedrigen Moralmaßstäben der Londoner City als verwerflich galten. War also sein Krieg gegen die City-Mafia der Rachsucht geschuldet – oder dem schlechten Gewissen? Ollie, normalerweise kein Freund von Klatsch und Tratsch, hatte da keinerlei Zweifel: Hectors Bekanntschaft mit den Abgefeimtheiten der City – und das Spiel, das er selbst damit getrieben hatte, so Ollie – hätten ihn über Nacht zum Racheengel werden lassen. »Das ist so ein kleiner Eid, den er sich geschworen hat«, verriet er ihnen in der Küche, als sie auf eine von Hectors spätabendlichen Stippvisiten warteten. »Er muss die Welt retten, bevor er abtritt, und wenn er dabei draufgeht.«

* * *

Aber schließlich war Luke zeitlebens ein Bedenkenträger gewesen. Seit seiner Kindheit schon sorgte er sich wegen allem und jedem, ähnlich wahllos, wie er sich verliebte.

Er sorgte sich wegen einer Armbanduhr, die zehn Sekunden vor- oder nachging, genauso wie um die Zukunft einer Ehe, die nirgends mehr existent schien als in der Küche.

Er sorgte sich, ob hinter Bens Wutausbrüchen nicht vielleicht doch mehr steckte als die Vorpubertät und ob ihm seine Mutter am Ende verbot, seinen Vater zu lieben.

Er sorgte sich um sich selbst, weil er nur bei der Arbeit

im Frieden mit sich war und zu jeder anderen Zeit, auch jetzt bei seinem Fußmarsch, mit sich zerfallen.

Er sorgte sich, ob er nicht doch seinen Stolz hätte hinunterschlucken und sich von der Pique Dame zum Therapeuten schicken lassen sollen.

Er sorgte sich um Gail, die ein solches Verlangen in ihm auslöste – nach ihr oder irgendeiner Frau wie ihr, mit einem echten Leuchten im Gesicht und nicht dieser Düsterkeit, die immer über Eloise lag, sogar wenn die Sonne auf sie schien.

Er sorgte sich um Perry und versuchte, seinen Neid auf ihn zu bezähmen. Er sorgte sich, welche Seite an Perry sich wohl durchsetzen mochte, wenn es hart auf hart ging: Würde es der furchtlose Gipfelstürmer sein oder der weltfremde Moralgelehrte – und würde es einen Unterschied ausmachen?

Er sorgte sich wegen des bevorstehenden Duells zwischen Hector und Billy Boy Matlock und darum, wer von ihnen als Erster die Geduld verlieren würde – oder so tat als ob.

* * *

Er verließ die Stille des Regent's Park und tauchte ein ins Gewühl der sonntäglichen Schnäppchenjäger. Ganz locker, befahl er sich. Es wird schon werden. Die Verantwortung trägt Hector, nicht du.

Im Stillen zählte er Merkzeichen ab. Seit der Sache in Bogotá brauchte er Dinge, an denen er sich festhielt. Falls ich entführt werde, sind das die letzten Bilder, bevor mir der Sack über den Kopf gestülpt wird:

Das China-Restaurant.

Der Big-Archway-Nightclub.

Die Gentle-Readers'-Buchhandlung.

Das ist der gemahlene Kaffee, nach dem es roch, während meine Angreifer und ich gekämpft haben.

Das sind die verschneiten Kiefern aus dem Schaufenster der Kunsthandlung, ehe alles um mich dunkel wurde.

Das ist die Hausnummer 9, der Ort meiner Wiedergeburt: in drei Schritten die Stufen hinauf wie ein ganz normaler Bewohner.

9

Hector und Matlock verzichteten auf Formalitäten freundlicher wie auch sonstiger Art, und vielleicht hatte das Tradition: nur ein Nicken und ein stummer Händedruck zwischen zwei alten Kontrahenten, die sich für den nächsten Schlagabtausch bereitmachten. Matlock hatte sich von seinem Fahrer um die Ecke absetzen lassen und kam zu Fuß.

»Sehr schicker Wilton-Teppich, Hector«, sagte er mit einem langsamen Blick in die Runde, der ihm seine schlimmsten Befürchtungen zu bestätigen schien. »Wilton ist unschlagbar, zumindest, wenn es einem ums Preis-Leistungs-Verhältnis geht. Guten Tag, Luke. Es sind nur Sie beide hier, ja?« Er drückte Hector seinen Mantel in die Hand.

»Die Diener sind alle beim Hunderennen«, sagte Hector und hängte den Mantel auf.

Matlock war genauso bullig, wie sein Spitzname nahelegte, ein breitschultriger, breitschädliger Mann, der auf den ersten Blick etwas Onkelhaftes ausstrahlte, auch wenn seine geduckte Haltung Luke an einen alternden Rugby-Stürmer denken ließ. Sein Midlands-Akzent war den bösen Zungen im Erdgeschoss zufolge unter New Labour zunächst prononcierter geworden, schwächte sich aber nun angesichts der drohenden Wahlniederlage zunehmend ab.

»Wir sind im Keller, wenn Ihnen das recht ist, Billy«, sagte Hector.

»Es wird mir recht sein müssen, danke, Hector«, sagte Matlock weder liebenswürdig noch rüde, während er als Erster die Steinstufen hinunterstieg. »Was kostet uns dieses Häuschen, rein interessehalber?«

»Sie bisher gar nichts. Im Moment geht es noch auf meine Rechnung.«

»Sie beziehen Ihr Gehalt von *uns*, Hector. Nicht umgekehrt.«

»Sobald Sie grünes Licht für die Operation geben, reiche ich meine Spesen ein.«

»Und ich beanstande sie dann«, sagte Matlock. »Sind Sie unter die Trinker gegangen, kann das sein?«

»Es war früher ein Weinkeller.«

Sie nahmen ihre Plätze ein. Matlock wählte das Kopfende. Hector, für gewöhnlich ein sturer Technikverächter, setzte sich links von ihm, um einen Kassettenrecorder und eine Computerkonsole bedienen zu können. Und links von Hector saß Luke, so dass sie alle drei freie Sicht auf den Plasmabildschirm hatten, der von dem abwesenden Ollie über Nacht aufgebaut worden war.

»Und, sind Sie dazu gekommen, sich durch das ganze Material zu ackern, mit dem wir Sie zugeschüttet haben, Billy?«, erkundigte sich Hector mitfühlend. »Tut mir leid, wenn Sie deshalb nicht zum Golfen konnten.«

»Falls ›das Ganze‹ das sein soll, was Sie mir geschickt haben, dann ja, Hector, ich bin dazu gekommen, besten Dank«, gab Matlock zurück. »Wobei ›das Ganze‹ in Ihrem Fall ja erfahrungsgemäß sehr relativ zu sehen ist. Ich spiele nicht Golf, am Rande bemerkt, und ich bin kein Freund von Zusammenschnitten, wenn's nicht unbedingt sein muss. Besonders nicht von Ihren. Ein bisschen mehr Rohmaterial und ein bisschen weniger Manipulation wären mir lieber gewesen.«

»Dann gehen wir das Rohmaterial jetzt durch, wie wär's, und vertragen uns wieder?«, schlug Hector unverändert sanft vor. »Wir sprechen immer noch Russisch, nehme ich doch an?«

»Tun wir – es sei denn, Ihres ist eingerostet, während Sie sich Ihre goldene Nase verdient haben.«

Wie ein altes Ehepaar, dachte Luke, als Hector die »Play«-Taste an dem Kassettenrecorder drückte. Jeder Streit ist die Neuauflage von einem, den sie irgendwann schon mal hatten.

* * *

In Lukes Kopf setzte schon der bloße Klang von Dimas Stimme einen Farbfilm in Gang. Bei jedem Abhören der Kassette, die Perry in seiner Unschuld im Rasierzeug geschmuggelt hatte, stellte sich vor seinem inneren Auge das gleiche Bild ein: Dima, der im Dickicht von Three Chimneys kauerte, ein Diktiergerät in der verblüffend zierlichen Hand, weit genug weg vom Haus, um Tamaras echten oder eingebildeten Mikrophonen zu entgehen, aber nah genug, um zurückzuhasten, wenn sie ihn mit gellender Stimme ans Telefon beorderte.

Er hörte die drei Winde um Dimas glänzend kahlen Schädel fauchen. Er sah die Baumkronen über ihm hin und her schwanken. Er hörte Blätterknattern und ein Gurgeln von Wasser, und er wusste, es war derselbe tropische Regen, der ihn im kolumbianischen Urwald durchweicht hatte. Hatte Dima sein Band in einem Sitz besprochen oder in mehreren Anläufen? Hatte er zwischendurch ein paar Wodkas einschieben müssen, um seine Wory-Skrupel wegzuspülen? Jetzt schaltet die belfernde Stimme von Russisch zu Englisch um, vielleicht zur Erinnerung daran, wer seine Beichtiger sind. Jetzt appelliert er an Perry. Jetzt an einen ganzen Haufen Perrys:

»Ihr seid englische Gentlemen! Bitte! Ihr macht Fairplay, ihr habt Land von Recht und Gesetz. Ihr seid *rein!* Ich vertraue euch. Ihr müsst Dima auch vertrauen!«

Dann wieder weiter auf Russisch, aber jetzt grammatikalisch so überkorrekt, so gestelzt und geschniegelt, als versuchte Dima seinen Kolyma-Hautgout abzustreifen, sich salonfähig zu machen für die baldige Tuchfühlung mit den feinen Herrschaften in Ascot:

»Der Mann, den sie Dima nennen, führender Geldwäscher der Sieben Brüder und finanzielles Superhirn des entarteten Usurpators, der sich der Prinz nennt, entbietet dem berühmten britischen Geheimdienst seine besten Empfehlungen und unterbreitet folgendes Angebot wertvoller Informationen im Austausch für verlässliche Zusicherungen seitens der britischen Regierung. *Beispiel.*«

Dann sprechen nur die Winde, während sich Dima mit einem riesigen seidenen Taschentuch – Lukes eigene Hinzufügung, aber Perry hat wiederholt von einem Taschentuch gesprochen – Schweiß und Tränen abwischt, ehe er den nächsten Zug aus seiner Flasche nimmt und voranschreitet zu dem endgültigen, unumkehrbaren Akt des Verrats.

»Beispiel. Transaktionen der dem Prinzen unterstehenden kriminellen Organisation, die derzeit als die Sieben Brüder bekannt ist, beinhalten:

Eins: Import und Umetikettierung von Öl aus Embargostaaten im Nahen Osten. Ich weiß Bescheid über diese Geschäfte. Viele korrupte Italiener und viele britische Anwälte sind daran beteiligt.

Zwei: Einschleusung von Schwarzgeldern in Milliarden-Dollar-Höhe bei Ölimporten und Steuerzahlungen. Der

Spezialist dafür bei allen sieben Wory-Bruderschaften war mein Freund Michail, genannt Mischa. Zu diesem Zweck lebte er auch in Rom.«

Neuerlicher Bruch in der Stimme, vielleicht noch ein schweigender Toast auf den seligen Mischa, dann geht es überschwänglich weiter in gebrochenem Englisch:

»Beispiel *drei:* Schwarzfällen, Afrika. Erst wir machen aus schwarzem Holz weißes Holz. Dann wir machen aus schwarzem Geld weißes! Ist normal. Ist leicht. Viel viele russische Kriminelle in Tropisch-Afrika. Auch schwarze Diamanten sehr interessanter neuer Markt für Bruderschaften.«

Und immer noch auf Englisch:

»Beispiel *vier:* Falsche Medizin, gemacht in Indien. Sehr schlecht, heilt nicht, muss man brechen, manche sterben auch. Offiziell russischer Staat hat sehr interessante Beziehungen mit offiziell indischer Staat. Auch sehr interessante Beziehungen von indischen mit russischen Bruderschaften. Der Mann, den sie Dima nennen, weiß viele interessante Namen, auch englische, zu diesen vertikalen Verbindungen und zu privaten finanziellen Abkommen mit Banken in der Schweiz.«

Luke der Bedenkenträger durchleidet stellvertretend für Hector die Selbstzweifel des Impresarios.

»Ist die Lautstärke gut so, Billy?«, fragt Hector und hält das Band an.

»Die Lautstärke ist wunderbar, danke«, sagt Matlock mit gerade genug Betonung auf *Lautstärke,* um durchblicken zu lassen, dass das für den Inhalt nicht unbedingt gilt.

»Dann weiter im Text«, sagt Hector ein wenig zu sanftmütig für Lukes Geschmack, während Dima dankbar ins Russische zurückwechselt:

»*Beispiel:* in der Türkei, in Kreta, Zypern, Madeira, in vielen Ferienorten am Meer: schwarze Hotels, keine Gäste, zwanzig Millionen Dollar Schwarzgeld pro Woche. Dieses Geld wird ebenfalls gewaschen von dem Mann, den sie Dima nennen. Gewisse kriminelle sogenannte Immobilienfirmen, britische Firmen, sind daran gleichfalls beteiligt.

Beispiel: korrupte Machenschaften zwischen EU-Beamten und kriminellen Fleischlieferanten. Diese Vertragslieferanten müssen hohe Qualität garantieren, sehr teures italienisches Fleisch, das in die Russische Föderation exportiert wird. Auch für dieses Abkommen war mein Freund Mischa persönlich verantwortlich.«

Hector stoppt das Band wieder. Matlock hat die Hand gehoben.

»Was kann ich für Sie tun, Billy?«

»Er liest ab.«

»Warum darf er nicht ablesen?«

»Darf er ja. Solange wir wissen, wovon er abliest.«

»Soweit wir wissen, schreibt seine Frau Tamara ihm Teile seines Textes vor.«

»Sie sagt ihm also, was er sagen soll?«, fragt Matlock. »Ich weiß nicht, ob mir das gefällt. Wer sagt *ihr*, was sie sagen soll?«

»Soll ich vorspulen? Da geht's nur um unsere Kollegen in der EU, die Menschen vergiften. Wenn das Ihre Kompetenzen überschreitet, sagen Sie's einfach.«

»Machen Sie bitte weiter wie gehabt, Hector. Ich spare mir meine Kommentare ab sofort für später auf. Ich bin mir offen gestanden nicht sicher, ob für Fleischverkäufe in

Russland wirklich der Nachrichtendienst zuständig ist, aber ich werde nicht eher ruhen, als bis ich es herausgefunden habe.«

* * *

Luke war die Geschichte, die jetzt kam, ziemlich an die Nieren gegangen. Er hatte offenbar noch nicht genug erlebt, um abgestumpft zu sein. Was Matlock davon hielt, ließ sich seinem Gesicht nicht entnehmen. Dimas Mittel der Wahl war diesmal wieder Tamaras Englisch:

> »Korruptes System funktioniert so. *Erstens:* Prinz erreicht durch korrupte Beamte in Moskau, dass spezielles Fleisch *Wohlfahrtsfleisch* heißt. Damit es *Wohlfahrts*fleisch ist, es darf nur für bedürftige Elemente der russischen Gesellschaft bestimmt sein. Deshalb ist Fleisch, das korrupt Wohlfahrtsfleisch heißt, in Russland steuerfrei. *Zweitens:* Mein Freund Mischa, der tot ist, kauft viele Kadaver von Fleisch aus Bulgarien. Dieses Fleisch ist sehr schlimm zu essen, sehr schlecht, sehr billig. *Drittens:* Mein Freund Mischa erreicht durch sehr korrupte Beamten in Brüssler Union, dass alle bulgarische Fleischkadaver einzeln gestempelt werden mit Stempel von EU, dass Fleisch *Spitzen*qualität ist, garantiert *bestes* italienisches Fleisch nach europäischer Norm. Für diesen kriminellen Dienst zahle ich, Dima, persönlich hundert Euro pro Kadaver auf Schweizer Konto von sehr korruptem *Brüssler* Beamten, zwanzig Euro pro Kadaver auf Schweizer Konto von sehr korruptem *Moskauer* Beamten. Netto-Profit für Prinz, nach Abzug aller Gemeinkosten, eintausendzweihundert Euro pro Kadaver. Vielleicht fünfzehn Menschen in Russland, auch Kinder, werden von diesem sehr schlechten bulgarischen Fleisch krank und sterben. Das ist nur *geschätzt*. Diese Information wird offiziell *geleugnet*. Die

Namen dieser sehr korrupten Beamten sind mir bekannt, auch die Schweizer Konten mit Kontonummern.«

Und ein steifes Postskriptum, klangvoll vorgetragen:

»Es ist die persönliche Meinung meiner Frau Tamara L'wowna, dass unmoralische Ausgabe von schlechtem bulgarischem Fleisch durch kriminell verdorbene europäische und russische Beamten allen christlichen Menschen mit guten Herzen weltweit überall nahegehen muss. So will es Gott.«

Das unverhoffte Eingreifen Gottes in die Handlung hatte eine kleine Pause zur Folge.

»Wäre wohl jemand so gut und erklärt mir, was ein schwarzes Hotel ist?«, fragte Matlock die Luft vor seinem Gesicht. »Ich mache zufällig auf Madeira Urlaub, und *mein* Hotel kam mir bisher noch nie sonderlich schwarz vor.«

Erfüllt von einem plötzlichen Beschützerdrang gegenüber dem allzu zahmen Hector, ernannte Luke sich selbst zu dem Jemand, der Matlock über das Phänomen der Geisterhotels aufklärte.

»Sie kaufen ein Stück Land in Spitzenlage, für gewöhnlich am Meer gelegen, Billy. Sie zahlen dafür in bar, Sie bauen darauf eine Fünf-Sterne-Luxus-Hotelanlage. Vielleicht auch mehrere. Ebenfalls bar bezahlt. Und wenn Platz ist, stellen Sie noch fünfzig Ferienhäuser dazu. Sie richten alles mit besten Möbeln ein, bestem Besteck, bestem Porzellan, bestem Leinenzeug. Von da an sind Ihre Hotels und Bungalows ausgebucht. Nur dass nie jemand darin wohnt, verstehen Sie? Wenn ein Reiseveranstalter anruft: Tut uns leid, wir sind voll. Jeden Monat fährt ein Geldtransporter vor der Bank vor und lädt all das Bargeld ab, das die Zimmer und Bungalows, die Restaurants, Kasinos, Nachtclubs und Bars abgeworfen haben. Und nach ein paar Jahren sind Ihre Anlagen so weit, dass Sie sie mit einer glänzenden Handelsbilanz verkaufen können.«

Von Matlock keine Reaktion, außer dass das onkelhafte Lächeln noch breiter wurde.

»Es müssen übrigens keine Hotelanlagen sein. Es kann auch eins von diesen sonderbar leeren weißen Feriendörfern sein – kennen Sie sicher –, die sich an der türkischen Küste die Hänge zum Meer hinunterziehen; es können, was weiß ich, Villenkolonien sein, es kann im Prinzip alles sein, was sich vermieten lässt. Sogar Autoverleih, wenn Sie die Unterlagen gut genug frisieren.«

»Wie geht es Ihnen heute, Luke?«

»Gut, danke, Billy.«

»Wir wollen Sie für eine Medaille vorschlagen, außergewöhnliche Tapferkeit, wussten Sie das?«

»Nein.«

»Ist aber so. Eine geheime, wohlgemerkt, nichts Öffentliches. Nichts, was Sie sich am Volkstrauertag stolz an die Brust heften können, leider Gottes. Das wäre nicht sicher. Und natürlich ein herber Bruch mit der Tradition.«

»Natürlich«, sagte Luke vollkommen verwirrt, denn eine Medaille, so schoss ihm durch den Kopf, könnte Eloise vielleicht tatsächlich aus ihrer Depression herausholen, aber wahrscheinlich war es doch nur wieder einer von Matlocks Tricks. Dennoch wollte er gerade zu einer geziemenden Erwiderung ansetzen – seine Überraschung zum Ausdruck bringen, seine Dankbarkeit, Freude –, als er merkte, dass Matlock das Interesse an ihm verloren hatte:

»Was ich bisher gehört habe, Hector, wenn ich mir den Mumpitz mal wegdenke, ist nach meiner bescheidenen Auffassung internationales Gaunertum und nichts anderes. Zugegeben, der Geheimdienst hat ein legales Interesse an internationalem Gaunertum und Geldwäsche. Wir haben um unseren Anteil daran gekämpft, als die Zeiten schlecht waren, und jetzt haben wir ihn an der Backe. Ich spreche von dieser unseligen Durststrecke, die mit dem Mauerfall anfing und die erst Osama bin Laden, Allah sei Dank, für uns beendet hat. Wir haben um unseren Anteil am Geldwäschemarkt gekämpft, genau wie wir um ein größeres Stück von Nordirland gekämpft haben und um all die anderen kärglichen Brosamen, mit denen wir unsere Existenz rechtfertigen konnten. Aber das war *damals*, Hector. Und wir leben nicht in der Vergangenheit, sondern in der Gegenwart, ob es uns passt oder nicht, und in dieser Gegenwart hat Ihr Dienst und meiner mit seiner Zeit und seinen Ressourcen Besseres zu tun, als sich die Finger in dem hochkomplexen Räderwerk der Londoner Finanzwelt einzuklemmen.«

Matlock brach ab – in Erwartung wovon?, fragte sich Luke. Beifall vielleicht, aber so steinern, wie Hector dreinschaute, konnte er darauf lange warten, also holte er Atem und fuhr fort.

»Außerdem haben wir heute in diesem Land eine sehr große, vollständig rechtsfähige, leicht überfinanzierte Konkurrenzbehörde, die ihre höchst ehrenwerten Anstrengungen der schweren und organisierten Kriminalität widmet, was doch wohl genau das ist, was Sie zu enthüllen hoffen. Nicht zu reden von Interpol und den zahlreichen rivalisierenden amerikanischen Behörden, die sich gegenseitig auf die sehr großen Füße steigen in ihrem Eifer, alle ein und denselben Job zu machen und dabei nur ja nicht den Reichtum ihrer großen Nation zu beschädigen. Worauf ich hinauswill, Hector – nein, lassen Sie mich bitte ausreden –, worauf ich hinauswill: Ich begreife nicht ganz, wozu ich so extrem kurzfristig hierherbestellt worden bin. Dass das, was Sie hier aufgetan haben, dringend ist, wissen wir alle, wobei ich mir nicht sicher bin, für wen. Und vielleicht stimmt es ja sogar wirklich alles. Aber betrifft es *uns*, Hector?«

Die Frage war offenbar rhetorisch, denn er fuhr gleich fort:

»Oder könnte es sein, Hector, dass Sie tollkühn auf dem hochsensiblen Terrain einer Konkurrenzorganisation wildern, mit der ich und meine Dienststelle in monatelangem schmerzhaftem Ringen unsere jeweiligen Kompetenzbereiche abgesteckt haben? Sollte das nämlich der Fall sein, wäre mein Rat an Sie folgender: Packen Sie dieses Material ein, das Sie mir da gerade vorgespielt haben, und alles artverwandte Material, das eventuell noch in Ihrem Besitz ist, und geben Sie es postwendend an unsere Nebenbuhler weiter, mit den unterwürfigsten Entschuldigungen dafür, dass Sie in ihr geheiligtes Hoheitsgebiet eingedrungen sind. Und wenn das getan ist, schlage ich vor, Sie melden sich und Luke und all die anderen, die Sie da noch im Schrank versteckt haben, zwei wohlverdiente Wochen lang krank.«

Ließ Hectors legendäre Kaltblütigkeit ihn nun endlich doch im Stich?, fragte Luke sich ängstlich. Hatte die Anstrengung, Gail und Perry ins Boot zu hieven, zu sehr an ihm gezehrt? Oder war er so besessen von seiner hehren Mission, dass er alles taktische Gespür verloren hatte?

Mit einem Kopfschütteln, einem Seufzen streckte Hector einen lethargischen Finger aus und drückte die Vorspultaste.

* * *

Dimas Stimme, ganz ruhig jetzt. Er liest, ob es Billy Boy passt oder nicht. Würdevoll und stimmstark deklamiert er seinen Text in seinem besten, förmlichsten Russisch:

> »*Beispiel:* Details eines hochgeheimen Vertrags, geschlossen im Jahr 2000 in Sotschi zwischen sieben paktierenden Wory-Bruderschaften, unterzeichnet von den Sieben Brüdern und überschrieben ›Die Übereinkunft‹. Gemäß

diesem Pakt, ausgehandelt von Dreckschwein-Thronräuber-Prinz persönlich mit stillschweigender Duldung des Kremls, verständigen sich alle sieben Unterzeichneten auf Folgendes:

Erstens: Alle bewährten und erfolgreichen Geldkanäle, die von dem Mann erschlossen worden sind, den sie Dima nennen, werden *fortan* gemeinsam genutzt, womit Dima oberster und erster Geldwäscher aller sieben Bruderschaften wird.

Zweitens: Alle gemeinsamen Bankkonten unterliegen dem Wory-Ehrenkodex, jeder Verstoß wird mit dem Tode des Täters bestraft, unter gleichzeitigem dauerhaftem Ausschluss der verantwortlichen Wory-Bruderschaft.

Drittens: Unternehmerische Seriosität ist zu etablieren in den folgenden sechs Finanzhauptstädten: Toronto, Paris, Rom, Bern, Nikosia, *London*. Endziel aller gewaschenen Gelder: *London*. Bestes Zentrum für Seriosität: *London*. Beste Perspektiven für langfristiges Bankenengagement: *London*. Bester Standort für sichere Investitionen: *London*. Auch dies wird vereint beschlossen.

Viertens: Die Aufgabe, die Herkunft von Schwarzgeldern zu vertuschen und ihren Weg an sichere Bestimmungsorte zu überwachen, verbleibt erste und alleinige Zuständigkeit *des Mannes, den sie Dima nennen*.

Fünftens: Bei sämtlichen größeren Kontobewegungen wird besagter Dima Erstunterzeichnungsrecht haben. Jeder Unterzeichner der ›Übereinkunft‹ wird einen sauberen Emissär ernennen. Dieser Emissär wird nur über Zweitunterzeichnungsrechte verfügen.

Sechstens: Um obiges System wirksam abzuändern, müssen nach dem Wory-Gesetz alle sieben Emissäre gleichzeitig anwesend sein.

Siebtens: Die Vormachtstellung des Mannes, den sie Dima nennen, als Schöpfer sämtlicher in der ›Übereinkunft‹ von Sotschi 2000 beschlossener Geldwäschestrukturen wird hiermit bestätigt.«

»Und amen, möchte man sagen«, murmelt Hector, schaltet das Band ab und richtet den Blick erwartungsvoll auf Matlock. Auch Luke sieht zu ihm – nur um Matlocks nachsichtigem Lächeln zu begegnen.

»Wissen Sie was, Hector, das könnte ich mir glatt selber ausgedacht haben«, sagt er mit einem Kopfschütteln, das offenbar bewundernd daherkommen soll. »Phantastisch, kann ich nur sagen. Stimmig, einfallsreich und befördert ihn auf einen Schlag an die Spitze. Wie könnte irgendjemand den Wahrheitsgehalt einer so prachtvollen globalen Aussage anzweifeln? Meine Stimme für den Oscar hat er. Was soll übrigens ein sauberer Emissär sein?«

»Einer mit weißer Weste, Billy. Ohne Vorbelastungen, sei es rechtlich oder moralisch. Buchhalter, Rechtsanwälte, Polizisten, die sich was dazuverdienen, Geheimdienstmitarbeiter, kurz, jeder Wory-Bruder, der reisen und eine Unterschrift leisten kann. Hauptsache, er ist seiner Bruderschaft treu ergeben und weiß, wenn er mit der Kasse abhaut, wacht er mit den Eiern im Mund auf.«

* * *

Hector, der sonst so Unverwüstliche, hat etwas von einem leidgeprüften Familienanwalt, denkt Luke, wie er nun eine eselsohrige Karteikarte zu Rate zieht, auf die er sich offenbar die Marschroute für das Treffen gekritzelt hat, und dann erneut vorspult.

»*Übersicht*«, blafft Dimas Stimme auf Russisch.

»Mist. Zu weit«, murmelt Hector und lässt das Band wieder ein Stück zurücklaufen.

> »Vorbehaltlich verlässlicher britischer Zusicherungen wird außerdem ein sehr geheimer, sehr wichtiger Plan verfügbar gemacht«,

hört man wieder Dima, der in unvermindertem Tempo durch sein russisches Skript jagt:

»Dieser Plan wird eine Übersicht über die internationalen Routen sämtlicher Schwarzgelder unter der Kontrolle des Mannes enthalten, den sie *Dima* nennen und der hier zu Ihnen spricht.«

Auf einen Wink von Matlock hält Hector das Band neuerlich an.

»Das ist kein Plan, von dem er hier redet, das ist ein Vernetzungsdiagramm«, beschwert sich Matlock in einem Ton, als gälte es Dimas sprachliche Schwächen zu bemängeln. »Und zum Thema Vernetzungsdiagramme lassen Sie mich nur eins sagen, mit Verlaub. Mir sind schon so einige Vernetzungsdiagramme untergekommen. Und nach meiner Erfahrung ähneln die meisten bunten Stacheldrahtrollen, die wild in alle Himmelsrichtungen spießen. *Unbrauchbar* mit anderen Worten«, setzt er mit Genugtuung hinzu. »So was gehört für mich in dieselbe Kategorie wie Auslassungen über irgendwelche sagenhaften Verbrecherkongresse anno 2000 am Schwarzen Meer.«

Sie sollten Yvonnes Vernetzungsdiagramm sehen, möchte ihm Luke in einem Anfall verzweifelter Ausgelassenheit zurufen, *da bleibt Ihnen die Spucke weg.*

Matlock findet so schnell kein Ende, wenn er Aufwind spürt. Er schüttelt den Kopf und lächelt bedauernd.

»Wissen Sie, Hector, wenn ich nur fünf Pfund für jeden unverlangten Hinweis aus ungesicherter Quelle hätte, dem unser Dienst im Lauf der Jahre aufgesessen ist – nicht alle zu meiner Zeit, Gott sei Dank! –, dann wäre ich ein reicher Mann. Vernetzungsdiagramme, Bilderberg-Komplotte, Weltverschwörungen, der gute alte grüne Schuppen in Sibirien, der bis zum Dach voll mit rostigen Wasserstoffbomben ist, und, und, und. Gut, für die genialischen

Erfinder dieser ganzen Wundermären ist reich wahrscheinlich was anderes, und für Sie im Zweifelsfall auch. Aber für jemanden mit meinen Ansprüchen hätte ich doch recht schön ausgesorgt.«

Warum zum Henker staucht Hector Billy Boy nicht zusammen? Aber Hector scheint nicht die Nerven für einen Gegenschlag zu haben. Nein, schlimmer noch: Zu Lukes Verzweiflung verzichtet er darauf, den letzten Teil von Dimas historischem Angebot abzuspielen. Er schaltet den Kassettenrecorder aus, als wollte er sagen: »Na ja, einen Versuch war's wert«, und mit einem gekränkten kleinen Lächeln und einem ergebenen »Bilder sind vielleicht eh mehr Ihr Ding, Billy« greift er nach der Fernbedienung für den Plasmabildschirm und schaltet das Licht aus.

* * *

In dem Halbdunkel erfasst eine schwankende Videokamera die Zinnen einer mittelalterlichen Festung und senkt sich dann hinab zur Kaimauer eines alten Hafens, in dem es von teuren Segelbooten wimmelt. Es dämmert, die Kamera ist kein Profigerät und kann das schwindende Licht nicht ausgleichen. Eine gut dreißig Meter lange Luxusjacht in Blau und Gold ankert außerhalb der Hafenmauer. Sie ist über und über mit bunten Lämpchen behängt, ihre Bullaugen sind erleuchtet. Über das Wasser klingt Tanzmusik herüber. Feiert jemand Geburtstag? Hochzeit? Am Heck der Jacht flattern die Flaggen von England, Russland und der Schweiz. Den Masttopp schmückt ein goldener Wolf auf rotem Grund.

Die Kamera hält auf den Bug. Goldene Schnörkellettern verkünden in lateinischer und kyrillischer Schrift den Namen des Schiffs: *Prinzessin Tatjana*.

Hector liefert einen knappen, emotionslosen Kommentar:

»Gehört einer neugegründeten Firma namens First Arena Credit Bank of Toronto mit Sitz in Zypern. Die gehört einer Stiftung in Liechtenstein und die wiederum einer Firma mit Sitz in Zypern«, erläutert er trocken. »Eine Überkreuzbeteiligung also. Man gibt das Ding einer Firma, dann kriegt man es über einen kleinen Umweg wieder zurück. Bis vor kurzem hieß der Kahn *Prinzessin Anastasia*, genau wie die Exfreundin des Prinzen komischerweise. Die neue Tussi heißt Tatjana, wir dürfen also unsere Schlüsse ziehen. Da der Prinz Russland derzeit aus gesundheitlichen Gründen nicht verlassen kann, ist die *SS Prinzessin Tatjana* an ein internationales Konsortium vermietet, das sich, man höre und staune, First Arena Credit International nennt, ein vollkommen eigenständiges Unternehmen mit Sitz, wie könnte es anders sein, in Zypern.«

»Und was fehlt ihm?«, fragt Matlock aggressiv.

»Wem?«

»Dem Prinzen. Halten Sie mich für blöd, oder was? Warum kann er Russland nicht verlassen?«

»Er wartet darauf, dass die Amerikaner ein paar ganz und gar haltlose Anklagen wegen Geldwäsche fallenlassen, die sie vor einigen Jahren gegen ihn erhoben haben. Die gute Nachricht ist, dass er nicht mehr sehr lange warten muss. Dank ein wenig gezielter Lobbyarbeit in den heiligen Washingtoner Hallen wird man in Kürze zu dem Schluss kommen, dass ihm nichts vorzuwerfen ist. Schon hilfreich, zu wissen, wo die Mächtigen Amerikas ihre illegalen Nummernkonten haben.«

Die Kamera schwenkt nach achtern und zeigt die Besatzung, ganz stilecht in russischen Matrosenblusen und -mützen. Ein Hubschrauber setzt zur Landung an. Die Kamera kehrt zum Bug zurück, zickzackt in Richtung Wasser; das Bild wird dunkler. Eine Motorbarkasse legt am Boot an und bringt neue Gäste. Diensteifrige Matrosen stehen bereit, während die Passagiere in ihren schicken Kleidern vorsichtig die Leiter hinaufklettern.

Zurück nach achtern. Der Hubschrauber ist gelandet, seine Rotorblätter drehen sich langsam aus. Eine feine Dame stöckelt mit wehenden Röcken das mit rotem Teppich belegte Treppchen herab und hält ihren Hut fest. Hinter ihr eine zweite feine Dame, dann ein Trupp feiner Herren in Blazern und weißen Segelhosen, sechs an der Zahl. Verwackelte Umarmungen. Schwaches Begrüßungsgekreisch, überlagert von Tanzmusik.

Schnitt zurück zu zweiter Motorbarkasse, die eben längsseits geht, um hübsche Mädchen anzuliefern. Hautenge Jeans, flatternde Röckchen, viel nacktes Bein und nackte Schultern, als sie die Leiter hinaufsteigen. Ein Zweiergespann verwackelter Trompeter in Kosakenuniform schmettert den hübschen Mädchen einen Willkommenstusch entgegen.

Ein dilettantischer Schwenk über die Gäste, die auf dem Hauptdeck versammelt sind. Bisher sind es achtzehn. Luke und Yvonne haben sie gezählt.

Das Bild erstarrt, in ungelenken Sprüngen folgt eine Reihe von Nahaufnahmen, noch einmal stark vergrößert von Ollie. Die Bildunterschrift lautet: *Kleiner Adriahafen nahe Dubrovnik, 21. Juni 2008*. Es ist der erste von vielen Untertiteln, die Yvonne, Luke und Ollie im Team einkopiert haben, als Ergänzung zu Hectors mündlichem Kommentar.

Das Schweigen im Souterrain ist mit Händen greifbar. Fast wirkt es, als würden alle im Raum, Hector inbegriffen, gleichzeitig den Atem anhalten. Vielleicht tun sie es. Sogar Matlock beugt sich auf seinem Stuhl nach vorn.

* * *

Wir sehen zwei guterhaltene Geschäftsmänner in teuren Maßanzügen im Gespräch, dahinter Hals- und Schulterpartie einer nicht mehr ganz jungen Frau mit hochtoupierten weißen Haaren. Sie steht mit dem Rücken zum Betrachter, um den Hals ein vierreihiges Brillantkollier mit dazu passenden Ohrgehängen, schwindelerregend teuer im Zweifel. Von links hält eine weißbehandschuhte Kosakenhand mit bestickter Manschette ein Silbertablett voller Champagnergläser ins Bild.

Nahaufnahme der beiden Geschäftsmänner. Der eine hat eine weiße Smokingjacke an. Er ist schwarzhaarig, ein südländischer Typ mit kräftigem Unterkiefer. Der andere trägt einen marineblauen, sehr englischen Blazer mit einer Doppelreihe von Messingknöpfen – *Boating Jacket* sagt man in gehobenen britischen Kreisen dazu, Luke muss es wissen, schließlich stammt er selbst aus diesen Kreisen. Verglichen mit seinem Gesprächspartner ist dieser zweite Mann jung. Er ist außerdem gutaussehend auf eine Art, die an die jungen Männer des achtzehnten Jahrhunderts erinnert, zumindest auf den Porträts, die sie Lukes alter Schule nach Ende ihrer Zeit dort gestiftet haben: breite Stirn, hoher Haaransatz, im Blick eine arrogante Sinnlichkeit à la Byron, dazu ein Schmollmund und eine Haltung, dank der sie auf einen herabzuschauen scheinen, selbst wenn man sie überragt.

Hector sitzt stumm da. Das Team hat beschlossen, dass die Untertitel aussprechen sollen, was jeder auf einen Blick sehen kann: dass der marineblaue Doppelreiher mit den Messingknöpfen einem führenden Mitglied der britischen Opposition gehört, einem Schattenminister, der für einen astronomisch hohen Posten nach der nächsten Wahl gehandelt wird.

Hier endlich bricht Hector das lastende Schweigen, sehr zu Lukes Erleichterung.

»Sein Auftrag ist es laut Parteiprogramm, ›die britische Wirtschaft auf dem internationalen Finanzmarkt zu positionieren‹, was immer man sich darunter vorzustellen hat«, bemerkt er bissig, mit einem Aufflackern seiner alten Energie. »Und natürlich der Selbstbedienungsmentalität der Banker einen Riegel vorzuschieben. Aber das wollen sie ja letztlich alle. Eines schönen Tages.«

Matlock hat die Sprache wiedergefunden.

»Man kann keine Geschäfte machen, ohne Kontakte zu pflegen, Hector«, wendet er ein. »So funktioniert die Welt nun mal, das sollten Sie besser wissen als jeder andere, Sie haben das Spiel schließlich mitgespielt! Sie können einem Mann keinen Strick draus drehen, dass er bei jemandem auf dem Boot ist.«

Aber weder Hectors Ton noch Matlocks unglaubhafter Protest können die Spannung abbauen. Da hilft es auch wenig, dass die weiße Smokingjacke Yvonnes Bildunterschrift zufolge einem zwielichtigen französischen Marquis und Firmenaufkäufer mit engen Verbindungen nach Russland gehört.

* * *

»Wo haben Sie das Zeug überhaupt her?«, verlangt Matlock nach längerem stummem Brüten zu wissen.

»Welches Zeug?«

»Den Film. Dieses Amateurvideo. Nennen Sie's, wie Sie wollen. Wo haben Sie es her?«

»Unter einem Stein gefunden, Billy. Was dachten Sie denn?«

»Wer hat es gefunden?«

»Ein Freund von mir. Oder auch zwei.«

»Unter was für einem Stein?«

»Londoner Polizei.«

»Was reden Sie da? Scotland Yard? Haben Sie an polizeilichen Beweismitteln herumgedoktert, oder wie? Sie können es ruhig zugeben.«

»Schön wär's, Billy. Aber ich fürchte, nein. Möchten Sie die Geschichte hören?«

»Wenn sie wahr ist.«

»Ein junges Pärchen aus einem Londoner Vorort hat fleißig für seine Flitterwochen gespart und gönnt sich eine Pauschalreise an die Adria. Bei einem Spaziergang die Steilküste entlang bemerken sie eine Luxusjacht, die in der Bucht vor Anker liegt, und weil sie sehen, dass darauf eine todschicke Party im Gange ist, filmen sie sie. Bei der Sichtung des Materials in ihrem trauten Heim in, sagen wir, Surbiton erkennen sie verblüfft und fasziniert gewisse wohlbekannte britische Persönlichkeiten aus Wirtschaft und Politik. Sie wittern eine Chance, die Kosten ihres Urlaubs wieder einzuspielen, und schicken ihre Trophäe schnurstracks an Sky TV. Und ehe sie wissen, wie ihnen geschieht, stürmt morgens um vier ein bis an die Zähne bewaffneter Polizeitrupp zu ihnen ins Schlafzimmer und droht ihnen Strafverfolgung gemäß dem Antiterrorgesetz an, wenn sie nicht augenblicklich sämtliche Kopien ihres Films aushändigen – eine Aufforderung, der sie klugerweise nachkommen. Und das ist die Wahrheit, Billy.«

* * *

Luke muss langsam, aber sicher erkennen, dass er Hectors Taktik unterschätzt hat. Gut, seine Art mag stümperhaft wirken. Gut, er hat nur eine kümmerliche alte Karteikarte in der Hand. Aber die Marschroute, die er sich zurechtgelegt hat, ist alles andere als kümmerlich. Er hat noch zwei weitere Herren in petto, die er Matlock gern vorstellen möchte, und als die Perspektive sich weitet, um sie ins Bild zu bringen, wird klar, dass sie die ganze Zeit bei der Unterhaltung dabei waren. Der eine ist ein hochgewachsener, eleganter Mittfünfziger mit ausgeprägtem Diplomatennimbus. Er überragt den Minister in spe fast um

Haupteslänge. Sein Mund ist scherzend geöffnet. Sein Name, verrät Yvonnes Bildunterschrift uns, ist Captain a.D. Giles de Salis, Royal Navy.

Diesmal hat sich Hector die Stellenbeschreibung selbst vorbehalten:

»Führender Westminster-Lobbyist und Strippenzieher, zählt etliche der weltgrößten Gangster zu seinen Kunden.«

»Ein Freund von Ihnen, Hector?«, erkundigt sich Matlock.

»Der Freund von jedem, der zehn Riesen für ein Tête-à-Tête mit einem unserer unbestechlichen Herrschenden abdrückt, Billy«, kontert Hector.

Der Vierte und Letzte im Bunde scheint selbst in verschwommener Vergrößerung der Inbegriff aristokratischer Vitalität. Die Revers seines maßgeschneiderten weißen Dinnerjackets sind mit zarten schwarzen Paspeln abgesetzt. Die silberne Haarmähne hat er dramatisch nach hinten gekämmt. Ist er ein berühmter Dirigent? Ein berühmter Oberkellner? Sein beringter Zeigefinger, erhoben in spaßhafter Ermahnung, wirkt wie der eines Tänzers. Die andere Hand liegt anmutig und unaufdringlich auf dem Oberarm des Ministers in spe. Auf seiner gefältelten Hemdbrust prunkt ein Malteserkreuz.

Kann das sein? Ein Malteserkreuz? Macht ihn das zum Malteserritter? Ist es eine Tapferkeitsmedaille? Irgendein ausländischer Orden? Oder hat er sich das Ding einfach gekauft, als Geschenk an sich selbst? Das ist eine Frage, die Luke und Yvonne bis in die frühen Morgenstunden umgetrieben hat. Nein, sind sie übereingekommen. Er hat es gestohlen.

Signor Emilio Dell'Oro, Italienisch-Schweizer, wohnhaft in Lugano, lautet der Untertitel, den in diesem Fall Luke verfasst hat, CO_2-neutral, wie Hectors strikter Befehl lautete. *Internationaler Salonlöwe, Pferdezüchter, Drahtzieher im Kreml.*

Auch diesmal hat Hector den spannenden Teil für sich reserviert:

»Richtiger Name, zumindest gemäß unseren Recherchen, Stanislaw Auros. Polnisch-armenisch mit türkischem Einschlag, Autodidakt, Eigenkreation, durch und durch brillant. Derzeit Majordomus, Faktotum, gesellschaftlicher Berater und Frontmann des Prinzen.« Und ohne abzusetzen oder seinen Ton zu verändern: »Billy, warum übernehmen Sie nicht ab hier? Sie kennen ihn besser als ich.«

Lässt sich Matlock je übertölpeln? Offenbar nicht, denn er pariert ohne das winzigste Zögern:

»Ich fürchte, ich kann Ihnen nicht ganz folgen, Hector. Helfen Sie mir kurz auf die Sprünge, wenn Sie so gut sein wollen.«

Das will Hector gerne. Er ist sichtlich aufgeblüht:

»Unsere Kindertage, Billy. Bevor wir beide erwachsen wurden. Mittsommer, wenn ich mich recht erinnere. Ich war Resident in Prag, Sie waren Einsatzleiter in London. Ich sollte in Ihrem Auftrag fünfzigtausend US-Dollar in kleinen Scheinen im Kofferraum von Stanislaws wartendem weißen Mercedes deponieren, zur Geisterstunde, keine dummen Fragen bitte. Nur dass er damals nicht Stanislaw hieß, sondern Monsieur Fabian Lazaar. Hat nicht mal seinen hübschen Kopf gewendet, um danke zu sagen. Keine Ahnung, wofür er das Geld bekommen hat, aber ich nehme schwer an, *Sie* wissen es. Er war damals gerade dabei, sich hochzuarbeiten. Hat gestohlene Artefakte verhökert, hauptsächlich aus dem Irak. Reichen Genfer Damen dabei geholfen, das Geld ihrer Männer auszugeben. Diplomatisches Bettgeflüster an den Meistbietenden verkloppt. Vielleicht war das Geld ja dafür. Treffer?«

»Ich habe *weder* mit Stanislaw *noch* mit Fabian gearbeitet, tut mir leid, Hector. Oder mit Mr Dell'Oro oder wie auch immer er sich jetzt nennt. Er war *nicht* mein Informant. Ich habe bei dieser Geldübergabe damals rein in Vertretung gehandelt.«

»In Vertretung von wem?«

»Meinem Vorgänger. Können wir dieses Verhör vielleicht beenden, Hector? *Ich* verhöre *Sie*, nicht umgekehrt, falls Sie es noch nicht bemerkt haben. Mein Vorgänger, wie Sie sehr gut wissen, Hector, war *Aubrey Longrigg*, und genau betrachtet bleibt er es auch, solange ich diesen Posten bekleide. Erzählen Sie mir nicht, Sie hätten *Aubrey Longrigg* vergessen – am Ende denke ich noch, Sie hätten Besuch von Dr. Alzheimer gehabt. Immer der hellste, immer der schnellste, Aubrey, bis zu seinem etwas verfrühten Ausscheiden. Selbst wenn er manchmal ein wenig übers Ziel hinausgeschossen hat, genau wie Sie.«

Für Matlock, erinnert sich Luke, war Angriff von jeher die beste Verteidigung.

»Und glauben Sie mir, Hector« – jetzt holt er richtig aus –, »wenn mein Vorgänger *Aubrey Longrigg* seinem Informanten noch fünfzig Riesen auszahlen muss, weil er just zu diesem Zeitpunkt aus dem Amt scheidet und zu höheren Weihen aufsteigt, und wenn Aubrey deshalb mich bittet, in seinem Namen diese Aufgabe zu übernehmen, zur vollen und endgültigen Begleichung einer gewissen privaten Schuld, dann werde ich mich nicht hinstellen und zu Aubrey sagen: ›Augenblick, Aubrey, ich hole nur schnell eine Sondergenehmigung ein und überprüfe Ihre Geschichte.‹ Hätten Sie das etwa? Nicht bei Aubrey! So dick, wie Aubrey damals mit dem Chef war, immer die Köpfe zusammengesteckt, immer ein Herz und eine Seele, wäre ich ja wohl des Wahnsinns gewesen, oder?«

In Hectors Stimme klingt der alte Stahl durch, endlich:

»Gut, dann werfen wir doch einen Blick auf den Aubrey von heute: Staatssekretär, Parlamentsabgeordneter für einen der unterprivilegiertesten Labour-Wahlkreise, standhafter Verfechter der Frauenrechte, geschätzter Berater des Verteidigungsministeriums in Sachen Waffenbeschaffung, und« – er schnalzt leise mit den Fingern und runzelt die Stirn, als hätte er es tatsächlich vergessen – »was ist er noch, Luke? Irgendwas war da doch noch …«

Und wie aus der Pistole geschossen hört Luke sich die Antwort geben:

»Designierter Vorsitzender des neuen parlamentarischen Unterausschusses zur Bankenethik.«

»Aber unserem Dienst auch nicht *komplett* entfremdet, oder?«, vergewissert sich Hector.

»Nicht anzunehmen«, bestätigt Luke, auch wenn ihm nicht ganz klar ist, warum Hector gerade ihn als Autorität in dieser Frage ansieht.

* * *

Vielleicht meiden wir Spione, selbst die Exspione, die Kameras ja aus gutem Grund, sinnierte Luke. Weil wir insgeheim immer fürchten, der Blitz des Photographen könnte die Schutzwand zwischen unserem äußeren Ich und dem inneren durchlöchern.

Der Parlamentsabgeordnete Aubrey Longrigg zumindest wirkte ganz entschieden kamerascheu. Selbst jetzt, wo er es nicht einmal merkte, im Halblicht eingefangen von einer wackelnden, minderwertigen Videokamera, von der ihn fünfzig Meter Wasser trennten, schien Longrigg jedes Fleckchen Schatten auszunutzen, das er auf dem lichterfunkelnden Deck der *Prinzessin Tatjana* nur finden konnte.

Wobei der arme Kerl auch wahrlich nicht photogen war, musste Luke einräumen. Aubrey Longrigg hatte schütteres Haar und ein so böses hakennasiges Gesicht, wie man es nur erwarten konnte bei seiner berüchtigten Intoleranz gegenüber allen, die ihm intellektuell unterlegen waren. Die adriatische Sonne hatte seine wenig reizvollen Züge zu einem flammenden Pink verfärbt, und mit der randlosen Brille wirkte er gleich dreimal wie ein ältlicher Bankbeamter – es sei denn, man kannte wie Luke all die Geschichten von dem rastlosen Ehrgeiz, der ihn antrieb, von dem gnadenlos scharfen Verstand, der den vierten Stock in ein Treibhaus für innovative Ideen wie auch für unversöhnliche Fehden verwandelt hatte, und von seinem erstaunlichen Erfolg bei einer gewissen Art von Frauen – der Art Frauen im Zweifel, denen es Spaß machte, als Dummchen behandelt zu werden. Das neueste Exemplar dieser Spezies stand jetzt neben ihm: *Lady Janice (Jay) Longrigg, High-Society-Gastgeberin und Spendenbeschafferin.* Es folgte Yvonnes Auszugsliste der zahlreichen Wohltätigkeitsorganisationen, die Lady Longrigg zu Dank verpflichtet waren.

Sie trägt ein elegantes schulterfreies Abendkleid. Ihr sorgfältig frisiertes pechschwarzes Haar wird von einer Strassspange gehalten. Sie hat ein huldvolles Lächeln und diesen königlichen, vorgeneigten Tappelgang, den nur Engländerinnen einer gewissen Abkunft und Gesellschaftsschicht zuwege bringen. Und sie sieht – für Lukes unnachsichtiges Auge zumindest – gnadenlos dumm aus. An ihrer Seite stehen bescheiden ihre beiden präadoleszenten Töchter in Partykleidchen.

»Das ist die Neue, oder?«, rief Matlock, der unverdrossene Labour-Anhänger, mit einem Mal ganz interessiert, als der Bildschirm auf Hectors Knopfdruck hin dunkel wurde und das Deckenlicht wieder anging. »Die er geheiratet hat, als es für ihn plötzlich eine Politikerkarriere sein musste, ohne irgendwelche Schmutzarbeit im Vorfeld. Ein schöner Parteifreund, also wirklich! New Labour hin oder her!«

* * *

Wieso auf einmal diese Leutseligkeit – und eine echte Leutseligkeit dieses Mal? Das Letzte, womit Luke gerechnet hatte, war Lachen, etwas, was man bei Matlock selbst in den besten Zeiten kaum je erlebte. Aber jetzt bebte sein großer tweedbekleideter Rumpf vor unterdrückter Heiterkeit. Hatte es damit zu tun, dass Longrigg und Matlock jahrelang miteinander auf Kriegsfuß gestanden hatten? Dass in der Gunst des einen zu stehen automatisch bedeutet hatte, beim anderen in Ungnade zu fallen? Dass böse Zungen Longrigg als den Denker vom Dienst tituliert hatten und Matlock, wenig freundlich, als den Bulldozer? Dass bei Longriggs Abgang die Witzbolde das Duell der beiden mit einem jahrzehntelangen Stierkampf verglichen hatten, bei dem der Bulle zu guter Letzt zum Puntillero geworden war?

»Tja, ein Überflieger, das war er, der gute Aubrey«, bemerkte er, als würde er eines Verstorbenen gedenken. »Und dabei auch ein ziemliches Finanzgenie, erinnere ich mich. Nicht Ihr Kaliber, Hector, das denn doch nicht, aber nicht weit davon entfernt. Das Einsatzbudget war nie ein Problem, das können Sie mir glauben, nicht mit Aubrey am Ruder. Ich meine, wie *kommt* er überhaupt auf dieses Boot?«, fragte derselbe Matlock, der noch Minuten zuvor die Meinung vertreten hatte, man könne einem Mann keinen Strick daraus drehen, dass er bei jemandem auf dem Boot war. »Und verkehrt *noch* dazu als Ehemaliger mit einem Exinformanten, worüber es im Regelbuch ja nun *sehr* klare Vorschriften gibt – zumal wenn besagter Informant ein so unsicherer Kantonist ist wie ... wie auch immer er dieser Tage zu heißen behauptet.«

»Emilio Dell'Oro«, sprang ihm Hector beflissen bei. »Ein Name, den man sich wird merken müssen, Billy.«

»Man sollte denken, er wüsste es besser, nach allem, was wir ihm beigebracht haben, als mit Emilio Dell'Oro zu verkehren. Man sollte denken, ein Mann, der so, sagen wir, ausgefuchst ist wie Aubrey, wäre ein wenig vorsichtiger in der Wahl seiner Freunde. Wie kommt's, dass er überhaupt dort war? Vielleicht gab es ja gute Gründe. Wir sollten kein vorschnelles Urteil fällen.«

»Einer dieser sagenhaften Zufälle, Billy«, erklärte Hector. »Aubrey, seine neueste Frau und die Töchterchen waren in den Bergen nahe der Adriaküste beim Zelten. Ein Londoner Bankierskumpel von Aubrey, Name unbekannt, ruft ihn an und erzählt ihm, dass die *Tatjana* ganz in der Nähe ankert und dass an Bord eine Party steigt, sie sollen schnell kommen und mitfeiern.«

»Beim Zelten? Aubrey? Sehr witzig.«

»Kleine Camping-Idylle. Das populistische Leben des New-Labour-Aubrey. Ein echter Mann aus dem Volk.«

»Machen *Sie* Campingurlaub, Luke?«

»Ja, aber Eloise hasst die englischen Campingplätze. Sie ist Französin«, erläuterte Luke und kam sich wie ein Idiot vor.

»Und wenn Sie Ihren Campingurlaub machen, Luke – mit einem weiten Bogen um *englische* Campingplätze, versteht sich –, haben Sie da normalerweise Ihren Smoking dabei?«

»Nein.«

»Und Eloise, nimmt sie ihre Brillanten mit?«

»Sie hat leider keine.«

Matlock ließ sich das durch den Kopf gehen. »Sie waren sicher viel mit Aubrey zusammen, Hector, bei Ihrem höchst lukrativen Ausflug in den Finanzdschungel, während wir anderen brav unserer Pflicht nachgekommen sind? Haben ab und an mal ein Bierchen gezischt, Sie und Aubrey? Wie man es in der City eben so macht?«

Hector zuckte wegwerfend die Achseln. »Wir sind uns ein paar Mal über den Weg gelaufen. Nackter Ehrgeiz ist nicht mein Ding, muss ich sagen. Zu öde.«

Woraufhin sich Luke, der seine Emotionen nicht mehr

so leicht bemänteln konnte wie in früheren Jahren, fast an seinem Stuhl hätte festhalten müssen.

* * *

Über den Weg gelaufen? Allmächtiger, sie hatten einander bekämpft bis zum Umfallen, und noch weiter. Von allen Finanzgeiern, Heuschrecken, Geldhaien und Abzockern, die je gelebt hatten, war Longrigg laut Hector der bei weitem doppelzüngigste, verschlagenste, abgefeimteste, hinterfotzigste und bestvernetzte.

Aubrey Longrigg war es gewesen, der bei dem Anschlag auf die Getreide-Importfirma von Hectors Familie im Hintergrund die Fäden gezogen hatte. Kein anderer als Longrigg hatte durch ein dubioses, aber geschickt geknüpftes Netz aus Hinweisen die Steuerbehörde dazu gebracht, zu nachtschlafender Zeit Hectors Lagerhallen zu stürmen, Hunderte von Säcken aufzuschlitzen, Türen einzutreten und die Nachtschicht zu Tode zu erschrecken.

Durch Longriggs perfide Armada von Whitehall-Kontakten waren das Gesundheitsamt, das Finanzamt, die Brandschutzbehörde und die Einwanderungsbehörde aufgescheucht worden, die daraufhin allesamt anrückten, um die Familienangestellten zu drangsalieren und einzuschüchtern, ihre Schreibtische zu durchwühlen, ihre Kontobücher zu beschlagnahmen und ihre Steuererklärungen zu beanstanden.

Aber Aubrey Longrigg war für Hector nicht einfach *der Feind*, das wäre zu simpel gewesen. Er war ein Archetyp, ein klassischer Auswuchs der Fäulnis, die die City of London, Whitehall, Westminster sowie Englands kostbarste staatliche Institutionen zerfraß.

Hector bekriegte nicht Longrigg persönlich. Wahrscheinlich sprach er die Wahrheit, wenn er Matlock sagte, Longrigg öde ihn an, denn einer der Grundpfeiler seiner Weltsicht war es, dass die Männer und Frauen, die er verfolgte, per definitionem Langweiler waren, mittelmäßig, banal, unsensibel, farblos – und von den übrigen Langweilern nur durch zwei Dinge abgehoben: ihren verdeckten Zusammenhalt untereinander und ihre unersättliche Gier.

* * *

Hectors Kommentare kommen jetzt etwas lieblos daher. Wie ein Zauberer, der keine seiner Karten zu lange den Blicken aussetzen will, blättert er im Eiltempo durch den Packen internationaler Schurken, den Yvonne ihm zusammengestellt hat.

Flüchtig im Bild: ein runder, sehr kleiner, sehr herrisch aussehender Mann, der sich am Büfett seinen Teller füllt.

»Wird in deutschen Kreisen Karl der Kleine genannt«, sagt Hector abschätzig. »Halber Wittelsbacher – fragen Sie mich nicht, welche Hälfte das sein soll. Bayer, ein pechschwarzer Katholik, wie man dort sagt, enge Verbindungen zum Vatikan. Noch engere zum Kreml. Bundestagsabgeordneter und im Aufsichtsrat mehrerer russischer Ölgesellschaften, ein guter Kumpel von Emilio Dell'Oro. War letztes Jahr mit ihm in Sankt Moritz beim Skifahren, hat seinen spanischen Lover mitgebracht. Die Saudis vergöttern ihn. Nächstes Herzchen.«

Zu kurzer Schwenk auf einen schönen bärtigen Jüngling in weißem Glitzersmoking, der gestenreich mit zwei juwelenbehängten Matronen parliert.

»Das neueste Spielzeug von Karl dem Kleinen«, verkündet Hector. »Von einem Madrider Gericht letztes Jahr wegen schwerem Raub zu drei Jahren Zuchthaus verurteilt, aber dank Karl aufgrund eines Verfahrensfehlers freigekommen. Seit kurzem im Aufsichtsrat der Arena-Unternehmensgruppe, derselben, der auch die Jacht des Prinzen gehört – ah, *hier* ist jemand, den wir uns anschauen müssen« – ein Tastenklick –, »Doktor Evelyn Popham aus der Mount Street, Mayfair, von seinen Freunden kurz Bunny genannt. Jurastudium in Fribourg und Manchester. Anwaltszulassung in der Schweiz, Höfling und Zuhälter der Surreyer Bonzen-Clique und einziger Partner seiner eigenen florierenden Kanzlei im West End. Völkerrechtler, Lebemann, verdammt guter Jurist. Ein Schlitzohr vor dem Herrn. Wo ist seine Website? Moment, ich hab's gleich. Nein, lassen Sie, Luke. Ah, hier. Kommt schon.«

Und während Hector fummelt und grummelt, schmunzelt vom Plasmabildschirm Dr. Nennt-mich-ruhig-Bunny Popham geduldig auf sein Publikum herab. Er ist ein vergnügter, molliger Herr mit Pausbacken und Koteletten, der aussieht wie einem Beatrix-Potter-Buch entstiegen. Erstaunlicherweise ist er im Tennisdress und hält neben seinem Schläger auch noch eine attraktive Tennispartnerin im Arm.

Von der Homepage der Popham-minus-Kollegen-Website, die schließlich tatsächlich erscheint, blickt dasselbe fröhliche Gesicht; wohlgemut lächelt es über einem quasiköniglichen Wappen hervor, das die Waage Justizias zeigt. Darunter ist des Doktors Firmenphilosophie zu lesen:

Unser hochspezialisiertes Expertenteam bietet unter anderem:

- erfolgreiche Wahrung der Rechte führender Persönlichkeiten aus der internationalen Banken- und Unternehmenswelt gegen Ermittlungen des Betrugsdezernats
- erfolgreiche Vertretung hochstehender internationaler Mandanten in Fragen der Offshore-Rechtsprechung und Durchsetzung ihres Schweigerechts vor internationalen wie auch britischen Untersuchungsausschüssen
- erfolgreiche Niederschlagung von lästigen behördlichen Nachforschungen, Steuerfahndungen sowie Anklagen wegen unbotmäßiger oder illegaler Zahlungen an Leute mit Einfluss.

»*Aber* Tennis spielen«, knurrt Hector, und weiter geht's in seiner Schurkengalerie, im selben Höllentempo wie zuvor.

* * *

In schnellem Lauf jagen wir durch die Sportclubs von Monte Carlo, Cannes, Madeira und der Algarve. Wir jetten von Biarritz nach Bologna. Wir versuchen Schritt zu halten mit Yvonnes Untertiteln und dem dazugehörigen Bilderkarussell, zusammencollagiert aus diversen Gesellschaftsmagazinen, aber es ist schwer, wenn man nicht wie Luke schon im Voraus weiß, worauf man zu achten hat.

Doch so rasant Gesichter und Orte unter Hectors launischer Regie auch wechseln, so viele Reiche und Schöne in topmodernem Tennisdress auch an uns vorüberflitzen, fünf Spieler tauchen immer wieder auf:

- der verschmitzte Bunny Popham, Fachanwalt für die Niederschlagung von lästigen behördlichen Nachforschungen und Anklagen wegen illegaler Zahlungen an Leute mit Einfluss
- der bornierte Ehrgeizling Aubrey Longrigg, Exspion, Parlamentarier und Campingurlauber, mit seiner mildtätigen blaublütigen neuen Gattin
- der Minister in spe und designierte Experte für Bankenethik
- der charmante, polyglotte Gesellschaftslöwe Emilio Dell'Oro, Autodidakt, Eigenkreation, Schweizer Staatsbürger und weltenbummelnder Finanzier, der, so verrät ein eingescannter Zeitungsausschnitt dem, der schnell genug lesen kann (obwohl Dell'Oro dank einem technischen Aussetzer übergebührlich lange im Bild bleibt), süchtig nach »Adrenalinsport jedweder Art« ist, »ob Hochgeschwindigkeitstennis, Bareback-Reiten im Ural,

Heli-Skiing in Kanada oder Aktien-Jonglieren in Moskau« – und, zum guten Schluss:

- der weltmännische Patrizier und PR-Maestro Captain a.D. Giles de Salis von der Royal Navy, Drahtzieher und Kenner korrupter Peers – oder in Hectors Worten »einer der miesesten Schleimscheißer in Westminster«.

Licht an. Neuer USB-Stick. Ein Thema, ein Stick, so lautet die Regel. Hector trennt gern zwischen den einzelnen Geschmacksrichtungen. Zeit für einen Abstecher nach Moskau.

10

Hector hüllt sich zur Abwechslung einmal in Schweigen: Von seinen leidigen Technikerpflichten erlöst, lehnt er sich im Stuhl zurück und lässt den Bariton des russischen Nachrichtenkommentators die Arbeit für ihn tun. Wie Luke ist auch Hector ein Liebhaber der russischen Sprache – und, mit Vorbehalten, auch der russischen Seele. Wie Luke, das bekundet er offen, kann auch er den Film, der nun läuft, nicht anschauen, ohne jedes Mal wieder aufs Neue fasziniert zu sein von der Zeitlosigkeit, der Unverfrorenheit, der Totalität dieser gesamtrussischen Riesenlüge.

Und der Moskauer Nachrichtensender kommt bestens allein zurecht, ohne Schützenhilfe von Hector oder sonst irgendwem. Die Baritonstimme ist mehr als imstande, ihre Fassungslosigkeit über die grässliche Tragödie zu vermitteln, über die sie berichtet: diese sinnlose Exekution im Vorbeifahren, diese eiskalte Liquidierung zweier lebensprühender, idealistischer russischer Eheleute aus Perm in der Blüte ihrer Jahre! Wie hätten die Opfer, als sie sich aus ihrer neuen Heimat Italien aufmachten zu einem Besuch im fernen, geliebten Mutterland, ahnen sollen, dass ihre Seelenreise hier enden würde, auf dem efeuüberwucherten Friedhof ihres geliebten alten Priesterseminars mit seinen Zwiebeltürmen und seinen Thujen, an einem Berghang unweit von Moskau am Rande sanft hügeliger Wälder:

Moskau trägt an diesem dunklen, unwirtlichen Juninachmittag Trauer um zwei unbescholtene Russen und die zwei kleinen Töchter der beiden, die dank einer glücklichen Fügung nicht mit im Auto saßen, als ihre Eltern von terroristischen Elementen unserer Gesellschaft mit Kugeln durchsiebt wurden.

Im Bild die zerborstenen Fenster und durchlöcherten Türen, das ausgebrannte Wrack eines einstmals luxuriösen Mercedes, auf der Seite liegend zwischen den Silberbirken; das unschuldige russische Blut, das sich auf dem Asphalt in brutaler Großaufnahme mit dem ausgelaufenen Benzin vermengt; die entstellten Gesichter der Opfer selbst.

Die Gräueltat, so versichert uns der Kommentator, hat den berechtigten Zorn aller verantwortungsbewussten Moskauer Bürger entfacht. Wann hat das Morden ein Ende?, so fragen sie. Wann können anständige Russen wieder auf ihren eigenen Straßen unterwegs sein, ohne von marodierenden tschetschenischen Desperados über den Haufen geschossen zu werden, deren einziges Ziel es ist, Chaos und Schrecken zu verbreiten?

Michail Arkadjewitsch – aufsteigender internationaler Öl- und Metallhändler! Olga L'wowna – selbstlose Organisatorin von Lebensmitteltransporten für die Bedürftigen Russlands! Liebende Eltern ihrer Töchterchen Katja und Irina! Echte Russen voll Sehnsucht nach dem Heimatland, das sie nun niemals mehr verlassen werden!

Während die Entrüstung des Sprechers anschwillt, kriecht hinter einer gläsernen Drehorgel eine Kolonne schwarzer Limousinen den waldigen Hang zu den Toren des Priesterseminars empor. Die Prozession kommt zum Stehen, Autotüren fliegen auf, junge Männer in dunklen Designeranzügen springen heraus und formieren sich, um den Särgen Geleit zu geben. Dann Schnitt zu einem grimmig dreinschauenden Polizei-Vizepräsidenten in ordenstarrender Uniform, der steif hinter einem Intarsienschreibtisch sitzt, umgeben von Glückwunschschreiben und Photographien von Präsident Medwedjew und Ministerpräsident Putin:

> Trösten wir uns damit, dass immerhin ein Tschetschene sich bereits zu dem Verbrechen bekannt hat,

bescheidet er uns, und die Kamera verweilt lange genug auf seinem Gesicht, um uns an seinem Abscheu teilhaben zu lassen.

Schnitt zurück zum Friedhof. Gregorianische Klagegesänge erklingen, ein Chor junger orthodoxer Priester mit Blumentopfhüten und seidigen Bärten, alle mit Ikonen in den erhobenen Händen, schreitet die Stufen des Seminars hinab auf das Doppelgrab zu, wo die Hauptleidtragenden warten. Das Bild erstarrt, dann wandert die Kamera die Reihe der Trauernden ab. Zu jedem Gesicht wird Yvonnes Untertitel eingeblendet:

TAMARA, Frau von Dima, Schwester von Olga, Tante von Katja und Irina: steif wie ein Ladestock, auf dem Kopf einen breitkrempigen schwarzen Imkerhut.

DIMA, Mann von Tamara: sein nacktes, zerstörtes Gesicht so kränklich unter dem angespannten Lächeln, dass es fast ebenfalls einem Toten gehören könnte, obwohl doch gleich neben ihm seine geliebte Tochter steht.

NATASCHA, Tochter von Dima: ihr Rücken umwallt von der schwarzen Flut ihrer Haare, der schlanke Leib umwallt von sackartigen Trauergewändern.

IRINA und KATJA, Kinder von Olga und Mischa: ihre Mienen steinern, jede die Hand um eine Hand von Natascha gekrampft.

Der Sprecher nennt ehrfürchtig die Namen der Großen

und Guten, die angereist sind, um ihre Reverenz zu erweisen. Vertreten sind der Jemen, Libyen, Panama, Dubai und Zypern. Großbritannien fehlt.

Die Kamera schwenkt zu einer grasigen, von Thujen beschatteten Anhöhe ein Stück weiter hangaufwärts. Sechs, nein, sieben adrette junge Anzugträger, alle Mitte zwanzig bis Anfang dreißig, stehen dort beisammen. Ihre bartlosen Gesichter, schon leicht verfettet zum Teil, sind dem offenen Grab zwanzig Meter unter ihnen zugewendet, an dem sehr aufrecht Dima steht, allein jetzt, den Oberkörper militärisch steif hintübergelehnt wie so oft, den starren Blick nicht auf das Grab vor ihm gerichtet, sondern auf die sieben Anzugträger oben auf dem Hügel.

Ist es ein Standphoto, oder bewegt sich das Bild? Schwer zu sagen, denn Dima hat sich nicht gerührt. Die Männer auf der Kuppe auch nicht. Verspätet erscheint Yvonnes Untertitel:

DIE SIEBEN BRÜDER.

Einen nach dem anderen zeigt die Kamera sie in Großaufnahme.

* * *

Luke hat es seit langem aufgegeben, die Welt nach ihrer äußeren Erscheinung beurteilen zu wollen. Er hat diese Gesichter zahllose Male studiert, aber dennoch kann er nichts in ihnen entdecken, was sie abhöbe von jedem durchschnittlichen Hampsteader Immobilienmakler, jeder durchschnittlichen Runde von Geschäftsmännern mit schwarzen Anzügen und Aktentaschen in einer schicken Hotelbar zwischen Moskau und Bogotá.

Nicht einmal ihre komplizierten russischen Namen, die nun ins Bild kommen, Vatersnamen, Knastspitznamen,

Decknamen, das volle Programm, helfen ihm dabei, in ihren Trägern etwas Spannenderes zu sehen als den Prototyp des mittelsmarten Managers.

Schaut man freilich länger hin, dann bemerkt man, dass sechs von ihnen, ob absichtsvoll oder zufällig, den siebten schützend in die Mitte nehmen. Noch ein wenig länger, und man stellt fest, dass der Mann, den sie abschirmen, keinen Tag älter ist als der Rest und dass sein glattes Gesicht so fröhlich dreinschaut wie ein Kind an einem schönen Sommertag – kein rechtes Beerdigungsgesicht, muss man sagen. Es hat etwas so Blühendes, dieses Gesicht, empfindet Luke, dass man kaum anders kann, als ein urgesundes Naturell dahinter zu vermuten. Wenn sein Besitzer eines Sonntagabends ungebeten vor Lukes Tür stünde und ihm eine Jammergeschichte auftischte, dann würde es ihm schwerfallen, ihn seiner Wege zu schicken. Und sein Untertitel?

DER PRINZ.

Mit einem Mal tritt besagter Prinz heraus aus dem Kreis seiner Brüder, trabt den grasigen Hang hinab und hält, ohne seine Schritte zu verkürzen oder sein Tempo zu verringern, mit ausgebreiteten Armen auf Dima zu, der sich leicht gedreht hat, sich ihm stellt, Brust vorgewölbt, Schultern durchgedrückt, das Kinn trotzig nach vorne gereckt. Aber seine locker gebogenen Hände, so zart im Vergleich zum Rest seines Körpers, scheinen außerstande, sich von seinen Seiten zu lösen. Vielleicht, überlegt Luke jedes Mal, wenn er die Szene sieht, vielleicht wittert er in diesem Moment seine Chance, mit dem Prinzen das zu machen, was er so gern mit dem Mann von Nataschas Mutter gemacht hätte – »*damit*, Professor!«. Wenn, dann tragen weisere, strategischer ausgelegte Gedanken den Sieg davon.

Langsam, wenn auch leicht verzögert, heben seine Hände sich zur Umarmung, die verhalten beginnt, dann aber, ob aus verkapptem Verlangen oder gegenseitigem Abscheu heraus, in eine innige Umklammerung umschlägt.

In Zeitlupe der Kuss, linke Wange an linker, so küsst der alte Wor den jungen. Küsst Mischas Beschützer Mischas Mörder.

Und in Zeitlupe der Gegenkuss, rechte Wange an rechter.

Und nach jedem Kuss ein Innehalten für Besinnung und Beileid, für jene erstickten Bekundungen zwischen zwei trauernden Hinterbliebenen, die, wenn sie denn ausgesprochen werden, für keinen zu hören sind als nur für die beiden selbst.

In Zeitlupe der Kuss auf den Mund.

* * *

Aus dem Kassettenrecorder, der von Hectors reglosen Händen eingerahmt wird, erklärt Dima den englischen Apparatschiks, wie es ihm möglich ist, den Mann zu umarmen, den er viel lieber totschlagen würde.

»Sicher sind wir traurig, so sage ich ihm. Aber als gute Wory, wir verstehen, warum es nötig war, mein Mischa zu morden! Dieser Mischa, er ist zu gierig geworden, Prinz!, so sagen wir zu ihm. Dieser Mischa, er hat dir dein gottverdammtes Geld gestohlen, Prinz! Er war zu ehrgeizig, zu kritisch! Wir sagen nicht: Prinz, du bist kein echter Wor, du bist korruptes Dreckschwein. Wir sagen nicht: Prinz, du kriegst Befehle von Staat! Wir sagen nicht: Prinz, du zahlst Schutzgeld an Staat! Wir sagen nicht: Du machst Auftragsmorde für Staat, du verrätst das russische Herz an Staat. Nein. Wir sind demütig. Wir bedauern. Wir fügen uns. Wir zeigen Respekt. Wir sagen: Prinz, wir lieben dich. Dima *akzeptiert* deine weise Entscheidung, sein Blutsjünger Mischa zu töten.«

* * *

Hector drückt die Pausentaste und wendet sich an Matlock.

»Er spricht da einen Prozess an, den wir schon seit einiger Zeit mitverfolgen, Billy«, sagt er fast entschuldigend.

»Wir?«

»Kreml-Beobachter. Kriminologen.«

»Und Sie.«

»Ja. Unser Team. Wir auch.«

»Und was ist das für ein Prozess, den Ihr Team so aufmerksam verfolgt, Hector?«

»Nicht nur die kriminellen Bruderschaften untereinander rücken aus Geschäftsgründen näher zusammen, auch der Kreml rückt immer näher an die Bruderschaften heran. Vor zehn Jahren hat der Kreml den Oligarchen die Pistole auf die Brust gesetzt: Entweder ihr kommt zurück ins Zelt, oder wir besteuern euch, bis ihr nicht mehr wisst, wo oben und unten ist, oder stecken euch ins Zuchthaus oder beides.«

»Ich glaube, das habe ich auch schon mal irgendwo gelesen, Hector«, sagt Matlock, der seine Spitzen gern mit besonders nettem Lächeln verziert.

»Und jetzt sagt er den Bruderschaften dasselbe«, fährt Hector ungerührt fort: »Tut euch zusammen, bringt System in die Sache, knallt niemanden ab, wenn wir es euch nicht sagen, dann werden wir alle gemeinsam reich. Und hier ist wieder Ihr unverwüstlicher Freund.«

Zurück zum Fernsehbericht. Hector hält das Bild an, schneidet eine Ecke aus und vergrößert sie. Während der Prinz und Dima sich umschlungen halten, steht ein Stück weiter hangaufwärts der Mann, der sich derzeit Emilio

Dell'Oro nennt, in einem schwarzen Diplomatenmantel mit Astrachankragen und blickt milde auf das Paar hinab – dieweil aus dem Kassettenrecorder Dima abgehackt von Tamaras russischem Skript abliest:

»Rechte Hand des Prinzen bei seinen vielen Geheimzahlungen ist Emilio Dell'Oro, korrupter Schweizer Staatsbürger mit vielen früheren Identitäten, der sich durch Niederträchtigkeit ins Vertrauen des Prinzen geschlichen hat. Dell'Oro ist der Berater des Prinzen in vielen heiklen kriminellen Angelegenheiten, mit denen der Prinz in seiner Dummheit allein nicht fertig wird. Dell'Oro hat viele korrupte Kontaktmänner, auch in Großbritannien. Wenn an diese britischen Kontakte Geld zu zahlen ist, passiert das auf Empfehlung der Viper Dell'Oro, mit persönlicher Zustimmung des Prinzen. Auf erfolgte Zustimmung hin übernimmt es der Mann, den sie Dima nennen, für diese britischen Personen Schweizer Konten zu eröffnen. Sobald verlässliche britische Zusicherungen geleistet sind, wird der Mann, den sie Dima nennen, auch die Namen korrupter britischer Personen liefern, die hohe Ämter im Staat bekleiden.«

Wieder schaltete Hector den Kassettenrecorder ab.

»Ach, das war's schon?«, beschwerte Matlock sich sarkastisch. »Er kann einem den Mund wirklich wässrig machen, alle Achtung! Keine Information, die wir von ihm nicht bekommen, wenn er von uns nur alles kriegt, was er will, plus noch dies und das obendrauf. Und wenn er sie erfinden muss.«

Aber ob Matlock seinen eigenen Worten glaubte, schien fraglich. Und selbst wenn, musste Hectors Antwort in seinen Ohren wie ein Todesurteil klingen:

»Dann hat er Folgendes vielleicht auch erfunden, Billy. Genau vor einer Woche hat der zyprische Hauptsitz des

Arena International Conglomerate bei der Finanzaufsichtsbehörde einen förmlichen Antrag auf Gründung einer neuen Handelsbank in der City of London eingereicht, die unter dem Namen First Arena City Trading firmieren soll, fürderhin kurz FACT genannt, also FACT Bank Ltd. oder PLC oder Inc. oder weiß der Geier was. Die Antragsteller berufen sich auf die Fürsprache von drei führenden Londoner Banken, dazu auf fünfhundert Millionen Dollar an gesicherten Einlagen sowie ungesicherte Einlagen in Milliardenhöhe. Wie viele Milliarden genau, damit rücken sie nicht heraus, um nicht die Pferde scheu zu machen. Der Antrag wird von einer Reihe ehrwürdiger Finanzinstitute im In- und Ausland sowie einer eindrucksvollen Liste illustrer hiesiger Persönlichkeiten befürwortet. Zwei davon sind rein zufällig Ihr Vorgänger Aubrey Longrigg und unser Minister in spe. In ihren Bemühungen unterstützt werden sie durch die üblichen Verdächtigen aus dem Oberhaus. Zu den juristischen Beratern, die Arena angeheuert hat, um dem Gesuch bei der Finanzaufsicht Nachdruck zu verleihen, gehört unter anderem der hochangesehene Dr. Bunny Popham aus der Mount Street in Mayfair. Und als Speerspitze der geplanten PR-Offensive hat sich großzügigerweise Captain de Salis, vormals Royal Navy, zur Verfügung gestellt.«

* * *

Matlocks breiter Schädel ist gesenkt. Schließlich spricht er, aber immer noch, ohne den Kopf zu heben.

»Aus dem Hinterhalt schießen war noch nie ein Problem für Sie, was, Hector? *Und* für Ihren Freund Luke hier. Was ist mit dem Standing, das der Geheimdienst vielleicht haben sollte? Sie stehen nicht mehr für den *Geheimdienst*. Sie stehen nur für Hector. Was ist mit der Zuarbeit durch uns nahestehende Dienstleister, Banken durchaus inbegriffen? Wir führen keinen Kreuzzug, Hector. Wir werden nicht dafür bezahlt, dass wir das Boot ins Schwanken bringen. Wir sollen es steuern helfen. Wir sind Staatsdiener.«

Hectors hagere Züge bleiben mitleidlos, also wählt Matlock einen persönlicheren Ansatz.

»Ich war ja immer ein Mann des Status quo, Hector – nicht, dass ich mich dafür schämen würde. Wenn ich nur unser glorreiches Land heil und sicher durch eine weitere Nacht bringe, reicht mir das schon. Ihnen nicht, was, Hector? Das ist wie in dem alten Sowjet-Witz, den wir uns im Kalten Krieg erzählt haben: Wir verhindern den Krieg, aber im Kampf um den Frieden darf kein Stein auf dem anderen bleiben. Ein *Absolutist*, das sind Sie, Hector. Das kommt von diesem Sohn von Ihnen, der Ihnen so viel Kummer gemacht hat. Das hat was in Ihrem Kopf verändert. Adrian.«

Luke stockte der Atem. Das war verbotenes Terrain. Nie, in all den zweisamen Stunden nicht, die er und Hector miteinander verbracht hatten – bei Ollies Suppen oder einem Feierabend-Malt in der Küche, über Yvonnes gestohlenem Filmmaterial oder beim x-ten Abhören von Dimas Tiraden –, hatte Luke auch nur den Hauch einer Anspielung auf Hectors Problemsohn riskiert. Und nur zufällig hatte er von Ollie erfahren, dass Mittwoch- und Samstagnachmittag bei Hector tabu waren, es sei denn im äußersten Notfall, denn da besuchte er Adrian in seinem offenen Strafvollzug in East Anglia.

Aber Hector schien Matlocks frevelhafte Worte gar nicht gehört zu haben, und wenn doch, dann beachtete er sie nicht. Und Matlock selbst loderte so vor Entrüstung, dass ihm im Zweifel kaum bewusst war, an was er da rührte.

»Und *noch* was, Hector!«, blafft er. »Was ist denn so schlimm daran, schwarzes Geld in weißes zu verwandeln, wenn Sie mal ehrlich sind? Ja, es gibt eine Schattenwirtschaft da draußen. Eine gewaltige. Jeder von uns weiß das.

Wir leben schließlich nicht hinterm Mond. Und die Wirtschaft mancher Länder ist eher schwarz als weiß, auch das wissen wir. Nehmen Sie die Türkei. Nehmen Sie Lukes Revier, Kolumbien. Und ja, nehmen Sie auch Russland, von mir aus. Wo sind diese ganzen Gelder also besser untergebracht? Als Schwarzgeld irgendwo dort draußen? Oder gewaschen und hier in London, in der Hand zivilisierter Leute und damit verfügbar für legale Zwecke und für das Gemeinwohl?«

»Vielleicht sollten Sie selbst unter die Geldwäscher gehen, Billy«, sagt Hector leise. »Für das Gemeinwohl.«

Jetzt ist es an Matlock, die Bemerkung zu überhören. Abrupt wechselt er den Kurs, eine Technik, in der er es zur Vollkommenheit gebracht hat.

»Wer ist eigentlich dieser Professor, von dem hier andauernd die Rede ist?«, will er wissen, direkt an Hector gewandt. »Oder gerade *nicht* die Rede ist. Ist er Ihre *Quelle* für das alles? Warum kriege ich die ganze Zeit nur Bruchstücke serviert und nichts Greifbares? Warum haben Sie ihn – oder sie – nicht von uns absegnen lassen? *Ich* erinnere mich jedenfalls nicht, jemals einen *Professor* auf den Tisch bekommen zu haben.«

»Möchten Sie ihn übernehmen, Billy?«

Matlock fixiert Hector nur schweigend.

»Greifen Sie zu, Billy«, drängt ihn Hector. »Übernehmen Sie ihn – oder sie. Übernehmen Sie den ganzen Fall, inklusive Aubrey Longrigg und Konsorten. Reichen Sie ihn an die Jungs von der Organisierten Kriminalität weiter, wenn Ihnen das lieber ist. Ziehen Sie Scotland Yard hinzu, und die Sicherheitsdienste und die Guards Armoured Division am besten auch gleich. Der Chef wird es Ihnen vielleicht nicht danken, aber andere bestimmt.«

Die Waffen strecken ist bei Matlock nicht drin. Dennoch klingt bei seiner trotzigen Frage unüberhörbar ein Einlenken durch.

»Okay. Reden wir zur Abwechslung mal Klartext. Was wollen Sie? Für wie lange und wie viel? Gehen Sie ruhig in die Vollen. Und dann misten wir aus.«

»Ich will Folgendes, Billy. Ich will Dima persönlich treffen, wenn er in drei Wochen nach Paris kommt. Ich will Stichproben machen können, so wie wir es bei jedem anderen sündteuren Überläufer auch täten: Namen von seiner Liste, Kontonummern, einen Blick auf seinen Übersichtsplan – Pardon, das Vernetzungsdiagramm. Ich will eine schriftliche Zusicherung – Ihre –, dass wir ihn, wenn er tatsächlich so gut ist wie versprochen, vom Fleck weg kaufen, zum vollen Marktpreis, und nicht erst irgendwelche Eiertänze aufführen, während er es bei den Franzosen, den Deutschen oder den Schweizern versucht. Oder am besten gleich bei den Amerikanern. Denen dürfte ein Blick auf sein Material reichen, und ihr derzeitiges vernichtendes Urteil über unseren Dienst, unsere Regierung und unser Land wäre für immer besiegelt.« Ein knochiger Zeigefinger schießt in die Luft und bleibt dort, während in die geweiteten grauen Augen wieder das fanatische Leuchten tritt. »Und ich will *barfuß* reingehen. Haben Sie verstanden? Also *kein* Hinweis an die Pariser Kollegen, dass ich komme, *keine* operative, finanzielle oder logistische Unterstützung von Ihnen oder irgendeiner Dienstebene, bevor ich sie anfordere. Kapiert? Für Bern gilt das Gleiche. Ich will, dass der Fall unter Verschluss gehalten und die Verteilerliste geschlossen und weggesperrt wird. Keine weiteren Mitunterzeichner, kein Kantinengetuschel mit ein paar besten Kumpels. Ich handhabe den Fall allein, auf meine Weise, mit Hilfe von Luke und wen ich sonst noch für geraten halte. So, und jetzt kriegen Sie Ihren Herzinfarkt.«

Also hat Hector es doch gehört, dachte Luke voller Genugtuung: Billy Boy ist dir mit Adrian gekommen, und jetzt servierst du ihm die Rechnung.

In Matlocks Empörung mischte sich blanker Unglaube. »Ohne grünes Licht vom Chef? Ohne irgendeine Genehmigung vom vierten Stock? Hector Meredith im Alleingang wie früher? Der sich in Eigenregie Informationen von ungesicherten Quellen holt und für seine Privatzwecke ausschlachtet? Wo leben Sie eigentlich, Hector. Das war schon immer Ihr Problem. Hören Sie doch auf mit dem, was Ihr Mann *anbietet*. Schauen Sie sich an, was er *verlangt!* Umsiedlung seiner gesamten Sippschaft, neue Identitäten, Pässe, sichere Häuser, Amnestien, Garantien – nennen Sie mir irgendwas, was er nicht fordert! Sie müssten den kompletten Genehmigungsausschuss hinter sich haben, und zwar schriftlich, bevor Sie mich dazu bringen, dass ich das unterschreibe. Ich trau Ihnen nicht. Hab ich noch nie. Weil Sie statt dem kleinen Finger die ganze Hand nehmen. Immer schon.«

»Den *kompletten* Genehmigungsausschuss?«, wiederholte Hector.

»Vorschriftsgemäß konstituiert. Der vollständige Genehmigungsausschuss, in Plenarsitzung, keine Unterausschüsse.«

»Sprich, ein Haufen Ministeriumsjuristen, dazu ein Staraufgebot an Mandarinen aus dem Außenministerium, das Kabinettsbüro, das Finanzministerium, ganz zu schweigen von unserem eigenen vierten Stock. Meinen Sie denn, das reicht, Billy? In so einem Kontext? Wie wär's noch mit unseren Freunden von der parlamentarischen Aufsicht? Mit denen hat man doch immer Spaß. Oberhaus und Unterhaus, schön quer durch die Parteien, Aubrey Longrigg vorneweg, und hinterdrein de Salis' topbezahlter Chor von Parlamentslegionären, die alle vom selben Liedblatt singen?«

»Die Größe und Zusammensetzung des Genehmigungsausschusses ist flexibel und regulierbar, Hector, wie Sie sehr gut wissen. Nicht alle Angehörigen müssen zu jeder Zeit anwesend sein.«

»Bevor ich auch nur mit Dima gesprochen habe? Wollen Sie einen Skandal, noch bevor die Bombe hochgeht? Ist es das, worauf Sie abzielen? Es an die große Glocke hängen, die Quelle auffliegen lassen, bevor wenigstens klar ist, was es zu holen gibt, und scheiß auf die Folgen? Ist das allen Ernstes Ihr Vorschlag? Die Feuerwehr rufen, ehe es überhaupt brennt, nur um Ihre eigene Haut zu retten? Und *Sie* reden von Verpflichtung gegenüber dem Dienst?«

Eins musste Luke Matlock lassen. Selbst jetzt ließ er sich nicht in die Defensive drängen.

»Ach, jetzt wollen wir plötzlich die Interessen des Geheimdiensts wahren! Schön, schön. Das höre ich immer gern, wenn's auch noch so spät kommt. Was wäre denn Ihr Vorschlag?«

»Dass Sie mit Ihrer Ausschusssitzung bis nach Paris warten.«

»Und bis dahin?«

»Bis dahin geben Sie mir wider besseres Wissen und entgegen allem, was Ihnen lieb und teuer ist, wie zum Beispiel Ihr Arsch, eine befristete Einsatzgenehmigung und legen die ganze Sache damit in die Hände eines notorischen Spinners, den Sie jederzeit fallenlassen können, wenn die Operation sich als Flop erweist. Hector Meredith hat seine Meriten, aber er ist ein bekannter Quertreiber, und er hat seine Befugnisse überschritten. Bitte so weitergeben an die Medien.«

»Und sollte sich die Operation nicht als Flop erweisen?«

»Berufen Sie den Genehmigungsausschuss in der kleinsten Besetzung ein, die Sie durchkriegen.«

»Und Sie stellen sich vor ihn hin.«

»Und Sie sind krankgeschrieben.«

»Das ist nicht fair, Hector.«

»Soll's auch gar nicht sein, Billy.«

* * *

Luke erfuhr nie, was für ein Papier es war, das Matlock aus den Tiefen seines Jacketts zog, was darin stand und was nicht, ob es beide unterzeichneten oder nur einer allein, ob es eine Kopie davon gab und wenn ja, wer sie wo aufbewahrte, denn Hector erinnerte ihn wieder einmal daran, dass er noch einen Termin habe, und er musste losziehen, um ihn wahrzunehmen, als Matlock gerade anfing, seine Ware auf dem Tisch auszubreiten.

Aber bis zu seinem Tod sollte er nicht vergessen, wie er in den letzten Sonnenstrahlen heim nach Hampstead ging und kurz versucht war, einen Abstecher nach Primrose Hill zu Perry und Gail zu machen und sie zu beschwören, um ihr Leben zu laufen, solange noch Zeit blieb.

Und von da wanderten seine Gedanken wie so oft zurück zu seinem kolumbianischen Drogenbaron, diesem sechzigjährigen Säufer, der aus Gründen, die weder Luke noch er selbst jemals durchschauen würden, nach zwei Jahren plötzlich damit aufhörte, Luke weiter mit Informationen zu beliefern, und ihn stattdessen in ein stinkendes Dschungelverlies sperrte, wo seine Handlanger ihren Spaß mit ihm haben durften, nur um ihm nach einem Monat frische Kleider und eine Flasche Tequila in die Hand zu drücken und ihn zusehen zu lassen, wie er zurückfand zu Eloise.

11

Gail hatte sich auf alle möglichen Empfindungen eingestellt, als sie an einem wolkigen Junisamstag in St. Pancras den 12:39-Eurostar nach Paris bestiegen, aber Erleichterung war so ungefähr der letzte Posten auf ihrer Liste gewesen. Und doch war es Erleichterung, wenn auch eine mit Vorbehalten und Einschränkungen aller Art versetzte, die sie empfand, und wenn Perrys Miene irgendwelche Rückschlüsse zuließ, dann ging es ihm ebenso. Endlich herrschte Klarheit, die Trennlinie zwischen ihnen war weg, sie würde Natascha und die Mädchen wiedersehen und durfte Perry bei seiner Land-und-Freiheit-Nummer den Schweiß von der Stirn wischen – doch, ja, Gail war erleichtert, was jedoch weder hieß, dass sie ihren kritischen Verstand über Bord geworfen hatte, noch, dass sie Perrys Rolle als Topspion auch nur halb so viel abgewinnen konnte wie er.

Seine Bekehrung hatte sie nicht sonderlich überrascht, auch wenn man ein Perry-Kenner sein musste, um das Ausmaß seiner Wandlung zu begreifen: von hochfliegender Verweigerung zu restloser Hingabe an das, was Hector »unsere Sache« nannte. Zugegeben, vereinzelt flackerten in Perry letzte ethische oder moralische Bedenken auf, sogar Zweifel – ist dies wirklich die einzig mögliche Herangehensweise? Führt nicht auch ein einfacherer Weg zum Ziel? –, aber er war imstande und legte sich eine solche

Frage mitten in der Wand vor, wenn unter ihm längst der Abgrund gähnte.

Den Keim zu seiner Bekehrung, das sah sie jetzt deutlich, hatte nicht erst Hector gelegt, sondern bereits Dima, der seit Antigua in Perrys Begriffsschatz zum Edlen Wilden erster Güte aufgerückt war:

»Überleg doch, Gail, wenn *wir* in *sein* Leben hineingeboren wären! Nein, von ihm ausgewählt zu sein ist eine Ehre, da kannst du sagen, was du willst. Und ich meine, denk an die *Kinder!*«

Als könnte sie die Kinder eine Sekunde vergessen! Sie dachte Tag und Nacht an sie, gerade an Natascha – auch deshalb hütete sie sich einzuwenden, dass der angstschlotternde Dima draußen auf seiner Landzunge in Antigua vielleicht nicht völlig frei gewesen war in der Wahl seines Boten oder Beichtvaters oder Gefangenenfürsorgers, oder wozu immer Perry von ihm ernannt worden war oder sich selbst ernannt hatte. Sie hatte immer gewusst, dass der schlummernde Romantiker in ihm nur darauf wartete, sich selbstlos in den Kampf stürzen zu dürfen, und wenn dazu eine Prise Gefahr winkte, umso besser!

Nur ein Gleichgesinnter hatte gefehlt, der zum Gefecht blies: Auftritt Hector, charmant, witzig, täuschend entspannt. Der ewige Streiter, so sah ihn Gail, der Prototyp des gerechtigkeitsbesessenen Mandanten, der mit allen Mitteln beweisen will, dass das Land, auf dem die Westminster Abbey erbaut ist, ihm gehört. Und wenn sich ihre Kanzlei hundert Jahre mit dem Fall herumschlug, würde der Beweis wahrscheinlich erbracht und er würde vor Gericht Recht erhalten. Aber die Abtei würde nach wie vor stehen, wo sie war, und das Leben würde weitergehen wie gehabt.

Und Luke? Nun, soweit es Perry betraf, war Luke einfach Luke, ein tüchtiger Helfer, keine Frage, umsichtig, erfahren, professionell. Dennoch hatte es Perry zugegebenermaßen beruhigt zu wissen, dass Luke nicht der Teamleiter war, wie sie zunächst gedacht hatten, sondern Hectors Adlatus. Und da Hector in Perrys Augen nicht irren konnte, war dies unzweifelhaft der rechte Platz für Luke.

Gail war sich da nicht so sicher. Je näher sie Luke in diesen zwei Einarbeitungswochen kennengelernt hatte, desto mehr erschien er ihr – trotz seines Augenzuckens und seiner überfeinen Manieren, trotz der Sorgenknitter, die über sein Gesicht huschten, wenn er dachte, dass niemand es sah – als der Verlässlichere der beiden, und Hector mit seinen kühnen Zusicherungen, seiner Lästerzunge, seiner überwältigenden Überredungsgabe als der unsichere Kandidat.

Dass Luke außerdem verliebt in sie war, überraschte sie weder, noch irritierte es sie. Die Männer verliebten sich ständig in sie. Es hatte etwas Beruhigendes, zu wissen, wie ihre Gefühle gelagert waren. Dass Perry davon nichts merkte, überraschte sie ebenso wenig. Auch seine Dickfelligkeit hatte etwas Beruhigendes.

Nein, was ihr unheimlich war, das war die Passion, mit der Hector zu Werke ging, dieses Missionarische an ihm – eben das, was Perry so faszinierte.

»Ich muss ja erst noch zeigen, was in mir steckt«, hatte Perry gesagt, in dem beiläufig-selbstbezichtigenden Ton, den er gern einmal anstimmte. »Hector ist vom *Leben geformt*« – diese Auszeichnung, um die ihm selbst so zu tun war und die er nur so zögernd verlieh.

Hector als die vollendete, geformte Version von Perry? Hector, der Macher, der in die Tat umsetzte, wovon Perry immer nur sprach? Nun, wer kämpfte denn jetzt an vorderster Front? Perry. Und wer besorgte das Reden? Hector.

* * *

Aber Perry stand ja nicht nur im Banne Hectors, er stand auch in Ollies Bann. Perry, der so stolz auf seinen untrüglichen Blick dafür war, wer am Seil etwas taugte und wer nicht, war wie Gail aus allen Wolken gefallen, dass der ungeschlachte, unsportliche Ollie mit seiner tuntenhaften Art und seiner Abgehobenheit und seinem Ohrring und dem verschütteten fremdländischen Akzent, den Gail nicht zuordnen konnte und den zu hinterfragen sie zu wohlerzogen war, sich als begnadeter Pädagoge entpuppte, als ein akribischer, eloquenter Lehrmeister, bei dem jede Lektion Spaß machte und jede Lektion saß.

Dass darüber ihre kostbaren Wochenenden draufgingen, dass es nicht selten spätabends nach einem harten Tag in der Kanzlei oder bei Gericht war, dass Perry in Oxford ätzenden Zeugnisverleihungszeremonien beiwohnen, sich von seinen Studenten verabschieden, seine Wohnung ausräumen musste – egal. Ollie verzauberte sie binnen Sekunden, ob sie in ihrem Kellerloch schwitzten oder in einem belebten Café in der Tottenham Court Road saßen, mit Luke draußen auf dem Gehsteig und dem baskenbemützten Ollie in seinem Taxi, um die Spielsachen aus Ollies schwarzem Museum durchzuprobieren, all die Füller, Blazerknöpfe und Krawattennadeln, die lauschten, übermittelten, aufnahmen oder alles drei. Für die Dame bot sich Modeschmuck an.

»Na, was davon lacht uns am meisten an, Gail?«, hatte Ollie gefragt, als sie ausstaffiert werden sollte. Und als sie sagte: »Wenn Sie's genau wissen wollen, Ollie, ich finde sie alle zum Fürchten«, waren sie postwendend zu Liberty's marschiert, um etwas auszusuchen, das sie eher anlachte.

Dabei ging die Wahrscheinlichkeit, dass sie jemals von Ollies Schätzen Gebrauch machen mussten, gegen null, wie er geflissentlich betonte:

»Es fiele Hector ja nicht im *Traum* ein, Sie auch nur in die *Nähe* zu lassen, wenn's ernst wird, Schätzchen. Es ist rein für den Fall der Fälle. Nur falls Sie urplötzlich etwas Weltbewegendes mitbekämen, mit dem keiner von uns gerechnet hat, und für Sie keinerlei Gefahr für Leib, Leben et cetera besteht. *Dann* sollen Sie das nötige Knowhow haben, das ist alles.«

Im Rückblick bezweifelte Gail das. Ihr Verdacht war, dass Ollies Spielzeug in Wahrheit einzig dem Zweck diente, die Leute, die damit umzugehen lernten, psychologisch abhängig zu machen.

»Ihre Einweisung wird auf Ihre Bedürfnisse abgestimmt sein, nicht auf unsere«, hatte Hector ihnen bei seiner kleinen Truppenansprache am ersten Abend mitgeteilt, mit einem Pathos in der Stimme, wie es Gail seitdem nie mehr bei ihm gehört hatte – vielleicht war ja auch er nervös. »Perry, wenn Ihnen in Oxford eine außerplanmäßige Sitzung in die Quere kommt oder was weiß ich, bleiben Sie dort und rufen Sie uns an. Gail, was immer Sie in Ihrer Kanzlei zu tun haben, gehen Sie kein Risiko ein. Sich natürlich geben und geschäftig sein, das ist die Parole. Jede Veränderung im Lebensstil von Ihnen beiden könnte auffallen und ist insofern kontraproduktiv. Alles klar soweit?«

Als Nächstes wiederholte er für Gail noch einmal das Versprechen, das er bereits Perry gegeben hatte:

»Wir werden Ihnen so wenig sagen, wie wir können, aber alles, was wir Ihnen sagen, wird die Wahrheit sein. Sie treten diese Reise als zwei reine Toren an. So will Dima es, und so will ich es, und Luke und Ollie genauso. Was Sie nicht wissen, können Sie auch nicht verbocken. Jedes neue Gesicht muss für Sie wirklich ein neues Gesicht sein. Jedes erste Mal tatsächlich das erste Mal. Dima will Sie auf dieselbe Art waschen wie sein Geld. Sie in sein soziales Gefüge eingliedern, aus Ihnen eine anständige Währung machen. Er wird an jedem Ort, an dem er sich aufhält, praktisch unter Hausarrest stehen, und das im Zweifel schon seit Moskau. Das ist sein Problem, und er wird lange und intensiv darüber nachgedacht haben, wie er es lösen kann. Er ist der Gearschte bei diesem Spiel, und der Gearschte hat immer den Schwarzen Peter. Also muss er uns zeigen, wie er ihn wieder losbekommt.« Und als ein Hector-typisches Nachschiebsel: »Immer diese Fäkalsprache. Entspannt mich irgendwie. Erdet mich. Luke und Ollie sind umso prüder, da gleicht sich das aus.«

Es folgt der Predigtteil:

»Das hier ist keine – ich wiederhole, keine – Schulung. Wir haben nicht mehrere Jahre Zeit, nur ein paar Stunden über ein paar Wochen hinweg. Nein, hier geht's um ein Hereinschnuppern, es geht um Vertrauensaufbau, es geht darum, sich aufeinander verlassen zu lernen. Und zwar bei jedem Wetter. Sie sich auf uns, wir uns auf Sie. Aber Sie sind *keine* Spione. Also versuchen Sie um Gottes willen auch keine zu sein. Denken Sie keine Sekunde an Überwachung. Von Überwachung haben Sie noch nie was gehört. Sie sind ein junges Pärchen, das sich ein paar Tage in Paris gönnt. Das heißt, fangen Sie bloß nicht an, sich vor Schaufenstern rumzudrücken oder verstohlen über die Schulter zu spähen oder in Nebensträßchen zu verschwinden. Bei Handys ist der Fall ein bisschen anders gelagert«, fuhr er, ohne abzusetzen, fort. »Hat einer von Ihnen sein Handy vor Dima oder seiner Horde benutzt?«

Sie hatten ihre Handys auf dem Balkon ihres Häuschens benutzt, Gail für ein Telefonat mit der Kanzlei, natürlich wegen *Samson gegen Samson*, Perry, um seine Vermieterin in Oxford anzurufen.

»Hat irgendeiner aus Dimas Haufen Ihre Handys klingeln hören?«

Nein. Mit Nachdruck.

»Kennen Dima oder Tamara die Handynummer von einem von Ihnen oder von Ihnen beiden?«

»Nein«, sagte Perry.

»Nein«, sagte auch Gail, wenngleich eine Spur weniger entschieden.

Natascha hatte Gails Nummer, und Gail hatte die von

Natascha. Aber so, wie die Frage gestellt war, entsprach ihre Antwort der Wahrheit.

»Dann passt das ja mit unseren verschlüsselten Geräten, Ollie«, sagte Hector. »Blau für Gail, Silber für ihn. Und Sie beide, geben Sie Ihre Sim-Karten bitte Ollie, und er kümmert sich um den Rest. Bei Ihren neuen Telefonen werden nur die Gespräche zwischen uns fünf verschlüsselt sein. Sie finden uns drei gespeichert unter Tom, Dick und Harry. Tom bin ich, Luke ist Dick, Ollie Harry. Perry, Sie heißen Milton, wie der Dichter. Gail ist Doolittle, nach Eliza. Jeweils vorgespeichert. Alles Übrige an den Telefonen funktioniert wie gewohnt. Ja, Gail?«

Gail die Anwältin:

»Heißt das, Sie hören ab jetzt bei unseren Gesprächen mit, wenn Sie es nicht schon längst tun?«

Gelächter.

»Wir hören nur die Gespräche über die verschlüsselte Leitung.«

»Keine anderen? Ganz sicher?«

»Keine anderen. Versprochen.«

»Nicht mal, wenn ich mit meinen fünf heimlichen Liebhabern flirte?«

»Nicht mal dann, leider Gottes.«

»Was ist mit unseren privaten SMS?«

»Um Himmels willen. Das bringt nichts und nervt nur.«

»Aber wenn unsere gespeicherten Verbindungen untereinander sowieso verschlüsselt sind, wozu brauchen wir dann diese komischen Namen?«

»Weil die Leute im Bus auch Ohren haben. Noch irgendwelche weiteren Fragen der Anklage? Ollie, wo bleibt der verdammte Malt?«

»Kommt sofort, Skipper. Ich hab uns sogar schon die nächste Flasche besorgt« – immer mit dieser aufreizend ortlosen Stimme.

* * *

»Und Ihre Familie, Luke?«, hatte Gail ihn eines Abends vor dem Heimgehen bei Suppe und einer Flasche Rotwein in der Küche gefragt.

Es verblüffte sie, dass sie die Frage nicht längst einmal gestellt hatte. Vielleicht – unschöner Gedanke – hatte sie keine Lust dazu gehabt, es vorgezogen, ihn zappeln zu sehen. Es verblüffte offenbar auch Luke, denn seine Hand schnellte hoch zu seiner Stirn, um eine kleine, blasse Narbe zu begütigen, die aus eigenem Antrieb zu kommen und wieder zu verschwinden schien. Die Pistolenmündung eines Spionskollegen? Oder die Bratpfanne einer wütenden Ehefrau?

»Nur ein Kind, fürchte ich, Gail«, sagte er, als müsste er sich dafür entschuldigen, dass es nicht mehr waren. »Ein Junge. Phantastischer kleiner Bursche. Ben, so heißt er. Hat mir alles beigebracht, was ich vom Leben weiß. Und im Schach schlägt er mich auch, der Racker. Ja.« Ein Zucken des ungebärdigen Augenlids. »Das Problem ist nur, wir kriegen unsere Partien nie fertig. Zu viel *hier*von.«

*Hier*von? Meinte er den Alkohol? Das Spionieren? Oder die Liebe?

Sie hatte ihn kurz verdächtigt, etwas mit Yvonne zu haben, hauptsächlich wegen Yvonnes diskret bemutternder Art gegen ihn. Dann entschied sie, dass die beiden einfach nur ein Mann und eine Frau waren, die eng zusammenarbeiteten, bis sie ihn eines Abends dabei ertappte, wie er bald sie, bald Yvonne anstarrte, als wären sie zwei höhere Wesen, und sie dachte, dass sie in ihrem ganzen Leben kein so trauriges Gesicht gesehen hatte.

* * *

Es ist der letzte Abend. Ende des Schuljahrs. Ende der Schulzeit überhaupt. Nie wieder wird es zwei solche Wochen geben. In der Küche bereiten Yvonne und Ollie einen Wolfsbarsch in Salzkruste zu. Ollie singt *La Traviata*, gar nicht so schlecht, und Luke übt sich in Wertschätzung – strahlt alle an und schüttelt übertrieben bewundernd den Kopf. Hector hat eine Magnumflasche Meursault spendiert; zwei, um genau zu sein. Aber erst einmal bittet er Perry und Gail zu sich in den chintzbezogenen Salon des Schuldirektors. Setzen wir uns, oder stehen wir? Hector bleibt stehen, also bleibt Perry, unverbesserlicher Formalist, der er ist, ebenfalls stehen. Gail wählt einen Stuhl unter einer Roberts-Lithographie von Damaskus.

»So«, sagt Hector.

So, stimmen sie zu.

»Letzte Worte also. Ohne Zeugen. Unser Job ist gefährlich. Das hab ich Ihnen schon gesagt, aber ich sag's Ihnen noch mal. Er ist sogar scheißgefährlich. Sie können immer noch abspringen, und keiner verübelt es Ihnen. Wenn Sie an Bord bleiben, päppeln wir Sie nach Kräften, aber wir haben keinen Fatz an brauchbarer logistischer Unterstützung für Sie. Wir sind barfuß unterwegs, wie wir das nennen. Sie brauchen sich nicht groß zu verabschieden. Lassen Sie Ollies Fisch Fisch sein, holen Sie Ihre Jacken aus der Garderobe, gehen Sie zur Haustür hinaus, und das alles ist nie passiert. Letzter Aufruf.«

Er ahnt nicht, der letzte von wie vielen. Perry und Gail haben die Frage in jeder einzelnen der vergangenen vierzehn Nächte durchdiskutiert. Es war Perry ein Anliegen, dass Gail für sie beide antwortet, also sagt sie nun:

»Von uns aus geht das klar. Unser Entschluss steht. Wir machen es.« Es klingt heldischer als beabsichtigt, und Perry nickt langsam und gewichtig und sagt: »Hundertpro«, was genauso wenig nach ihm klingt – wie ihm selbst bewusst zu sein scheint, denn er gibt Hectors Frage prompt an ihn zurück:

»Was ist denn mit euereins?«, will er wissen. »Packen euch zwischendurch nicht auch Zweifel?«

»Ach, wir sind eh am Arsch«, erwidert Hector leichthin. »Aber genau darum geht's doch, oder? Wenn schon am Arsch, dann im Dienst einer guten Sache.«

Was für Perrys Puritanerseele natürlich Balsam ist.

* * *

Und so wie Perry dreinschaute, als sie in die Gare du Nord einfuhren, wirkte dieser selbe Balsam noch in ihm nach, denn er trug einen unterdrückten Ich-bin-England-Blick im Gesicht, der Gail völlig neu an ihm war. Erst als sie im Hôtel des Quinze Anges ankamen – ein Quartier, wie nur Perry es auswählen konnte: schäbig, eng, fünf baufällige Stiegen hoch, winzige Zimmer, Einzelbetten so schmal wie ein Bügelbrett, und die rue du Bac nur einen Steinwurf entfernt –, begann ihnen die ganze Tragweite dessen aufzugehen, worauf sie sich hier eingelassen hatten. Es war, als hätte die Zeit in Bloomsbury, quasi mit Familienanschluss – ein gemütliches Stündchen mit ihrem Kumpel Ollie, noch eines mit ihrem Kumpel Luke, Yvonne sagt hallo, Hector wird kurz auf einen Schlummertrunk vorbeischauen –, ihnen ein Gefühl der Unverwundbarkeit verliehen, das nun, da sie allein waren, rapide verflog.

Sie konnten sich außerdem nicht mehr normal unterhalten, stellten sie fest. Sie redeten miteinander wie ein Musterpärchen aus der Werbung:

»Ich freue mich schon riesig auf morgen, du auch?«, sagt Doolittle zu Milton. »Ich habe Federer noch nie in natura gesehen. Ich bin total gespannt.«

»Ich hoffe ja nur, das Wetter spielt mit«, antwortet Milton Doolittle mit einem besorgten Blick aus dem Fenster.

»Ich auch«, pflichtet ihm Doolittle ernsthaft bei.

»Wie wär's, wenn wir unseren Kram auspacken und einen Happen essen gehen?«, schlägt Milton vor.

»Gute Idee«, sagt Doolittle.

Aber in Wahrheit denken sie: Wenn das Match ins Wasser fällt, was um Himmels willen macht Dima dann?

Perrys Handy klingelt. Hector.

»Hallo, Tom«, sagt Perry wie ein Idiot.

»Gut angekommen, Milton?«

»Alles bestens. Reibungslose Fahrt. Hat alles wie am Schnürchen geklappt«, sagt Perry mit genügend Begeisterung für sie beide.

»Und heute Abend sind Sie dann auf sich gestellt.«

»Wie besprochen.«

»Doolittle gesund und munter?«

»Wie ein Fisch im Wasser.«

»Rufen Sie an, wenn Sie irgendwas brauchen. Wir sind rund um die Uhr für Sie da.«

* * *

Auf ihrem Weg durch die winzig kleine Hotelhalle bespricht Perry seine wettertechnischen Befürchtungen in aller Ausführlichkeit mit einer furchteinflößenden Dame, die Madame Mère genannt wird, wie die Mutter Napoleons. Er kennt sie seit seinen Studententagen, und Madame Mère, wenn man ihr denn glauben darf, liebt Perry wie einen Sohn. Sie misst knappe eins fünfzig in ihren Pantoffeln, und niemand, so Perry, hat sie je ohne das Tuch um ihre Lockenwickler zu Gesicht bekommen. Gail hört es gern, wenn Perry drauflosparliert, aber dass er gar so fließend spricht, verstimmt sie immer ein bisschen, vielleicht auch, weil er sich so bedeckt darüber hält, von wem er sein Französisch gelernt hat.

In einem *tabac* in der rue de l'Université essen Milton und Doolittle ein fades Steak-frites mit suppigem Salat dazu und sind sich einig, dass es das beste der Welt ist. Ihren Liter roten Hauswein schaffen sie nicht ganz und nehmen den Rest mit ins Hotel.

»Machen Sie alles so, wie Sie es sonst auch täten«, hat Hector sie sorglos angewiesen. »Wenn Sie Pariser Freunde haben und sich mit ihnen einen netten Abend machen wollen, warum nicht?«

Weil wir nicht das tun würden, was wir sonst auch täten, ganz einfach. Weil wir keine Lust hätten, mit unseren Pariser Freunden in einem Café in St. Germain zu sitzen, wenn uns ein Elefant namens Dima durch den Kopf trampelt. Und weil wir niemandem Lügenmärchen darüber erzählen wollen, wo wir unsere Karten für das Finale morgen herhaben.

* * *

Wieder im Zimmer, trinken sie ihren restlichen Rotwein aus Zahnputzbechern und lieben sich dann andächtig und wortlos, die beste Art. Am nächsten Morgen verschläft Gail vor lauter Nervosität, und als sie aufwacht, starrt Perry auf die Regentropfen, die das verdreckte Fenster sprenkeln, und quält sich neuerlich mit der Frage, was Dima wohl macht, wenn das Spiel abgesagt wird. Und falls es auf Montag verschoben wird – Gails Überlegung –, muss sie dann in der Kanzlei anrufen und eine Sommergrippe vorschützen, was ohnehin als Menstruationsbeschwerden verstanden wird?

Sie lassen es langsam angehen. Nach Kaffee und Croissants, die ihnen Madame Mère ans Bett bringt (wobei sie Gail beifällig *»Quel titan alors«* zuraunt), und einem überflüssigen Anruf von Luke, der nur fragen will, ob sie gut geschlafen haben und sich fit fürs Tennis fühlen, liegen sie im Bett und besprechen, was sie mit ihrem Tag anfangen sollen, bis um drei Uhr das Spiel beginnt, so dass sie mit genügend Vorlauf zum Stadion kommen und in Ruhe ihre Plätze suchen können.

Sie lösen es so, dass sie sich an dem winzigen Waschbecken abwechseln und dann, als sie angezogen sind, in Perrys Tempo zum Musée Rodin marschieren, sich da einem Pulk von Schulkindern anschließen, es genau rechtzeitig in den Museumsgarten schaffen, um draußen nassgeregnet zu werden, unter den Bäumen vor dem Regen Schutz suchen, dann doch ins Museumscafé flüchten und von dort durch die Tür ins Freie spähen, um festzustellen, in welche Richtung die Wolken ziehen.

Nachdem sie ihren Kaffee stehenlassen haben (einvernehmlich, aber ohne zu wissen, warum), beschließen sie einen Abstecher in die Jardins des Champs-Élysées, doch die sind aus Sicherheitsgründen geschlossen. Michelle Obama und ihre Kinder sind in der Stadt, hat Madame Mère ihnen erzählt, aber das ist ein Staatsgeheimnis, darum wissen es nur Madame Mère und das ganze restliche Paris.

Dafür erweist sich der Garten des Marigny-Theaters als geöffnet, leer bis auf zwei ältliche Araber in schwarzen Anzügen und weißen Schuhen. Doolittle sucht eine Bank aus, Milton heißt ihre Wahl gut. Doolittle starrt in die Kastanien, Milton in seinen Stadtplan.

Perry kennt sein Paris und hat selbstredend genauestens ausgetüftelt, wie sie zum Roland-Garros-Stadion gelangen – Metro bis da und da, Bus bis dort und dort, mit einem dicken Zeitpolster, damit sie auch ja pünktlich sind.

Dennoch tut er natürlich recht daran, seine Nase in einen Stadtplan zu stecken, denn was soll man sonst tun, wenn man ein Liebespaar auf Paris-Urlaub ist und sich wie zwei Idioten auf einer Parkbank nassregnen lässt?

»Alles im grünen Bereich, Doolittle? Keine kleinen Probleme, die wir für Sie lösen können?« Luke, diesmal direkt an Gail, und sie muss an den Onkel Doktor aus ihrer Mädchenzeit denken, den Hausarzt der Familie Perkins: *Halskratzen, Gail? Dann machen wir uns doch mal frei und gucken nach.*

»Keine Probleme, nichts, was Sie für uns tun könnten, danke sehr«, erwidert sie knapp. »In einer halben Stunde geht's los, sagt Milton.« *Und meinem Hals fehlt auch nichts, tut mir leid.*

Perry faltet seinen Stadtplan zusammen. Lukes Anruf ärgert Gail, sie fühlt sich entblößt. Ihr Mund ist ganz trocken, sie saugt die Lippen an, befeuchtet sie von innen. Wie schwachsinnig soll das hier noch werden? Sie treten wieder hinaus auf das leere Trottoir und gehen hinauf in Richtung Arc de Triomphe, Perry mit langen Schritten vorneweg, wie es seine Art ist, wenn er allein sein möchte, es aber nicht darf.

»Hast du sie noch alle?«, zischt sie ihm ins Ohr.

Er hat sich in eine muffige Einkaufspassage verdrückt, aus der plärrende Rockmusik schallt. Er starrt in ein abgedunkeltes Schaufenster, als offenbarte sich ihm dort seine gesamte Zukunft. Spielt er Spion? – und verstößt dabei ganz nebenbei gegen Hectors Gebot, ja nicht nach eingebildeten Verfolgern Ausschau zu halten.

Nein. Er lacht. Und gleich darauf lacht Gail auch, Gott sei Dank; eng umschlungen stehen sie da und blicken ungläubig auf ein wahrhaftes Arsenal an Spionage-Spielzeug: Markenarmbanduhren mit integriertem Photoapparat zum Spottpreis von zehntausend Euro, Mikrophonsets für die Aktentasche, Scrambler, Nachtsichtgeräte, Elektroschocker in ihrer ganzen glorreichen Vielfalt, Pistolenhalfter mit rutschsicherem Schenkelriemen als optionales Extra und Kugeln aus Pfeffer, Farbe oder Gummi als Mix zum Selber-Zusammenstellen: willkommen in Ollies schwarzem Museum für den paranoiden Manager, der sich erst eindecken muss.

* * *

Kein Bus hatte sie hierhergebracht.

Keine Fahrt mit der Metro lag hinter ihnen.

Kein Mitfahrgast, der alt genug war, um Gails Großvater zu sein, hatte sie beim Aussteigen in den Hintern gezwickt.

Nein, Flügel hatten sie hergetragen, und so kam es, dass sie nun exakt zwölf Minuten vor der von Tamara anberaumten Zeit in einer Schlange gesitteter französischer Bürger links vom Westeingang des Roland-Garros-Stadions anstanden.

Und so kam es auch, dass Gail sich schwerelos an gütigen uniformierten Türstehern vorbeilächelte, die freudig zurücklächelten, und sich dann mit all den anderen zum Humpa-humpa einer unsichtbaren Blaskapelle, dem Muhen von Alphörnern und den unverständlichen Anweisungen männlicher Lautsprecherstimmen eine Straße von Zeltständen entlangtreiben ließ.

Aber es war die klardenkende Anwältin Gail Perkins, die die Sponsorennamen an den Ständen abzählte: Lacoste, Slazenger, Nike, Head, Reebok ... von welchem war bei Tamara noch mal die Rede? ... nun tu nicht so, als wüsstest du das nicht.

»Perry« – sie zieht ihn heftig am Arm –, »du hast mir hoch und heilig versprochen, dass du mir endlich mal anständige Tennisschuhe schenkst. *Schau.*«

»Hab ich das? Stimmt, du hast recht«, gibt Perry alias Milton zu, während über seinem Kopf eine Blase erscheint: ERINNERT SICH!

Und mit größerem Elan, als sie ihm zugetraut hätte, reckt er den Hals in Richtung der neuesten Modelle von – Adidas.

»Und es wird höchste Zeit, dass du dir auch neue kaufst und endlich diese angeschimmelten alten Stinkedinger von dir wegwirfst«, belehrt Doolittle Perry.

»*Professor! Jesusmaria!* Mein Freund! Weißt du nicht mehr?«

Ohne Vorwarnung bricht die Stimme über sie herein: die körperlose Stimme Antiguas, laut gellend über den drei Winden.

Und ob ich weiß, aber *ich* bin nicht der Professor.

Perry ist der Professor.

Also begutachte ich weiter die neuesten Adidas-Schuhe und lasse Perry den Anfang machen, bevor ich in gebührend entzückter und bass erstaunter Manier, Zitat Ollie, den Kopf wende.

Perry macht den Anfang. Sie spürt ihn einen Schritt von ihr wegtreten und sich umdrehen. Sie zählt die Sekunden mit, die es dauert, bis er glaubt, was seine Augen da sehen.

»Mein Gott, *Dima!* Dima aus Antigua! – ich fass es nicht!«

Nicht gar zu dick auftragen, Perry, schalt einen Gang runter …

»Was um Himmels willen machen *Sie* denn hier? Gail, schau doch!«

Aber ich schaue nicht. Nicht sofort. Ich gucke Schuhe, schon vergessen? Und beim Schuhegucken kriege ich sonst nichts mit, ich bin in einer völlig anderen Welt, selbst wenn es nur Tennisschuhe sind. So absurd es ihnen seinerzeit vorkam, sie haben diesen Augenblick eingeübt, vor einem Sportartikelgeschäft in Camden Town, das auf Turnschuhe spezialisiert ist, und später noch einmal in Golders Green, erst mit Ollie in der schwer überspielten Rolle des schulterklopfenden Dima und Luke als dem ahnungslosen Zuschauer, dann in umgekehrter Besetzung. Aber jetzt ist sie froh darüber; sie kennt ihren Text.

Also abwarten, ihn hören, aufwachen, den Kopf wenden. Und dann erst die entzückte, bass erstaunte Manier.

»Dima! O mein *Gott*. Sie sind's *wirklich!* Ich werd verrückt! Das ist echt – das ist absolut *unglaublich!*« – und sie lässt ihren ekstatischen Mäusequietscher folgen, der sonst nur beim Auspacken von Weihnachtsgeschenken zum

Einsatz kommt, während Perry schon an den massigen Torso eines Dima gepresst wird, dessen Entzücken und Erstaunen mindestens genauso spontan ist wie das von Gail:

»Der Professor, *hier!* Gottverdammtester Tennisstümper, der rumläuft!«

»Aber Dima, dass *Sie* hier sind!« Perry und Gail wie aus einem Mund jetzt, ein Chor der Verblüffung in verschiedenen Tonhöhen, während Dima weiterdröhnt.

Hat er sich verändert? Er ist bleicher als damals. Die Karibiksonne ist verblasst. Gelbe Halbmonde unter den braunen Schlafzimmeraugen. Schärfere Abwärtsfurchen um die Mundwinkel. Aber dieselbe Körperhaltung, hintübergelehnt, als wollte er sagen: »Komm her, wenn du dich traust.« Die kleinen Füße in den Boden gerammt, breitbeinig wie Heinrich der Achte.

Und an dem Mann ist ein Schauspieler verloren gegangen, man höre sich das nur an:

»Meinst du, Federer macht Schwuchteltennis mit diesem Söderling-Typ? – meinst du, er gibt gottverdammtes Match dran, aus Liebe für Fairplay? Gail, schwör ich zu Gott, komm her, Mädchen! – muss ich umarmen, Professor! Habt ihr schon Hochzeit gemacht? Gottverdammter Idiot!« – und er zieht sie an seine breite Brust, drückt seinen ganzen Körper an ihren, erst die feuchte, tränenkalte Backe, dann den Brustkorb, dann die Wölbung der Lendenpartie, bis sogar seine Knie ihre berühren, worauf er sie ein Stück von sich schiebt, um die obligatorische Dreifaltigkeit seiner Wangenküsse zu applizieren, links, rechts, wieder links, so dass ihr Perrys »Also, ich muss schon sagen, was für ein unglaublicher, ganz und gar verrückter Zufall« ein bisschen arg akademisch-unbeteiligt daherkommt: Ein Tick zu unspontan, findet sie, und sie kompensiert mit einer jubelnden Lawine von viel zu vielen Fragen auf einmal:

»Dima, Sie Schlingel, sagen Sie doch, wie geht's Katja und Irina? Ich muss *immerfort* an die zwei denken!« –

stimmt – »Spielen die Zwillinge fleißig *Kricket?* Was macht *Natascha?* Wo haben Sie alle *gesteckt?* Ambrose meinte, Sie wären alle zusammen nach *Moskau* gefahren? Stimmt das, waren Sie dort? Für die Beerdigung? Sie sehen so *wohl* aus. Wie geht's Tamara? Wie geht's diesen ganzen sonderbaren, reizenden Freunden und Verwandten, die Sie zu Besuch hatten?«

Hat sie dies Letzte wirklich gesagt? Sie hat. Und während sie es alles sagt und dazwischen bruchstückhaft Antwort erhält, nimmt sie, weichgezeichnet am Bildrand, flott angezogene Männer und Frauen wahr, die stehen geblieben sind, um dem Spektakel beizuwohnen: offenbar ein neuer Dima-Fanclub, aber eine jüngere, smartere Generation, Welten entfernt von dem bemoosten Haufen, der in Antigua versammelt war. Ist das dort Milchgesicht Niki, der sich zwischen ihnen herumdrückt? Wenn, dann hat er sich bei Armani neu eingekleidet, in einem beigefarbenen Sommeranzug mit Ärmelaufschlägen. Sind darunter das Kettenarmband und die Tiefseetaucheruhr verborgen?

Dima redet weiter, und sie erfährt, was sie lieber nicht erführe: Tamara und die Kinder sind von Moskau direkt nach Zürich geflogen – ja, Natascha auch, sie mag nicht gottverdammtes Tennis – will heim nach Bern, will lesen, reiten. Will ausspannen. Klang auch durch, dass Natascha letztens nicht ganz auf dem Posten war, oder bildet sich Gail das nur ein? Alle führen sie drei Gespräche gleichzeitig:

»Bist du nicht mehr Professor für gottverdammte Kids, ja?« – gespielte Entrüstung – »Lernst du französische Kids, wie sie werden englischer Gentleman? Hör zu, wo sitzt ihr? In so ein Drecks-Vogelkäfig ganz oben, ja?«

Darauf eine über die Schulter geworfene Bemerkung auf Russisch, vermutlich derselbe kleine Witz in Übersetzung. Dem scheint das jedoch nicht gutzutun, denn kaum einer der gestylten Zuschauer lächelt, bis auf eine adrette kleine Tänzergestalt ganz in der Mitte. Im ersten Moment wirkt der Mann auf Gail wie eine Art Reiseleiter, denn er trägt eine sehr auffallende cremefarbene Seemannsjacke mit gesticktem goldenem Anker auf der Tasche, und in der Hand einen leuchtend roten Schirm, der ihn, gepaart mit der zurückgeworfenen Silbermähne, für jedes verlorene Schaf leicht zu finden macht. Sie fängt sein Lächeln auf, dann seinen Blick. Und als sie wieder zu Dima zurückschaut, weiß sie, dass sein Blick immer noch auf ihr ruht.

Dima verlangt jetzt ihre Eintrittskarten zu sehen. Perry ist ein notorischer Kartenverlierer, deshalb hat Gail sie einstecken. Sie weiß die Platznummern auswendig, Perry ebenso. Aber das heißt nicht, dass sie sie nun parat hätte oder dass sie nicht holdselig-vage dreinschauen kann, als sie die Karten Dima hinstreckt, der ein Hohnschnauben ausstößt:

»Ihr habt Fernglas, ja, Professor? So scheißhoch oben ist das, braucht ihr Sauerstoff!«

Auch diesmal wiederholt er seinen Witz auf Russisch, und auch diesmal scheint die Gruppe der hinter ihm Stehenden eher zu warten, als zuzuhören. Ist diese Kurzatmigkeit neu seit Antigua? Oder neu seit heute? Kommt sie vom Herzen? Oder vom Wodka?

»Wir haben gottverdammtes VIP-Lounge, okay? Firma-VIP. Für Besuch aus Moskau, Firma-Besuch. Armani-Gang, so sag ich von ihnen. Aber mit hübsche Mädels dabei! Schaut sie an!«

Zwei davon sind Gail schon aufgefallen. Lederjacken, Bleistiftröcke und Stiefeletten. Hübsche Ehefrauen? Oder hübsche Nutten? Wenn Letzteres, dann die Nobelausführung. Und die Armani-Gang eine verschwommene Front blauschwarzer Anzüge und dumpfer Blicke.

»Dreißig Nummer-Eins-Plätze, Top-Super-Essen«, ruft Dima. »Wollen Sie kommen, Gail? Mit in VIP-Lounge sitzen? Match anschauen wie feine Dame? Mit Champagner? Haben wir Massen. Also, Professor? Warum nicht, Teufel, Mann?«

Weil Hector ihm eingeschärft hat, dass er es dir schwermachen soll, Teufel, Mann! Denn je schwerer er es dir macht, desto mehr musst du dich ins Zeug legen, um ihn und mich rumzukriegen, und desto mehr Glaubwürdigkeit besitzen wir für deine Gäste aus Moskau. Perry, in die Enge getrieben, brilliert als er selbst: stirnrunzelnd, reserviert, linkisch. Für einen blutigen Anfänger in der Kunst der Verstellung schlägt er sich sehr wacker. Trotzdem kommt sie ihm lieber zu Hilfe:

»Die Karten waren ein Geschenk, verstehen Sie, Dima«, vertraut sie ihm liebreizend an und berührt seinen Arm. »Ein guter Freund hat sie uns gegeben, ein ganz lieber alter Herr. Einfach aus Nettigkeit. Es wäre ihm sicher nicht recht, wenn unsere Plätze leer bleiben, meinen Sie nicht? Es würde ihm das Herz brechen, wenn er es erfahren würde« – die Ausrede, die sie beim Mitternachts-Malt mit Luke und Ollie ausgeheckt haben.

Dima starrt enttäuscht von einem zum anderen, während er seine Gedanken in eine neue Ordnung bringt.

Unruhe in den Reihen hinter ihm: Können wir irgendwann weitergehen?

Der Gearschte hat immer den Schwarzen Peter …

Lösung!

»Dann hörst du, Professor, okay? *Hörst* du« – sein Finger bohrt sich in Perrys Brust –, *»okay?«*, wiederholt er mit bedrohlichem Nicken. »*Nach* dem Spiel. Hörst du? Gleich wenn gottverdammtes Spiel aus ist, ihr kommt zu uns zu VIP.« Mit Schwung dreht er sich zu Gail um: Wehe, sie torpediert seinen großartigen Plan. »Okay, Gail? Sie bringen diesen Professor zu VIP. Und trinken Champagner mit uns. Ist noch nicht zu Ende hier, wenn das Match aus ist. Kommen noch Reden, Präsentationen, lauter Scheißkram.

Federer gewinnt, oder? Sollen wir wetten, fünftausend Dollar, okay? Drei zu eins, er gewinnt. Vier zu eins.«

Perry lacht. Wenn er einen Gott hätte, dann wäre dieser Gott Federer. Vergessen Sie's, Dima, sagt er. Nicht mal bei hundert zu eins. Aber so leicht kommt er nicht davon.

»Und *wir* machen morgen Revanche, Professor, hörst du?« – der Finger pickt immer noch auf Perrys Brust ein – »Schick ich wen nach dem Match, dass er geht und euch holt, kommt ihr zu uns in VIP und wir machen Revanche aus, kein Schwuchteltennis, okay? Und ich mach dich platt, kriegst Massage nachher. Wirst du brauchen, Massage. Okay?«

Perry bleibt keine Zeit für weitere Einwände. Aus dem Augenwinkel sieht Gail, wie sich der Reiseleiter mit dem silbrigen Haar und dem roten Regenschirm aus der Gruppe löst und sich Dimas ungeschütztem Rücken nähert.

»Wollen Sie uns nicht mit Ihren Freunden bekanntmachen, Dima? Sie können doch eine so schöne Dame nicht einfach für sich behalten«, sagt eine samtweiche, vorwurfsvolle Stimme in lupenreinem Englisch mit schwachem italienischem Beiklang. »Dell'Oro«, stellt er sich vor. »Emilio Dell'Oro. Ein alter Bekannter von Dima, noch aus grauer, grauer Vorzeit. Sehr erfreut.« Und er schüttelt ihnen beiden die Hand, erst die von Gail, mit einem galanten Neigen des Kopfes, dann die von Perry, ohne Kopfneigen, was ihr einen Tanzstunden-Casanova namens Percy ins Gedächtnis ruft, der sie als Siebzehnjährige ihrem besten Freund ausspannen wollte, um sie dann fast auf der Tanzfläche zu vergewaltigen.

»Und ich bin Perry Makepiece, und das ist Gail Perkins«, sagt Perry. Und in einem saloppen Nachsatz, der Gail schwer beeindruckt: »Keine Angst, ich bin eigentlich gar kein Professor. Das sagt Dima nur, um mir mein Tennis zu verleiden.«

»Dann willkommen im Stade Roland Garros, Gail Perkins und Perry Makepiece«, erwidert Dell'Oro mit einem Strahlen, das, so Gails Verdacht, niemals aus seinem Gesicht weicht. »Welche Freude, dass wir das Vergnügen haben werden, Sie nach dem historischen Match noch bei uns zu begrüßen. Wenn es zum Match kommt«, fügt er mit theatralisch emporgereckten Händen und einem anklagenden Blick in den grauen Himmel hinzu.

Aber das letzte Wort behält Dima.

»Ich schick wen, dass er euch holt, okay, Professor? Nicht mir abhauen! Und morgen ich mach dich platt. Ich lieb diesen Burschen, hört ihr?«, ruft er der blasierten Armani-Gang zu, die mit verwässertem Lächeln hinter ihm versammelt steht, und nachdem er Perry ein letztes Mal trotzig an seine Brust gezogen hat, kehrt er zu ihnen zurück, und die Gruppe schlendert weiter.

12

Während sie und Perry ihre Plätze in der zwölften Reihe der Westtribüne einnehmen, betrachtet Gail ungläubig die Musiker der Garde Républicaine mit ihren blitzenden Helmen, roten Kokarden, hautengen weißen Beinkleidern und schenkelhohen Stiefeln, die ihre Pauken wummern lassen und ein letztes Mal in ihre Hörner stoßen, ehe der Kapellmeister sein hölzernes Podest besteigt, die weißbehandschuhten Hände über den Kopf hebt, die Finger spreizt und damit flattert wie ein Modeschöpfer. Perry sagt etwas zu ihr, aber er muss es wiederholen. Sie dreht ihm das Gesicht zu und lehnt den Kopf dann an seine Schulter, um sich zu beruhigen, denn sie zittert. Aber Perry zittert ja auch, auf seine Weise, sie fühlt den Pulsschlag in seinem Körper, tief und dumpf.

»Ist das hier das Herrenfinale im Einzel oder die Schlacht von Borodino?«, ruft er übermütig und deutet auf die napoleonischen Truppen. Jetzt hat sie verstanden, sie lacht laut auf und drückt seine Hand, um sie beide auf den Boden zurückzuholen.

»Alles bestens«, schreit sie ihm ins Ohr. »Du hast dich super geschlagen! Du warst ein Star! Und klasse Plätze! Hast du toll gemacht!«

»Du auch! Dima sah gut aus.«

»Sehr gut. Aber die Kinder sind schon in Bern!«

»Was?«

»Tamara und die kleinen Mädchen sind schon in Bern! Natascha auch! Ich hätte gedacht, sie bleiben alle zusammen.«

»Ich auch.«

Aber seine Enttäuschung ist auf einer anderen Ebene angesiedelt als ihre.

Napoleons Kapelle macht einen Heidenlärm. Ganze Regimenter könnten dazu marschieren und nie wiederkehren.

»Er scheint ja ganz wild auf eine zweite Partie mit dir, du Ärmster!«, ruft Doolittle.

»Ist mir auch aufgefallen!« Nachdrückliches Nicken und Lächeln von Milton.

»Hast du morgen denn Zeit?«

»Keine Chance. Alles dicht«, erwidert Milton mit stahlhartem Kopfnicken.

»Hab ich schon befürchtet. Knifflig.«

»Sehr«, bekräftigt Milton.

Blödeln sie einfach herum, oder hat die Furcht des Herrn sie ergriffen? Gail zieht seine Hand an die Lippen und küsst sie, und dann schmiegt sie ihre Wange daran, denn ohne es zu ahnen, hat er sie fast zu Tränen gerührt.

Dass er ausgerechnet diesen Tag seines Lebens nicht unbeschwert genießen darf! Federer im Finale des French Open zu sehen, das ist für Perry, als tanzte Nijinski den *Nachmittag eines Fauns*. Wie vielen seiner Lektionen hat sie nicht schon gelauscht, wenn sie aneinandergekuschelt in Primrose Hill vor dem Fernseher saßen: Lektionen zum Thema Federer, diesem vollendeten Athleten, der Perry so gern wäre – Federer, der *vollendete*, der *geformte* Mann, Federer, der *Läufer als Tänzer*, der seinen Schritt bald verkürzt, bald verlängert, um den fliegenden Ball so zu erwischen, dass er ihm diesen winzigen, schwebenden Sekundenbruchteil abringen kann, den er braucht, um Tempo und Winkel zu vervollkommnen – das Gleichmaß, mit dem er den Oberkörper bewegt, rückwärts, vorwärts, seitwärts – sein übernatürliches Ahnungsvermögen, das in Wahrheit gar nicht übernatürlich ist, Gail, sondern der Gipfel der Koordination von Auge, Körper und Hirn.

»Ich will, dass du das Spiel so richtig genießt«, schreit sie ihm ins Ohr wie eine Abschiedsbotschaft. »Kümmer dich sonst um gar nichts. Ich liebe dich – ich hab gesagt, ich lieb dich, du Idiot!«

* * *

In aller Unschuld mustert sie die Zuschauer in ihrer Umgebung. Zu wem gehören sie? Dima? Dimas Feinden? Hector? *Wir sind barfuß unterwegs.*

Links von ihr sitzt eine Blondine mit grimmig vorgeschobenem Unterkiefer und einem Schweizer Kreuz auf ihrem Papierhütchen sowie einem zweiten auf der gut gefüllten Bluse.

Rechts von ihr ein ältlicher Pessimist mit Regenhaube und Regencape, bestens geschützt gegen die Tropfen, die alle anderen geflissentlich ignorieren.

In der Reihe hinter ihnen singt eine Frau mit ihren Kindern voll Inbrunst die »Marseillaise«, vielleicht in der irrigen Annahme, dass Federer Franzose ist.

Mit der gleichen Ungeniertheit lässt Gail die Blicke über die Menge auf den Rängen gegenüber schweifen.

»Suchst du irgendwen Bestimmtes?«, ruft Perry ihr ins Ohr.

»Nicht so richtig. Ich dachte, Barry ist vielleicht hier.«

»Barry?«

»Einer von unseren Juniorpartnern!«

Sie redet Unsinn. Zwar gibt es bei ihr in der Kanzlei einen Partner namens Barry, aber er verabscheut Tennis, und er verabscheut die Franzosen. Sie hat Hunger. Nicht genug, dass sie ihren Kaffee im Musée Rodin stehenlassen haben: Sie haben vergessen, zu Mittag zu essen. Es ist wie in dem Roman von Beryl Bainbridge, in dem die Gastgeberin eines konfliktträchtigen Dinners vergisst, wo sie den Nachtisch gelassen hat. Sie will Perry an dem Scherz teilhaben lassen und ruft ihm zu:

»Wann war das letzte Mal, dass wir zwei allen Ernstes das *Mittagessen vergessen* haben?«

Doch ausnahmsweise ist die literarische Anspielung an Perry verschwendet. Er starrt auf eine Reihe von Panoramafenstern ihnen gegenüber, auf halber Höhe der Osttribüne. Durch Rauchglas sind weiße Tischtücher und geschäftige Kellner zu erkennen, und er überlegt bestimmt, welches Fenster zu Dimas VIP-Lounge gehören mag. Sie spürt wieder Dimas Arme, die sich um sie schlingen, und sein Gemächt, das ihr in kindlicher Arglosigkeit gegen den Oberschenkel drückt. Ob die Wodkadünste von gestern Abend stammten oder von heute früh? Sie fragt Perry.

»Er muss seinen Normalpegel erreichen«, antwortet der.

»Was?«

»Seinen Nor-mal-pe-gel.«

* * *

Die napoleonischen Truppen sind vom Schlachtfeld geflohen. Eine geladene Stille tritt ein. Eine Überkopfkamera gleitet an ihren Stahlseilen über einen hässlich schwarzen Himmel. Natascha. *Ist* sie nun, oder ist sie *nicht?* Warum hat sie mir nicht mehr geantwortet? Weiß Tamara Bescheid? Hat sie sie deshalb im Hauruckverfahren nach Bern verfrachtet? Nein. Natascha fällt ihre eigenen Entscheidungen. Natascha ist nicht Tamaras Kind. Und Tamara ist weiß Gott niemands Traum von einer Mutter. Kurze SMS an Natascha?

Haben grade deinen Vater getroffen, Endspiel Federer.
UND??? xx Gail

Besser nicht.

Beifall brandet los. Erst Robin Söderling, dann Roger Federer, der so kleidsam bescheiden und selbstsicher auf den Platz kommt, wie nur Gott es kann. Perry hat den Hals vorgereckt, seine Lippen sind zusammengepresst. Er ist im Stand der Gnade.

Aufwärmzeit. Federer verpatzt zwei, drei Rückhände, Söderling spielt mit Vorhand zurück, ein bisschen zu angriffslustig für ein friedliches Geplänkel. Federer probiert ein paar Aufschläge, für sich. Söderling probiert ein paar Aufschläge, ebenfalls für sich. Warm spielen vorbei. Ihre Jacken fallen von ihnen ab wie die Scheide von einem Schwert. In der hellblauen Ecke Federer, mit einem dunkelblauen Häkchen überm Herzen und einem roten auf dem Stirnband. In der weißen Ecke Söderling mit neongelben Streifen an Ärmeln und Shorts.

Perrys Blick wandert zurück zu den getönten Fenstern, also schaut Gail auch hin. Ist das ein cremefarbener Blazer mit goldenem Anker auf der Tasche, der da durch den bräunlichen Nebel hinter dem Glas gleitet? Wenn es je einen Mann gab, mit dem man auf gar keinen Fall die Rückbank eines Taxis teilen sollte, dann ist das Signor Emilio Dell'Oro, möchte sie Perry ans Herz legen.

Aber still jetzt: Das Match hat begonnen, und zum Jubel der Menge, wenn auch zu plötzlich für Gail, hat Federer Söderling den Aufschlag abgenommen und seinen eigenen durchgebracht. Jetzt ist wieder Söderling am Zug. Ein hübsches Ballmädchen mit blondem Pferdeschwanz reicht ihm einen Ball, knickst und trollt sich. Der Linienrichter heult auf, als hätte ihn etwas gestochen. Neuer Regen setzt ein. Doppelfehler von Söderling; Federers Triumphmarsch zum Sieg hat begonnen. Auf Perrys Gesicht leuchtet schlichte Ehrfurcht, und Gail merkt, dass sie sich gerade wieder ganz neu in ihn verliebt: in seine unaufgeregte Couragiertheit, seinen eisernen Willen, das Rechte zu tun, selbst wenn es falsch ist, seine unbeirrbare Loyalität und seinen kompletten Mangel an Selbstmitleid. Sie ist seine Schwester, Freundin, Beschützerin.

Ihn muss ein ähnliches Gefühl überkommen haben, denn er greift nach ihrer Hand und behält sie in seiner. Söderling will den Titel erringen. Federer will Geschichte schreiben, und Perry ist dabei. Federer hat den ersten Satz 6 zu 1 gewonnen. Er hat dafür keine halbe Stunde gebraucht.

* * *

Die Franzosen sind wirklich extrem angenehme Zuschauer, empfindet Gail. Federer ist ihr Held, so wie er Perrys Held ist. Aber sie versäumen es kein einziges Mal, auch Söderling zu applaudieren, wenn ihm Applaus gebührt. Und Söderling ist dankbar dafür, und er zeigt es. Er spielt auf Risiko, was bedeutet, dass ihm Fehler unterlaufen, und auf Federers Konto geht bisher nur einer. Um ihn auszugleichen, spielt er, drei Meter hinter der Grundlinie stehend, einen tödlichen Stoppball.

Wenn Perry wahrhaft großes Tennis sieht, dann beginnt er auf einer höheren, reineren Ebene zu funktionieren. Nach nur wenigen Schlägen kann er genau sagen, wie ein Ballwechsel verlaufen wird und wer ihn dominiert. Gail kann das nicht. Sie hält den Ball lieber flach: Draufhauen und dann schauen, was passiert, das ist ihre Devise. Auf dem Niveau, auf dem sie spielt, fährt sie damit prächtig.

Aber plötzlich sieht Perry nicht mehr dem Spiel zu. Er sieht auch nicht hinüber zu den Rauchglasfenstern. Er ist aufgesprungen und drängt sich vor Gail, wie um sie abzuschirmen, und dazu brüllt er »Das gibt's doch nicht!«, ohne jede Hoffnung auf Antwort.

Auch Gail stellt sich hin, was nicht einfach ist, denn inzwischen stehen alle und schreien »Das gibt's doch nicht«, auf Französisch, Schweizerdeutsch, Englisch oder in welcher Sprache der Geist sie eben bewegt, und ihre erste Erwartung ist es, zu Federers Füßen ein Paar toter Fasane liegen zu sehen: ein Doppeltreffer. Das kommt daher, dass sich der Lärm dieses kollektiven Aufspringens für sie mit dem panischen Flügelknattern aufgeschreckter Vögel verbindet, die in die Luft steigen wie veraltete Flugzeuge, nur um von Gails Bruder und seinen reichen Freunden heruntergeholt zu werden. Ihr zweiter, ebenso aberwitziger Gedanke ist, dass irgendjemand, im Zweifel Niki, Dima erschossen und durch die Rauchglasscheibe gestoßen hat.

Aber der dünne Mensch, der wie ein zerrupfter roter Vogel an Federers Ende des Platzes aufgetaucht ist, ist nicht Dima, und er ist alles andere als tot. Er trägt die rote Mütze, die Madame Guillotines Herz erfreut, und dazu lange blutrote Strümpfe. Um seine Schultern flattert ein blutroter Umhang, und er steht da und redet auf Federer ein, gleich hinter der Grundlinie, von der aus Federer aufgeschlagen hat.

Federer wirkt ein bisschen ratlos – der Mann ist eindeutig ein Fremder –, aber er bewahrt seine artigen Platzmanieren, auch wenn er eine Spur brummig scheint, ein Schweizer Grant, der uns daran erinnert, dass seine gerühmte Rüstung doch auch ihre Sprünge hat. Schließlich ist er hier, um Geschichte zu schreiben, nicht um sich die Zeit mit einem dürren Kerl im roten Gewand um die Ohren zu schlagen, der zu einem kleinen Plausch auf den Platz gestürmt kommt.

Aber was immer sich zwischen ihnen abgespielt hat, ist zu Ende, und der Mann im roten Gewand flitzt mit fliegenden Schößen und Ellbogen davon in Richtung Netz. Ein Trupp fußlahmer Herren im schwarzen Anzug nimmt die Verfolgung auf, und die Menge macht keinen Mucks mehr: Sie haben Sportsgeist, und das hier ist Sport, wenn auch keiner erster Ordnung. Der Mann im roten Gewand setzt übers Netz, aber nicht sauber genug; er nimmt ein paar Maschen mit. Und das Gewand ist keins mehr. Es war auch nie eines. Es ist eine Fahne. Zwei weitere Schwarzröcke sind auf der anderen Seite des Netzes erschienen. Die Fahne ist die spanische Nationalflagge – *L'Espagne* –, wenn auch nur laut Aussage der Frau, die die »Marseillaise« gesungen hat, und ihr widerspricht heftig ein heiserer Mann mehrere Reihen weiter hinten, der darauf besteht, dass sie *Le Barça* gehört.

Einer der Schwarzröcke ringt den Fahnenmann schließlich mit einer Art Rugby-Griff nieder. Zwei weitere stürzen sich auf ihn und zerren ihn in die dunkle Mündung eines Tunnels. Gail starrt in Perrys Gesicht, das bleicher ist, als sie es jemals erlebt hat.

»Gott, war das knapp«, flüstert sie.

Knapp inwiefern? Was meint sie? Perry nickt. Ja, sehr knapp.

* * *

Gott schwitzt nicht. Federers hellblaues Hemd ist blitzsauber bis auf eine einzelne Bremsspur zwischen den Schulterblättern. Seine Bewegungen wirken einen Hauch weniger fließend, aber ob das am Regen liegt, an dem klumpenden Sand oder dem Nerventribut, den der Flitzer gefordert hat, muss dahingestellt bleiben. Die Sonne ist jetzt ganz verschwunden, rund um den Platz werden Regenschirme aufgespannt, irgendwie steht es 3 zu 4 im zweiten Satz, Söderling holt auf, und Federer sieht ein bisschen bedrückt aus. Er will doch nur Geschichte schreiben und dann heimkehren in seine geliebte Schweiz. Und, o weh, es geht ins Tie-Break – das aber nicht lange währt, denn Federers Bälle kommen nun Schlag auf Schlag, so wie die von Perry manchmal auch, nur doppelt so schnell. Es ist der dritte Satz, und Federer hat Söderling den Aufschlag abgenommen, er hat wieder perfekt zu seinem Rhythmus gefunden, und der Flitzer mit seiner Fahne hat doch nicht gesiegt.

Weint Federer, bevor er überhaupt gewonnen hat?

Und wenn schon. Jetzt hat er gewonnen. So einfach und unspektakulär ist das. Federer hat gewonnen, und er darf sich die Augen ausweinen, und auch Perry blinzelt eine Männerträne weg. Sein Idol hat Geschichte geschrieben, so wie es sein Plan war, und alle sind aufgestanden und spenden dem Helden Beifall, und Niki, der milchgesichtige Leibwächter, schiebt sich die Reihe der Jubelnden entlang auf sie zu; das Klatschen ist zu einem rhythmischen Trommeln geworden.

»Hab Sie in Antigua zurück zum Hotel gebracht. Sie wissen, ja?«, sagt er mit dem Anflug eines Lächelns.

»Hallo, Niki«, sagt Perry.

»Schönes Spiel, ja?«

»Sehr schön«, sagt Perry.

»Guter Mann, ja? Federer?«

»Großartig.«

»Sie gehen mit zu Dima?«

Perry sieht zweifelnd zu Gail hin: *Jetzt mal du*.

»Wir sind offen gestanden ein bisschen in Zeitnot, Niki. Wir haben einfach dermaßen viele Leute in Paris, die wir noch treffen müssen.«

»Sie wissen was, Gail?«, erkundigt sich Niki traurig. »Wenn Sie nicht kommen, ich glaub, Dima schneidet mir die Eier ab.«

Gail reicht es, wenn Perry das hört.

»Du entscheidest«, sagt Perry, immer noch zu Gail.

»Aber nur auf ein einziges Glas, in Ordnung?« Gail mimt widerstrebendes Nachgeben.

Niki treibt sie vor sich her, die bewährte Leibwächter-

Technik, vermutet Gail. Aber sie und Perry denken ohnehin nicht ans Ausbüxen. Unten auf dem Platz brummen Alphörner einem Schwarm Regenschirme eine herzzerreißende Klageweise vor. Von Niki gelenkt, steigen sie eine nackte Steintreppe hinauf und finden sich in einem knalligen Korridor wieder, wo jede Tür ihre eigene Farbe hat, so wie die Spinde in Gails alter Schule, nur dass sie statt den Namen von Mädchen Firmennamen tragen: blau für MEYER-AMBROSINI GMBH, pink für SEGURA-HELLENIKA & CIE, gelb für EROS VACANCIA PLC. Und tiefrot für FIRST ARENA CYPRUS, wo Niki bei einem schwarzen Kästchen am Türstock den Deckel hochklappt, eine Nummer eintippt und dann wartet, bis ihnen eine Freundeshand von innen öffnet.

* * *

Nach der Orgie, das ist Gails pietätloser Eindruck, als sie in den langen, niedrigen Raum mit seiner schrägen Glasfront tritt, hinter der das Rot des Platzes leuchtet, so nah und so bunt, dass sie, wenn nur Dell'Oro nicht im Weg wäre, die Hand hindurchstrecken und es berühren könnte.

Ein Dutzend Tische stehen vor ihr in Reihen, teils mit vier, teils mit sechs Gästen daran. Die Männer haben sich, unter grober Missachtung der Hausordnung, ihre postkoitalen Zigaretten angesteckt und hängen den großen oder weniger großen Taten nach, die sie soeben vollbracht haben, und ein paar taxieren Gail und überlegen, ob es mit ihr besser gelaufen wäre. Und die hübschen Mädchen bei ihnen, die nach den Alkoholmengen, die man ihnen eingeflößt hat, nicht mehr ganz so hübsch anzusehen sind – gut, die haben im Zweifel so getan als ob. In ihrem Gewerbe gehört das dazu.

Der Tisch, der ihr am nächsten steht, ist der größte, aber auch der jüngste, und er steht höher als die anderen, zum Zeichen, dass Dimas Armani-Gang mehr gilt als die Gäste an den bescheideneren Tischen ringsum – eine Tatsache, der auch Dell'Oro Rechnung trägt, als er Perry und Gail nun vorwärtsschiebt, um sie den sieben muskelstarken Managern mit ihren leeren Gesichtern und kalten Augen, ihren Flaschen und Mädchen und verbotenen Zigaretten zu präsentieren.

»Professor. Gail. Wenn Sie unseren Gastgebern guten Tag sagen möchten, den Herren vom Aufsichtsrat und ihren Damen«, schnurrt er höfisch-gewandt und wiederholt den Vorschlag auf Russisch.

Um den Tisch hier und da ein mürrisches Nicken, ein mürrischer Gruß. Die Mädchen lächeln ihr Stewardessen-Lächeln.

»*You! My friend!*«

Wer ruft da? Und wen ruft er? Es ist der Stiernackige mit dem Bürstenschnitt und der Zigarre, und sein Rufen gilt Perry.

»Sie heißen *Professor*, oder?«

»So nennt Dima mich, ja.«

»War gutes Spiel, was?«

»O ja. Ein großartiges Match. Ich habe es als ein großes Privileg empfunden.«

»Sie sind auch guter Spieler, oder? Besser wie Federer«, führt der Stiernackige weiter sein Englisch vor.

»Na ja, nicht ganz.«

»Schönen Tag, okay? Viel Spaß!«

Dell'Oro dirigiert sie den Gang entlang. Jenseits der schrägen Glasfront steigen schwedische Würdenträger mit blaubebänderten Strohhüten tapfer die regenströmenden Stufen von der Präsidentenloge herab, um der Siegerehrung beizuwohnen. Perry hat Gails Hand ergriffen. Sie müssen einige Rempler in Kauf nehmen, während sie sich hinter Dell'Oro zwischen den Tischen hindurchlavieren, sich an Köpfen vorbeizwängen, immerfort »Entschuldigung, ach je, tut mir leid, freut mich auch, ja, tolles Spiel« murmelnd, die Gesichter vor ihnen bald arabisch, bald indisch, bald schlicht weiß, aber fast durchgehend männlich.

Jetzt ist es ein Tisch voll britischer Politschwätzer, die es sich nicht nehmen lassen, alle gleichzeitig aufzuspringen: »Bunny mein Name, *hinreißend* sehen Sie aus.« – »Seien Sie gegrüßt, ich bin Giles – Sie sind wirklich ein Glückspilz, Professor!« – zu viel auf einmal, um auf alles zu reagieren, aber ein Mädchen tut, was es kann.

Als Nächstes zwei Männer mit Schweizer Papierhütchen auf dem Kopf, einer dick und zufrieden, einer klapperdürr, die ihnen unbedingt die Hand schütteln müssen: Peter und der Wolf, denkt sie absurderweise, aber der Eindruck bleibt haften.

»Siehst du ihn irgendwo?«, ruft sie Perry zu – und entdeckt ihn im selben Moment selbst: Dima, ganz allein an einem Vierertisch in der entlegensten Ecke, mit hängendem Kopf und einer Flasche Stolichnaya vor sich; und hinter ihm, stehend, ein hohläugiger Mensch mit langen Handgelenken und Philosophenschädel, der vorgeblich den Durchgang zur Küche bewacht. Emilio Dell'Oro raunt ihr ins Ohr, als würde er sie schon ein Leben lang kennen:

»Unser Freund Dima ist heute leider ein klein bisschen deprimiert, Gail. Sie wissen natürlich von der Tragödie, nicht wahr, dem Doppelbegräbnis in Moskau … seine liebsten Freunde von Wahnsinnigen niedergemetzelt … so etwas fordert seinen Tribut. Aber das sehen Sie ja selber.«

Ja, sie sieht es. Und fragt sich, wie viel von dem, was sie sieht, echt ist: ein Dima, der nicht lächelt, ja kaum eine Miene verzieht; ein in wodkagetränkte Melancholie versunkener Dima, der nicht aufsteht, als sie herankommen, sondern ihnen finster entgegenstiert aus dem Winkel, in den man ihn mit seinen beiden Aufpassern verbannt hat. Denn nun hat auch der blonde Niki neben dem Philosophenschädel Posten bezogen, und es ist etwas Beklemmendes an der Art, wie die zwei Männer einander ignorieren und ihr ganzes Augenmerk auf ihren Gefangenen richten.

* * *

»Hierher, Professor. Könnt ihr nicht traun, diesem gottverdammten Emilio. Gail. Ich lieb Sie. Setzt euch zu mir her. *Garçon!* Champagner. Kobefleisch. *Ici.*«

Draußen auf dem Platz ist die Garde Républicaine wieder in Stellung gegangen. Federer und Söderling besteigen ein Podest, in Begleitung von André Agassi im Straßenanzug.

»Habt ihr geredet mit Armani-Gang da oben?«, erkundigt sich Dima verdrießlich. »Mögt ihr noch mehr treffen? Banker, Topanwälte, Steuerberater? Diese ganzen Typen, die die Welt in den Arsch ficken? Franzosen haben wir, Deutsche, Schweizer.« Er hebt den Kopf und ruft quer durch den Raum: »He, alle dem Professor hallo sagen! Denkt, ich brauch Schwuchteltennis, der Kerl! Und das ist Gail hier. Der Professor will Hochzeit machen mit ihr. Muss er fix machen, sonst sie macht Hochzeit mit Roger Federer, oder, Gail?«

»Ich glaube, ich bleibe doch bei Perry«, sagt Gail.

Hört irgendjemand in der Lounge zu? Die kalt blickenden jungen Männer am großen Tisch schon mal nicht, und auch nicht ihre Mädchen, die beim Klang von Dimas Stimme demonstrativ enger zusammenrücken. An den Tischen ganz in der Nähe reagiert ebenfalls niemand.

»Engländer haben wir auch da! Fairplay-Gentlemen. He, Bunny! Aubrey! Bunny, komm her! Bunny!« Keine Antwort. »Wisst ihr, was Bunny heißt? Karnickel! Verficktes Karnickel!«

Gail, die aufgeräumt den Kopf dreht, um mitlachen zu

können, macht denn auch gleich einen pummeligen bärtigen Herrn mit Koteletten aus, und wenn sein Spitzname nicht ohnehin Bunny wäre, müsste man ihn so taufen. Aber nach einem Aubrey sucht sie vergebens, wenn es nicht der große, intelligent wirkende Brillenträger mit beginnender Glatze und leicht gebückter Haltung ist, der schnellen Schrittes der Tür zustrebt, Regenmantel überm Arm, als wäre ihm plötzlich eingefallen, dass gleich sein Zug geht.

Der aalglatte Emilio Dell'Oro mit dem prachtvollen Silberhaar hat den freien Platz auf Dimas anderer Seite eingenommen. Ist es sein eigenes Haar oder eine Perücke?, fragt Gail sich. Es gibt inzwischen so täuschend echte.

* * *

Dima drängt auf eine Partie Tennis für morgen. Perry windet sich, beschwört Dima wie einen alten Freund, der er ja in den drei Wochen seit Antigua gewissermaßen auch geworden ist.

»Dima, ich weiß wirklich nicht, wie ich es hinkriegen soll«, beteuert er. »Wir sind noch mit einem Riesenhaufen Leute hier in Paris verabredet. Ich habe kein Tenniszeug dabei. Und ich habe Gail hoch und heilig versprochen, dass sie diesmal endlich Monets ›Seerosen‹ zu sehen kriegt.«

Dima kippt einen Schluck Wodka hinunter, wischt sich den Mund ab. »Wir *spielen*«, sagt er, als würde er eine erwiesene Tatsache feststellen. »Club des Rois. Morgen um zwölf. Hab ich gebucht. Mit verfickter Massage danach.«

»Massage im Regen, Dima?«, fragt Gail neckisch. »Erzählen Sie mir nicht, dass Sie ein neues Laster entdeckt haben.«

Dima hört gar nicht hin.

»Hab ich ein Termin bei Drecks-Bank, neun morgen früh, ein paar Drecks-Papiere unterschreiben für Armani-

Gang. Zwölf dann Revanche, hörst du? Hast du Schiss, ja?« Perry setzt zu neuerlichem Protest an, Dima übertönt ihn. »Nummer 6. Bester Platz. Eine Stunde Match, dann Massage, dann Lunch. Auf mich.«

Nun endlich schaltet sich der Weltmann Dell'Oro ein. Er versucht es mit Ablenkung:

»Wo in Paris sind Sie denn abgestiegen, Professor, wenn ich das fragen darf? Im Ritz? Ich hoffe, nein. Es gibt die wunderbarsten kleinen Hotels hier, wenn man nur weiß, wo man suchen muss. Wenn ich gewusst hätte, dass Sie kommen, hätte ich Ihnen ein halbes Dutzend nennen können.«

Wenn sie fragen, nicht um den heißen Brei herumreden, seien Sie ganz offen, so Hectors Instruktionen. *Es ist eine harmlose Frage, darauf gibt's eine harmlose Antwort.* Perry hat sich den Rat offenbar zu Herzen genommen, denn er lacht schon jetzt.

»Eine so üble Klitsche, das glauben Sie nie«, ruft er aus.

Aber Emilio glaubt es ihm, ja, der Name gefällt ihm so gut, dass er ihn in einem Krokodillederbüchlein notiert, das sich in das königsblaue Innenfutter seines wappengeschmückten cremefarbenen Blazers schmiegt. Und nachdem das vollbracht ist, wendet er sich engelszüngig an Dima:

»Wenn Ihre Tennispartie morgen sein soll, Dima, dann hat Gail völlig recht, fürchte ich. Sie haben die Rechnung ohne den Regen gemacht. Nicht einmal unser Freund der Professor kann Ihnen Satisfaktion leisten, wenn es schüttet. Und für morgen ist sogar noch schlechteres Wetter angesagt als für heute.«

»*Wichs mich nicht an!*«

* * *

Dimas Faust fuhr auf den Tisch nieder, dass die Gläser in die Luft sprangen und eine Flasche Burgunder Anstalten machte, sich auf den Teppich zu ergießen, aber Perry fing sie souverän auf und stellte sie wieder aufrecht hin. Die ganze Breite der Glasfront entlang waren die Gäste erschreckt zusammengezuckt.

Perrys vorsichtige Einrede lenkte das Geschehen in ruhigere Bahnen.

»Dima, haben Sie doch ein Einsehen. Ich hab schließlich nicht mal einen Schläger dabei!«

»Dell'Oro hat *zwanzig* gottverdammte Schläger.«

»Dreißig«, berichtigte Dell'Oro kühl.

»*Okay!*«

Okay was? Okay, Dima drischt wieder auf den Tisch? Sein schweißfeuchtes Gesicht ist starr, das Kinn verbissen vorgeschoben, als er sich schwankend erhebt, den Oberkörper hintüberlehnt und Perry beim Handgelenk packt, so dass der mit ihm aufstehen muss.

»Okay, alle«, ruft er. »Der Professor und ich, wir spielen morgen Revanche, und ich mach ihn platt. Zwölf Uhr, Club des Rois, wer zuschauen kommt, bringt er Regenschirm mit, kriegt er hinterher Lunch. Der Sieger bezahlt. Das ist Dima. Hört ihr?«

Manche offenbar ja. Einer oder zwei lächeln sogar, und ein paar klatschen. Vom Tisch der Bosse erst nichts, dann ein einzelner gedämpfter Kommentar auf Russisch, gefolgt von unfreundlichem Gelächter.

Gail und Perry wechseln einen Blick, lächeln, zucken die Achseln. Wer könnte im Angesicht solcher Willensgewalt – und unter solch peinlichen Umständen – bei seinem Nein bleiben? Dell'Oro merkt, was sich anbahnt, und versucht rasch vorzubauen:

»Dima, ich glaube, Sie verlangen ein bisschen arg viel von Ihren Freunden. Warum vereinbaren Sie nicht einen Termin irgendwann später im Jahr?«

Aber der Vorschlag kommt zu spät, Gail und Perry sind zu großmütig gestimmt.

»Ach, wissen Sie, Emilio«, sagt Gail. »Wenn Dima so wild darauf ist und Perry auch nichts dagegen hat, warum lassen wir den beiden nicht ihren Spaß. *Ich* bin dabei, wenn du's bist. Liebling?«

Das *Liebling* ist neu, es ist mehr Miltons und Doolittles Sprache als die von Perry und Gail.

»Also schön. Aber unter einer Bedingung« – dies wieder Dell'Oro, der die Oberhand zurückzugewinnen sucht: »Heute Abend darf ich Sie bei meinem Fest begrüßen. Ich habe ein traumhaftes Haus in Neuilly, Sie werden begeistert sein. Dima liebt es, er wohnt bei uns. Wir haben unsere geschätzten Moskauer Kollegen zu Gast. Meine Frau überwacht gerade die Vorbereitungen, die Ärmste. Ich lasse Sie um acht Uhr in Ihrem Hotel abholen, einverstanden? Ziehen Sie an, was immer Sie möchten. Wir sind da sehr unorthodox.«

Aber Dell'Oros Einladung fällt auf unfruchtbaren Boden. Perry lacht nur – völlig ausgeschlossen, wirklich, Emilio, sagt er. Gail beteuert, dass ihre Pariser Freunde ihr das nie verzeihen würden, und nein, mitbringen kann sie sie auch nicht, weil sie selbst eine Party geben, extra zu Ehren von Perry und Gail.

Stattdessen vereinbaren sie, dass Emilios Wagen sie morgen um elf zum Wassertennis abholt, und wenn Blicke töten könnten, dann müsste Dima unter Dell'Oros Blicken tot umfallen, aber laut Hector ist er bis Bern ja immun.

* * *

»Ihr zwei seid *ideal* in der Rolle«, lobte Hector. »Nicht wahr, Luke? Gail mit ihrer *phantastischen* Intuition. Und dann Sie, Perry, Mastermind in Person. Nicht dass Gail auf den Kopf gefallen wäre. Tausend Dank für das, was Sie bisher schon geleistet haben. Für Ihren Mut in der Löwengrube. Na, klinge ich wie ein Pfadfinderführer?«

»Ich würde sagen, ja«, erwiderte Perry, der sich genüsslich auf einer Chaiselongue unter einem großen Bogenfenster mit Blick auf die Seine räkelte.

»Umso besser«, sagte Hector zufrieden, und alle lachten vernügt.

Nur Gail, die auf einem Hocker zu Perrys Häupten saß und ihm versonnen durchs Haar fuhr, schien nicht so recht zum Feiern aufgelegt.

Es war nach dem Essen auf der Île St.-Louis. Die atemberaubende Wohnung ganz oben in der alten Festung gehörte Lukes Tante, einer Malerin. Ihre Bilder, die sie selbstredend niemals verkauft hätte, lehnten stapelweise an den Wänden. Sie war eine schöne, amüsierte Mittsiebzigerin. Als junges Mädchen hatte sie in der Résistance gekämpft und fand sich daher mühelos in die ihr zugedachte Rolle bei Lukes kleiner Scharade:

»Wie ich höre, sind wir Freunde von ganz früher«, hatte sie Perry vor ein paar Stunden eröffnet, indem sie zur Begrüßung ganz leicht seine Hand berührte und dann gleich wieder losließ. »Wir haben uns im Salon einer lieben Freundin von mir kennengelernt, als Sie ein Student mit einem hoffnungslosen Drang zur Malerei waren. Ihr Name, wenn Sie einen Namen brauchen, war Michelle de la Tour, Friede ihrer Asche. Ich habe Ihnen erlaubt, in meinem Schatten zu sitzen. Sie waren zu jung, um mein Liebhaber zu werden. Stellt Sie das zufrieden, oder muss ich noch mehr verraten?«

»Das stellt mich mehr als zufrieden, danke sehr!«, sagte Perry lachend.

»Mich stellt es nicht zufrieden. Niemand ist zu jung, um mein Liebhaber zu werden. Luke wird Sie mit Entenconfit und einem Camembert versorgen. Ich wünsche Ihnen einen angenehmen Abend. Und Sie, meine Liebe, sind hinreißend« – zu Gail – »und viel zu gut für diesen gescheiterten Künstler. Ich mache nur Spaß. Luke, vergiss Sheeba nicht.«

Sheeba, ihre Siamkatze, die jetzt auf Gails Schoß saß.

Während des Essens war Perry, noch ganz überdreht, aus dem Erzählen gar nicht herausgekommen, ob er nun atemlos von Federer schwärmte, nochmals ihre gestellte Zufallsbegegnung mit Dima schilderte oder Dimas Tour de Force in der VIP-Lounge neu durchlebte. Für Gail hörte er sich an wie nach einer halsbrecherischen Kletterpartie oder einem knapp gewonnenen Querfeldeinrennen, wenn der Adrenalinrausch langsam nachließ. Und Luke und Hector waren das perfekte Publikum. Hector, gebannt und ungewohnt schweigsam, unterbrach nur, um ihnen hier und da noch ein Detail zu entlocken – der hypothetische Aubrey: Auf wie groß schätzten Sie ihn? Bunny: Hatte er einen sitzen? –, während Luke immer wieder geschäftig in die riesige Küche enteilte oder ihre Gläser nachfüllte (besonders liebevoll das von Gail), dazwischen den einen oder anderen Anruf von Ollie entgegennahm und trotzdem immer präsent schien.

Erst jetzt, nachdem das Essen und der Wein ihr Heilswerk vollbracht hatten und Perrys Aufgekratztheit abgeebbt war, kam Hector auf den exakten Wortlaut von Dimas Einladung in den Club des Rois zurück.

»Die Message also steckt in der Massage, könnte man sagen«, fasste er zusammen. »Möchte dem jemand etwas hinzufügen?«

»Die Massage schien praktisch Bestandteil der Revanche«, bestätigte Perry.

»Luke?«

»Der Gedanke drängt sich auf. Wie oft?«

»Dreimal«, sagte Perry.

»Gail?«, fragte Hector.

Gail, aus ihrem Sinnen gerissen, war weniger siegesgewiss als die Männer.

»Ich frage mich nur, ob sich der Gedanke nicht vielleicht auch Emilio und der Armani-Gang aufgedrängt hat«, sagte sie und mied dabei Lukes Blick.

Das hatte sich Hector auch schon gefragt.

»Gut, machen wir uns nichts vor, wenn Dell'Oro Verdacht geschöpft hat, wird er das Tennis umgehend abblasen, und wir gucken in die Röhre. Finito. Aber nach Ollies jüngsten Meldungen geht der Trend eher in die andere Richtung, richtig, Luke?«

»Ollie war bei einem informellen Treffen der Fahrer vor Dell'Oros Château«, erklärte Luke mit seinem blankpolierten Lächeln. »Emilio verkauft das Tennismatch morgen als kleinen Schwof im Anschluss an die Unterzeichnung. Seine Moskauer Freunde haben den Eiffelturm schon gesehen, und am Louvre sind sie nicht interessiert, das heißt, er muss sich was für sie einfallen lassen.«

»Und die Massage?«, half Hector nach.

»Dima hat zwei Massagetermine für sich und Perry gebucht, beide parallel, unmittelbar nach dem Spiel. Wie Ollie außerdem eruiert hat, spielen im Club des Rois zwar einige der begehrtesten Anschlagsziele der Welt, aber Privatsphäre wird dennoch ganz groß geschrieben. Leibwächter werden im Club des Rois nicht dazu ermutigt, ihren Schützlingen in die Garderoben, Saunen oder Massageräume hinterherzutappen. Man legt ihnen nahe, im Foyer oder in ihren kugelsicheren Limousinen zu warten.«

»Und die clubeigenen Masseure?«, fragte Gail. »Was machen die, während ihr Jungs Kriegsrat haltet?«

Luke lieferte die Antwort, auch jetzt wieder mit seinem Speziallächeln. »Montag ist ihr freier Tag, Gail. Da kommen sie nur nach Vereinbarung. Nicht einmal Emilio wird wissen, dass sie morgen nicht kommen.«

* * *

Ein Uhr nachts im Hôtel des Quinze Anges, und Perry schlief endlich. Auf Zehenspitzen stahl Gail sich zur Toilette draußen auf dem Korridor, verriegelte die Tür, und las in dem fahlen Schein der schwächsten aller Glühbirnen noch einmal die SMS, die sie vorhin bekommen hatte, um sieben, als sie gerade zu ihrem Abend auf der Île aufbrachen.

MEIN VATER SAGT DU BIST IN PARIS. EIN SCHWEIZER ARZT HAT MITGETEILT, DASS ICH 9 WOCHEN SCHWANGER BIN. MAX IST IN DEN BERGEN UND ANTWORTET NICHT. GAIL

Gail? Sie unterschreibt mit *meinem* Namen? Ist sie so von der Rolle, dass sie vergessen hat, wie sie heißt? Oder will sie sagen: »Gail, bitte, ich flehe dich an« – ist es so gemeint?

Halb benebelt vor Müdigkeit rief sie die Nummer auf, und ehe sie wusste, was sie tat, hatte sie auf *Wählen* gedrückt und fand sich mit einem Schweizer Auftragsdienst verbunden. Zu Tode erschrocken legte sie auf und tippte stattdessen, hellwach jetzt:

Unternimm auf gar keinen Fall was, bevor wir uns nicht gesprochen haben. Wir müssen uns sehen und reden!
LG Gail

Sie schlich sich zurück ins Zimmer und kroch wieder unter die Rosshaardecke. Perry schlief wie ein Toter. Sag ich's ihm, ja oder nein? So viel, wie er eh schon am Hals hat? Wo doch morgen sein großer Tag ist? Und ich Natascha striktes Schweigen gelobt habe?

13

Auf ihrer Fahrt in Emilio Dell'Oros Mercedes, der zu Madame Mères Entrüstung geschlagene zehn Minuten die Durchfahrt vor dem Quinze Anges blockiert hatte – und nicht mal das Fenster hatte diese Kanaille von Chauffeur heruntergelassen, um sich ihre Schimpfkanonade anzuhören! –, quälten Perry Makepiece weit mehr Sorgen, als er Gail gegenüber zugeben mochte, die in ihrem todschicken Vivienne-Westwood-Anzug mit den Pluderhosen (ihr Geschenk an sich selbst zur Feier ihres ersten gewonnenen Prozesses) alles aufbot, was sie hatte: »Wenn diese Edelnutten mit von der Partie sind, muss ich schon auch ein paar Geschütze auffahren«, hatte sie Perry wissen lassen, während sie halsbrecherisch auf dem Bett balancierte, um sich im Spiegel über dem Waschbecken zu begutachten.

* * *

Gestern Nacht, als sie von ihrem Abendessen zurückgekommen waren, hatten Madame Mères Knopfaugen bedeutsam aus dem Kabuff hinter der Rezeption herausgefunkelt.

»Willst du als Erste ins Bad, und ich komme dann nach?«, hatte er vorgeschlagen, und Gail war mit dankbarem Gähnen hochgegangen.

»Zwei Araber«, wisperte Madame Mère.

»Araber?«

»Arabische Polizisten. Untereinander haben sie arabisch geredet und mit mir französisch. *Arabisch*-französisch.«

»Was wollten sie wissen?«

»Alles. Wo Sie sind. Was Sie machen. Ihre Passnummer. Ihre Adresse in Oxford. Madames Adresse in London. Alles über Sie.«

»Was haben Sie ihnen gesagt?«

»Nichts. Dass Sie ein alter Gast sind, dass Sie schön brav bezahlen, dass Sie gute Manieren haben und immer nur eine Frau auf einmal, dass Sie bei einer Malerin auf der Île eingeladen sind und spät zurückkommen werden, aber einen Schlüssel haben, weil Sie vertrauenswürdig sind.«

»Und unsere englischen Adressen?«

Madame Mère war eine kleine Frau, was ihr gallisches Achselzucken umso dramatischer ausfallen ließ. »Alles, was Sie auf Ihre *fiche* geschrieben haben, das haben sie genommen. Wenn Sie nicht wollen, dass man Ihre Adresse weiß, hätten Sie eine falsche angeben müssen.«

Perry nahm ihr das Versprechen ab, dass sie nichts zu Gail sagen würde – *mon Dieu*, als würde ihr das jemals einfallen, schließlich war sie selbst eine Frau! –, und erwog, auf der Stelle Hector anzurufen, aber da er Perry war, und noch dazu Perry mit einer beträchtlichen Menge altem Calvados im Leib, entschied er ganz pragmatisch, dass niemand etwas tun konnte, das nicht bis zum nächsten Morgen warten konnte, und ging zu Bett. Als er zum Aroma von frischem Kaffee und Croissants wieder erwachte, saß Gail zu seiner Überraschung am Fußende des Bettes, im Bademantel, das Handy in der Hand.

»Ist was passiert?«, fragte er.

»Die Kanzlei hat nur gerade bestätigt.«

»Was bestätigt?«

»Du hattest vor, mich heute Abend heimzuschicken, schon vergessen?«

»Nein, natürlich nicht.«

»Jedenfalls fahre ich nicht. Ich habe der Kanzlei eine SMS geschickt, und jetzt darf Helga *Samson gegen Samson* an die Wand fahren.«

Helga, Gails Intimfeindin? Die männermordende Helga mit den Netzstrümpfen, der die männliche Belegschaft der Kanzlei geschlossen aus der Hand fraß?

»Warum machst du so was, um Himmels willen?«

»Wegen dir, größtenteils. Aus irgendeinem Grund ist mir nicht danach, dich allein zu lassen, während du mit den Zähnen an der Felskante hängst. Und morgen begleite ich dich nach Bern, wo du ja wohl als Nächstes hinfahren wirst, auch wenn du es mir nicht gesagt hast.«

»Ist das schon alles?«

»Wieso nicht? Wenn ich in London bin, machst du dir ja trotzdem Sorgen um mich. Also kann ich genauso gut da sein, wo du mich sehen kannst.«

»Und du kommst nicht auf die Idee, dass ich mich noch mehr sorgen könnte, wenn ich dich sehe?«

Das war hässlich gesagt, und er wusste es und sie auch. Als Abbitte hätte er ihr fast von seinem Gespräch mit Madame Mère erzählt, aber er befürchtete, dann würde sie ihm erst recht nicht mehr von der Seite weichen wollen.

»Du scheinst mir über diesen ganzen Erwachsenenspielchen die Kinder zu vergessen«, sagte sie, vorwurfsvoll jetzt.

»Gail, das ist kompletter Unsinn! Ich tue alles in meiner Macht Stehende, genau wie unsere Freunde auch, um sicherzustellen, dass sie …« Besser, der Satz blieb unvollendet. Besser, sie beließen es bei Andeutungen. Nach ihren vierzehn Tagen Einweisung mochte er gar nicht darüber nachdenken, wer wann wo mithören könnte. »Die Kinder waren und sind meine erste Priorität«, sagte er nicht ganz wahrheitsgemäß und merkte, wie er rot wurde. »Für sie machen wir das alles doch«, beharrte er. »Wir beide. Nicht nur du. Natürlich geht es mir auch um unseren Freund und darum, diese ganze Sache durchzuziehen. Und *natürlich* fasziniert es mich. Alles.« Ein wenig beschämt stockte er. »Weil es ein Stück wirkliches Leben bedeutet. Und die Kinder sind Teil davon. Ein enorm großer Teil. Und das bleiben sie auch dann, wenn du wieder in London bist.«

Aber wenn Perry erwartet hatte, dass diese hehre Absichtsbekundung seine Zuhörerschaft in die Schranken weisen würde, so irrte er.

»Aber die Kinder sind ja nicht hier, oder? Und auch nicht in London«, konterte Gail unbeeindruckt. »Sie sind in Bern. Und sie trauern schrecklich um Mischa und Olga, sagt Natascha. Die Jungs sind den ganzen Tag beim Fußball, Tamara hält Zwiesprache mit Gott, alle merken, dass irgendwas in der Luft liegt, aber sie wissen nicht was.«

»*Sagt Natascha*? Was redest du da?«

»Wir simsen uns.«

»Du und Natascha?«

»Richtig.«

»Davon hast du mir gar nichts erzählt.«

»Und du mir nichts von den Plänen für Bern. Oder?« – sie küsste ihn –, »*oder*? Um mich zu beschützen. Also beschützen wir uns von jetzt an gegenseitig. Keine einsamen Entscheidungen mehr. Einverstanden?«

* * *

Einverstanden nur insoweit, als Gail sich fertigmachen würde, während er in den Regen hinauszog, um sich bei Printemps für sein Tennismatch einzudecken. Mit dem Rest des Gesagten herrschte, jedenfalls von seiner Seite, entschieden *kein* Einverständnis.

Ihn beunruhigten nicht nur Madame Mères nächtliche Besucher. Auch sonst war die gestrige Euphorie dem Gefühl einer unwägbaren, rasant näher rückenden Bedrohung gewichen. Als er triefnass im Foyer von Printemps anlangte, rief er Hector an und bekam ein Besetztzeichen. Zehn Minuten später stand zu seinen Füßen eine nagelneue Sporttasche mit T-Shirt, Socken, Tennisschuhen und (was hatte ihn da bloß geritten?, fragte er sich) einem Sonnenvisier darin, und als er es diesmal probierte, kam er durch.

»Haben Sie eine Beschreibung?«, erkundigte sich Hector, etwas zu entspannt für Perrys Geschmack, nachdem er ihn zu Ende angehört hatte.

»Araber.«

»Mag schon sein, dass es Araber waren. Vielleicht waren es aber nebenbei französische Polizisten. Haben sie ihre Ausweise vorgezeigt?«

»Hat sie nicht gesagt.«

»Und Sie haben auch nicht gefragt?«

»Nein, hab ich nicht. Ich war nicht völlig nüchtern.«

»Was dagegen, wenn ich Harry auf ein Schwätzchen bei ihr vorbeischicke?«

Harry? Ach richtig, Ollie. »Ich glaube, es war auch so schon Aufregung genug, trotzdem vielen Dank«, sagte Perry steif.

Er wusste nicht recht, was als Nächstes kommen sollte. Vielleicht wusste Hector es auch nicht.

»Sonst keine Bauchschmerzen?«, fragte Hector.

»Bauchschmerzen?«

»Zweifel. Lampenfieber. Kalte Füße. Muffensausen, was weiß ich«, sagte Hector ungeduldig.

»Meinerseits keinerlei Bauchschmerzen. Bis auf diese verfluchte Kreditkarte, die nicht durchgehen will.« Die gab es nicht. Es war eine Lüge, und er wusste nicht, warum er sie erzählte, außer um Mitleid einzuheimsen, das er aber nicht bekam.

»Doolittle auch guter Dinge?«

»Sie findet, ja. Ich finde, nein. Sie will unbedingt mit

nach Bern. Ich bin strikt dagegen. Sie hat ihren Part gespielt – großartig, wie Sie gestern Abend selbst gesagt haben. Ich will, dass sie es damit gut sein lässt, heute Abend wie geplant nach London zurückfährt und dort bleibt, bis ich wieder da bin.«

»Tja, aber das wird sie nicht.«

»Wieso nicht?«

»Weil sie vor ein paar Minuten angerufen hat, um mir zu sagen, dass Sie sicher gleich anrufen würden und dass keine zehn Pferde sie dazu bringen können, ihre Meinung zu ändern. Was ich als ziemlich endgültig ansehe, und das sollten Sie ebenfalls. Wenn Sie nicht gegen den Strom ankommen, schwimmen Sie mit. Sind Sie noch dran?«

»Was denn sonst? Und was haben Sie ihr geantwortet?«

»Ihr gesagt, wie sehr mich das freut. Wie unverzichtbar sie für die Sache ist. Und da es ihre freie Entscheidung war und nichts auf der Welt sie umstimmen kann, würde ich Ihnen zu einem ähnlichen Kurs raten. Kleiner Zwischenbericht von der Front gefällig?«

»Ja?«

»Noch läuft alles nach Plan. Die Siebenerbande hat ihre große Unterzeichnungsaktion mit unserem Mann hinter sich gebracht, alle mit Leichenbittermienen, was aber am Kater liegen kann. Im Moment wird er mit bewaffnetem Geleit nach Neuilly zurückbefördert. Im Club des Rois ist Lunch für zwanzig Personen bestellt. Die Masseure stehen Gewehr bei Fuß. Alles also wie gehabt, außer dass Sie beide, wenn Sie *ce soir* nach London zurückfahren, von dort morgen weiterfliegen nach Zürich, E-Tickets am Flughafen. Luke holt Sie ab. Nicht Sie allein, wie ursprünglich ausgemacht. Sondern Sie beide zusammen. Und, klingt das akzeptabel?«

»Muss es ja wohl.«

»Sie hören sich so brummig an. Hängt Ihnen unser kleines Gelage nach?«

»Nein.«

»Dann Kopf hoch. Unser Mann will Sie topfit sehen. Wir übrigens auch.«

Perry hatte mit dem Gedanken gespielt, Hector von Gails SMS-Freundschaft mit Natascha zu berichten, sich jedoch eines Besseren besonnen – wenn sich von »besser« denn sprechen ließ.

* * *

Im Mercedes stank es nach kaltem Rauch. In dem Netz an der Lehne des Beifahrersitzes klemmte eine angebrochene Flasche Perrier. Der Chauffeur war ein Hüne mit kleinem, kugeligem Schädel. Hals hatte er keinen, nur ein paar waagrechte rote Striemen zwischen den Stoppeln, die aussahen wie mit einer Rasierklinge geritzt. Gail in ihrem seidenen Hosenanzug, der immer wirkte, als müsste er ihr jeden Moment vom Körper gleiten, erschien Perry so schön wie noch nie. Ihr langer weißer Regenmantel – ein Luxuskauf bei Bergdorf Goodman in New York – lag neben ihr auf dem Sitz. Der Regen trommelte mit solcher Wucht auf das Autodach, dass es wie Hagel klang. Die Scheibenwischer versuchten ächzend und jammernd hinterherzukommen.

Der kugelköpfige Hüne lenkte den Mercedes in eine Seitenstraße, hielt vor einem eleganten Apartmenthaus und hupte einmal. Ein zweiter Wagen stellte sich hinter sie. Eine Autojagd? *An so was dürft ihr nicht mal denken.* Ein rundlicher, frohgemuter Mann mit weitem Ulster und einem breitkrempigen Regenhut kam aus dem Foyer gehüpft und schwang sich auf den Beifahrersitz, drehte sich nach hinten, pflanzte den Arm auf die Rückenlehne und sein Doppelkinn auf den Arm.

»Na, wer ist alles in Tennislaune?«, begann er mit hoher, gedehnter Stimme. »*Monsieur le Professeur* schon mal, klarerweise. Und Sie müssen seine bessere Hälfte sein, meine

Liebe, ganz eindeutig sind Sie das. Sogar noch besser als gestern, wenn ich das so sagen darf. Ich gedenke Sie das ganze Spiel hindurch mit Beschlag zu belegen.«

»Gail Perkins, meine Verlobte«, sagte Perry steif.

Seine Verlobte? Ach so? Davon war zwischen ihnen nicht die Rede gewesen. Vielleicht ja zwischen Milton und Doolittle.

»Mein Name ist Dr. Popham, besser bekannt als Bunny, wandelndes gesetzliches Schlupfloch für die ekelerregend Reichen«, fuhr er fort, während seine kleinen rosafarbenen Äuglein gierig von einem zum anderen glitten, als versuchte er zu entscheiden, wen von ihnen er als Erstes verspeisen wollte. »Sie entsinnen sich vielleicht, dass unser russischer Bär gestern die Stirn hatte, mich vor einem tausendköpfigen Publikum zu beleidigen? Worauf ich ihn mit meinem Spitzentüchlein weggewedelt habe?«

Perry schien nicht zum Antworten aufgelegt, darum sprang Gail in die Bresche.

»Und woher kennen *Sie* ihn, Bunny«, fragte sie munter, während das Auto sich wieder in den Verkehr einfädelte.

»Grundgütiger, er und ich kennen uns so gut wie gar nicht, Gott sei's gedankt. Sehen Sie mich als einen alten Kumpel von Emilio, der zur moralischen Unterstützung angetreten ist. Dass er sich das immer wieder antut, der Ärmste. Letztens war's ein Haufen grenzdebiler arabischer Fürstensöhne auf Shoppingtour. Diesmal also ein Trupp öder russischer Banker, *Armani-Gang*, ich bitte Sie! *Und* ihre teuren Damen« – er senkte vertraulich die Stimme –, »und *teurere* Damen habe ich im Leben nicht gesehen!« Seine gierigen kleinen Augen hefteten sich schmachtend auf Perry. »Aber am bedauernswertesten ist natürlich unser armer, lieber Professor« – der Blick der rosa Äuglein tragisch jetzt –, »was für ein Akt der Nächstenliebe! Der Himmel wird es Ihnen lohnen, ich werde mich darum kümmern. Aber wie hätten Sie es unserem armen Bären auch abschlagen können, so geknickt, wie er durch diese furchtbaren Morde ist?« Zurück zu Gail. »Bleiben Sie länger in Paris, Miss Gail Perkins?«

»Oh, ich wünschte, wir könnten noch bleiben. Aber ich muss leider Gottes zurück in die Tretmühle, ob Sonnenschein oder Regen« – ein sarkastischer Blick auf die Bäche, die an der Scheibe hinabströmten. »Und Sie, Bunny?«

»Ach, ich bin flatterhaft. Ich schwirre so herum. Ein kleines Nest hier, ein kleines Nest dort. Ich lasse mich nieder, aber nie für lang.«

Ein Schild zum CENTRE HIPPIQUE DU TOURING, ein anderes zum PAVILLON DES OISEAUX. Der Regen ein wenig schwächer nun. Das Verfolgerauto noch immer hinter ihnen. Zu ihrer Rechten erschien ein verschnörkeltes Flügeltor, verschlossen. Dem Tor gegenüber war eine Parkbucht, in der der Chauffeur den Mercedes zum Stehen brachte. Das verdächtige Auto hielt neben ihnen. Getönte Scheiben. Perry ließ die Türen nicht aus den Augen. Sehr langsam öffnete sich eine. Eine ältliche Matrone stieg aus, gefolgt von ihrem Schäferhund.

»*Cent mètres*«, knurrte der Chauffeur und zeigte mit einem nicht sehr sauberen Finger auf das Tor.

»Wir sind doch nicht blind, Dummerchen«, sagte Bunny.

Seite an Seite gingen sie die *cent mètres*, Gail mit Bunny unter dessen Schirm, Perry über die neue Sporttasche gekrümmt, während ihm der Regen ins Gesicht peitschte. Sie kamen zu einem niedrigen weißen Gebäude.

Auf der obersten Eingangsstufe stand unter dem Vordach Emilio Dell'Oro in einem knielangen Regenmantel mit Pelzkragen. Ein Stück entfernt, in einer Gruppe für sich, drei der unwirschen Jungmanager von gestern. Ein paar Mädchen saugten trübsinnig an den Zigaretten, die sie im Clubhaus nicht rauchen durften. Und neben Dell'Oro, bekleidet mit grauen Flanellhosen und Blazer, stand ein hochgewachsener grauhaariger Herr von provozierend aristokratisch-britischem Äußeren, der ihnen seine leberfleckige Hand entgegenstreckte.

»Giles«, stellte er sich vor. »Haben uns schon in dem Trubel gestern kurz gesehen. Nicht dass Sie sich erinnern werden. Ich war eigentlich nur auf der Durchreise, als Emilio mich gekapert hat. Zeigt mal wieder, dass man nie auf Verdacht alte Bekannte anrufen darf. Trotzdem, keine üble Fête gestern Abend, alle Achtung. Ein Jammer nur, dass Sie beide nicht dabei sein konnten« – zu Perry jetzt – »Sprechen Sie Russisch? Ich zum Glück ein bisschen. Fürchte, unsere geschätzten Gäste haben sonst nicht viel vorzuweisen auf dem Sprachengebiet.«

Angeführt von Dell'Oro begab der Trupp sich nach drinnen. Ein nasser Montagmittag: nicht gerade Stoßzeit bei den Clubmitgliedern. An einem Ecktischchen am linken Rand von Perrys Gesichtsfeld saß Luke mit Brille auf der Nase. Er hatte ein Bluetooth-Headset am Ohr und starrte in einen schlanken silbernen Laptop, jeder Zoll der Geschäftsmann, der eine dringende Korrespondenz abwickelt.

Sollten Sie jemanden sehen, der vage einem von uns ähnelt, ist das eine Fata Morgana, hatte Hector sie gestern Abend gewarnt.

Panik. Ein Schlingern in der Magengegend. *Wo ist Gail hinverschwunden?* Übelkeit stieg in Perry auf, während er hektisch umherschaute, nur um sie in der Mitte des Raums zu entdecken, im munteren Geplänkel mit Giles, Bunny Popham und Dell'Oro. Bleib ruhig, und bleib in Sicht, instruierte er sie im Geiste. Bleib auf dem Boden, heb nicht ab, übertreib's nicht. Dell'Oro fragte Bunny Popham eben, ob es zu früh für Champagner sei, und Bunny antwortete, das hänge vom Jahrgang ab. Wieherndes Gelächter allseits, aber am lautesten lachte Gail. Perry wollte ihr gerade zu Hilfe eilen, da erschallte das nunmehr vertraute *Professor! Jesusmaria!*, und als er sich umdrehte, kamen drei Regenschirme die Stufen herauf.

Unter dem mittleren Schirm Dima mit einer Gucci-Sporttasche.

Flankiert von Niki und dem Philosophenschädel, wie Gail ihn flugs getauft hatte.

Sie hatten die oberste Stufe erreicht.

Dima schloss mit einem Knall seinen Schirm, drückte ihn Niki in die Hand und schlenderte dann durch die Schwingtür, allein.

»Seht ihr Drecks-Regen?«, rief er den Versammelten kriegerisch entgegen. »Seht ihr den Himmel? Zehn Minuten, dann scheint da oben die Sonne!« Und zu Perry: »Was ist, Professor, magst du Tennissachen anziehen, oder mach ich dich in dein gottverdammten Anzug platt?«

Halbherziges Gelächter aus dem Publikum. Das surreale Schauspiel von gestern ging in seine zweite Runde.

* * *

Perry und Dima steigen eine dunkle Holztreppe hinunter, ihre Sporttaschen in der Hand. Dima als Clubmitglied geht voran. Turnhallengerüche. Kiefernöl, Dampfigkeit, verschwitzte Kleider.

»Ich hab Schläger, Professor!«, blafft Dima die Stufen empor.

»Wunderbar!«, blafft Perry nicht minder laut.

»Sechs mindestens! Schläger von Wichskerl Emilio. Spielt scheiße, aber gute Schläger hat er.«

»Sechs von seinen dreißig, oder wie?«

»Gut erkannt, Professor! Gut erkannt!«

Dima kündigt ihnen an, dass wir auf dem Weg nach unten sind. Er braucht nicht zu wissen, dass Luke sie schon vorgewarnt hat. Am Fuß der Treppe wirft Perry einen Blick über die Schulter. Kein Niki, kein Philosophenschädel, kein Emilio, niemand. Sie betreten einen düsteren Umkleideraum, holzgetäfelt im skandinavischen Stil. Keine Fenster. Energiesparlampen. Hinter Milchglas ahnt man zwei alte Männer beim Duschen. Auf einer hölzernen Tür steht TOILETTES. Auf zwei weiteren MASSAGE. An beiden Türklinken ein *Occupé*-Schild. *Klopfen Sie an die rechte Tür, aber erst, wenn er so weit ist. So, jetzt wiederholen Sie das.*

»Schönen Abend gehabt, Professor?«, erkundigt sich Dima beim Ausziehen.

»Sehr schön. Wie war Ihrer?«

»Scheiße.«

Perry lässt seine Sporttasche auf eine der Bänke fallen, zieht den Reißverschluss auf und beginnt mit dem Umkleiden. Dima, splitternackt jetzt, kehrt ihm den Rücken zu. Sein Torso ist ein blaues Labyrinth, vom Nacken bis hinunter zum Gesäß. Das Herzstück stellt ein Mädchen in einem Vierziger-Jahre-Badeanzug dar, das von fauchenden Bestien belagert wird. Die Schenkel des Mädchens schlingen sich um den Baum des Lebens, der seine Wurzeln in Dimas Steiß hat und seine Äste über seine Schulterblätter breitet.

»Ich muss pissen«, verkündet Dima.

»Tun Sie sich keinen Zwang an«, sagt Perry spaßhaft.

Dima öffnet die Toilettentür und sperrt sie hinter sich ab. Sekunden später kommt er wieder zum Vorschein, in der Hand einen zylinderförmigen Gegenstand. Es ist ein zugeknotetes Kondom mit einem USB-Stick darin. Von vorne hat Dima den Körper des Minotaurus. Sein buschiges schwarzes Schamhaar wuchert bis zum Nabel hinauf. Der Rest ist nicht minder imposant. An einem der Waschbecken hält er das Kondom unters laufende Wasser, tritt dann zu seiner Gucci-Tasche und schneidet es mit einer Schere entzwei, zieht die beiden Enden ab und gibt sie weiter an Perry, damit der sie verliert. Perry steckt sie in eine Seitentasche seines Sakkos, und in seinem Kopf blitzt das Bild von Gail auf, wie sie sie in einem Jahr dort findet und fragt: »Na, wann kommt denn der Nachwuchs?«

Mit der Zackigkeit des Zuchthäuslers zieht Dima ein Suspensorium und lange blaue Tennisshorts an, lässt den Stick in der rechten Shortstasche verschwinden, schlüpft in ein langärmliges T-Shirt, Socken, Turnschuhe. Das Ganze nimmt nicht mehr als ein paar Sekunden in Anspruch. Die eine Duschkabine geht auf. Ein dicker älterer Mann kommt heraus, ein Handtuch um den Bauch.

»*Bonjour tout le monde!*«

Bonjour.

Der dicke ältere Mann öffnet seinen Spind, lässt das Handtuch auf seine Füße fallen, holt einen Kleiderbügel heraus. Die zweite Duschkabine geht auf. Ein zweiter älterer Mann erscheint.

»*Quelle horreur, la pluie!*«, beschwert sich der zweite ältere Mann.

Perry gibt ihm recht. Wirklich grauenhaft, dieser Regen. Energisch klopft er bei der rechten Massagekabine. Drei Mal nur, kurz, aber fest. Dima steht hinter ihm.

»*C'est occupé*«, warnt der erste ältere Mann.

»*Pour moi, alors*«, sagt Perry.

»*Lundi, c'est tout fermé*«, legt ihm der zweite ältere Mann nahe.

Ollie öffnet von innen. Sie schieben sich an ihm vorbei. Ollie drückt die Tür zu, versetzt Perry einen ermutigenden Klaps auf den Arm. Er hat den Ohrring abgenommen und das Haar glatt nach hinten gekämmt. Er trägt einen weißen Kittel. Es ist, als hätte er eine Persönlichkeit abgelegt und eine andere übergestreift. Auch Hector ist im weißen Kittel, den er aber lässig offen trägt. Als Obermasseur darf er das.

Ollie klemmt Holzkeile zwischen Tür und Türrahmen, zwei unten, zwei an der Seite. Wie immer bei Ollie hat Perry das Gefühl, dass er all dies zum x-ten Mal macht. Hector und Dima stehen sich erstmals gegenüber, hintübergelehnt der eine, der andere nach vorn gebeugt. Hector im Vormarsch, Dima zurückweichend. Dima könnte ein alter Häftling sein, der sich auf den nächsten Teil seiner Strafe gefasst macht, Hector der Zuchthausdirektor. Dann streckt Hector die Hand aus. Dima schüttelt sie und hält sie mit der Linken fest, während er mit der Rechten in seiner Tasche sucht. Hector reicht den USB-Stick weiter an Ollie, der damit an einen Seitentisch tritt, die Massagetasche aufmacht, einen silbernen Laptop hervorholt, den Deckel hochklappt und den Stick anschließt, alles in einer einzigen Bewegung. In seinem weißen Kittel wirkt Ollie doppelt massig, aber dabei sachkundiger denn je.

Dima und Hector haben bisher kein Wort gewechselt. Sie sind nicht mehr Gefangener und Gefängnisdirektor, dieser Moment ist vorüber. Dima steht wieder hintübergelehnt, Hector vorgebückt. Seine weit offenen grauen Augen blicken stetig und unverwandt, aber auch forschend. Es ist nichts Besitzergreifendes in diesem Blick, nichts Sieghaftes, nichts Auftrumpfendes. Er könnte ein Chirurg sein, der entscheidet, wie er bei der Operation vorgehen wird – wenn er überhaupt operiert.

»Dima?«

»Ja.«

»Ich bin Tom. Ich bin Ihr britischer Apparatschik.«

»Nummer Eins?«

»Nummer Eins lässt Sie grüßen. Ich bin als sein Stellvertreter hier. Das ist Harry« – er deutet auf Ollie. »Wir sprechen Englisch, und der Professor hier achtet auf Fairplay.«

»Okay.«

»Gut, setzen wir uns.«

Sie setzen sich. Auge in Auge. Mit Perry, dem Fairplay-Garanten, auf Dimas Seite.

»Wir haben noch einen Kollegen oben«, fährt Hector fort. »Er sitzt allein in der Bar, vor genau dem gleichen silbernen Laptop wie Harry hier. Er heißt Dick. Er trägt eine Brille und eine rote Parteikrawatte. Wenn Sie den Club nachher verlassen, wird Dick mit seinem silbernen Laptop in der Hand aufstehen, vor Ihnen langsam quer durchs Foyer gehen und dabei einen dunkelblauen Regenmantel anziehen. Bitte prägen Sie sich ihn für die Zukunft ein. Dick hat seine Befugnisse von mir und von Nummer Eins. Verstanden?«

»Ich habe verstanden, Tom.«

»Er spricht Russisch, wenn es verlangt wird. Ich übrigens auch.«

Hector sieht auf seine Uhr, dann zu Ollie. »Ich rechne sieben Minuten, bevor Sie und der Professor wieder nach oben müssen. Dick sagt uns Bescheid, falls Sie früher benötigt werden. Können Sie sich mit diesem Procedere anfreunden?«

»*Anfreunden*? Sind Sie verrückt oder was?«

Und das Ritual nahm seinen Anfang. Nicht im Traum wäre es Perry eingefallen, dass ein solches Ritual existieren könnte, und doch schien es für keinen der beiden wegzudenken.

Erst Hector: »Sind Sie zum gegenwärtigen Zeitpunkt in Kontakt mit irgendeinem anderen ausländischen Nachrichtendienst, oder waren Sie es irgendwann früher?«

Darauf Dima: »Schwör ich zu Gott, nein.«

»Auch nicht mit dem russischen?«

»Nein.«

»Gibt es irgendwen in Ihrem Umfeld, der mit einem anderen Nachrichtendienst in Kontakt steht oder stand?«

»Nein.«

»Niemanden, der ähnliches Material anderweitig verhökert? Egal an wen – Polizei, Konzerne, Privatpersonen, ganz gleich, wo auf der Welt?«

»Hab ich nie was gehört. Ich will meine Kinder in England haben. Jetzt. Ich will meinen Deal, gottverdammt.«

»Ich will auch, dass Sie Ihren Deal bekommen. Dick und

Harry wollen, dass Sie Ihren Deal bekommen. Der Professor will es. Wir ziehen alle am selben Strang. Aber erst müssen Sie uns überzeugen, und ich muss die restlichen Apparatschiks in London überzeugen.«

»Scheißprinz legt mich um, verdammt.«

»Hat er Ihnen das gesagt?«

»Hat er. Auf Scheißbeerdigung: ›Nicht traurig sein, Dima. Bald wirst du sein bei Mischa.‹ War Witz. Schlechter Witz.«

»Wie lief die Unterzeichnung vorhin?«

»Super. Hälfte von mein Scheißleben ist weg.«

»Dann sehen wir zu, dass wir die andere Hälfte geregelt kriegen, einverstanden?«

* * *

Luke weiß ausnahmsweise ganz genau, wer er ist und was er tut. Auch die Clubleitung weiß das. Er ist ein Mann mit Geld in der Tasche, Monsieur Michel Despard, und er wartet auf seine exzentrische alte Tante, die ihn zum Mittagessen einladen will, die berühmte Malerin von der Île St.-Louis, von der kein Mensch je gehört hat. Ihr Sekretär hat einen Tisch für die beiden bestellt, aber exzentrisch, wie die alte Dame ist, kann es auch sein, dass sie gar nicht aufkreuzt. Das kennt Michel Despard schon an ihr, und der Club offenbar auch, denn ein teilnahmsvoller Oberkellner hat ihn in eine stille Ecke der Bar dirigiert, wo er an diesem verregneten Montag nach Belieben warten und gern auch seine Geschäfte wahrnehmen darf – und danke, Monsieur, danke vielmals; mit einem Hunderter lebt es sich gleich ein Stück leichter.

Ist Lukes Tante wirklich Mitglied im Club des Rois? *Mais oui!* Oder ihr verstorbener Gönner, der Comte, war Mitglied, was ist da der Unterschied? So jedenfalls die Geschichte, die Ollie in seiner Eigenschaft als Sekretär von

Lukes Tante zusammengesponnen hat. Und wie es Hector so treffend formuliert hat, einen besseren Mann für die Hintertür findet man in der Branche nicht, und falls etwas der Bestätigung bedarf: Die Tante wird es bestätigen.

Und Luke ist zufrieden. Er ist in operativer Hochform, ruhig, unaufgeregt. Nach außen hin ist er ein geduldeter Gast, abgeschoben ans Katzentischchen des Clubraums. Mit seiner Hornbrille, seinem Headset und dem aufgeklappten Laptop wirkt er einfach wie ein gestresster Manager, der am Montag die Rückstände vom Wochenende hereinzuholen versucht.

Doch innen drin, da ist er in seinem Element, so erfüllt und gelöst, wie er nur sein kann. Er ist die stetige Stimme im ungehörten Donner der Schlacht. Er ist der Späher, der alles sieht und ans Hauptquartier weitergibt. Er ist der Krisenmanager, der Mann fürs Kleingedruckte, der Adjutant mit dem Blick für das wesentliche Detail, das sein geplagter Kommandant übersieht oder nicht sehen will. Für Hector sind diese beiden »arabischen Polizisten« ein Hirngespinst, geboren aus Perrys übergroßer Sorge um Gails Sicherheit. Wenn es sie überhaupt gab, dann waren es zwei brave französische Gendarmen, die an einem Sonntagabend Langeweile hatten. Für Luke dagegen stellen sie ungeprüftes operatives Material dar, das sich weder bestätigen noch abtun lässt, sondern das es zu speichern gilt, bis mehr an Information verfügbar ist.

Er schaut auf seine Uhr, dann auf den Bildschirm. Sechs Minuten, seit Perry und Dima die Treppe zu den Umkleideräumen hinunterverschwunden sind. Vier Minuten und zwanzig Sekunden, seit Ollie ihr Eintreffen im Massageraum bestätigt hat.

Er hebt den Blick ein Stück, lässt ihn über die Szene vor ihm wandern: als Erstes die Sieben Sauberen Emissäre, alias die Armani-Gang, die griesgrämig Canapés in sich hineinstopfen, Champagner hinunterschütten und offenbar wenig Lust dazu verspüren, Small Talk mit ihren kostspieligen Begleiterinnen zu machen. Ihr Tagwerk ist bereits vollbracht. Sie haben unterschrieben. Sie sind halb schon in Bern, ihrer nächsten Station. Sie sind gelangweilt, verkatert und rastlos. Die Weiber gestern Nacht waren eine Enttäuschung, zumindest stellt Luke sich das vor. Und wie nennt Gail gleich wieder diese beiden Schweizer Bankiers, die in einer Ecke für sich sitzen, nur ihr Mineralwasser zur Gesellschaft? Peter und der Wolf.

Wunderbar, Gail. Alles an ihr ist wunderbar. Allein ihr zuzusehen, wie sie ihre Runden durchs Foyer dreht: diese fließenden Bewegungen, die hübschen Hüften und endlos langen Beine, der seltsam mütterliche Liebreiz. Gail mit Bunny Popham. Gail mit Giles de Salis. Gail mit allen beiden. Und nun stößt auch Emilio Dell'Oro zu ihnen, angezogen wie die Motte vom Licht. Etwas weiter weg ein versprengter Russe, der Gail mit den Augen verschlingt. Es ist der Moppelige. Mit dem Champagner ist er durch, jetzt muss es Wodka sein. Emilio, die Brauen hochgezogen, stellt eine scherzhafte Frage, die Luke nicht hören kann. Gail kontert mit einer witzigen Antwort. Luke liebt sie rettungslos, denn das ist Lukes Art zu lieben. Immer.

Emilio schaut über Gails Schulter in Richtung Treppe. Haben sie darüber gewitzelt? – hat Emilio gesagt: *Was treiben unsere zwei Hübschen da unten eigentlich so lange? Soll ich runtergehen und für Ordnung sorgen?* Und darauf Gail mit ihrer losen Zunge: *Unterstehen Sie sich, Emilio, die Jungs brauchen auch mal eine kleine Freude?*

Luke in sein Mundstück:

»Die Zeit ist um.«

Ach, Ben, wenn du mich jetzt sehen könntest. Den Profi, nicht immer nur den Versager. Vor einer Woche hat Ben ihm einen Harry-Potter-Band aufgenötigt. Und Luke hat versucht, ihn zu lesen, er hat es wirklich versucht. Er hat es versucht, wenn er hundemüde um elf Uhr heimkam, er hat es versucht, wenn er nachts im Bett schlaflos neben seiner unerreichbar fernen Frau lag. Und ist auf der ganzen Linie gescheitert. Dieses Fantasy-Zeug hat für ihn keinen Sinn ergeben – wie auch, könnte er fragen, wenn das eigene Leben, Heldentum inbegriffen, zur Gänze ein Phantasiegebilde ist? Denn was ist schon heldisch daran, gefangen und dann laufen gelassen zu werden?

»*Super*, oder?«, hat Ben gedrängelt, als ihm das Warten auf eine Reaktion zu lang wurde. »Hat's dir gefallen, sag schon?«

»Hat es, und es ist *voll* super«, hat Luke elegant geantwortet.

Eine weitere Lüge, und sie beide wussten es. Ein weiterer Schritt fort von dem Menschen, den er liebt wie sonst nichts auf der Welt.

* * *

»*Ruhe bitte, alle Mann kurz mal herhören. Danke schön!*« Bunny Popham, der kleine Gockel, wendet sich an den Mob. »Unsere wackeren Gladiatoren haben sich endlich herbeigelassen, uns mit ihrer Anwesenheit zu beehren. Begeben wir uns also ohne weiteren Verzug in die Arena!« Die *Arena* wurde mit ein paar wissenden Lachern belohnt. »Löwen erwarten uns heute keine, wenn man von Dima absieht. Und auch keine Christen, es sei denn, der Professor ist einer, wofür ich mich nicht verbürgen kann.« Noch mehr Lacher. »Gail, meine Liebe, seien Sie so gut und gehen Sie uns voran. Ich habe viel Haute Couture in meinem Leben gesehen, aber keine, muss ich sagen, die so hübsch gefüllt war.«

Perry und Dima führen den Zug an. Gail, Bunny Popham und Emilio Dell'Oro folgen. Nach ihnen ein paar saubere Emissäre und ihre Damen. Sauber währt am längsten. Dann der Moppelige, allein, aber dafür mit seinem Wodka. Luke sieht ihnen nach, bis eine Baumgruppe sie seinen Blicken entzieht. Ein Sonnenstrahl flirrt über den rabattengesäumten Weg und verlischt.

* * *

Roland Garros die Zweite: und sei es nur insofern, als es Gail weder währenddessen noch hinterher gelang, ihre Eindrücke von dem großen Regenmatch, das sie so gewissenhaft verfolgte, in eine sinnvolle Ordnung zu bringen. Zeitweise fragte sie sich, ob es den Spielern selbst anders ging.

Die Münze hatte für Dima entschieden, soviel wusste sie noch, weil die Münze immer für Dima entschied. Und er hatte auf den Aufschlag verzichtet, um mit dem Rücken zu den herandrängenden Wolken stehen zu können, auch das wusste sie.

Und dass sie irgendwann gedacht hatte, wie glaubwürdig doch die Spieler zunächst Kampfeslust vorgetäuscht hatten, nur um dann nach und nach, wie Schauspieler, deren Konzentration nachlässt, zu vergessen, dass hier ein erbittertes Duell zur Ehrenrettung Dimas auszutragen war.

Sie erinnerte sich an ihre Angst, Perry könnte auf dem schlüpfrigen, nassen Plastikband ausrutschen, das die Linien markierte. Wie unglaublich idiotisch, wenn er sich hier den Knöchel verstauchte – er oder auch Dima!

Und obwohl sie es machte wie die Franzosen und ihren Beifall getreulich zwischen Perry und Dima aufteilte, war es doch Perry, den sie nicht aus den Augen ließ, teils aus Beschützerdrang, teils, weil sie seiner Körpersprache zu entnehmen hoffte, wie es ihnen unten in der Umkleide mit Hector ergangen war.

Sie erinnerte sich auch an das leise Schmatzen, mit dem der langsamer werdende Ball in den nassen Sand patschte, und daran, wie sich ihre Gedanken zwischendurch immer wieder zur Schlussphase des gestrigen Endspiels verirrten und sie sie in die Gegenwart zurückzwingen musste.

Und wie die Bälle selbst immer bedächtiger flogen, je länger sich das Spiel hinzog. Und wie Perry diese bedächtigen Bälle in seiner Zerstreutheit immer wieder zu früh annahm und sie entweder ins Aus schlug oder sie – welche Schmach! – schlichtweg verfehlte.

Und wie Bunny Popham sich irgendwann über ihre Schulter lehnte und fragte, ob sie mit ihm fliehen wolle, bevor der nächste Schauer losbrach, oder lieber ausharren, um mit dem Schiff unterzugehen.

Und wie sie seine Einladung zum Vorwand genommen hatte, sich in die Toilette zu flüchten und ihr Handy anzuschalten, falls Natascha ihrer letzten Nachricht rein zufällig doch eine weitere hatte folgen lassen. Hatte sie nicht, was bedeutete, dass Gail genauso ratlos wie heute Morgen um neun vor den ominösen Worten saß, die sie schon jetzt, beim zweiten Lesen, auswendig kannte:

DIES HAUS IST UNERTRÄGLICH TAMARA NUR BEI GOTT KATJA UND IRINA TRAGISCH MEINE BRÜDER SPIELEN IMMERZU FUSSBALL WIR WISSEN AUF UNS WARTET EIN SCHLIMMES SCHICKSAL ICH KANN MEINEM VATER NIEMALS MEHR IN SEIN GESICHT SCHAUEN NATASCHA

Anruftaste gedrückt, ins Leere gelauscht, Handy ausgeschaltet.

* * *

Und die Gräben wusste sie noch, die sich nach der zweiten Regenunterbrechung – oder war es die dritte? – in dem aufgeweichten roten Sand aufgetan hatten, der offenbar keinen einzigen Tropfen mehr aufnehmen konnte, woraufhin ein Herr vom Club auf der Bildfläche erschien und

Emilio Dell'Oro Vorhaltungen machte, unter Hinweisen auf den Zustand des Platzes und mit viel waagrechtem Händewedeln, das so viel hieß wie »Schluss jetzt«.

Doch Emilio Dell'Oro musste über ungeheure Überzeugungskräfte verfügen, denn er nahm den Herrn vertraulich beim Arm und führte ihn unter eine Buche, und am Ende des Gesprächs dackelte der Herr zum Clubhaus zurück wie ein abgekanzelter Schulbub.

Und inmitten dieser diffusen Beobachtungen und Erinnerungen schaltete sich immer wieder die Anwältin in Gail ein, mit ihrer ständigen Sorge um das *dünne Eis der Plausibilität* – so dünn, dass es ihr schon von Beginn an zum Brechen verurteilt schien, was freilich nicht zwingend das Ende aller Dinge darstellen musste, solange sie nur irgendwie zu Natascha und den Mädchen gelangte.

Und während ihr all dies noch durch den Kopf geht, siehe da: Dima und Perry haben ein Einsehen und reichen sich übers Netz hinweg die Hand – kein Händedruck unter versöhnten Gegnern, empfindet sie, sondern der zweier Komplizen bei einem so himmelschreienden Betrug, dass das zerrupfte Häuflein Getreuer, das noch auf der Tribüne ausharrt, eher buhen sollte als klatschen.

Und mitten in dem ganzen Wirrwarr – denn der Tag hält Ungereimtheiten ohne Ende auf Lager – baut sich vor ihr der moppelige Russe auf, der ihr schon die ganze Zeit nachschleicht, und eröffnet ihr, dass er sie ficken will. In diesen Worten: »Ich will ficken mit dir«, und dann steht er da und wartet auf Antwort – ein bierernster Yuppie, Anfang dreißig, mit pickliger Haut, blutunterlaufenen Augen und einem leeren Wodkaglas in der Hand. Erst dachte sie, sie hätte sich verhört. In ihrem Kopf herrschte kaum weniger Tumult als draußen. Sie bat ihn allen Ernstes, seine Worte zu wiederholen. Doch da hatte ihn der Schneid schon wieder verlassen, und er beschränkte sich darauf, ihr in fünf Metern Abstand zu folgen, weshalb sie sich unter die Fittiche von Bunny Popham flüchtete, immer noch die beste unter den gebotenen Optionen.

Und so wiederum ergab es sich, dass sie ihm gestand, dass sie Kollegen waren, eine Eröffnung, die sie immer scheute, weil sie üblicherweise ein peinliches gegenseitiges Aushorchen nach sich zog. Aber Bunny Popham nahm es lediglich als Aufhänger für eine weitere seiner Anzüglichkeiten:

»Nein *so was!*« – die Augen zum Himmel verdreht –, »ich bin *hin und weg*. Wenn Sie irgendwann mal wen brauchen, der Ihre *Akte* durchsieht ...«

Er wollte wissen, für welche Kanzlei sie arbeitete, also sagte sie es ihm, was ja nur normal war. Wie sonst hätte sie reagieren sollen?

Sie dachte sehr viel übers Packen nach. Auch daran erinnerte sie sich. Ob sie Perrys neue Sporttasche für die Schmutzwäsche hernehmen konnten, zum Beispiel, und ähnlich brisante Fragen rund um die Abreise aus Paris und die Weiterfahrt zu Natascha. Perry hatte das Zimmer für drei Nächte gebucht, damit sie heute Abend in Ruhe packen konnten, ehe sie in den Zug nach London stiegen – was in der Welt, der sie nun angehörten, die normale Route nach Bern war, wenn man potentiell überwacht wurde und in Bern nichts zu suchen hatte.

* * *

Der Massageraum stellte Bademäntel. Perry und Dima trugen sie. Sie saßen wieder zu dritt am Tisch, nach Perrys Uhr seit exakt zwölf Minuten. In der Ecke beugte sich der weißbekittelte Ollie über seinen Laptop, die Massagetasche zu seinen Füßen, und ab und zu kritzelte er etwas auf einen Zettel und reichte ihn Hector, der ihn auf den Haufen vor ihm legte. Die Beengtheit hier drin erinnerte an den Keller in Bloomsbury, nur ohne die Weindünste, und wie in Bloomsbury drangen beruhigend die Geräusche des wirklichen Lebens zu ihnen herein: ein Rumpeln in den Leitungsrohren, Stimmen aus der Umkleidekabine, das Rauschen einer Klospülung, das Klopfen einer defekten Klimaanlage.

»Wie viel bekommt Longrigg?«, fragt Hector nach einem Blick auf einen von Ollies Zetteln.

»Ein und ein halb Prozent«, antwortet Dima mit klangloser Stimme. »Erstes Geld kriegt er, wenn Arena-Bank Zulassung hat. Nach ein Jahr, zweites Geld. Nach wieder ein Jahr, Rest.«

»Wohin bezahlt?«

»Schweiz.«

»Wissen Sie die Kontonummer?«

»Bis Bern weiß ich nicht diese Nummer. Manchmal weiß ich nur Name. Manchmal nur Nummer.«

»Giles de Salis?«

»Sonderprovision. Ist mir nur erzählt, nicht bestätigt. Emilio sagt zu mir: De Salis kriegt diese Sonderprovision. Aber kann sein, Emilio behält sie für sich. Nach Bern, ich weiß sicher.«

»Eine Sonderprovision in welcher Höhe?«

»Fünf Millionen glatt. Kann sein, es ist Lüge. Ist ein Fuchs, Emilio. Stiehlt alles.«

»US-Dollar?«

»Ja.«

»Zahlbar wann?«

»Wie bei Longrigg, aber bar, keine Auflagen, auf zwei Jahre, nicht drei. Hälfte bei offizieller Gründung von Arena-Bank, Hälfte nach ein Jahr Handel. Tom.«

»Ja?«

»Hörn Sie, okay?« Die Stimme plötzlich wieder lebhaft. »Nach Bern, ich weiß alles. Für Unterschrift, ich muss geben Einverständnis, okay? Wo ich nicht Einverständnis geb, ich unterschreib nicht, das ist mein Recht. Ihr holt mein Familie nach England, okay? Ich geh nach Bern, unterschreib da, ihr holt meine Leute raus, kriegt ihr von mir mein Herz, mein Leben kriegt ihr!« Er fährt herum zu Perry. »Du hast sie gesehn, meine Kinder! Jesusmaria, was sollen sie denken von mir. Sind sie blind, verdammt? Mein Natascha, sie dreht durch, sie isst nicht mehr.« Und wieder an Hector gewandt: »Ihr bringt meine Kinder nach England, Tom. Jetzt. Dann machen wir Deal. Wenn mein Familie in England ist, ich weiß alles, ist mir scheißegal!«

Mag Perry unter diesem Appell auch dahinschmelzen, Hectors Adlerblick drückt nur eisige Ablehnung aus.

»Vergessen Sie's«, gibt er zurück. Und indem er Dimas Proteste niederbügelt: »Ihre Frau und die Kinder bleiben, wo Sie sind, bis am Mittwoch die Unterzeichnung über die Bühne gegangen ist. Wenn sie vor dem Termin in Bern aus Ihrem Haus verschwinden, gefährdet das Ihre Familie, es gefährdet *Sie,* und es gefährdet den Deal. Haben Sie einen Leibwächter bei sich daheim, oder hat der Prinz den abgezogen?«

»Igor. Eines Tages, wir machen ihn Wor. Ich lieb den Mann. Tamara liebt ihn. Kinder auch.«

Ihr macht ihn Wor?, wiederholt Perry im Stillen. Aus eurem Vorstadtpalais irgendwo in Surrey, wenn Natascha nach Roedean geht und die Jungs nach Eton, macht *ihr* Igor zum Wor?

»Derzeit bewachen zwei Männer Sie. Niki und ein Neuer.«

»Für Prinz. Sollen mich umnieten.«

»Um wie viel Uhr am Mittwoch ist Ihr Termin in Bern?«

»Zehn Uhr. Früh. Bundesplatz.«

»Waren Niki und sein Freund bei der heutigen Unterzeichnung dabei?«

»Nix da. Warten draußen. Zu blöd für drin.«

»Und in Bern werden sie auch nicht dabei sein?«

»Nix da. Kann sein, sie sitzen im Warteraum. Jesusmaria, Tom …«

»Und nach der Unterzeichnung richtet die Bank zur Feier des Tages einen Empfang aus. Im Bellevue Palace Hotel immerhin.«

»Halb zwölf. Großer Empfang. Feiern alle mit.«

»Haben Sie das, Ollie?«, ruft Hector Ollie in seiner Ecke zu, und Ollie hebt bestätigend den Arm. »Begleiten Niki und sein Freund Sie zum Empfang?«

Während Dimas Fassung ihm immer mehr abhandenkommt, wirkt Hector so gesammelt, dass es fast schon etwas Getriebenes hat.

»Zwei Scheißgorillas?«, empört Dima sich. »Zu Empfang? Sind Sie irr? Der Prinz wird mich nicht in Scheiß-Bellevue umlegen. Der wartet eine Woche. Kann sein, zwei. Kann sein, er legt erst Tamara um, legt Kinder um, was weiß ich.«

Hectors Blick verliert nichts von seiner Härte.

»Noch mal zur Bestätigung«, beharrt er. »Sie wissen also sicher, dass Ihre beiden Bewacher – Niki und sein Freund – bei dem Empfang im Bellevue nicht dabei sein werden?«

Die gewaltigen Schultern sacken vornüber, der ganze Mann versinkt sichtbar in Verzweiflung. »Sicher? Weiß ich gar nichts mehr sicher. Kann sein, sie kommen zu Empfang. Jesusmaria, Tom.«

»Nehmen wir mal an, sie kommen. Rein hypothetisch. Beim Pinkeln zuschauen werden sie Ihnen ja wohl nicht.«

Keine Antwort, aber Hector wartet ohnehin keine ab. Er macht ein paar schnelle Schritte in Ollies Ecke und stellt sich hinter ihm auf, um den Bildschirm sehen zu können.

»Okay, was halten Sie hiervon: Ob mit Gorillas oder ohne, nach der Hälfte des Empfangs – sagen wir gegen zwölf, oder so nahe daran, wie Sie's einrichten können – gehen Sie pinkeln. Geh mal aufs Erdgeschoss« – dies zu Ollie. »Das Bellevue hat zwei Paar Waschräume für die Gäste im Erdgeschoss. Das eine ist gleich rechts, wenn Sie ins Foyer kommen, auf der anderen Seite der Rezeption. Korrekt, Harry?«

»*Exactement*, Tom.«

»Sie wissen, welche Waschräume ich meine?«

»Klar weiß ich.«

»Das sind die, die Sie *nicht* benutzen. Um zu den anderen zu kommen, gehen Sie nach links und dann eine Treppe runter. Die Klos sind im Keller und werden selten benutzt, weil sie schlechter zu erreichen sind. Die Treppe geht gleich neben der Bar weg. Zwischen der Bar und dem Lift. Sie wissen, von welcher Treppe ich rede? Auf dem Treppenabsatz ist eine Tür, die sich aufdrücken lässt, wenn sie nicht abgeschlossen ist.«

»Ich trinke viele Male in dieser Bar. Ich kenne diese Treppe. Aber abends, sie sperren ab. Kann sein, manche Tage auch.«

Hector setzt sich wieder hin. »Am Mittwoch wird die Tür nicht abgesperrt sein. Sie gehen die Treppe hinunter. Dick oben im Foyer folgt Ihnen. Vom Keller aus führt ein Seitenausgang auf die Straße. Dick wird ein Auto haben. Wohin er Sie bringt, hängt davon ab, was ich heute Abend in London aushandle.«

Dima appelliert erneut an Perry, diesmal mit Tränen in den Augen:

»Mein Familie muss nach England, Professor. Ihr habt sie gesehen, sag das diesem Apparatschik. Kinder zuerst, ich später, mir scheißegal. Kann Prinz mich umlegen, wenn mein Familie in England ist, interessiert keine Sau.«

»Uns schon«, sagt Hector mit Verve. »Wir wollen Sie und Ihre ganze Familie. Wir wollen, dass Sie heil und sicher in England sitzen und singen wie eine Nachtigall. Wir wollen, dass Sie alle froh und glücklich sind. In der Schweiz ist es mitten im Schuljahr. Haben Sie irgendwas für die Kinder geplant?«

»Nach Begräbnis in Moskau, ich sag zu ihnen, scheiß auf

Schule, kann sein, wir machen Ferien. Wieder Antigua vielleicht, vielleicht Sotschi, einfach faul sein, einfach fröhlich sein. Nach Moskau, ich erzähl ihnen jeden Scheiß. Jesusmaria.«

Hector bleibt ungerührt. »Das heißt, sie sind zu Hause, nicht in der Schule, und warten auf Sie, und sie wissen auch, dass sie vielleicht verreisen, aber nicht, wohin.«

»Überraschungsurlaub, so sag ich zu ihnen. Ein Geheimnis. Kann sein, sie glauben mir das. Keine Ahnung.«

»Wenn Sie Mittwochvormittag auf der Bank sind und hinterher im Bellevue, was macht Igor in der Zeit?«

Dima reibt sich mit dem Daumen die Nase.

»Kann sein, einkaufen in Bern. Oder mit Tamara zu russische Kirche. Oder mit Natascha zum Reiten. Wenn sie nicht sitzt und liest.«

»Igor sollte am Mittwochvormittag in Bern sein und einkaufen. Können Sie das Tamara telefonisch übermitteln, ohne dass es auffällt? Sie soll Igor eine möglichst lange Einkaufsliste mitgeben. Nicht dass Sie von Ihrem Überraschungsurlaub zurückkommen und nichts im Haus haben.«

»Geht okay. Wahrscheinlich.«

»Nur wahrscheinlich?«

»Geht okay. Sag ich Tamara. Sie ist bisschen verrückt. Aber okay. Doch.«

»Während Igor die Einkäufe erledigt, werden Harry und der Professor Ihre Familie zum Überraschungsurlaub abholen.«

»London.«

»Oder ein sicherer Ort. Entweder das eine oder das andere, je nachdem, wie schnell es möglich ist, Sie alle nach England zu schaffen. Wenn ich meine Apparatschiks aufgrund Ihrer bisherigen Informationen dazu bringen kann, den Rest auf Treu und Glauben zu nehmen – besonders die Informationen, die Sie in Bern erhalten werden –, dann fliegen wir Sie und Ihre Familie gleich am Mittwochabend per Sondermaschine nach London aus. Darauf gebe ich Ihnen mein Wort. Der Professor ist Zeuge. Wenn nicht, bringe ich Sie und Ihre Familie in ein sicheres Quartier und kümmere mich um Sie, bis meine Nummer Eins sagt: ›Bring sie nach England.‹ So ist die Sachlage, nach meinem besten Wissen und Gewissen. Perry, Sie können das bestätigen.«

»Ja.«

»Bei dem zweiten Überschreibungstermin in Bern, wie wollen Sie da die neuen Informationen, die Sie bekommen, festhalten?«

»Kann ich leicht. Erst ich bin allein mit Direktor von Bank. Hab ich das Recht. Vielleicht ich sag ihm, kopier mir den Scheiß. Brauch ich Kopien, bevor ich überschreiben kann. Er ist mein Freund. Wenn er nicht kopiert, scheißegal. Hab ich gutes Gedächtnis.«

»Sobald Dick Sie aus dem Bellevue Palace geholt hat, wird er Ihnen ein Aufnahmegerät geben, und Sie sprechen alles auf Band, was Sie gesehen und gehört haben.«

»Und keine Grenzen, verfickt.«

»Sie werden nicht eine Grenze passieren, bis Sie nach England kommen. Darauf haben Sie ebenfalls mein Wort. Perry, Sie haben es gehört, Sie sind mein Zeuge.«

Ja, Perry hat es gehört. Dennoch sitzt er einen Moment lang da wie in Gedanken verloren, die langen Finger an die Stirn gedrückt, blicklos vor sich hin starrend.

»Tom sagt die Wahrheit, Dima«, bekräftigt er schließlich. »Er hat es mir auch versprochen. Ich vertraue ihm.«

14

Einen Tag später, am Dienstagnachmittag um vier, holte Luke Gail und Perry am Flughafen Zürich-Kloten ab. Die zwei hatten eine unruhige Nacht in der Wohnung in Primrose Hill hinter sich, beide schlaflos, beide mit ihren unterschiedlichen Sorgen beschäftigt: Gail hauptsächlich mit dem Gedanken an Natascha (warum dieses plötzliche Schweigen?), aber auch an die kleinen Mädchen; Perry mit Dima und dem beunruhigenden Wissen, dass Hector die Operation ab sofort von London aus befehligen würde, während ihre Geschicke im Feld von Luke gelenkt wurden, mit Schützenhilfe von Ollie und, notgedrungen, ihm selbst.

Vom Flughafen aus fuhr Luke mit ihnen zu einem alten Dorfgasthof in einem Tal wenige Kilometer westlich von Bern. Der Gasthof war bezaubernd, das ehemals idyllische Tal verschandelt durch gesichtslose Wohnblöcke, Neonschilder, Hochspannungsmasten und einen Pornoladen. Luke wartete, während Perry und Gail ihr Zimmer bezogen, und setzte sich mit ihnen dann auf ein Bier in eine ruhige Ecke der Wirtsstube. Wenig später stieß Ollie zu ihnen, auf dem Kopf statt der Baskenmütze einen schwarzen Schlapphut, der ihm verwegen über ein Auge herabhing, aber ansonsten derselbe wie immer.

* * *

Mit ruhiger Stimme setzte Luke sie über die jüngsten Entwicklungen ins Bild. Gail gegenüber gab er sich wortkarg und reserviert, von Anbändeln keine Spur mehr. Hectors Plan A, so teilte er den Versammelten mit, war fehlgeschlagen. Nach Rücksprache mit London – Matlock ließ er vor Perry und Gail aus dem Spiel – sah Hector keine Möglichkeit, Dima und seine Familie unmittelbar im Anschluss an den morgigen Termin nach England auszufliegen, weshalb nun Plan B in Kraft trat, sprich, ein sicheres Haus irgendwo in der Schweiz, bis Hector grünes Licht erhielt. Hector und Luke hatten sehr gründlich über das Wo und Wie nachgedacht und waren zu dem Schluss gelangt, dass bei einer so bunt zusammengewürfelten Familie *abgelegen* nicht gleichbedeutend mit *geheim* war.

»Dieser Ansicht sind Sie ja auch, oder, Ollie?«

»Voll und ganz, Luke«, bestätigte Ollie in seinem leicht suspekt klingenden Cockney.

In der Schweiz war der Sommer dieses Jahr früh gekommen, fuhr Luke fort. Besser also, nach dem Mao-Prinzip Deckung in der Menge zu suchen, als in einem entlegenen Dörfchen untertauchen zu wollen, in dem jedes unbekannte Gesicht die Blicke auf sich zog – und erst recht das eines kahlköpfigen, befehlsgewohnten Russen in Begleitung zweier kleiner Mädchen, zweier rabaukiger Halbwüchsiger, einer blendend schönen jungen Tochter und einer halbverrückten Ehefrau.

Doch auch strategisch betrachtet, brachte die Abgelegenheit aus der Sicht der Barfüßler keinen Vorteil, eher im Gegenteil, denn der kleine Flughafen Bern-Belp war vorzüglich geeignet für eine diskrete Ausreise per Privatflugzeug.

* * *

Nach Luke war Ollie am Zug, und wie Luke war auch er in seinem Element und berichtete knapp und präzise. Nachdem er eine Reihe von Möglichkeiten durchgegangen sei, sagte er, habe er sich für ein klotziges modernes Chalet ein Stück außerhalb des beliebten Fremdenverkehrsorts Wengen im Lauterbrunnental entschieden, sechzig Autominuten und eine viertelstündige Zugfahrt entfernt von ihrem jetzigen Standort.

»Und ganz ehrlich, wenn irgendwer an diesen Kasten mehr als einen Blick verschwendet, dann muss er schon ziemlich meschugge sein«, schloss er herausfordernd und zog seinen schwarzen Hut tiefer ins Gesicht.

Der emsige Luke verteilte nun Zettel mit Namen und Adresse des Chalets sowie der Festnetznummer, auf der sie dringende und unverfängliche Anrufe tätigen konnten, falls die Handys nicht funktionieren sollten, wobei Ollie zu berichten wusste, dass der Empfang im Dorf selbst einwandfrei war.

»Und wie lange sollen die Dimas da oben festsitzen?«, fragte Perry in seiner Rolle als Gefangenenfürsorger.

Er hatte nicht ernsthaft mit einer erhellenden Antwort gerechnet, aber Luke zeigte sich erstaunlich entgegenkommend – deutlich entgegenkommender zumindest, als es Hector unter vergleichbaren Umständen gewesen wäre. Es gebe einen ganzen Haufen bürokratischer Hürden, die erst einmal genommen werden müssten, erklärte Luke: Einwanderungsbehörde, Justizministerium, Innenministerium, um nur drei zu nennen. Hectors derzeitige Bemühungen zielten darauf ab, möglichst viele davon zu umgehen, bis Dima und Familie sicher in England angelangt seien:

»Über den Daumen gepeilt drei bis vier Tage. Wenn wir Glück haben, weniger, wenn nicht, mehr. Ab da wird's dann ein bisschen sumpfig.«

»Sumpfig?«, wiederholte Gail und lachte. »Wie gut, dass wir barfuß sind!«

Luke errötete, stimmte dann in das Lachen der anderen ein und setzte neu an. Bei Operationen wie dieser (wobei natürlich keine zwei gleich seien) müsse laufend umdisponiert werden, erklärte er. Von dem Moment an, da Dima von der Bildfläche verschwand – also morgen Mittag, toi, toi, toi –, werde die Jagd auf ihn losgehen, aber in welcher Form, darüber könne man im Moment nur spekulieren:

»Sagen will ich damit lediglich, Gail, dass ab morgen Mittag die Zeit läuft und dass wir darauf gefasst sein müssen, unsere Pläne kurzfristig abzuändern. Das können wir aber. Das ist unser Beruf. Dafür werden wir bezahlt.«

Und sie sollten früh schlafen gehen und ihn anrufen, wann immer ihnen danach war, legte er ihnen allen dreien noch einmal nahe, bevor er sich auf den Weg zurück nach Bern machte.

»Sollten Sie die Rezeption dranhaben, nicht vergessen, mein Name ist John Brabazon«, erinnerte er sie mit knappem Lächeln.

* * *

Aus seinem vornehmen Zimmer im ersten Stock des Bellevue Palace mit Blick auf die Aare, die gleich unter seinem Fenster floss, und die fernen Gipfel des Berner Oberlandes, die sich schwarz vor dem orangeleuchtenden Himmel abhoben, versuchte Luke, Hector zu erreichen, und wurde von Hectors Stimme aufgefordert, auf Band zu sprechen, falls nicht das verflixte Dach einstürzte, in welchem Fall eh jede Hilfe zu spät komme, *also Augen zu und durch* – was Luke zum Lachen brachte und ihm bestätigte, was er schon vermutet hatte: dass Hector mitten in einem erbitterten bürokratischen Zweikampf steckte, der keine Rücksicht auf normale Bürozeiten nahm.

Er hatte noch eine zweite Nummer für Notfälle, doch da seines Wissens kein Notfall vorlag, hinterließ er eine muntere Nachricht des Inhalts, dass das Dach bis jetzt noch hielt, Milton und Doolittle auf ihrem Posten und guten Mutes waren, Harry glänzende Arbeit leistete, ach ja, und Grüße auch an Yvonne. Dann duschte er ausgiebig und zog seinen besten Anzug an, bevor er sich auf den Weg nach unten machte, um das Terrain zu sondieren. Sein Gefühl der Befreiung war jetzt vielleicht sogar noch größer als im Club des Rois. Er war barfuß, endlich, er segelte auf einer Wolke dahin: kein vierter Stock, der in letzter Minute hysterisch dazwischenfunkte, keine unkontrollierbare Anzahl von Beobachtern, Lauschern, kreisenden Hubschraubern und allen sonstigen fragwürdigen Insignien der modernen Geheimoperation; kein kokaingetriebener Warlord, der ihn in einem Dschungelverlies festkettete. Nur der barfüßige Luke mit seinem kleinen Häuflein Getreuer – darunter wie üblich seine neueste große Liebe –, und Hector in London, der die Mächte des Bösen bekämpfte und für Luke den Kopf hinhielt.

»Im Zweifel *nicht* zweifeln, und das ist ein Befehl. Stecken Sie nicht den großen Zeh ins Wasser, springen Sie verdammt noch mal rein«, hatte ihm Hector gestern Abend bei einem hastigen Abschieds-Malt am Flughafen Charles de Gaulle eingeschärft. »Wenn einer baden geht, dann bin ich es, zweiten Preis gibt's keinen, Prost, und Gott schütze uns alle!«

In diesem Moment war etwas in Luke aufgewallt, ein Gefühl der Verbundenheit, der Nähe zu Hector, das über das Kollegiale weit hinausging.

»Wie geht's Adrian denn?«, erkundigte er sich, weil er an Matlocks übergriffige Frage denken musste und sie gern wiedergutgemacht hätte.

»Ach, besser, danke. Viel besser«, sagte Hector. »Die Therapeuten haben ihn jetzt ziemlich gut eingestellt, sagen sie. Wenn er sich benimmt, kann er in sechs Monaten draußen sein. Wie geht's Ben?«

»Sehr gut. Bestens. Eloise auch«, erwiderte Luke und wünschte, er hätte nicht gefragt.

Unten an der Rezeption teilte eine unglaublich schicke Empfangsdame Luke mit, der Herr Direktor absolviere seine übliche Runde unter den Gästen an der Bar. Luke marschierte schnurstracks zu ihm hin. Darin war er gut, wenn es sein musste. Weniger ein Künstler der Hintertür, so wie Ollie, eher der unverfroren agierende, präpotente kleine Brite.

»Sir? Brabazon mein Name. John Brabazon. Bin zum ersten Mal hier. Dürfte ich wohl kurz was sagen?«

Das durfte er, und der Herr Direktor, dem Übles schwante, stählte sich dafür, es zu hören.

»Sie haben hier eins der schönsten, unverfälschtesten Jugendstilhotels – edwardianisch sagt man hier ja wohl nicht –, das mir bei meinen Reisen je untergekommen ist.«

»Sind Sie Hotelier?«

»Leider nein. Nur einer von diesen lästigen Journalisten. *London Times,* Rubrik Reisen. Völlig unangekündigt, tut mir leid, ich bin rein privat hier …«

Die Tour begann:

»… Das hier ist unser Ballsaal, der Salon Royal, wie wir ihn nennen«, stimmte der Direktor seinen wohlgeübten Monolog an. »Hier sehen Sie unseren kleinen Bankettraum, den sogenannten Salon du Palais, und das ist unser Salon d'Honneur, in dem wir unsere Cocktailempfänge abhalten. Auf unsere *finger foods* ist unser Chef de Cuisine besonders stolz. Hier unser Restaurant, La Terrace, einer der begehrtesten Treffs für das modische Berner Publikum, aber auch für unsere internationalen Gäste. Hier haben schon viele Prominente gespeist, auch Filmstars, nehmen Sie gern die Liste mit, und selbstverständlich auch die Speisekarte.«

»Und die Küche?«, erkundigte sich Luke, der nichts

dem Zufall überlassen wollte. »Darf ich da ganz kurz reinspitzen, wenn das Küchenteam nichts dagegen hat?«

Und als der Herr Direktor ihm in erschöpfender Ausführlichkeit alles gezeigt hatte, was es zu zeigen gab, und Luke pflichtschuldigst ins Schwärmen geraten war und sich ausgiebig Notizen gemacht hatte und dazu ein paar Photos mit seinem Handy, wenn der Herr Direktor gestattete, rein zur Erinnerung, aber natürlich würde die Zeitung noch einen Profiphotographen schicken, wenn's recht war (war es), kehrte er an die Bar zurück, wo er sich mit einem unsagbar köstlichen Clubsandwich und einem Glas Dôle stärkte, und ergänzte dann seinen journalistischen Rundgang noch um ein paar unerlässliche letzte Punkte (darunter so banale Details wie Toiletten, Feuerleitern, Notausgänge, Parkmöglichkeiten und das momentan noch im Bau befindliche Fitnessstudio oben auf dem Dach), ehe er von seinem Zimmer aus Perry anrief, um auch dort nach dem Rechten zu sehen. Gail schlief schon. Perry hoffte, in Bälde so weit zu sein. Als er auflegte, sagte sich Luke, dass er jetzt eben Gail im Bett so nahe gewesen war, wie er es jemals hoffen durfte. Er wählte Ollies Nummer.

»Alles prima, danke der Nachfrage, Dick. Und das mit dem Transport ist auch in trockenen Tüchern, falls Ihnen das Magenschmerzen bereitet hat. Was meinen Sie übrigens zu diesen arabischen Polizisten?«

»Schwer einzuschätzen, Harry.«

»Geht mir genauso. Trau niemals einem Bullen, sage ich immer. Ansonsten alles in Ordnung?«

»Bis morgen, ja.«

Und als Letztes rief Luke Eloise an.

»Geht es dir gut, Luke?«

»Ja, sehr gut, danke. Bern ist eine wunderschöne Stadt. Wir sollten irgendwann mal zusammen hinfahren. Mit Ben.«

So reden wir immer: Ben zuliebe. Auf dass er in den vollen Genuss zweier glücklicher heterosexueller Eltern kommt.

»Möchtest du ihn sprechen?«, fragte sie.

»Ist er denn noch auf? Sag bloß, er paukt noch seine Spanischvokabeln.«

»Du bist uns eine Stunde voraus, Luke.«

»Ach ja, natürlich. Dann gern, sicher. Bitte. Hallo, Ben.«

»Hallo.«

»Ich hocke hier in Bern. Bern in der Schweiz. Die Hauptstadt, weißt du? Es gibt ein echt phantastisches Museum hier. Das Einstein-Museum, eins der besten Museen, in denen ich jemals war.«

»Du warst im *Museum*?«

»Nur für eine halbe Stunde. Gestern Abend, als ich angekommen bin. Sie hatten gerade Abendöffnung. Gleich über die Brücke vor meinem Hotel. Also bin ich hingegangen.«

»Warum?«

»Weil ich Lust hatte. Der Portier hat es empfohlen, also bin ich hin.«

»Einfach so?«

»Ja. Einfach so.«

»Was hat er sonst noch empfohlen?«

»Wie meinst du das?«

»Hast du Käsefondue gegessen?«

»Das macht keinen Spaß, wenn man allein ist. Dazu brauche ich dich und Mama. Euch alle beide.«

»Klar.«

»Und wenn alles glattläuft, bin ich am Wochenende schon wieder zu Hause. Dann können wir ins Kino gehen oder so was.«

»Ähm, eigentlich muss ich noch meinen Spanischaufsatz fertigschreiben …«

»Natürlich. Viel Erfolg. Worum geht's denn?«

»Keine Ahnung. Irgendwelches spanische Zeug eben. Tschüs.«

»Tschüs.«

Was hat der Portier sonst noch empfohlen? Hab ich das richtig gehört? Warum nicht gleich: *Schickt der Portier dir eine Nutte hoch?* Was erzählt Eloise dem Kind für Sachen? Und warum zum Teufel behaupte ich, ich wäre im Einstein-Museum gewesen, nur weil das Faltblatt an der Rezeption auslag?

* * *

Er legte sich ins Bett, schaltete die BBC-Weltnachrichten an und wieder aus. Halbwahrheiten. Viertelwahrheiten. Was die Welt wirklich über sich weiß, das wagt sie nicht zu sagen. Seit Bogotá, das merkte er immer stärker, fehlte ihm manchmal der Mut, sich seiner Einsamkeit zu stellen. Vielleicht hatte er zu viele verschiedene Teile seines Ichs zu lange zusammengehalten, und jetzt begannen sie auseinanderzubröckeln. Er ging an die Minibar, schenkte sich einen Scotch mit Soda ein und trug ihn zum Bett. Nur diesen einen, mehr nicht. Er vermisste Gail. Er vermisste Yvonne. Schob sie gerade wieder Nachtschicht über Dimas Warenproben, oder lag sie in den Armen ihres perfekten Ehemannes? – wenn es ihn denn gab, was Luke manchmal bezweifelte. Vielleicht hatte sie ihn nur erfunden, um sich Luke vom Leib zu halten. Und Gail ... War auch Perry perfekt? Anzunehmen. Alle hatten den perfekten Mann, nur Eloise nicht. Er dachte an Hector, Vater von Adrian. Hector, der seinen Sohn jeden Mittwoch und Samstag im Gefängnis besuchte, sechs Monate noch, wenn alles gutging. Hector, der Savonarola des Secret Service, wie ihn ein Schlaumeier einmal genannt hatte: ein leidenschaftlicher Reformator seines geliebten Dienstes, der sich bei jedem Sieg doch auf verlorenem Posten wusste.

Der Genehmigungsausschuss, so hatte Luke gehört, sollte mittlerweile seine eigene Gefechtszentrale haben. Das passte: irgendein hoch-hochgeheimer Ort, an Drähten in der Luft schwebend oder dreißig Meter unter die Erde versenkt. Luke war in solchen Räumen gewesen, in Miami und auch in Washington, zum Erkenntnisaustausch mit den *chers collègues* von der CIA oder der Drogenbehörde, der Alkohol-, Feuerwaffen- und Tabakbehörde und Gott weiß was für Behörden noch alles. Und seiner unmaßgeblichen Meinung nach war ein solcher Ort der sicherste Weg in den kollektiven Wahnsinn. Er hatte mit eigenen Augen gesehen, wie die Körpersprache der Gläubigen sich veränderte, wenn der gesunde Menschenverstand langsam, aber sicher das Feld räumte und ihre virtuelle Welt ganz von ihnen Besitz ergriff.

Er dachte an Matlock, der seine Ferien auf Madeira verbrachte und sich unter einem schwarzen Hotel nichts vorstellen konnte. Matlock, der in seiner Bedrängnis den Namen Adrian aus dem Hut gezaubert und damit aus nächster Nähe auf Hector geschossen hatte. Matlock an seinem Panoramafenster mit Blick auf die Themse, der seine elefantösen Subtilitäten vom Stapel ließ, erst die Peitsche, dann das Zuckerbrot, dann beides zusammen.

Nun, Luke hatte nicht angebissen, und gebeugt hatte er sich auch nicht. Raffinesse war seine Sache nicht, das hätte er selbst als Erster zugegeben. *Agiert nicht manipulativ genug,* hatte es in einer seiner vertraulichen Jahresbeurteilungen geheißen, eigentlich ganz zu seiner heimlichen Zufriedenheit. Er sah sich nicht als Manipulator. Stur sein, das traf es schon eher. Durchhalten. Zäh bei seinem Nein bleiben, koste es, was es wolle – ob man nun in einem Verlies schmachtete oder auf Matlocks weichen Sesseln in Matlocks gemütlichem Büro in *la Loubianka-sur-Tamise* saß, Matlocks Whisky trinkend und Matlocks Fragen parierend. Schon vom bloßen Hinhören konnte man rammdösig werden:

»Drei- bis Fünf-Jahres-Vertrag als Ausbilder, Luke, dazu ein hübsches Häuschen, damit Ihre Frau sich freut, sicher auch nicht verkehrt nach Sie-wissen-schon-was, Umzugsbeihilfe, gute Seeluft, anständige Schulen ganz in der Nähe … Sie müssten nicht mal Ihr Haus in London verkaufen, wenn Sie nicht möchten, gerade jetzt, wo die Preise derart im Keller sind … Vermieten Sie, dazu rate ich immer, freuen Sie sich an dem Extraeinkommen. Reden Sie mal mit der Buchhaltung unten, sagen Sie, ich hätte Sie geschickt … Nicht dass wir auf dem Immobiliengebiet mit *Hector* mithalten können, wer könnte das schon …« Eine Pause, damit die Besorgnis spontaner wirkte: »Hector verstrickt Sie aber doch in nichts, was über Ihre Kompetenzen hinausgeht, oder, Luke – wo Sie doch in Ihrer Loyalität manchmal etwas gespalten sind, wenn ich das so sagen darf … Ach übrigens, ich höre, Ollie Devereux soll ihm aufgesessen sein, was ich ja nicht sonderlich klug von ihm fände. Würden Sie ihn denn als Vollzeitkraft bezeichnen – Ollie? Oder eher mal ein Gelegenheitsjob hier, einer da …?«

Und eine Stunde später das Ganze als Replay für Hector.

»Ist Billy Boy denn mittlerweile für uns oder gegen uns?«, hatte Luke ihn bei ihrem Abschiedsdrink am Flughafen gefragt, als sie erleichtert zu weniger persönlichen Themen übergewechselt waren.

»Billy Boy wird immer dahin trotten, wo er denkt, dass die Ritterwürde winkt. Er wählt nicht zwischen Cowboys und Indianern, er wählt einfach Matlock. Trotzdem, jemand, der Aubrey Longrigg so hasst wie er, kann nicht durch und durch schlecht sein«, setzte Hector hinzu.

Unter anderen Umständen hätte Luke diese frohgemute

Behauptung womöglich in Zweifel gezogen, aber nicht jetzt, nicht am Vorabend von Hectors Entscheidungsschlacht gegen die Mächte der Finsternis.

* * *

Irgendwie war es Mittwoch geworden. Irgendwie hatten Gail und Perry ein paar Stunden Schlaf gefunden und mit gutem Appetit mit Ollie gefrühstückt, der daraufhin losgezogen war, um die Staatskarosse zu organisieren, wie er es nannte, während sie sich eine Einkaufsliste für die Kinder machten und damit in den Supermarkt aufbrachen. Erwartungsgemäß erinnerte sie das an den Nachmittag in St. John's, ehe Ambrose sie zu dem überwucherten Pfad nach Three Chimneys gebracht hatte, aber diesmal fiel ihre Wahl entschieden prosaischer aus: Mineralwasser mit und ohne Kohlensäure, Säfte (na schön, Coca-Cola auch, ausnahmsweise: Perry), Picknickzutaten (Kinder mögen lieber Herzhaftes als Süßes, sie wissen es nur nicht: Gail), kleine Rucksäcke für alle (muss ja nicht immer Fair Trade sein), ein paar Gummibälle und einen Baseballschläger als ungefähre Annäherung an Kricket (gut, zur Not bringen wir ihnen eben Schlagball bei, obwohl, da die Jungs ja Baseball spielen, wird es wahrscheinlich umgekehrt sein).

Ollies Staatskarosse entpuppte sich als ein alter, sieben Meter langer grüner Pferdetransporter mit hölzernen Seitenwänden, Segeltuchdach und zwei Abteilungen für zwei Pferde, deren Boden mit Kissen und Decken für die Menschen ausgelegt war. Gail setzte sich zimperlich auf ein Kissen. Perry, beglückt über diese urige Art der Fortbewegung, sprang mit einem Satz hinein. Ollie klappte hinter ihnen die Rampe hoch und schob die Riegel vor. Jetzt wurde auch der Zweck des schwarzen Schlapphuts klar: Ollie, der fröhliche Roma, fuhr heute zum Pferdemarkt!

Sie fuhren nach Perrys Uhr eine Viertelstunde und hielten mit einem Ruck auf weichem Boden. Kein Geknutsche und kein Spinxen, hatte Ollie ihnen eingeschärft. Ein heißer Wind wehte, und das Segeltuchdach über ihnen blähte sich wie ein Spinnaker. Nach Ollies Berechnungen waren sie zehn Minuten von ihrem Ziel entfernt.

* * *

Luke Alone, so hatten ihn die Lehrer an seiner Schule als Jungen genannt, nach dem tollkühnen Helden irgendeines langvergessenen Abenteuerromans. Es kam ihm höchst unfair vor, dass er als Achtjähriger schon die gleiche Einsamkeit ausgestrahlt haben sollte, die ihn mit dreiundvierzig umgab.

Aber *Luke Alone* war er geblieben, und *Luke Alone* war er jetzt, als er mit Hornbrille, leuchtend roter Russenkrawatte und seinem aufgeklappten silbernen Laptop unter dem lichterfunkelnden Glasdach in der Hotelhalle des Bellevue Palace saß. Ein blauer Regenmantel lag gut sichtbar über der Armlehne seines Ledersessels, der auf halber Strecke zwischen der gläsernen Eingangstür und dem säulengeschmückten Salon d'Honneur stand – Letzterer laut dem geschmackvollen Bronzeschild, das den Gästen den Weg wies, derzeit Schauplatz eines mittäglichen Apéro, ausgerichtet vom Arena International Conglomerate. Da saß er, so allein wie nur je, behielt nur mit Hilfe der vielen eleganten Türspiegel die Neuankömmlinge im Auge und wartete auf den Moment, da es galt, einen brandheißen russischen Überläufer zu exfiltrieren.

Gut zehn Minuten schon sah er in einer Art ehrfürchtiger Lethargie zu, wie sie einer nach dem anderen betont unauffällig hereingeschlendert kamen, erst Emilio Dell'Oro mit den beiden Schweizer Bankiers, die Gail Peter und der Wolf getauft hatte, dann ein Trupp grauer Anzüge, dann zwei junge Saudis, jedenfalls hielt Luke sie dafür, gefolgt von einer Chinesin und einem breitschultrigen, dunkelhäutigen Mann, den er auf gut Glück als Griechen einstufte.

Danach, als geschlossene Phalanx der Genervtheit, die sieben sauberen Armani-Emissäre, bewacht nur von Bunny Popham mit Nelke im Knopfloch, und der träge-charmante Giles de Salis, der, passend zu seinem empörend gut sitzenden Anzug, einen Spazierstock mit silbernem Knauf trug.

Na, Aubrey Longrigg, wo steckst du, jetzt, wo man dich braucht?, hätte Luke ihn gern gefragt. Ziehst den Kopf ein, was? Kluger Bursche. Ein Sitz im Oberhaus und eine Freikarte fürs French Open, dazu sagst du nicht nein. Und zu Schmiergeld auf einem Nummernkonto und noch mehr Brillanten für deine spatzenhirnige Frau auch nicht. Ganz zu schweigen von einem Platz im Aufsichtsrat einer schicken neuen Londoner Bank, die Milliarden frisch gewaschener Dollars zum Spielen hat … Aber eine feierliche Überschreibung in einer Schweizer Bank, wo du mitten im Rampenlicht stehst, das ist dir doch zu heiß – dachte Luke just in dem Moment, als die schlaksige, glatzköpfige, missgelaunte Gestalt des Parlamentsabgeordneten Aubrey Longrigg die Stufen hinaufgestakst kam – in natura diesmal, nicht im Film – und an seiner Seite die Nummer Eins unter den Geldwäschern, Dima.

Luke rutschte tiefer in seinen Sessel hinein, klappte den Deckel seines Laptops noch etwas höher und wusste: Ein derartiges Triumphgefühl hatte ihn noch nie im Leben durchsiedet und würde es vermutlich auch nie mehr. Gleichzeitig dankte er einmal mehr den Göttern, dass er Aubrey Longrigg in all seinen Jahren beim Geheimdienst kein einziges Mal persönlich zu Gesicht bekommen hatte und dieser ihn seines Wissens auch nicht.

Dennoch wartete er sicherheitshalber, bis beide Männer auf ihrem Weg in den Saal ein gutes Stück an ihm vorbei waren, ehe er den Kopf zu heben wagte zu einem raschen Blick in die Spiegel, der ihm ein paar kleine, aber feine operative Erkenntnisse bescherte:

Erkenntnis Nummer eins: Dima und Longrigg sprechen nicht miteinander. Sie scheinen auch beim Eintreten nicht miteinander gesprochen zu haben. Sie sind nur zufällig zur gleichen Zeit die Treppe hinaufgestiegen. Hinter ihnen kommen noch zwei Männer – seriöse, mittelalte Schweizer Buchhalter vom Typ her –, und Luke hält es für wahrscheinlicher, dass Longrigg im Gespräch mit einem von ihnen oder auch beiden war. Und obwohl die Beweislage dürftig ist – schließlich können sie vorher geredet haben –, atmet Luke verhalten auf, denn wer entdeckt schon gern um fünf vor zwölf, dass sein Vertrauensmann eine persönliche Verbindung zu einem der Hauptdrahtzieher hat, von der er nichts wusste? Aber hauptsächlich tost in ihm das frohlockende, übermächtige: *Er ist da! Ich habe ihn gesehen! Ich kann es bezeugen!*

Erkenntnis Nummer zwei: Dima hat vor, mit einem Paukenschlag unterzugehen. Zur Feier des Tages hat er einen blauen Maßanzug angezogen, doppelreihig und mit Nadelstreifen, und an den zarten Füßen trägt er schwarze italienische Kalbslederslipper mit Quasten – nicht das perfekte Schuhwerk zum Flüchten, schießt es Luke durch den Kopf, aber es soll ja auch keine Flucht sein, sondern ein geordneter Rückzug. Für jemanden, der der Meinung ist, gerade sein eigenes Todesurteil unterschrieben zu haben, tritt er jedenfalls recht unbekümmert auf. Vielleicht ist es der Vorgeschmack der Rache, der ihm schon den Gaumen kitzelt: Ehrenrettung für einen alten Wor und Buße für einen dahingemetzelten Jünger. Oder vielleicht ist er trotz aller Ängste einfach froh, das Lügen, Sich-Ducken und Sich-Verstellen hinter sich lassen zu können, und denkt voraus zu der schönen grünen Insel, die ihn und seine Familie erwartet. Luke kennt das Gefühl nur zu gut.

Der Apéro kommt zusehends in Schwung. Gedämpftes, dunkles Stimmgemurmel dringt aus dem Salon d'Honneur, schwillt an und flaut wieder ab. Ein ehrenwerter Salon-Gast hält eine Ansprache, erst in unverständlichem Russisch, dann in unverständlichem Englisch. Peter? Der Wolf? De Salis? Nein. Es ist Emilio Dell'Oro; Luke erkennt seine Stimme vom Tennisclub. Klatschen. Feierliches Schweigen, während all die Ehrenwerten trinken. Auf Dima? Nein, auf den ehrenwerten Bunny Popham, der nun antwortet; Luke erkennt auch diese Stimme, und die Lacher bestätigen es. Er sieht auf die Uhr, holt sein Handy heraus, wählt Ollie an:

»Noch zwanzig Minuten, wenn er pünktlich ist«, sagt er und beugt sich wieder über den Laptop.

Oh, Hector. Oh, Billy Boy. Wenn ihr wüsstet, wer eben an mir vorbeigelaufen ist.

* * *

Na, Luke, noch eine kleine Spontanpredigt gefällig, bevor ich's packe?, fragt Hector am Flughafen Charles de Gaulle und trinkt den letzten Rest von seinem Malt.

Immer. Die Themen Adrian, Eloise und Ben sind abgehakt. Hector hat soeben das Urteil über Billy Boy Matlock gesprochen. Sein Flug wird aufgerufen.

Bei der Einsatzplanung gibt es nur zwei Gelegenheiten zur Flexibilität – passen Sie auch auf, Lukie?

Wie ein Schießhund, Hector.

Einmal beim Ausarbeiten des Plans. Das haben wir gemacht. Und dann erst wieder, wenn der Plan in die Hosen geht. Solange das nicht passiert, halten Sie sich sklavisch an unsere Abmachungen, sonst sind Sie geliefert. Ihre Hand drauf.

* * *

Und so war dies die Frage, die Luke sich vorlegte, während er auf den Haufen Kauderwelsch auf seinem Bildschirm starrte und Dima schon beinahe überfällig war: Hatte er an Hectors goldene Worte gedacht, noch *bevor* Milchgesicht Niki und der Philosophenschädel auf den hochlehnigen Stühlen links und rechts vom Haupteingang Position bezogen? Oder rüttelte erst der Schreck über ihren Anblick die Erinnerung wach?

Und wer hatte ihn überhaupt als Philosophenschädel bezeichnet? Perry? Hector? Nein, Gail natürlich. Immer wieder Gail.

Und wie konnte es sein, dass just in dem Moment, als er die beiden entdeckte, das Stimmgemurmel aus dem Salon d'Honneur zum Brausen anschwoll und die Türflügel aufflogen – nein, nur ein Flügel – und Dima ausspien, Dima ganz allein?

Lukes Dilemma war nicht nur zeitlicher, sondern auch räumlicher Natur. Während Dima von hinten herankam, erhoben sich vor ihm Niki und der Philosophenschädel, so dass er mit eingezogenem Kopf dazwischen saß und nicht wusste, wo er hinschauen sollte.

Ein Schwall wilder russischer Obszönitäten gleich an seiner rechten Schulter verriet ihm, dass Dima neben ihm zum Stehen gekommen war:

»Was wollt ihr hier, ihr verwichsten Saftärsche? Willst du wissen, was ich mache, Niki? Pissen gehn! Willst du mir beim Pissen zuschauen? Verpiss dich selber. Piss deinem Dreckschwein-Prinz ans Bein!«

Drüben in seiner Loge hob sich diskret der Kopf des Portiers. Die unglaublich schicke deutsche Empfangsdame war da weniger diskret; sie drehte sich ganz offen um. Luke für seinen Teil stellte sich eisern taub und tippte sinnlos auf seinem silbernen Laptop herum. Niki und der Philosophenschädel blieben stehen. Sie hatten sich beide nicht von ihrem Platz weggerührt. Vielleicht rechneten sie damit, dass Dima versuchen würde, das Freie zu gewinnen. Doch der setzte mit einem unterdrückten »Fickt euch doch« seinen Weg quer durchs Foyer und in das Stück Korridor zur Bar fort. Er marschierte am Lift vorbei und kam zu der Steintreppe, die zu den Toiletten im Keller hinunterführte. Aber inzwischen war er nicht mehr allein. Hinter ihm standen Milchgesicht und Philosophenschädel, und ein paar Meter hinter ihnen stand der bescheidene, unbemerkte kleine Luke mit Laptop unterm und Regenmantel überm Arm und musste mal.

Sein Herz hämmert jetzt nicht mehr, seine Füße und Knie fühlen sich stark und elastisch an. Er hört und denkt glasklar. Er kennt sich hier aus und die Leibwächter nicht, und auch Dima kennt das Gelände, was ein weiterer Anreiz für die beiden ist (wenn sie denn einen bräuchten), sich hinter Dima zu halten statt vor ihm.

Luke ist so verblüfft über ihr unvorhergesehenes Auftauchen wie Dima offenbar auch. Auch er begreift nicht, wieso sie einen Mann schikanieren, der für sie keinen Nutzen mehr hat und der, nach eigener Einschätzung wie im Zweifel auch der ihren, in Kürze dran glauben muss. Aber nicht hier und nicht jetzt. Nicht am hellen Tag, während das gesamte Hotel zuschaut und nur zwanzig Meter weiter sieben saubere Emissäre, ein angesehener britischer Parlamentarier sowie andere Würdenträger Champagner und Canapés vertilgen. Abgesehen davon, dass der Prinz bekanntermaßen etepetete mit seinen Ermordungen ist, ein Freund von Unfällen oder willkürlichen Terrorakten marodierender tschetschenischer Banditen.

Aber diese Frage muss ein andermal geklärt werden. Wenn der Plan, um mit Hector zu sprechen, in die Hosen gegangen ist, dann ist es Zeit für Luke, Flexibilität zu beweisen, Zeit, nicht den Zeh ins Wasser zu stecken, sondern reinzuspringen, um abermals Hector zu zitieren – Zeit also, all das umzusetzen, was ihm über die Jahre in etlichen Kursen für unbewaffneten Nahkampf eingehämmert worden ist, aber nie gefragt war außer jenes eine Mal in Bogotá, wo sich sein Abschneiden bestenfalls mit Ausreichend bewerten ließ: ein paar wilde Schläge, dann Dunkel.

Doch damals hatten die Handlanger des Drogenbarons das Überraschungsmoment auf ihrer Seite, und jetzt hat Luke es. Zwar kann er weder auf die empfohlene Papierschere zurückgreifen noch auf die Hosentasche voll Kleingeld, zusammengeknotete Schnürsenkel oder irgendwelche anderen im Haushalt vorrätigen Tötungsutensilien, auf die die Ausbilder schwören, aber er hat einen hochmodernen silbernen Laptop und, nicht zuletzt dank Aubrey Longrigg, eine Mordswut im Bauch. Sie ist über ihn gekommen wie ein rächender Gott, und für den Augenblick leistet sie ihm bessere Dienste als Heldenmut.

* * *

Dima streckt die Hand aus, um die Tür auf dem Absatz der Steintreppe aufzudrücken.

Niki und der Philosophenschädel stehen dicht hinter ihm, und hinter ihnen, aber nicht ganz so nah, steht Luke.

Luke ist befangen. Der Gang zur Toilette ist eine intime Angelegenheit, und Luke hält sehr auf Intimsphäre. Dennoch erlebt er in diesem Moment ein überwältigendes Gefühl innerer Klarheit. Dieses eine Mal liegt die Initiative bei ihm und niemand anderem. Dieses eine Mal ist der rechtmäßige Angreifer er.

Wie Dima in Paris sehr richtig bemerkt hat, kann die Tür, vor der sie stehen, aus Sicherheitsgründen abgesperrt sein, aber nicht heute. Heute wird sie sich öffnen lassen, und das liegt daran, dass der Schlüssel in Lukes Tasche steckt.

Und so öffnet sie sich, und man sieht trüb ausgeleuchtete Stufen abwärts führen. Dima geht noch immer voran, aber die Lage ändert sich drastisch, als ein gewaltiger

Schlag mit Lukes Laptop den Philosophen sang- und klanglos an Dima vorbei die Treppe hinunterkollern lässt, wodurch Niki ins Schwanken gerät, was wiederum Dima Gelegenheit gibt, diesem verhassten blonden Verräter-Gorilla so an die Gurgel zu gehen, wie er es nur allzu gern mit dem Mörder von Nataschas Mutter gemacht hätte.

Eine Hand um Nikis Kehle geschlossen, drischt ihm Dima den verdutzten Kopf rechts und links gegen die Wand, bis der nutzlose, durchtrainierte Körper in sich zusammensackt und der Mann ohne einen Mucks zu seinen Füßen landet, was Dima dazu bewegt, ihn oft und sehr heftig zu treten, erst in die Leiste und dann gegen die Schläfe, alles mit der Spitze seines unmäßig feinen italienischen Schuhs.

All dies spielt sich für Luke sehr langsam und selbstverständlich ab, etwas zeitversetzt zwar, aber mit kathartischer und sonderbar triumphaler Wirkung. Einen Laptop in beide Hände zu nehmen, ihn mit gestreckten Armen hochzuschwingen und wie das Beil des Henkers auf das Philosophengenick niedersausen zu lassen, das sich zuvorkommenderweise ein paar Stufen unter ihm befindet, entschädigt ihn für alle Schmach der letzten vierzig Jahre, von der Kindheit unter der Fuchtel eines tyrannischen Soldatenvaters über die diversen englischen Privatschulen, die er alle wie die Pest gehasst hat, die zahllosen Frauen, mit denen er geschlafen hat, ohne es wirklich zu wollen, bis hin zu dem kolumbianischen Urwald, Schauplatz seiner Gefangenschaft, und dem Diplomatenghetto in Bogotá, Schauplatz der idiotischsten und freudlosesten Sünden seines Lebens.

Aber letzten Endes ist es doch der Drang, Aubrey Longrigg für seinen Verrat am Geheimdienst zu bestrafen, der wider alle Vernunft den stärksten Antrieb liefert, denn wie Hector liebt auch Luke den Geheimdienst. Der Geheimdienst ist ihm Mutter und Vater und sein Stückchen Gott dazu, selbst wenn seine Ratschlüsse bisweilen unerforschlich sind.

Was im Zweifel genau das ist, was Dima für seine hochheiligen Wory empfindet.

* * *

Eigentlich müsste jemand schreien, aber es schreit keiner. Am Fuß der Treppe liegen die beiden Männer, übereinander hingesunken in scheinbarer Missachtung des homophoben Wory-Kodex. Dima tritt noch immer auf Niki ein, der unten liegt, und der Philosoph klappt den Mund auf und wieder zu wie ein gestrandeter Fisch. Luke dreht sich um, steigt vorsichtig die Treppe hinauf, verschließt die Schwingtür und steckt den Schlüssel wieder ein, bevor er zu dem stummen Schauspiel dort unten zurückkehrt.

Er packt Dima am Arm – der noch einen letzten Fußtritt loswerden muss, bevor er mitkommt – und führt ihn an den Toiletten vorbei, ein paar Stufen hoch und durch einen unbenutzten Empfangsbereich, bis sie zu der eisenbeschlagenen Seitentür kommen, auf der NOTAUSGANG steht. Für diese Tür gibt es keinen Schlüssel, sondern einen an die Wand geschraubten grünen Blechkasten mit einer Glasscheibe und dahinter einem Alarmknopf für Notfälle wie Feuer, Überschwemmung oder Terroranschläge.

Während der letzten achtzehn Stunden hat sich Luke intensiv mit diesem grünen Kasten und dem dazugehörigen Panikknopf befasst und sicherheitshalber Ollie wegen seiner möglichen Eigenschaften konsultiert. Auf Ollies Empfehlung hin hat er vorsorglich die Messingschrauben herausgedreht, die die Glasscheibe an dem Blechgehäuse befestigen, und einen bedrohlich wirkenden rotummantelten Draht durchgezwickt, der hineinführt in die Eingeweide des Bellevue, um den Panikschalter mit dem zentralen Alarmsystem des Hotels zu verbinden. Durch ein Abzwicken des roten Drahtes, so Ollies Vermutung, sollte sich der Notausgang öffnen lassen, ohne die sofortige Evakuierung von Personal und Hotelgästen nach sich zu ziehen.

Luke entfernt mit der Linken die gelockerte Glasscheibe und will mit der Rechten den roten Knopf drücken, muss aber feststellen, dass seine rechte Hand vorübergehend außer Betrieb ist. Also nimmt er wieder die linke, worauf die Tür mit Schweizer Präzision auffliegt, genau wie von Ollie erhofft, und vor ihnen liegt die Straße, wo der sonnige Tag lockt.

Er schiebt Dima vor sich her und hält dann (weil sich das so gehört für zwei gutgekleidete, ehrbare Berner Bürger, die zusammen auf die Straße treten, und auch aus Respekt dem Hotel gegenüber) noch einmal inne, um die Tür hinter sich zuzuziehen – und sich mit stummem Dank an Ollie zu vergewissern, dass kein Sirenengeheul im Innern die unverzügliche Räumung fordert.

Auf der gegenüberliegenden Straßenseite, vielleicht fünfzig Meter weiter, befindet sich eine Parkgarage, die den seltsamen Namen Parking Casino trägt. Auf der ersten Ebene, gleich gegenüber dem Ausgang, steht der BMW, den Luke für diesen Augenblick gemietet hat, und in Lukes tauber rechter Hand liegt der Schlüssel, der die Autotüren schon von weitem entriegelt.

»Jesusmaria, Dick, ich lieb Sie, Mann«, flüstert Dima keuchend.

Mit seiner tauben rechten Hand fischt Luke im Innenfutter seines Jacketts nach dem Handy, zieht es heraus und tippt mit dem linken Zeigefinger die Taste für Ollie.

»Holt sie raus«, befiehlt er mit gebieterischer Ruhe in der Stimme.

* * *

Der Pferdetransporter rollte rückwärts ein Steilstück hinab, und Ollie rief zu Perry und Gail hinter, dass es nun so weit war. Nach dem Halt in der Parkbucht waren sie eine gewundene Bergstraße hinaufgefahren, hatten Kuhglocken gehört, Heu gerochen. Sie hatten pausiert, gewendet, zurückgesetzt, und jetzt warteten sie wieder, aber nur darauf, dass Ollie die Heckklappe herunterließ, was er sehr bedachtsam tat, um keinen Lärm zu machen, so dass er scheibchenweise in Sicht kam, von seinem großen schwarzen Schlapphut abwärts.

Hinter Ollie war ein Stall zu sehen, und hinter dem Stall eine Koppel und zwei hübsche junge Pferde, Braune, die angesprungen kamen, um sie zu beäugen, und dann wieder davontrabten. Neben dem Stall ragte ein großes modernes Haus mit dunkelroten Holzwänden und überhängendem Dach auf. Es hatte einen Vorder- und einen Seiteneingang, beide mit einem Vorbau. Der Vordereingang war von der Straße einsehbar und der seitliche nicht, also wählte Perry den an der Seite und sagte: »Lass mich vorgehen.« Sie hatten vereinbart, dass Ollie als Familienfremder im Wagen bleiben sollte, bis sie ihn riefen.

Im Näherkommen bemerkten Perry und Gail zwei Überwachungskameras, die sie ins Visier nahmen, eine vom Stall her und eine vom Haus. Igors Zuständigkeit vermutlich, aber Igor war auf Einkaufstour.

Perry klingelte, und nichts rührte sich. Die Stille kam Gail so unnatürlich vor, dass sie selbst noch einmal auf den Knopf drückte. Vielleicht war die Klingel ja kaputt. Sie klingelte einmal lang und dann mehrmals kurz, um die Hausbewohner aufzuscheuchen. Und es wirkte – Füße trappelten, Riegel wurden zurückgeschoben, ein Schlüssel gedreht, und vor ihnen stand einer der strohblonden Zwillinge: Viktor.

Aber statt mit dem erwarteten breiten Grinsen empfing Viktor sie mit einem ratlosen, angespannten Ausdruck auf seinem sommersprossigen Gesicht.

»Habt ihr sie?«, fragte er in seinem Internats-Amerikanisch.

Er fragte es Perry, nicht Gail, denn mittlerweile hatten sich Katja und Irina an ihm vorbeigezwängt, und Katja hatte eins von Gails Beinen umschlungen und drückte ihren Kopf daran, und Irina streckte beide Arme zu Gail hinauf.

»Meine Schwester. *Natascha!*«, rief Viktor Perry ungeduldig entgegen, mit einem argwöhnischen Blick zu dem Pferdetransporter hinüber, als könnte sie darin versteckt sein. »Habt ihr Natascha gesehen, Himmelherrgott?«

»Wo ist deine Mutter?«, fragte Gail und löste sich aus der Umklammerung der Mädchen.

Sie folgten Viktor durch einen holzgetäfelten, nach Kampfer riechenden Gang in ein Wohnzimmer mit niedriger Balkendecke und abgesenktem Sitzbereich. Terrassentüren führten in den Garten und die angrenzende Koppel hinaus. Im dunkelsten Winkel saß zwischen zwei Lederkoffern verschanzt Tamara, auf dem Kopf einen schwarzen Hut, vor dem ein Stück Schleier herabhing. Als Gail sich ihr näherte, sah sie durch den Schleier hindurch, dass sie ihr Haar mit Henna gefärbt und Rouge aufgelegt hatte. In Russland, hatte Gail irgendwo gelesen, ist es Brauch sich hinzusetzen, ehe man eine Reise antritt, und vielleicht war das der Grund, warum Tamara saß und auch sitzen blieb, als Gail vor ihr stand und ihr in das starre, geschminkte Gesicht blickte.

»Was ist mit Natascha?«, fragte Gail.

»Wir wissen es nicht«, antwortete Tamara der Luft vor ihrem Gesicht.

»Wie das?«

An diesem Punkt rissen die Zwillinge das Wort an sich, und Tamara war fürs Erste vergessen.

»Sie ist in die Reitschule gegangen und nicht mehr zurückgekommen!«, meldete Viktor.

»Ist sie nicht, sie hat bloß gesagt, sie will in die Reitschule. Sie hat's bloß gesagt, Blödmann! Sie lügt, das weißt du ganz genau!« – Alexej, der hinter seinem Bruder ins Zimmer gepoltert war.

»*Wann* ist sie in die Reitschule gegangen?«, unterbrach Gail.

»Heute früh. *Richtig* früh. Um acht schon!«, kam Viktor Alexej zuvor. »Sie musste zu einem Termin. Irgend so einer Vorführstunde im Dressurreiten. Papa hatte vielleicht zehn Minuten vorher angerufen und gesagt, wir müssen mittags alle fertig sein. Natascha hat gesagt, sie hat diesen Termin in der Reitschule. Sie muss unbedingt hin, es ist *unumstößlich*, hat sie gesagt!«

»Also ist sie hingegangen?«

»Na sicher. Igor hat sie mit dem Volvo gebracht!«

»Schwachsinn!« – Alexej wieder. »Igor hat sie nach *Bern* gebracht. Sie sind überhaupt nicht in die Scheißreitschule, du Blödmann! Natascha hat Mama *angelogen!*«

Gail die Anwältin schritt ein: »Igor hat sie in Bern abgesetzt? Wo dort?«

»Am Bahnhof!«, trompetete Alexej.

»An welchem Bahnhof, Alexej?«, fragte Perry streng. »Ganz ruhig jetzt. An welchem Bahnhof in Bern hat Igor Natascha abgesetzt?«

»Am Hauptbahnhof! Wo alle Züge weggehen, verdammt! Überallhin. Züge nach Paris! Budapest! Nach Moskau!«

»Weil Papa es ihr *gesagt* hat, Professor«, berichtete Viktor, seine Stimme jetzt gesenkt in bewusstem Gegensatz zu Alexejs hysterischem Tonfall.

»*Dima* soll ihr das gesagt haben, Victor?« – Gail.

»Dima hat ihr gesagt, sie soll zum Bahnhof fahren. Sagt Igor. Soll ich Igor anrufen, und Sie reden mit ihm?«

»Kann er doch nicht, du Vollidiot! Der Professor kann doch kein Russisch!« Alexej war inzwischen den Tränen nahe.

Perry wieder, so bestimmt wie zuvor: »Viktor – gleich, Alexej –, Viktor, sagst du das bitte noch mal, aber langsam? Alexej, ich hör dir zu, sobald Viktor ausgeredet hat. Also, Viktor.«

»Igor sagt, das hätte sie ihm gesagt und deshalb hätte er sie zum Hauptbahnhof gefahren. ›Mein Vater sagt, ich muss zum Hauptbahnhof.‹«

»Und Igor ist auch ein Idiot! Er fragt ja nicht mal, warum!«, rief Alexej. »Er ist zu dämlich dafür. Er hat so eine Scheißangst vor Papa, dass er Natascha einfach am Bahnhof rauslässt, und tschüs! Er fragt nicht, warum. Er geht einkaufen. Wenn sie nie mehr zurückkommt, kann ja er nichts dafür. Papa hat's gesagt, also macht er's, also ist es nicht seine Schuld!«

»Und woher wisst ihr, dass sie nicht in ihrer Reitstunde war?«, fragte Gail, nachdem sie ihre Zeugenaussagen soweit abgewägt hatte.

»Ja, Viktor?«, sagte Perry rasch, bevor Alexej wieder loslegen konnte.

»Weil die Reitschule angerufen hat, wo sie bleibt«, sagte Viktor. »Kostet hundertfünfundzwanzig die Stunde, sie hat nicht abgesagt. Sie war für dieses Dressurzeugs angemeldet, die hatten das Pferd schon gesattelt und alles. Also rufen wir Igor auf dem Handy an. Wo ist Natascha? Am Bahnhof, sagt er, Befehl von eurem Papa.«

»Was hatte sie an?«, fragte Gail den aufgelösten Alexej, damit er sich nicht zurückgesetzt fühlte.

»Schlabbrige Jeans. Und so einen Russenkittel. Wie ein Kulak. Sie hat fast nur noch so Labberzeug an. Sie mag's nicht, wenn ihr die Jungs auf den Arsch schauen, sagt sie.«

»Hat sie irgendwelches Geld?« – immer noch zu Alexej.

»Papa gibt ihr alles, was sie will. Er verwöhnt sie *total!* Wir kriegen vielleicht hundert im Monat, sie so was wie fünfhundert. Für Bücher, Kleider, irgendwelche Schuhe, die sie sich einbildet. Letzten Monat hat er ihr eine Geige gekauft. Geigen kosten irgendwie Millionen.«

»Und ihr habt alle versucht, sie anzurufen?« – Gail, nun wieder an Viktor gewandt.

»Mehrmals«, sagt Viktor, ganz der besonnene, gereifte Mann jetzt. »Einer nach dem anderen. Alexej von seinem Handy, ich von meinem. Katja, Irina. Nichts.«

Gail besinnt sich auf Tamara in ihrer Ecke: »Und Sie? Haben Sie's versucht?«

Auch von Tamara: nichts.

Gail zu den vier Kindern: »Vielleicht geht ihr mal alle nach nebenan, während ich mich mit Tamara unterhalte. Falls Natascha sich meldet, muss ich sie als Erste sprechen. In Ordnung?«

* * *

Stühle gab es in Tamaras dunkler Ecke sonst keine, deshalb zog Perry eine Holzbank mit zwei geschnitzten Bären als Füße heran, und sie setzten sich nebeneinander darauf und sahen zu, wie Tamaras kleine schwarze Augen zwischen ihnen hin und her glitten, ohne einen von ihnen anzublicken.

»Tamara«, sagte Gail. »Warum will Natascha ihrem Vater nicht begegnen?«

»Sie wird ein Kind haben.«

»Hat sie Ihnen das erzählt?«

»Nein.«

»Aber Sie haben es bemerkt.«

»Ja.«

»Seit wann schon?«

»Das ist unwesentlich.«

»Aber bereits in Antigua?«

»Ja.«

»Haben Sie mit ihr darüber gesprochen?«

»Nein.«

»Und mit ihrem Vater?«

»Nein.«

»Warum haben Sie mit Natascha nicht darüber geredet?«

»Ich hasse sie.«

»Hasst sie Sie auch?«

»Ja. Ihre Mutter war Hure. Jetzt ist Natascha Hure. Es ist nicht überraschend.«

»Was passiert, wenn ihr Vater es erfährt?«

»Vielleicht er wird sie noch mehr lieben. Vielleicht er bringt sie um. Das liegt bei Gott.«

»Wissen Sie, wer der Vater ist?«

»Vielleicht sind es viele Väter. Von der Reitschule. Von der Skischule. Vielleicht ist es der Briefträger, vielleicht Igor.«

»Und Sie haben keine Ahnung, wo sie sein könnte?«

»Ich bin nicht die Vertraute von Natascha.«

* * *

Draußen im Hof hatte es zu tröpfeln begonnen. Auf der Koppel stießen die beiden hübschen Braunen sacht die Köpfe gegeneinander. Gail, Perry und Ollie standen im Schutz des Pferdetransporters. Ollie hatte mit Luke telefoniert. Luke hatte nicht frei sprechen können, weil Dima bei ihm im Auto saß. Aber die Botschaft, die Ollie jetzt weitergab, war unmissverständlich. Seine Stimme blieb ruhig, aber sein nicht ganz astreines Cockney litt merklich durch die Anspannung.

»Wir sollen weg hier, und zwar dalli. Es sind Komplikationen aufgetreten, und wir können die Flotte nicht wegen einem einzigen Schiff am Auslaufen hindern. Natascha hat alle Handynummern, und wir haben Nataschas. Luke will nicht, dass wir Igor in die Arme laufen, also werden wir das schön bitte unterlassen. Er sagt, Sie müssen jetzt sofort alle an Bord bringen, Perry, und dann hauen wir ab. Alles klar?«

Perry war schon wieder halb beim Haus, als Gail ihn beiseitezog.

»Ich weiß, wo sie ist«, sagte sie.

»Du scheinst so einiges zu wissen, was ich nicht weiß.«

»So viel auch wieder nicht. Genug. Ich fahre und hole sie. Ich möchte, dass du mich unterstützt. Kein Heldengehabe, kein Beschützer-Quatsch. Du und Ollie bringt die anderen weg, ich komme mit Natascha nach, sobald ich sie gefunden habe. Das werde ich jetzt gleich Ollie sagen, und dazu brauche ich Rückendeckung von dir.«

Perry hob beide Hände an den Kopf, als hätte er etwas vergessen, dann ließ er sie ergeben herabfallen: »Wo ist sie?«

»Wo ist Kandersteg?«

»Fahr nach Spiez und dann mit der Simplon-Bahn den Berg rauf. Hast du denn Geld?«

»Jede Menge. Von Luke.«

Perry sah hilflos zum Haus hinüber, dann zurück zu Ollie mit seinem Schlapphut, der ungeduldig neben dem Pferdetransporter wartete. Dann wieder zu Gail.

»Menschenskind«, sagte er resigniert.

»Ich weiß«, sagte sie.

15

In Notsituationen kannten Perry Makepiece' Bergkameraden ihn als klarsichtigen Denker und zupackenden Mann der Tat, und es machte ihn stolz, dass für ihn beides so nahe beisammenlag. Er sorgte sich um Gail, er wusste um die Tücken der Operation, er war bestürzt über Nataschas Schwangerschaft und erst recht über die Tatsache, dass Gail es für nötig gehalten hatte, sie vor ihm zu verheimlichen. Gleichzeitig respektierte er ihre Gründe und gab die Schuld daran sich selbst. Dazu noch Tamara, zerfressen von Eifersucht auf Natascha wie eine böse alte Vettel aus einem Dickens-Roman … der Gedanke ekelte ihn und stimmte ihn noch einmal weicher gegenüber Dima. Ihr Abschied in dem Massageraum hatte ihn auf eine Weise berührt, die er selbst nicht ganz begreifen konnte – ein ungeläuterter lebenslanger Verbrecher, bekennender Mörder und Nummer-Eins-Geldwäscher der ganzen Welt als *mein* Schutzbefohlener und Freund? Und so sehr er Luke respektierte, wünschte er doch, Hector hätte das Feld nicht just am Vorabend der Schlacht für seinen stellvertretenden Kommandeur räumen müssen.

Aber inmitten dieses Ungewitters handelte er doch nach exakt denselben Maximen, wie wenn er in der Wand hing und das Seil riss: Ruhe bewahren, Risiken abwägen, sich der Schwächsten im Trupp annehmen, nach vorn blicken. Und so kauerte er zusammen mit Dimas leiblichen und adoptierten Kindern im Pferdetransporter, wo durch die Latten der Trennwand der unbeugsame Schatten Tamaras zu ahnen war, und blickte nach vorn, so gut es eben ging. *Du hast zwei kleine russische Mädchen, zwei halbwüchsige russische Knaben und eine labile russische Frau an der Backe und sollst sie den Berg hinaufschaffen, ohne dass jemand euch sieht. Was machst du?* Antwort: Du gehst es an.

Viktor hatte in einem Rausch der Ritterlichkeit verlangt, Gail begleiten zu dürfen; wohin sie auch ging, er würde mitkommen. Er wolle sich doch bloß vor ihr wichtigmachen, hatte Alexej gestichelt, genauso wie Natascha vor ihrem Vater. Die kleinen Mädchen wollten ohne Gail überhaupt nirgends hin. Sie würden daheimbleiben und das Haus bewachen, bis Gail mit Natascha zurückkam. Bis dahin konnte doch Igor sich um sie kümmern! All diesen Sonderwünschen hatte Perry, der geborene Anführer, geduldig, aber nachdrücklich entgegengehalten:

»Dima möchte, dass ihr jetzt gleich mitkommt. Nein, es wird eine Überraschung. Das hat er euch doch gesagt. Wo wir hinfahren, das erfahrt ihr, wenn wir ankommen, aber es ist sehr schön dort, und ihr wart noch nie da. Ja, er kommt heute Abend nach. Viktor, du nimmst die beiden Koffer hier, Alexej diese zwei. Nein, abschließen müssen wir nicht, lass nur, Katja. Igor muss jeden Augenblick zurück sein. Und die Katze bleibt hier. Katzen hängen mehr an Häusern als an Menschen. Viktor, wo sind die Ikonen von deiner Mutter? Im Koffer. Gut. Wem gehört dieser Teddy? Na, dann kommt er doch besser mit, oder? Igor braucht keinen Teddy und ihr schon. So, und jetzt wird noch mal aufs Klo gegangen, egal, ob ihr müsst oder nicht.«

Nach dem Einsteigen waren die Mädchen erst stumm und dann schlagartig laut und aufgekratzt, hauptsächlich wegen Ollie und seinem großen schwarzen Schlapphut, den er feierlich vor ihnen gezogen hatte, als er sie in seine Staatskarosse klettern ließ. Alle mussten schreien, um sich durch den Lärm verständlich zu machen. Klapperige Pferdetransporter sind nicht schalldicht.

»Wo fahren wir hin?«, schrien die Mädchen.

»Nach Eton, kotz-würg« – Victor.

»Geheimnis« – Perry.

»Wem sein Geheimnis?« – die Mädchen.

»Dimas, du Dämlack« – Viktor.

»Wie lang ist Gail weg?«

»Das weiß ich nicht. Das hängt von Natascha ab« – Perry.

»Sind sie vielleicht schon vor uns da?«

»Eher nicht« – Perry.

»Warum können wir nicht hinten rausschauen?«

»Weil es gegen die Schweizer Gesetze verstößt!«, rief Perry, aber die Mädchen mussten sich dennoch vorbeugen, um ihn zu verstehen. »Die Schweizer haben Gesetze für alles! Zur Hecktür eines fahrenden Pferdeanhängers herauszuschauen ist ein besonders schweres Vergehen. Darauf steht viele Jahre Gefängnis. Gucken wir lieber nach, was Gail in eure Rucksäcke gepackt hat!«

Die Jungen waren nicht ganz so handsam:

»Sollen wir mit so 'nem *Baby*kram spielen?«, plärrte Viktor ungläubig durch das Windgebraus und zeigte auf eine Frisbeescheibe, die aus einem Matchbeutel hervorlugte.

»So war's gedacht.«

»Ich denke, wir spielen *Kricket*« – wieder Viktor.

»Damit wir nach Eton können« – Alexej.

»Wir versuchen's auf alle Fälle« – Perry.

»Dann fahren wir nicht in die Berge!«

»Wieso nicht?«

»Weil man in den verkackten Bergen kein Kricket spielen kann! Weil's da nirgends flach ist. Und die Bauern immer gleich angepisst sind. Also fahren wir irgendwo Flaches hin, stimmt's?«

»Hat Dima euch *gesagt*, dass ihr wo Flaches hinfahrt?«

»Dima ist genau wie du! Tut immer so geheim! Vielleicht steckt er voll in der Scheiße! Vielleicht sind die Bullen hinter ihm her!«, trompetete Viktor, offenbar sehr angetan von der Vorstellung.

Aber Alexej brauste auf:

»So was sagt man nicht! Das ist voll uncool. Das ist scheißmies von dir, wenn du so was über Papa sagst, du Arsch! In Eton bringen sie dich um für so was!«

Viktor rupfte die Frisbeescheibe heraus, die er anscheinend nicht mehr ganz so rigoros ablehnte, und tat so, als wolle er sie auf dem Luftstrom segeln lassen.

»Okay, dann lass ich's eben!«, schrie er. »Ich ziehe die Behauptung zurück. Papa steckt nicht in der Scheiße, und die Bullen lieben ihn! Die Behauptung ist hiermit zurückgenommen, okay? Die Behauptung ist nie aufgestellt worden. Es ist eine *Ex-Behauptung!*« – ein Schlagabtausch, der in Perry den Verdacht aufkeimen ließ, die Jungen könnten früher schon einmal geschmuggelt worden sein: in den wilden Zeiten in Perm vielleicht, bevor Dima sich nach oben gekämpft hatte.

»Kann ich euch zwei um was bitten?«, sagte er und winkte sie heran, bis sie beide neben ihm kauerten. »Wir werden ja jetzt einige Zeit miteinander verbringen, richtig?«

»Okay?«

»Könntet ihr euch dann vielleicht euer *Scheiße* und *verkackt* vor eurer Mutter und den Mädchen verkneifen? Und vor Gail?«

Sie tauschten einen Blick, zuckten die Achseln. Na gut. Wenn's sein muss. Uns doch wurscht. Aber Viktor ließ sich dadurch nicht beirren. Er wölbte die Hände zu einem Trichter und schrie Perry flüsternd ins Ohr, so dass es die Mädchen nicht hörten:

»Das Riesenbegräbnis, okay? Zu dem wir grade in Moskau waren? Die Tragödie? Mit den Tausenden Trauernden, okay?«

»Was ist damit?«

»Erst sollte es ein Autounfall sein, okay? *Mischa und Olga sind bei einem Autounfall gestorben.* Kompletter Schwachsinn. Es war gar nie ein Autounfall. Sie sind abgeknallt worden. Und von wem? Irgendwelchen Tschetschenen-Spinnern, die nicht mal was gestohlen haben und ein Vermögen für Kalaschnikow-Kugeln hinblättern mussten? Warum? Weil sie die Russen hassen? Schwachsinn. Nie im Leben waren das die verfickten Tschetschenen!«

Alexej trommelte mit den Fäusten auf ihn ein, versuchte ihm den Mund zuzuhalten, aber Viktor schlug seine Hand weg.

»Frag jeden in Moskau, der irgendeine Ahnung hat. Frag meinen Freund Pjotr. Mischa ist *umgenietet* worden. Er hat sich mit der *Mafia* angelegt. Deshalb haben sie ihn erledigt. Und Olga auch. Und jetzt wollen sie Papa erledigen, bevor die Bullen ihn schnappen. Stimmt's, Mama?«, schrie er durch die Ritzen zu Tamara hinüber. »Als *kleine Warnung*, damit alle wissen, wer der Boss ist! Mama kennt sich aus. Sie weiß *alles*. Sie war zwei Jahre im Polizeigefängnis in Perm, wegen Wucher und Erpressung. Die haben sie zweiundsiebzig Stunden ohne Unterbrechung verhört, fünfmal. Sie halb totgeprügelt. Pjotr hat die Akte gesehen. *Es kamen verschärfte Methoden zur Anwendung.* Stimmt's, Mama? Deshalb redet sie mit keinem mehr außer Gott. Die haben's aus ihr herausgeprügelt. He, Mama! Du bist die Beste!«

Tamara zieht sich tiefer in den Schatten zurück. Perrys Handy klingelt. Luke, energisch und extrem auf der Hut.

»Alles in Ordnung?«, fragt Luke.

»Bis jetzt, ja. Wie geht's unserem Freund?«, fragt Perry.

»Gut. Er sitzt *gleich hier neben mir* im Auto. Lässt alle schön grüßen.«

»Ebenfalls«, erwidert Perry vorsichtig.

»Ab jetzt sollten wir kleinere Gruppen bilden, wenn's geht. Die sind leichter zu überblicken und schwerer auszumachen. Können Sie die Jungs noch ein bisschen verkleiden?«

»Wie verkleiden?«

»Einfach nur, dass sie ein bisschen verschiedener aussehen. Nicht ganz so eineiig.«

»Sicher.«

»Und schauen Sie, dass Ihr Zug nicht zu leer ist. Verteilen Sie sich möglichst etwas. Nur ein Junge pro Abteil, Sie und die Mädchen in einem anderen. Lassen Sie sich Ihre Zugkarten in Interlaken von Harry kaufen, dann müssen Sie nicht alle am selben Schalter anstehen. Verstanden?«

»Verstanden.«

»Schon was von Doolittle gehört?«

»Noch zu früh. Sie ist gerade erst los.«

Es war das erste Mal, dass sie direkt auf Gails Alleingang Bezug nahmen.

»Sie handelt goldrichtig. Und sie soll bloß nichts anderes denken. Sagen Sie ihr das.«

»Mach ich.«

»Sie ist ein Glücksfall für uns, und wir können nur hoffen, dass sie genauso viel Glück hat.« Luke spricht in Rätseln. Er hat keine andere Wahl. Dima sitzt *gleich hier neben ihm* im Auto.

Perry klettert über die Mädchen hinweg, tippt Ollie auf die Schulter und schreit ihm Lukes Anweisungen ins Ohr.

* * *

Katja und Irina futtern ihre Käsebrötchen und Chips und lehnen die Köpfe aneinander, kauend und vor sich hin summend. Ab und zu linsen sie über die Schulter zu Ollies Hut hin und brechen in Gekicher aus. Einmal streckt Katja ganz vorwitzig die Hand danach aus, bekommt dann aber Angst vor der eigenen Courage. Die Jungen spielen Steckschach und mampfen Bananen dazu.

»Nächster Halt Interlaken, Jungs und Mädels!«, ruft Ollie nach hinten. »Ich parke am Bahnhof und setze mich mit Madame und dem Gepäck in den nächsten Zug. Ihr Hübschen bummelt ein bisschen herum, esst eine Wurst und kommt uns dann in aller Ruhe nach. Sind damit alle zufrieden, Professor?«

»Vollauf zufrieden«, bestätigt Perry nach einem Blick auf die Mädchen.

»Überhaupt nicht!«, jault Alexej empört auf und schmeißt sich rückwärts in die Kissen. »Wir sind schiet-*unzufrieden!*«

»Aus irgendeinem bestimmten Grund?«, erkundigt sich Perry.

»Tausend! Wir fahren nach Kandersteg, ich weiß es doch! Ich geh nicht nach Kandersteg, nie wieder! Ich mag nicht klettern, ich hab keine Saugnäpfe an den Füßen, mir wird schwindlig, und dieser Max kotzt mich eh an!«

»Kalt«, sagt Perry, »eiskalt.«

»Heißt das, wir fahren nicht nach Kandersteg?«

»Heißt es.«

Aber Gail fährt, denkt er mit einem Blick auf die Uhr.

* * *

Um drei hatte Gail, dem flotten Anschlusszug in Spiez sei Dank, das Haus gefunden. Schwer war es nicht gewesen. Sie hatte im Postamt gefragt. Kennt jemand hier einen Skilehrer, der Max heißt, nicht von der offiziellen Schweizer Skischule, sondern privat, Eltern leiten ein Hotel? Die dicke Frau am *guichet* war sich nicht sicher, deshalb besprach sie sich mit dem dünnen Mann am Sortiertisch, der Bescheid zu wissen meinte, aber sicherheitshalber noch den Jungen fragte, der Pakete in die große gelbe Wanne lud, und die Antwort erfolgte um drei Ecken: Das Hotel Rössli rechts an der Hauptstraße, da arbeitet seine Schwester.

Die Hauptstraße flirrte im verfrühten Sommersonnenschein, während die Berge zu beiden Seiten dunstverhangen waren. Eine Familie honiggelber Hunde lag teils hingegossen auf dem heißen Asphalt, teils im Schatten der Ladenmarkisen. Urlauber mit Wanderstöcken und Sonnenhüten studierten die Auslagen der Souvenirläden, und über die Terrasse des Hotels Rössli verstreut saßen Nachmittagsgäste bei Kuchen mit Schlagsahne und hohen, strohhalmgespickten Gläsern voll Eiskaffee.

Eine überarbeitete Rothaarige in Schweizer Tracht war die einzige Bedienung. Als Gail sie ansprach, befahl sie ihr, sich hinzusetzen und zu warten, und statt kurzerhand hinauszurauschen, wie es ihre normale Reaktion gewesen wäre, setzte Gail sich gehorsam an einen Tisch, und als das Mädchen kam, bestellte sie erst einen Kaffee, den sie nicht wollte, und erkundigte sich dann, ob sie zufällig die Schwester von Max, dem berühmten Bergführer, sei, worauf das Mädchen übers ganze Gesicht strahlte und plötzlich alle Zeit der Welt hatte.

»Na, *Bergführer* ja noch nicht richtig, nicht *offiziell*, und *berühmt*, ich weiß nicht! Erst muss er die Prüfung machen, die ziemlich schwer ist«, sagte sie, stolz auf ihr Englisch und erfreut über die Gelegenheit zum Üben. »Leider hat Max etwas spät angefangen. Vorher wollte er Architekt werden, aber er mochte das Tal nicht verlassen. Er ist ein bisschen ein Traumtänzer, ehrlich gesagt, aber toi, toi, toi, jetzt ist er endlich vernünftig geworden, und nächstes Jahr macht er seinen Abschluss. Hoffen wir. Vielleicht führt er heute gerade eine Tour. Soll ich Barbara anrufen?«

»Barbara?«

»Sie ist wirklich *sehr* nett. Sie hat ihn völlig umgekrempelt, sagen wir immer. Es war aber auch *höchste* Zeit!«

Blüemli. Max' Schwester schrieb es Gail auf eine Doppelseite aus ihrem Block auf.

»Im Prinzip bedeutet das *kleine Blume*, aber es kann auch

große Blume bedeuten, weil die Schweizer alles verkleinern, was sie gern mögen. Es ist das letzte neue Chalet auf der linken Seite, wenn Sie an der Schule vorbei sind. Barbaras Vater hat es für sie gebaut. Nein, Max hat es wirklich *sehr* gut getroffen.«

Das Blüemli war das perfekte Heim für ein junges Glück: frisches Kiefernholz, rote Geranien an den Fenstern, rote Baumwollvorhänge, dazu passend eine rote Kaminkappe und unterm Dachfirst eine handgeschnitzte Inschrift in Fraktur, die Gott für seine Segnungen dankte. Auf dem makellos gemähten Rasenviereck vor dem Haus standen eine neue Schaukel, ein brandneues Plantschbecken und ein neuer Grill, und neben der Tür, die zu einem Zwergenhäuschen hätte gehören können, waren Scheite zu einem blitzsauberen Holzstoß gestapelt.

Wenn es ein gemaltes Haus gewesen wäre statt eines echten, hätte es Gail auch nicht verwundert, aber sie wunderte sich ohnehin über nichts. Es war nichts Unerwartetes eingetreten, sondern einfach nur der *Worst Case*, der jedoch auch nicht schlimmer war als all die anderen Möglichkeiten, die sie sich im Zug ausgemalt hatte und immer noch ausmalte, als sie nun den Klingelknopf drückte und eine vergnügte Frauenstimme rufen hörte: »En Momänt bitte, d'Barbara chunt grad!« – woraus sie, auch ohne Deutsch oder Schwyzerdütsch zu können, schloss, dass Barbara gleich kommen würde. Und da kam sie auch schon: groß, gepflegt, sportlich-attraktiv, eine durch und durch angenehme Erscheinung und kaum älter als Gail.

»Grüessech«, sagte sie und wechselte, als sie Gails entschuldigendes Lächeln sah, etwas atemlos ins Englische: *»Hello! Can I help you?«*

Durch die offene Tür hörte Gail vorwurfsvolles Babygegreine. Sie holte tief Luft und lächelte.

»Hoffentlich. Ich heiße Gail. Sind Sie Barbara?«

»Ja. Ja, natürlich.«

»Ich suche nach einem Mädchen, das Natascha heißt. Groß, schwarze Haare, Russin.«

»Ach, Russin ist sie? Das wusste ich nicht. Das erklärt es vielleicht. Sind Sie etwa Ärztin?«

»Leider nicht. Wieso?«

»Doch, ja, sie ist hier. Ich weiß nicht, warum. Könnten Sie bitte hereinkommen? Ich muss zurück zu Anni. Sie zahnt.«

Gail folgte ihr ins Haus, das süß und sauber nach gut gepudertem Baby roch. Eine Batterie Filzpantoffeln mit Hasenohren, die schön aufgereiht an Messinghaken hingen, legten ihr nahe, doch bitte die staubigen Straßenschuhe auszuziehen. Barbara wartete, während sie in ein Paar hineinschlüpfte.

»Wie lange ist sie schon da?«, fragte Gail.

»Bestimmt eine Stunde. Vielleicht mehr.«

Gail trat hinter ihr in ein luftiges Wohnzimmer mit einem netten kleinen Garten davor. In der Zimmermitte stand ein Laufstall, und im Laufstall saß ein winziges kleines Mädchen mit goldenen Ringellöckchen und Schnuller im Mund, umgeben von einem Aufmarsch nagelneuer Spielsachen. Und an der Wand saß auf einem Schemel Natascha, mit gesenktem Kopf, das Gesicht von den Haaren verborgen, den Oberkörper über die gefalteten Hände gebeugt.

»Natascha?«

Gail kniete sich neben sie und wölbte eine Hand um ihren Hinterkopf. Natascha zuckte, aber sie schüttelte die Hand nicht ab. Gail sagte noch einmal ihren Namen. Keine Reaktion.

»Das ist wirklich gut, dass Sie hier sind«, schwatzte Barbara in ihrem Schweizer Singsang, während sie Anni hochhob und an ihre Schulter legte, um sie Bäuerchen machen zu lassen. »Ich wollte schon Dr. Stettler anrufen. Oder die Polizei, ich wusste es nicht. Es war ein Problem. Wirklich.«

Gail streichelte Nataschas Haar.

»Sie klingelt an der Tür, ich füttere gerade Anni, nicht mit der Flasche, sondern auf die beste Art. Wir haben jetzt einen Spion in der Tür, heutzutage weiß man ja nie. Ich habe hindurchgeschaut, ich hatte Anni an der Brust, ich habe gedacht, gut, das ist ein normales Mädchen da vor meiner Türe, ziemlich hübsch, das muss ich sagen, sie möchte hereinkommen, ich weiß nicht, warum, vielleicht will sie einen Termin mit Max ausmachen, er hat viele Kunden, vor allem junge natürlich, so ein interessanter Mann, wie er ist. Also kommt sie herein, sie schaut, sie sieht Anni, sie fragt mich auf *Englisch* – ich wusste ja nicht, dass sie Russin ist, an so was denkt man ja nicht, obwohl man es heute wahrscheinlich sollte, ich habe gedacht, sie ist eine Jüdin oder eine Italienerin –, ob ich die Schwester von Max bin. Und ich sage, nein, ich bin nicht seine Schwester, ich bin seine Frau Barbara, wer sind Sie bitte, was kann ich für Sie tun? Ich bin eine Mutter, ich bin sehr beschäftigt, das sehen Sie ja. Kommen Sie wegen einem Termin bei Max, klettern Sie? Wie ist Ihr Name? Und sie sagt, sie heißt Natascha, aber ich habe mich da natürlich schon langsam gefragt.«

»Was haben Sie sich gefragt?«

Gail rückte einen zweiten Schemel heran und setzte sich neben Natascha. Sie legte ihr den Arm um die Schulter und zog sie sacht zu sich her, bis ihre Schläfen aneinanderlagen.

»Ja, wegen Drogen. Die Jugend von heute, ich meine, man kann gar nicht vorsichtig genug sein«, sagte Barbara mit einer Entrüstung in der Stimme, die besser zu jemand doppelt so Altem gepasst hätte. »Und offen gestanden, die Ausländer, gerade die Engländer, die nehmen ja *nur* Drogen, fragen Sie Dr. Stettler.« Das Baby quietschte, und sie beruhigte es. »Max sagt es auch, seine jungen Leute, mein Gott, sogar auf der Alp nehmen sie Drogen! Ich meine,

Alkohol, das verstehe ich ja noch. Zigaretten natürlich nicht. Ich habe ihr Kaffee angeboten, Tee, Mineralwasser. Vielleicht hat sie mich nicht gehört, ich weiß nicht. Vielleicht war sie auf einem *Trip*, wie die Hippies sagen. Mit einem Baby mag man so was ja nicht zugeben, aber ich hatte offen gestanden sogar ein bisschen Angst.«

»Aber Max wollten Sie nicht anrufen?«

»In den Bergen? Wenn er Gäste hat? Das wäre eine Katastrophe für ihn. Er würde denken, es ist etwas mit ihr, er würde sofort herkommen.«

»Er würde denken, es ist was mit Anni?«

»Ja, natürlich!« Sie hielt inne und überdachte die Frage nochmals – eher eine Seltenheit bei ihr, so Gails Verdacht. »Sie meinen, Max könnte wegen Natascha kommen? Das ist ja absurd!«

Gail nahm Natascha beim Arm, zog sie behutsam in die Höhe, und als sie aufrecht stand, umarmte sie sie und zog sie mit sich bis zur Haustür, wo sie ihr wieder in ihre Straßenschuhe half, dann in ihre eigenen stieg und Natascha über den Bilderbuchrasen davonführte. Sobald sie zum Gartentor hinaus waren, rief sie Perry an.

Sie hatte ihn einmal aus dem Zug angerufen und noch einmal, nachdem sie das Dorf erreicht hatte. Sie hatte versprochen, ihn praktisch minütlich anzurufen, denn Luke konnte nicht selbst mit ihr reden, ihm saß Dima auf dem Schoß, daher der Umweg über Perry. Und sie wusste, dass die Lage angespannt war, sie hörte es an seiner Stimme. Je ruhiger er klang, desto größer die Spannung, und sie vermutete, dass etwas vorgefallen war. Also sprach sie ihrerseits extrem ruhig, was ihm im Zweifel genau das Gleiche signalisierte:

»Es geht ihr gut. Alles in Ordnung. Sie ist hier bei mir, ihr fehlt nichts, wir sind auf dem Weg. Wir gehen gerade zum Bahnhof. Wir brauchen als Einziges noch ein bisschen Zeit.«

»Wie viel?«

Jetzt war es Gail, die ihre Worte mit Bedacht wählen musste, weil an ihrem Arm Natascha hing.

»Genug, um unsere Seelen zu klempnern und unsere Nasen zu pudern. Und eins noch.«

»Ja?«

»Niemand muss sich fragen lassen, wo er gesteckt hat, in Ordnung? Wir hatten eine kleine Krise, jetzt ist sie vorbei. Das Leben geht weiter. Ich meine nicht nur, wenn wir ankommen. Auch hinterher: keine Fragen an die betroffene Partei. Mit den Mädchen wird das klargehen. Bei den Jungen bin ich mir nicht so sicher.«

»Mit denen geht das auch klar. Dafür sorge ich schon. Dick wird sich totfreuen. Ich sag ihm gleich Bescheid. Und macht schnell, ja?«

»Wir tun, was wir können.«

* * *

In dem vollbesetzten Zug hinunter nach Spiez hatte es keine Gelegenheit zum Sprechen gegeben, was nicht weiter störte, weil Natascha ohnehin keinen Ton sagte; sie war im Schock und schien zeitweise zu vergessen, dass Gail überhaupt da war. Aber im Zug nach Interlaken begann sie unter Gails sanftem Zureden langsam aus ihrer Starre zu erwachen. Sie saßen nebeneinander in einem Erste-Klasse-Abteil, den Blick geradeaus gerichtet wie damals in dem Zelt in Three Chimneys. Es wurde schon Abend, und sie waren die einzigen Fahrgäste.

»Ich bin so …«, brach es aus Natascha heraus, und sie griff nach Gails Hand, aber dann brachte sie den Satz nicht zu Ende.

»Wir warten erst mal«, sagte Gail mit fester Stimme zu Nataschas gesenktem Kopf. »Wir haben Zeit. Wir legen unsere Gefühle auf Eis, wir lassen es uns gutgehen, und wir warten. Mehr müssen wir vorerst nicht machen, weder du noch ich. Hörst du?«

Nicken.

»Dann setz dich gerade hin. Lass deine Hand ruhig hier. Hör einfach zu. Noch ein paar Tage, dann seid ihr in England. Ich weiß nicht, ob deine Brüder das wissen, aber sie wissen, dass es ein Überraschungsurlaub wird und dass es jeden Tag losgehen kann. Davor macht ihr noch kurz in Wengen Station. Und in England suchen wir dir eine richtig gute Frauenärztin – meine –, und dann schauen wir, wie du dich fühlst, und dann entscheidest du. In Ordnung?«

Nicken.

»Und bis dahin verschwenden wir keinen Gedanken an die Sache. Wir löschen sie einfach aus unserem Bewusstsein. Du läufst nicht mehr in diesem albernen Schlabberzeug rum« – sie zupfte sie liebevoll am Ärmel –, »du zeigst wieder ein bisschen was von deiner tollen Figur. Man sieht nichts, garantiert. Versprichst du mir das?«

Ja.

»Alle Entscheidungen können warten bis England. Es sind keine *schlimmen* Entscheidungen, sondern einfach vernünftige. Und du triffst sie in aller Ruhe. Wenn du in England bist, nicht vorher. Deinem Vater zuliebe, und dir selbst zuliebe auch. Ja?«

»Ja.«

»Noch mal.«

»Ja.«

Hätte Gail genauso geredet, wenn Perry ihr nicht zu verstehen gegeben hätte, dass Luke es so wollte – dass dies der denkbar schlechteste Zeitpunkt sei, um Dima mit einer niederschmetternden Nachricht zu kommen?

Glücklicherweise ja. Sie hätte dasselbe gesagt, Wort für Wort, in voller Aufrichtigkeit. Schließlich sprach sie aus Erfahrung. Sie kannte das Gefühl. Und all das betete sie sich gerade erneut vor, als sie in Interlaken Ost nach Lauterbrunnen und Wengen umstiegen und sie plötzlich merkte, dass ein Schweizer Polizist in fescher Sommeruniform den leeren Bahnsteig entlang auf sie zukam, an seiner Seite ein farblos aussehender Mann in grauem Anzug und gewichsten braunen Schuhen, und dass der Polizist die Art von bedauerndem Lächeln im Gesicht trug, die einem in zivilisierten Ländern ankündigt, dass man bald nichts mehr zu lachen haben wird.

»Sie sprechen Englisch?«

»Woran sehen Sie das?« Sie erwiderte sein Lächeln.

»Vielleicht an Ihrem Teint?«, gab er zurück, was ihr ziemlich gewagt für einen braven Schweizer Gendarmen schien. »Aber die junge Dame ist nicht englisch« – dies mit einem raschen Blick auf Nataschas schwarzes Haar und leicht asiatische Züge.

»Könnte sie aber ohne weiteres sein. Wir kommen doch heutzutage alle aus dem Schmelztiegel«, entgegnete Gail in dem gleichen flotten Ton.

»Haben Sie britische Pässe?«

»Ich ja.«

Der farblose Mann lächelte ebenfalls, stellte sie beklommen fest. Und auch sein Englisch war ein bisschen zu gut.

»Bundesamt für Migration«, verkündete er. »Wir führen Stichproben nach dem Zufallsprinzip durch. Mit den offenen Grenzen, die wir heute haben, stoßen wir leider immer wieder auf gewisse Personen, die Aufenthaltsgenehmigungen bräuchten, aber keine besitzen. Nicht viele, aber einige.«

Jetzt wieder der Uniformierte:

»Ihre Fahrkarten und Pässe, wenn ich bitten darf. Sie haben doch nichts dagegen? Wenn ja, dann würden wir Sie auf die Polizeiwache bitten und die Kontrollen dort vornehmen.«

»Was sollten wir denn dagegen haben, oder, Natascha?

Wir wünschten nur, alle Polizisten wären so höflich wie Sie«, sagte Gail munter.

Und sie kramte ihren Pass und die Fahrkarten aus ihrer Handtasche hervor und reichte sie dem Uniformierten, der sie mit jener übertriebenen Gründlichkeit studierte, die man Polizisten in aller Welt antrainiert, um unbescholtene Bürger ins Schwitzen zu bringen. Der graue Anzug sah über die Uniformschulter, nahm dann den Ausweis an sich und exerzierte das Ganze noch einmal von vorn durch, bevor er ihn Gail wieder aushändigte und sein Lächeln auf Natascha richtete, die ihren Pass schon gezückt hatte.

Und was der graue Anzug nun machte, war laut Gails späterem Bericht an Ollie, Perry und Luke entweder ein Zeichen von Inkompetenz oder sehr schlau: Er verhielt sich, als wäre der Pass einer russischen Minderjährigen für ihn von geringerem Interesse als der einer britischen Erwachsenen. Er schlug die Seite mit den Einreisevisa auf, blätterte zu ihrem Photo, verglich es mit ihrem Gesicht, lächelte sichtlich bewundernd, verweilte einen Moment bei ihrem Namen in lateinischer und kyrillischer Schreibweise und streckte ihr den Ausweis mit einem unbeschwerten »Hier, bitte schön« wieder hin.

»Bleiben Sie länger in Wengen?«, erkundigte sich der uniformierte Polizist, als er Gail die Fahrkarten zurückgab.

»Nur eine Woche wahrscheinlich.«

»Je nach Wetter, nehme ich an?«

»Ach, wir Engländer sind so an Regen gewöhnt, dass wir ihn überhaupt nicht bemerken!«

Und ihr Anschlusszug stehe auf Gleis 2 bereit, Abfahrt in drei Minuten, die letzte Verbindung nach Wengen für heute, also verpassen Sie ihn besser nicht, sonst sitzen Sie in Lauterbrunnen fest, sagte der höfliche Polizist.

Erst als sie schon mit dem letzten Zug den Berg hinaufzuckelten, öffnete Natascha wieder den Mund. Bis dahin hatte sie vor sich hin gebrütet, wütend, so wie es schien; hatte in die schwarze Fensterscheibe gestarrt, sie mit ihrem Atem vollgedampft wie ein Kind und zornig wieder freigewischt. Ob sie allerdings wütend auf Max war, auf den Polizisten und seinen Freund in Grau oder sich selbst, blieb dahingestellt. Aber plötzlich hob sie den Kopf und sah Gail mitten ins Gesicht.

»Ist Dima kriminell?«

»Er ist doch ein sehr erfolgreicher Geschäftsmann, oder nicht«, fragte Gail glattzüngig zurück.

»Müssen wir *deshalb* nach England? Geht es *darum* bei dieser Überraschung? Ständig erzählt er uns plötzlich von diesen tollen englischen Schulen, auf die wir sollen.« Und als keine Antwort kam: »Seit Moskau ist unsere ganze Familie total … total kriminell. Frag meine Brüder. Sie sind ganz besessen davon. Sie reden nur noch von Kriminellen. Frag ihren tollen Freund Pjotr, der angeblich für den KGB arbeitet. Den gibt es doch gar nicht mehr. Oder?«

»Ich weiß es nicht.«

»Es heißt jetzt FSB. Aber Pjotr sagt immer noch KGB. Vielleicht lügt er also. Pjotr weiß alles über uns. Er hat unsere sämtlichen Akten gesehen. Meine Mutter war kriminell, ihr Mann war kriminell, Tamara war kriminell, ihr Vater ist erschossen worden. Für meine Brüder ist jeder, der aus Perm kommt, ein Krimineller und sonst gar nichts. Vielleicht wollte die Polizei deshalb meinen Pass sehen. ›Bist du aus Perm, bitte schön, Natascha?‹ – ›Ja, Herr Polizist, ich bin aus Perm, ich bin außerdem schwanger.‹ – ›Dann bist du *sehr* kriminell. Du kannst in kein englisches Internat, du musst sofort mit ins Gefängnis!‹«

Ihr Kopf lag mittlerweile an Gails Schulter, und der Rest ihres Redeschwalls war auf Russisch.

* * *

Dämmerung senkte sich über die Kornfelder, und auch in dem gemieteten BMW wurde es dämmrig, denn in schweigendem Einvernehmen verzichteten sie auf Beleuchtung, innen wie außen. Luke hatte als Proviant eine Flasche Wodka besorgt, und Dima hatte sie halb leer getrunken, aber Luke gestattete sich nicht einmal, daran zu riechen. Er hatte Dima einen Taschenrecorder angeboten, um damit seine Erinnerungen an Bern aufzuzeichnen, solange sie noch frisch waren, aber Dima hatte nur geschnaubt.

»Ich weiß alles. Kein Problem. Hab Kopien. Hab mein Gedächtnis. In London, ich erinnere mich an alles. Sagen Sie das Tom!«

Den ganzen Weg von Bern her hatte Luke nur Nebenstraßen benutzt – war ein Stück gefahren, hatte sich dann eine Stelle gesucht, wo sie warten konnten, während die Verfolger, so sie denn existierten, an ihnen vorbeizogen. Mit seiner rechten Hand stimmte ganz entschieden etwas nicht, er hatte immer noch kein Gefühl darin, aber solange er die Kraft in seinem Arm einsetzte und nicht an die Hand dachte, ging es mit dem Fahren ganz gut. Er musste sie irgendwie verletzt haben, als er dem Philosophenschädel eins übergebraten hatte.

Sie redeten russisch miteinander, raunend wie zwei Flüchtlinge. Warum flüstern wir?, fragte Luke sich. Aber so war es. Am Rand eines Nadelwaldes hielt Luke erneut an, diesmal, um Dima einen blauen Overall und eine dicke schwarze Skimütze in die Hand zu drücken, unter der er seine Glatze verstecken konnte. Für sich selbst hatte er Jeans, einen Anorak und eine Pudelmütze gekauft. Er legte Dimas Anzug zusammen und verwahrte ihn in einer Reisetasche im Kofferraum des BMW. Es war jetzt acht Uhr abends, und es kühlte empfindlich ab. Kurz vor Wilderswil am Eingang des Lauterbrunnentals hielt er nochmals an, schaltete die Schweizer Nachrichten ein und versuchte dabei im Halbdunkel in Dimas Gesicht zu lesen, da er selbst ungünstigerweise kein Deutsch verstand.

»Sie haben die Drecksäcke gefunden«, raunzte Dima halblaut auf Russisch. »Zwei besoffene Russenärsche sind im Bellevue Palace aufeinander losgegangen. Keiner weiß, warum. Sind die Treppe runtergefallen und haben sich verletzt. Der eine ist im Krankenhaus, der andere ist soweit okay. Dem im Krankenhaus geht's ziemlich dreckig. Das ist Niki. Vielleicht erstickt er, der Wichser. Haben ein paar blödsinnige Lügen erzählt, die die Schweizer Polizei ihnen nicht abnimmt. Lügen, die sich nicht decken. Die russische Botschaft will sie ausfliegen. Die Schweizer Polizei sagt: ›Nicht so eilig, erst wollen wir noch ein bisschen was über diese Arschlöcher rausfinden.‹ Der russische Botschafter ist stinksauer.«

»Auf die beiden?«

»Auf die Schweizer.« Er grinste, nahm wieder einen Schluck aus der Wodkaflasche und hielt sie Luke hin, der den Kopf schüttelte. »Soll ich Ihnen sagen, wie das funktioniert? Der russische Botschafter ruft den Kreml an: ›Was sind das für Schwachsinnswichser?‹ Kreml ruft Prinz an: ›Was zum Henker fällt diesen beiden Oberärschen von dir ein, sich in einem Nobelhotel in Bern die Köpfe einzuhauen?‹«

»Und der Prinz sagt?«, fragte Luke, ohne auf Dimas saloppen Ton einzuschwenken.

»Der Prinz, dieses Dreckschwein, ruft Emilio an. ›Emilio. Mein Freund. Mein weiser Ratgeber. Was zum Henker fällt meinen beiden Goldjungs ein, sich in einem Berner Nobelhotel die Köpfe einzuhauen?‹«

»Und Emilio sagt?«, insistierte Luke.

Dimas Ausdruck verfinsterte sich. »Emilio sagt: ›Dieser Wichskerl Dima, Nummer-Eins-Geldwäscher der ganzen Welt, ist vom gottverdammten Erdboden verschwunden.‹«

Luke, nicht eben der geborene Ränkeschmied, jonglierte mit ein paar unbekannten Größen. Erst die beiden sogenannten arabischen Gendarmen in Paris. Wer hatte sie geschickt? Warum? Dann die beiden Leibwächter im Bellevue Palace. Warum waren sie nach der Überschreibung mit ins Hotel gekommen? In wessen Auftrag? Wozu? Wer hatte wann wie viel gewusst?

Er rief Ollie an.

»Alles im Lot, Harry?« Sprich: Wer ist in dem sicheren Haus angekommen und wer nicht? Sprich: Muss ich mich auch noch mit einer abgängigen Natascha herumschlagen?

»Unsere beiden Nachzügler sind gerade eingetrudelt, Dick, alles in Butter«, sagte Ollie beruhigend. »Haben ohne größere Schwierigkeiten hier raufgefunden, das heißt, es ist alles bestens. Gegen zehn überm Berg drüben, passt euch das? Bis dahin ist es dann auch schön dunkel.«

»Zehn Uhr passt wunderbar.«

»Grindelwald-Grund, Bahnhofsparkplatz. Ein hübscher kleiner roter Suzuki. Ich steh gleich links, wenn Sie reinkommen, und so weit entfernt von den Zügen, wie's geht.«

»In Ordnung.« Und als Ollie noch nicht auflegte: »Wo brennt's, Harry?«

»Na ja, in Interlaken Ost war offenbar ziemliche Polizeipräsenz, nach dem, was ich höre.«

»Schießen Sie los.«

Luke lauschte, sagte nichts, steckte das Handy zurück in die Tasche.

* * *

Mit *überm Berg drüben* meinte Ollie das Dorf Grindelwald, das auf der anderen Seite des Eigermassivs lag. Von der Lauterbrunner Seite kam man eigentlich nur per Zahnradbahn nach Wengen, hatte Ollies Recherche ergeben; der

Waldweg mochte für Gemsen und den einen oder anderen lebensmüden Motorradfahrer taugen, aber nicht für ein vierrädriges Gefährt mit drei Männern darin.

Aber Luke, ebenso wie Ollie, wollte es um keinen Preis zulassen, dass Dima in gleich welcher Verkleidung auf dieser seiner Reise von Bahnangestellten, Zugschaffnern und Mitpassagieren gesehen würde, schon gar nicht so spät am Abend, wenn die Fahrgäste gezählt waren und mehr auffielen.

In Zweilütschinen folgte Luke deshalb der linken Abzweigung, die über ein sich windendes Sträßchen am Fluss entlang bis hinein nach Grindelwald führte. Der Bahnhofsparkplatz in Grund stand voll mit den abgestellten Autos deutscher Touristen. Zu seiner Erleichterung erspähte Luke gleich beim Einbiegen die Silhouette von Ollie in Steppanorak und einer Schirmmütze mit Ohrenklappen in einem roten Suzuki-Jeep, der mit eingeschaltetem Standlicht wartete.

»Und hier, zum Einmummeln, wenn's zu sehr pfeift«, verkündete Ollie auf Russisch, während er Dima auf den Sitz neben sich packte; Luke, der Ollie erst noch das Gepäck gereicht und den BMW dann unter einer Buche geparkt hatte, setzte sich nach hinten. »Die Forststraße ist verboten, aber nicht für Leute von hier, die da oben zu tun haben, Installateure, Bahnarbeiter et cetera. Wenn's recht ist, besorge also ich das Reden, falls wir kontrolliert werden. Nicht dass ich von hier wäre, aber der Jeep ist es, und sein Besitzer hat mich instruiert.«

Welcher *Besitzer* und was für *Instruktionen* wusste nur Ollie allein. Ein Künstler der Hintertür hält sich bedeckt, was seine Quellen angeht.

* * *

Eine schmale Teerstraße führte hinauf in die Schwärze des Bergmassivs. Ein Scheinwerferpaar kam ihnen von oben entgegen, stoppte, zog sich in die Bäume zurück: ein Baufahrzeug, unbeladen.

»Bergauf hat Vorfahrt«, murmelte Ollie beifällig. »Das ist Vorschrift hier.«

Ein einzelner Polizeibeamter versperrte ihnen den Weg. Ollie bremste, damit er die dreieckige gelbe Vignette an der Windschutzscheibe des Suzuki lesen konnte. Der Polizist trat zur Seite. Ollie dankte mit lässigem Heben der Hand. Sie fuhren an einem Grüppchen niedriger, hell erleuchteter Chalets vorbei. Holzrauch mischte sich mit Tannenduft. Auf einem Schild stand BRANDEGG. Die Straße ging in einen unbefestigten Waldweg über. Wasserbäche strömten ihnen entgegen. Ollie stellte die Scheinwerfer an und schaltete. Das Dröhnen des Motors wurde höher, jammeriger. Die Fahrspur war von schweren Reifen zerfurcht, und der Suzuki war schlecht gefedert. Luke auf seiner Rückbank zwischen den Taschen musste sich links und rechts abstemmen, während der Wagen ruckte und sprang. Vor ihm ragte die vermummte Gestalt Dimas mit der Wollmütze auf; die Decke um seine Schultern flog im Fahrtwind wie ein Kutschermantel. Ollie neben ihm, kaum kleiner als er, beugte sich angespannt vor, während er den Suzuki quer über eine Wiese jagte, dass zwei Gemsen davonsetzten in den Schutz der Bäume.

Die Luft wurde dünner und kälter. Lukes Atem flog. Tau perlte ihm eisig über Wangen und Stirn. Seine Augen tränten; Tannenduft und der Kitzel des Anstiegs ließen sein Herz schneller klopfen. Der Wald schloss sich wieder um sie. Aus dem Unterholz blitzten rot die Augen von Tieren, ob groß oder klein, konnte Luke so rasch nicht erkennen.

Und dann lag die Baumgrenze hinter ihnen, und der Blick war wieder frei. Leichtes Gewölk schleierte vor einem sternenübersäten Himmel, in dessen Mitte sich eine schwarze, sternlose Leere auftat, eine turmhohe Leere, die sie hinab in den Berghang drückte, sie hinausquetschte über den Rand der Welt. Sie fuhren unter dem Überhang der Eigernordwand entlang.

»Sie kennen Ural-Berge, Dick?«, schrie Dima auf Englisch zu Luke hinter und drehte sich halb zu ihm um.

Luke nickte heftig und lächelte.

»Wie Perm! In Perm wir haben Berge wie hier! Sie kennen Kaukasus?«

»Nur den georgischen Teil!«, schrie Luke zurück.

»Ist genial hier, hören Sie, Dick? *Genial!* Für Sie auch, ja?«

Und einen Moment lang – obwohl dieser Polizist ihm immer noch Sorgen machte – fand auch Luke es genial, und das Gefühl hielt an, als sie zur Passhöhe der Kleinen Scheidegg hinaufruckelten und durch den orangeroten Lichterbogen rollten, den das große Hotel dort warf.

Dann ging es bergab. Zu ihrer Linken, mondlichtüberströmt, reckte sich sehniger, blauschwarzer Gletscherschatten. Von der anderen Talseite blinkten die Lichter von Mürren herüber, und durch das Baumdickicht, in das sie nun wieder eintauchten, zwinkerten schon die schwachen Lichtpünktchen von Wengen.

16

Für Luke fügten sich die Tage und Nächte in dem kleinen Alpenort Wengen zu einer sonderbaren Abfolge von Extremen, unerträglich im einen Moment, im nächsten ein ruhevolles Urlaubsidyll: die Großfamilie mit all ihren Freunden.

Das große, hässliche Ferienhaus, das Ollie ihnen ausgesucht hatte, lag am weniger überlaufenen Ende des Dorfs in dem Dreieck, das zwei Wanderwege bildeten. Im Winter beherbergte es einen Skiclub aus dem deutschen Flachland, im Sommer dagegen durfte jeder es mieten, der das Geld dafür hinblättern konnte, ob südafrikanische Theosophisten, norwegische Rastafaris oder käsige Ruhrgebietskinder. Eine Patchworkfamilie quer durch die Altersstufen und Nationalitäten passte da bestens ins Bild. Keiner der Sommerfrischler, die scharenweise am Chalet vorbeimarschierten, wandte auch nur den Kopf – zumindest laut Aussage Ollies, der viele freie Minuten damit verbrachte, aus den gardinenverhängten Fenstern im Obergeschoss Wache zu halten.

Vom Chalet aus betrachtet, war die Welt traumhaft schön. Wer aus dem ersten Stock schaute, der sah unter sich das berühmte Lauterbrunnental, über ihm ragte glitzernd das Jungfraumassiv auf, hinter ihm breiteten sich unberührte Wiesen und waldige Hänge. Von außen dagegen war es ein architektonisches Desaster: monströs, charmelos, anonym, ein Missklang in der Landschaft, mit weißem Stuck und rustikalen Einsprengseln, die seine neureiche Protzigkeit nur unterstrichen.

Auch Luke hatte gewacht. Wenn Ollie auszog, um Vorräte und ausgesuchten Dorfklatsch mit heimzubringen, dann war es Luke der Bedenkenträger, der nach verdächtigen Passanten fahndete. Aber so scharf er auch hinsah, niemand beäugte argwöhnisch die beiden kleinen Mädchen, die im Garten mit Gail Seilhüpfen übten oder an der Böschung hinterm Haus Schlüsselblumen pflückten, um sie in den Sagogläsern, die Ollie aus dem Supermarkt herbeischaffte, auf ewig der Nachwelt zu erhalten.

Nicht einmal die kleine alte Dame mit Trauerkleidern und Sonnenbrille erntete Blicke, die reglos wie eine Puppe auf dem Balkon saß, gepudert und geschminkt, die Hände im Schoß. Die Schweizer Ferienorte boten solchen Menschen schon seit Anbeginn des Fremdenverkehrs Asyl. Und sollte irgendein Vorbeikommender des Abends durch einen Spalt im Vorhang einen dicken Mann mit wollener Skimütze erspähen, der über ein Schachbrett gebeugt saß, mit zwei halbwüchsigen Jungen als Gegnern und Perry als Schiedsrichter, derweil Gail und die Mädchen hinten im Eck ihre neuesten DVDs von Photohaus Fritz guckten – nun, wenn das Chalet bislang noch keine Familie von Schachfanatikern beherbergt hatte, dann doch alles andere. Dass der König der Geldwäscher sogar der vereinten Geisteskraft seiner frühreifen Söhne noch eine Nase drehen konnte – wen interessierte das?

Und wenn man dieselben halbwüchsigen Jungen tags darauf, schön unterschiedlich gewandet, hinter ihrem Antreiber Perry den steilen Felspfad vom Garten hinter dem Haus zum Grat des Männlichen hinaufkraxeln sah – Alexej jammernd, dass er sich jeden Moment seinen verfickten Hals brechen würde, während Viktor sich mit seinem Blickeduell mit einem kapitalen Hirsch brüstete, der in

Wahrheit eine Gemse gewesen war –, was war daran so bemerkenswert? Perry seilte sie sogar an. Er hatte einen passenden Überhang gefunden, Kletterschuhe ausgeliehen und Seile gekauft (denn Seile, so erklärte er ihnen streng, seien für einen Bergsteiger etwas zutiefst Persönliches, Intimes) und brachte ihnen bei, wie man über einem Abgrund baumelt, selbst wenn der Abgrund nur vier Meter tief war.

Was die zwei jungen Frauen anging – sechzehn, siebzehn die eine, die andere wohl zehn Jahre älter, beide auffallend hübsch –, die lesend auf Liegestühlen unter dem ausladenden Ahornbaum lagen, den die Planierraupen der Baufirma offenbar übersehen hatten: Gut, wenn man Schweizer und männlich war, dann schaute man vielleicht hin und tat so, als schaute man gar nicht, und wenn man Italiener war, sah man hin und klatschte Beifall. Aber man eilte nicht zum Telefon und verständigte die Polizei im Flüsterton, dass im Schatten eines Ahorns zwei verdächtige Frauen lagen und lasen.

Das zumindest sagte sich Luke, und auch Ollie sagte es sich, und Perry und Gail als Ersatzmitglieder der Nachbarschaftswache sagten zwangsläufig nichts anderes – was freilich nicht hieß, dass irgendeiner von ihnen, auch nicht die kleinen Mädchen, jemals ganz das Gefühl loswurde, im Untergrund zu leben, im Wettlauf gegen die Zeit. Wenn Katja bei Ollies Frühstückspfannkuchen mit Speck und Ahornsirup fragte: »Fahren wir heute nach England?«, oder Irina in weinerlicherem Ton: »Warum sind wir immer noch nicht in England?«, dann sprachen sie für alle am Tisch inklusive Luke selbst, den Helden der Runde mit der eingegipsten rechten Hand, die er den schlüpfrigen Treppenstufen in seinem Berner Hotel verdankte.

»Verklagst du das Hotel, Dick?«, wollte Viktor streitlustig wissen.

»Ich muss schauen, was mein Anwalt dazu sagt«, erwiderte Luke mit einem Lächeln zu Gail hinüber.

Und was den genauen Zeitpunkt betraf, zu dem sie nach London aufbrechen würden: »Also heute eher nicht mehr, Katja, aber vielleicht morgen, oder übermorgen«, versicherte Luke ihr. »Es hängt einfach davon ab, wann eure Visa ausgestellt werden. Und wir wissen ja alle, wie Apparatschiks so sind, sogar die englischen, nicht wahr?«

* * *

Aber wann, o wann?

Diese Frage beschäftigte Luke rund um die Uhr, jede wache und halbwache Stunde, dieweil Hectors atemlose Bulletins bei ihm eingingen: hier ein paar kryptische Sätze zwischen zwei Besprechungen, da eine ganze Jeremiade in den Nachtstunden eines weiteren endlosen Tages. Verwirrt von dem Kreuzfeuer widersprüchlicher Nachrichten behalf er sich zunächst, indem er sie mitprotokollierte – aus offizieller Sicht ein Kapitalverbrechen. Mit den bleich aus dem Gips ragenden Fingerspitzen bekritzelte er in seinem Hausmacher-Steno ungelenk einzelne A4-Blätter, die Ollie im Schreibwarengeschäft holte, einseitig natürlich, nicht doppelseitig.

Wie in den Schulungen vorgeschrieben, entwendete er als Schreibunterlage das Glas eines Bilderrahmens, das er nach jedem Blatt abwischte, und versteckte das Ergebnis seiner Mühen hinter dem Boiler, falls Viktor, Alexej, Tamara oder auch Dima wider Erwarten auf die Idee verfielen, sein Zimmer zu durchsuchen.

Als aber ein Frontbericht den anderen zu jagen begann, jeder komplexer als der davor, ließ er sich von Ollie einen Taschenrecorder beschaffen, ganz ähnlich dem, den er Dima gegeben hatte, und ihn an sein verschlüsseltes Handy anschließen – aus Sicht der Ausbilder eine weitere Todsünde, aber ein Himmelsgeschenk, wenn er schlaflos im Bett lag und auf die nächste von Hectors unorthodoxen Botschaften wartete:

- Es steht Spitz auf Knopf, Lukie, aber wir liegen vorn.
- Ich lasse Billy Boy außen vor und gehe direkt zum Boss. Ich habe gesagt, es geht um Stunden, nicht Tage.
- Der Boss sagt, ich muss mit dem Vize reden.
- Der Vize sagt, wenn Billy Boy es nicht absegnet, dann segnet er's auch nicht ab. Er segnet es nicht allein ab. Er will den gesamten vierten Stock hinter sich haben, sonst geht gar nichts. Ich hab ihm gesagt, leck mich.
- Sie werden's nicht glauben, aber Billy Boy knickt ein. Noch kämpft er wie wild dagegen an, aber selbst er riecht irgendwann die Wahrheit, wenn man ihn mit der Nase reindrückt.

Das alles innerhalb der ersten vierundzwanzig Stunden, nachdem Luke den Philosophenschädel die Treppe hinunterbefördert hatte – eine Tat, die Hector spontan als Geniestreich bewertete, mit der er den Vize jedoch bei näherem Nachdenken vorerst lieber nicht beunruhigen wollte.

»Kann es sein, dass unser Mann Niki auf dem Gewissen hat, Luke?«, erkundigte er sich in denkbar beiläufigem Ton.

»Er hofft es jedenfalls.«

»Tja. Hm. Ich glaube nicht, dass ich davon irgendwas gehört habe. Sie?«

»Keinen Ton.«

»Es waren zwei andere Typen, und jegliche Ähnlichkeit ist rein zufällig. Abgemacht?«

»Abgemacht.«

* * *

Am Nachmittag des zweiten Tages klang Hector frustriert, aber noch nicht entmutigt. Das Kabinettsbüro hatte verfügt, dass der Genehmigungsausschuss nun doch in beschlussfähiger Anzahl zusammentreten müsse, berichtete er. Man bestand darauf, dass Billy Boy Matlock in vollem Umfang – in vollem Umfang! – von sämtlichen operativen Details in Kenntnis zu setzen sei, mit denen Hector bisher hinterm Berg gehalten hatte. Der Vorschlag zur Güte war ein Vier-Mann-Arbeitskreis, bestehend aus je einem Vertreter von Außenministerium, Innenministerium, Finanzministerium und Einwanderungsbehörde. Die übrigen Mitglieder sollten gebeten werden, die Empfehlungen post facto zu ratifizieren – nach Ansicht des Kabinettsbüros reine Formsache. Mit größtem Widerstreben hatte Hector sich auf die Bedingungen eingelassen. Dann, am Abend desselben Tages, drehte der Wind plötzlich, und Hector klang eine Spur schneidender. Lukes verbotener Recorder spielte ihm den Moment noch einmal vor:

H: Irgendwie sind uns die Schweine einen Zug voraus. Das hat Billy Boy gerade von seinen City-Spitzeln hinterbracht gekriegt.

L: Wie, uns voraus? Wie kann das sein? Wir haben uns doch noch gar nicht bewegt.

H: Laut Billy Boys Quellen plant die Finanzaufsichtsbehörde, den Antrag von Arena auf Gründung einer Großbank abzublocken, und wir sind schuld.

L: *Wir?*

H: Der Geheimdienst. In seiner Gänze. Die großen Finanzinstitute schreien zetermordio. Dreißig Abgeordnete quer durch die Parteien, alle gesponsert von unseren Oligarchen, setzen angeblich einen bösen Brief an den Finanzminister auf, in dem sie die Finanzaufsichtsbehörde antirussischer Vorurteile bezichtigen und fordern, dass alle

unbilligen Behinderungsversuche auf der Stelle eingestellt werden. Die üblichen Verdächtigen im Oberhaus laufen Sturm.
L: Aber das ist doch erstunken und erlogen!
H: Erzählen Sie das der Finanzaufsichtsbehörde. Die sieht doch als Einziges, dass die Zentralbanken sich weigern, einander Geld zu leihen, obwohl sie genau zu diesem Zweck Milliarden an Steuergeldern erhalten haben. Und nun kommt, als Retter in der Not, Arena auf dem weißen Ross angesprengt und erbietet sich, ihnen zig Milliarden in die kleinen schwitzigen Hände zu drücken. Wen kümmert es da einen Scheißdreck, wo die Piepen herkommen?
[Ist das eine Frage? Wenn ja, weiß Luke keine Antwort darauf.]
H: *[jäh aufbrausend]:* Es *gibt* keine unbilligen Behinderungsversuche, verflucht noch mal! Niemand hat auch nur damit *begonnen*, irgendwelche Hindernisse aufzubauen! Bis gestern Abend hat der Antrag in irgendeiner Schublade vor sich hin gegammelt. Es gab noch keine Sitzung, es gab noch keine Beratung, die haben nicht mal mit ihren behördlichen Nachforschungen begonnen. Aber trotz alledem rühren die Bonzen in Surrey die Kriegstrommel, und den Finanzredakteuren steckt man, dass der Antrag von Arena nur ja nicht abgewiesen werden darf, weil sonst die Londoner Börse auf einen armseligen vierten Platz hinter der Wall Street, Frankfurt und Hongkong abrutscht. Und wer hat's versiebt? Der Geheimdienst, den ein gewisser Hector Meredith hinters Licht geführt hat!

Ein neuerliches Schweigen folgte – ein so langes, dass Luke Hector schließlich fragte, ob er noch da sei, was ihm ein bissiges »Wo soll ich denn sonst sein, verdammt?« eintrug.

»Gut, wenigstens ist Billy Boy mit an Bord«, tröstete Luke ihn etwas halbherzig.

»Er ist wie verwandelt, Gott sei Dank«, sagte Hector voll Inbrunst. »Ich weiß nicht, was ohne ihn aus mir würde.«

Luke wusste es auch nicht.

* * *

Billy Boy Matlock nun plötzlich Hectors Verbündeter? Vom Saulus zum Paulus mutiert? Der neu entdeckte Waffenbruder? Wie verwandelt? *Billy?*

Oder versuchte er sich ganz nebenher ein bisschen abzusichern? Nicht dass Billy Boy ein schlechter Mensch war, schlecht im Sinne von *böse*, schlecht wie Aubrey Longrigg, so hatte Luke ihn nie eingeschätzt – kein abgefeimtes Superhirn, kein Doppel- und Dreifachagent, der gegnerische Blöcke gegeneinander ausspielte. Das passte nicht zu Billy. Er war zu direkt dafür.

Wann genau war es also zu dieser Hundertachtziggradwendung gekommen, und warum?, grübelte Luke. Oder hatte sich Billy Boy mittlerweile anderweitig Rückendeckung verschafft und zog nun Hector an seine breite Brust, damit der die bestgehüteten Geheimnisse aus seinem Schatzkästchen mit ihm teilte?

Mit was für Gefühlen mochte Billy nach seiner erniedrigenden Schlappe neulich von dem sicheren Haus in Bloomsbury weggegangen sein? Liebe zu Hector? Oder eher Besorgnis um seinen eigenen Platz in der zukünftigen Ordnung der Dinge?

Welche Eminenz der Finanzszene hatte Billy Boy, der alte Knauser, in den Tagen schmerzhafter innerer Einkehr, die diesem Sonntagnachmittag gefolgt waren, wohl zum Lunch eingeladen und zur Geheimhaltung verpflichtet – in der Gewissheit, dass nach der Definition besagter Eminenz ein Geheimnis etwas war, was man immer nur einem auf einmal weitersagte? Und dass er damit einen Freund gewann, sollte es für ihn demnächst eng werden?

Und bei den vielen kleinen Wellen, die dieses eine Steinchen, das er so in die trüben Fluten der City geworfen hatte, ringsum aussandte, wer konnte wissen, welche davon an das wunderscharfe Ohr des angesehenen Branchenkenners und aufstrebenden Parlamentariers Aubrey Longrigg geschlagen war?

Oder an Bunny Pophams Ohr?

Oder an das von Giles de Salis, dem großen Dompteur des Medienzirkus?

Und an das der vielen anderen hellhörigen Longriggs, Pophams und de Salises, die auf das Arena-Karussell aufzuspringen hofften, sowie es sich zu drehen begann?

Aber noch drehte das Karussell sich ja nicht, sagte Hector. Wozu also aufspringen?

Luke sehnte sich danach, sich mit jemandem besprechen zu können, aber wie üblich gab es niemanden. Perry und Gail gehörten nicht zum inneren Kreis. Yvonne war nicht auf Sendung. Und Ollie – nun, Ollie war der Künstler der Hintertür, aber nicht unbedingt ein Einstein, wenn es um die feinen Verästelungen hochkarätiger Intrigen ging.

* * *

Während sich Gail und Perry abwechselnd als Ersatzeltern, Pfadfinderführer, Monopolypartner und Reiseleiter betätigten, trugen Ollie und Luke penibel die Warnzeichen zusammen und taten sie dann entweder ab oder fügten sie Lukes lang und länger werdender Bedenkenliste hinzu.

Im Lauf eines einzigen Vormittags hatte Ollie dasselbe Paar zweimal auf der Nordseite am Haus vorbeigehen sehen und danach noch zweimal auf der Südwestseite. Einmal hatte die Frau einen Lodenmantel und ein gelbes Tuch um den Kopf getragen, das andere Mal lange Hosen und ein Sonnenhütchen aus Stoff. Aber dazu jeweils dieselben Bergstiefel und Strümpfe und denselben Knotenstock.

Der Mann hatte beim ersten Mal Shorts angehabt und beim zweiten Mal eine ausgebeulte Leopardenhose, aber immer dieselbe blaue Schirmmütze, und die Hände hielt er auch beide Male gleich, so strikt seitlich, dass sie beim Gehen kaum mitschwangen.

Und Ollie war Ausbilder im Observieren gewesen, daher widersprach man ihm bei so etwas besser nicht.

Ollie hatte nach Gails und Nataschas kleinem Intermezzo mit den Schweizer Behörden auch ein wachsames Auge auf den Wengener Bahnhof gehabt. Laut einem Bahnbediensteten, mit dem er sich auf ein gemütliches Bierchen in der Eiger Bar getroffen hatte, zeigte die Polizei, die normalerweise nur hier und da bei einer Schlägerei dazwischenging oder pro forma nach Drogenschiebern fahndete, seit ein paar Tagen verstärkt Präsenz in Wengen. In den Hotels wurden die Melderegister überprüft, und den Fahrscheinverkäufern an Bahnhof und Bergbahnstation hatte man unauffällig das Photo eines bärtigen Mannes mit breitem Gesicht und Glatze vorgelegt.

»Dima hat doch nicht etwa Bart getragen, oder, in der guten alten Zeit, als er in Brighton Beach seinen ersten Geldwaschsalon eröffnet hat?«, fragte er Luke bei einem beschaulichen Spaziergang durch den Garten.

Sowohl Bart als auch Schnurrbart, gab Luke zähneknirschend zu. Gehörten zu der neuen Identität, die er angenommen hatte, um in die USA einreisen zu können. Das Ganze dann vor fünf Jahren wieder wegrasiert.

Und als Ollie am Bahnhofskiosk die *International Herald Tribune* und die Lokalzeitungen durchsah, fiel sein Blick – Zufall, konnte man sagen, aber Ollie tat es nicht – auf dasselbe verdächtige Paar, das am Haus vorbeipatrouilliert war. Die beiden saßen im Wartesaal und starrten die Wand an. Zwei Stunden und mehrere Züge später saßen sie immer noch da. Die einzige Erklärung, die Ollie sich vorstellen konnte, war Pfusch: Die Ablösung hatte den Zug verpasst, und so warteten sie, während ihre Vorgesetzten überlegten, was jetzt zu tun war, und behielten dabei – denn sie hatten Blick auf Gleis 1 – gleich die Züge aus Lauterbrunnen im Auge.

»Und die nette Dame im Käseladen wollte wissen, wie viele Leute ich eigentlich durchfüttere, was mir nicht recht gefallen wollte, wobei es natürlich sein kann, dass sie auf meinen leicht überdimensionierten Bauch angespielt hat«, schloss er, wie um Luke die bittere Pille zu versüßen, aber ein bisschen schwer fiel das Witzeln auch ihm.

Luke grämte es außerdem, dass sie vier schulpflichtige Kinder im Haus hatten. Alle Schweizer Kinder hatten Schule, warum also *unsere* Kinder nicht? Das hatte ihn schon die Krankenschwester in der Dorfpraxis gefragt, als er seine Hand hatte untersuchen lassen. Seine lahme Antwort dahingehend, dass die internationalen Schulen gerade Ferien hatten, war ihm selbst alles andere als plausibel erschienen.

* * *

Bisher hatte Luke darauf bestanden, dass Dima im Haus versteckt blieb, und Dima hatte sich so tief in Lukes Schuld gefühlt, dass er murrend gehorchte. Er war noch so erfüllt von dem Handgemenge im Treppenschacht des Bellevue, dass Luke in seinen Augen nichts falsch machen konnte. Aber als ein Tag nach dem anderen dahinschlich und Luke sich immer neue Begründungen für die Saumseligkeit der Londoner Apparatschiks aus den Fingern saugen musste, schlug Dimas Stimmung in eine der Renitenz und dann des offenen Widerstands um. Er hatte die Nase voll von Luke und appellierte mit charakteristischer Unverblümtheit an Perry:

»Wenn ich spazieren will mit Tamara, ich spazier«, knurrte er. »Wenn ich schönen Berg seh, ich zeig ihn ihr.

Das ist hier nicht Scheißdreck-Kolyma. Sagst du das Dick, hörst du, Professor?«

Für das sanft ansteigende Teersträßchen hinauf zum Aussichtspunkt forderte Tamara einen Rollstuhl. Ollie wurde ausgeschickt, um einen herbeizuschaffen. Mit ihrem rotgefärbten Haar, dem wild verschmierten Lippenstift und der Sonnenbrille wirkte Tamara wie aus der Geisterbahn entsprungen, und Dima mit seinem Blaumann und der Skimütze bot auch keinen viel erhebenderen Anblick. Aber an einem Ort, an dem menschliche Absonderlichkeiten die Norm waren, sah man eher eine Art Philemon und Baucis in den beiden, wenn Dima Tamara langsam den Hügel hinterm Haus hinaufschob, um ihr den Staubbachfall und das Lauterbrunnental in ihrer ganzen Herrlichkeit vorzuführen.

Und wenn Natascha sie begleitete, was manchmal vorkam, dann nicht als das verhasste Kind der Liebe, von Dima gezeugt und Tamara aufgehalst, als hätte die Haft sie nicht schon genug zerrüttet, sondern als ihrer beider liebende und gehorsame Tochter. Aber meistens las Natascha ihre Bücher oder lief zu ihrem Vater, wenn er allein war, und dann wisperte sie liebevoll mit ihm und streichelte seinen kahlen Schädel und küsste ihn, als wäre er ihr Kind.

Doch die Familie, die hier neu zusammenwuchs, wäre nicht vollständig gewesen ohne Perry und Gail: sie als die unermüdliche Animateurin der kleinen Mädchen, die mit ihnen die Kühe auf der Wiese besuchte, sie in die Käserei mitnahm, damit sie sehen konnten, wie der Hobelkäse gerollt wurde, oder mit ihnen auf die Pirsch nach Rehen und Eichhörnchen ging, er als der angebetete Mannschaftskapitän der Zwillinge und Blitzableiter für ihre überschüssigen Energien. Nur als Gail ein frühmorgendliches Tennisdoppel mit den Jungs vorschlug, streikte Perry; ihm stecke noch das Höllenmatch von Paris in den Knochen, sagte er.

* * *

Das Inkognito von Dima und seiner Truppe war nur ein Posten auf Lukes stets wachsender Sorgenliste. Während er die Nächte hindurch in seinem Zimmer auf Hectors erratische Zwischenstandsmeldungen wartete, fielen ihm nicht nur überreichlich Beweise dafür ein, dass ihre Anwesenheit im Dorf unliebsame Aufmerksamkeit weckte, die vielen schlaflosen Stunden taugten bestens dazu, sich Verschwörungstheorien zurechtzulegen, die ihm auch am Morgen noch bedrohlich real erschienen.

Er sorgte sich wegen seines Auftritts als Brabazon. Vielleicht hatte der tüchtige Herr Direktor ja mittlerweile den Zusammenhang zwischen Brabazons Inspektion der Hoteleinrichtungen und den beiden lädierten Russen am Fuß der Treppe hergestellt – in welchem Fall die Ermittlungen mit polizeilicher Nachhilfe gut bis zu einem gewissen BMW gediehen sein konnten, der am Bahnhof Grindelwald-Grund unter einer Buche stand.

Sein drastischstes Schreckbild, geboren zum Teil aus Dimas launiger Improvisation auf der Herfahrt, sah so aus:

Einer der Leibwächter – im Zweifel der Philosophenschädel – schafft es, die Treppe hinaufzukriechen und an die verschlossene Tür zu trommeln.

Oder wahlweise war Ollies Ferndiagnose des Alarmsystems doch etwas zu spekulativ.

So oder so bricht der Aufruhr los, und der Tumult dringt bis an das Ohr der besser informierten Gäste beim Arena-Apéro im Salon d'Honneur: Dimas Leibwächter sind niedergeschlagen worden, Dima selbst ist verschwunden.

Jetzt werden alle Hebel zugleich in Bewegung gesetzt. Emilio Dell'Oro alarmiert die sieben sauberen Emissäre, die ihre Handys zücken und ihre Wory-Brüder alarmieren, die ihrerseits den Prinzen alarmieren.

Emilio alarmiert seine einflussreichen Schweizer Bankiersfreunde, diese wiederum alarmieren ihre Freunde in gehobenen Positionen in der Schweizer Beamtenschaft,

Polizei und Sicherheitsdienste inbegriffen, deren nobelste Pflicht es ist, die Integrität der hochheiligen Schweizer Bankiers zu beschützen und jeden zu verhaften, der an ihr zweifelt.

Emilio Dell'Oro alarmiert weiterhin Aubrey Longrigg, Bunny Popham und de Salis, die ihrerseits diverse Alarmglocken läuten, siehe unten.

Der Kreml, angestiftet durch den Prinzen, weist den russischen Botschafter in Bern an, die Auslieferung der Leibwächter durchzusetzen, bevor sie sich verplappern können, und, wichtiger noch, Dima aufzuspüren und ihn umgehend ins Land seiner Herkunft zurückzuschaffen.

Die Schweizer Behörden, die Dima dem reichen Finanzier bereitwilligst Obdach gewährt haben, blasen zur landesweiten Fahndung nach Dima dem flüchtigen Verbrecher.

Doch selbst diese düstere Geschichte hakt irgendwo, und sosehr Luke sich auch das Hirn zermartert, sie will einfach nicht aufgehen. *Aufgrund welcher Zufälle, welchen Verdachts, welcher harter Fakten sind die beiden Leibwächter nach der zweiten Überschreibung im Bellevue Palace Hotel aufgetaucht? Wer hat sie geschickt? Mit welchem Auftrag? Und warum?*

Oder anders gefragt: Konnten der Prinz und seine Brüder zur Zeit der zweiten Überschreibung bereits wissen, dass Dima vorhat, seinen unumstößlichen Wory-Eid zu brechen und zum größten Dreckschwein aller Zeiten zu werden?

Aber wenn Luke es wagt, diese Sorgen – wenngleich in abgeschwächter Form – Dima anzudeuten, werden sie achtlos beiseitegefegt. Hector selbst zeigt sich nicht viel empfänglicher:

»Wenn wir so anfangen, können wir uns gleich einsargen lassen«, schreit er fast.

* * *

Den Ort wechseln? Sich bei Nacht und Nebel nach Zürich absetzen, nach Basel, nach Genf? Wofür letztendlich? Um ein Hornissennest hinter sich zurückzulassen – düpierte Ladenbesitzer, Vermieter, Makler, die dörfliche Gerüchteküche?

»Ich könnte uns ein paar Knarren beschaffen, wenn Sie möchten«, versuchte Ollie Luke aufzuheitern, wieder einmal vergebens. »Angeblich ist hier jeder Haushalt bis an die Zähne bewaffnet, da helfen alle neuen Verordnungen nichts. Für den Einmarsch der Russen. Die guten Leute ahnen nicht, dass der Feind längst unter ihnen ist.«

»Hoffen wir's«, sagte Luke mit tapferem Lächeln.

* * *

Für Perry und Gail hatte dieses improvisierte Dasein etwas Idyllisches – etwas *Reines*, hätte es Dima wehmütig genannt. Sie fühlten sich auf einen fernen Außenposten der Menschheit abkommandiert, wo ihre einzige Mission die Sorgfaltspflicht gegen ihre Schutzbefohlenen war.

Wenn Perry nicht mit den Zwillingen Klettern übte (denn Luke drang darauf, dass sie sich an die unbegangeneren Pfade hielten, und Alexej hatte entdeckt, dass er doch schwindelfrei war, er hasste bloß Max), bummelte er mit Dima durch die Abenddämmerung oder saß mit ihm auf einer Bank am Waldrand. Dann stierte Dima hinab ins Tal, mit derselben düsteren Intensität, mit der er auch in dem winzigen Krähennest in Three Chimneys zwischendurch ins Dunkel gestiert hatte – mitten im Reden verstummt war, um zu stieren … sich mit dem Handrücken über den Mund zu wischen … einen Schluck Wodka zu kippen … weiterzustieren. Manchmal verlangte er, mit seinem Taschenrecorder im Wald allein gelassen zu werden, nur von Ollie oder Luke diskret aus der Ferne bewacht. Aber die Kassetten behielt er für sich. Sie waren seine Rückversicherung.

Er war gealtert in diesen Tagen, empfand Perry. Vielleicht ging ihm allmählich die volle Tragweite seines Verrats auf. Vielleicht suchte er, wenn er in die Ewigkeit starrte oder geheimes Zeug in seinen Recorder murmelte, nach einer Art innerer Aussöhnung. Seine auffallende Zärtlichkeit gegenüber Tamara mochte darauf hindeuten. Möglicherweise stiftete eine wiedererwachte Wory-Religiosität eine neue Nähe zwischen ihnen:

»Mein Tamara, wenn die stirbt, ist Gott schon lang taub, so scheißviel, wie sie betet«, bemerkte er stolz, und Perry beschlich der Verdacht, dass er bezüglich seines eigenen Seelenheils nicht ganz so optimistisch war.

Perry staunte auch über Dimas Nachsicht mit ihm selbst, die im gleichen Maße zu wachsen schien wie seine Verachtung für Lukes halbe, fast im gleichen Atemzug wieder bedauernd zurückgenommene Versprechen.

»Keine Sorge, Professor. Eines Tages, wir sind alle glücklich, hörst du? Gott richtet schon diese ganze Scheiße«, verkündete er, während er mit Perry den Pfad entlangschlenderte, eine Hand besitzergreifend auf Perrys Schulter gelegt: »Viktor und Alexej, bist du gottverdammter Held für sie. Kann sein, sie machen dich irgendwann Wor.«

Das lautstarke Gelächter, das dieser Äußerung folgte, konnte Perry nicht täuschen. Seit Tagen schon sah er sich zunehmend in der Nachfolge von Dimas Reihe tiefer Männerfreundschaften: mit dem verstorbenen Nikita, der aus ihm einen Mann gemacht hatte, mit seinem ermordeten Jünger Mischa, als dessen Beschützer er so schändlich versagt hatte, und all den anderen Kämpfern und eisernen Rittern aus Kolyma, Lenker seiner Geschicke während der Lagerzeit und darüber hinaus.

* * *

Zu Hectors mitternächtlichem Beichtvater dagegen avancierte er quasi aus heiterem Himmel. Er und Gail wussten, auch ohne dass Luke es ihnen sagte – die täglichen Ausflüchte reichten vollauf –, dass es in London nicht so glattlief, wie von Hector angenommen. Und so sehr Luke es zu kaschieren suchte, war doch klar, dass die Anspannung auch bei ihm ihren Tribut forderte.

Als darum nachts um eins Perrys Handy losdudelte, so dass er senkrecht im Bett hochfuhr (Gail eilte sofort über den Flur zu den schlafenden Mädchen, ohne abzuwarten, wer anrief), dachte er im ersten Moment, Hector wolle ihn bitten, Luke ein bisschen aufzubauen oder – reines Wunschdenken! – aktiver daran mitzuwirken, die Dimas nach England zu schaffen.

»Was dagegen, wenn ich ein paar Minuten mit Ihnen schwatze, Milton?«

War das wirklich Hectors Stimme – oder ein Recorder, bei dem die Batterien schwächelten?

»Schwatzen Sie los.«

»So ein polnischer Philosoph, in den ich immer mal reinblättere.«

»Wie heißt er?«

»Kolakowski. Dachte, Sie könnten vielleicht von ihm gehört haben.«

Hatte er, aber das behielt Perry lieber für sich. »Was ist mit ihm?« War der Mann betrunken? Zu viel Malt von der Isle of Skye?

»Hatte sehr strikte Ansichten über Gut und Böse, mein Freund Kolakowski – die ich dieser Tage zu teilen geneigt bin. Das Böse ist böse, Punkt. Nicht durch gesellschaftliche Umstände bedingt. Nicht durch Unterprivilegiertheit oder Drogensucht oder was weiß ich. Das Böse als eine ganz und gar eigenständige Macht im Menschen.« Lange Pause. »Hab mich gefragt, was Sie wohl davon halten.«

»Alles in Ordnung bei Ihnen, Tom?«

»Ich guck immer mal in ihn rein. In düsteren Momenten. Kolakowski. Wundert mich, dass er Ihnen nicht untergekommen ist. Er hatte ein Gesetz. Ein ziemlich brauchbares, so wie die Dinge liegen.«

»Was ist denn so düster an diesem Moment?«

»Das Gesetz der endlosen Fülle hat er es genannt. Nicht dass es im Polnischen bestimmte Artikel gäbe. Unbestimmte auch nicht, was schon was heißen will, aber meinetwegen. Kernpunkt von seinem Gesetz ist, dass es für jedes beliebige Ereignis eine unendliche Anzahl von Erklärungen gibt. Unbegrenzt. Oder um es in einer Sprache zu sagen, die wir beide verstehen: Du kannst nie wissen, welches Arschloch dir eine reinwürgt, und warum. Tröstliche Worte, finden Sie nicht, so wie die Dinge liegen.«

Gail war wieder da und stand lauschend in der Tür.

»Wenn ich wüsste, was für Dinge das sind, könnte ich leichter eine Meinung abgeben«, sagte Perry – nun auch an Gails Adresse. »Gibt es irgendwas, was ich für Sie tun kann, Tom? Sie klingen ein bisschen durch den Wind.«

»Haben Sie schon, Milton, alter Junge. Danke für Ihren Rat. Wir sehen uns dann morgen früh.«

Sehen uns?

»Ist irgendjemand bei ihm?«, fragte Gail und stieg ins Bett zurück.

»Gesagt hat er jedenfalls nichts.«

Ollie zufolge war Emily, Hectors Frau, nach Adrians Autounfall aus der gemeinsamen Londoner Wohnung ausgezogen. Sie gab dem Strandhaus in Norfolk den Vorzug, das näher am Gefängnis lag.

* * *

Luke steht stocksteif neben dem Bett, am Ohr das verschlüsselte Handy, das über Ollies improvisierte Verkabelung mit dem Recorder auf dem Waschbeckenrand verbunden ist. Es ist nachmittags um halb fünf. Hector hat sich den ganzen Tag nicht gemeldet, auf keine von Lukes Nachrichten reagiert. Ollie ist beim Einkaufen: fangfrische Forellen und ein Wiener Schnitzel für Katja, die keinen Fisch mag. Dazu selbstgemachte Pommes für alle. Essen ist ein großes Thema dieser Tage. Jede Mahlzeit wird zelebriert, denn jede könnte ihre letzte gemeinsame sein. Manchen geht ein langes russisches Tischgebet voraus, von Tamara unter vielfachen Bekreuzigungen hervorgeraunt. Manchmal schweigt sie aber auch eisern, wenn sie alle warten, wohl zum Zeichen, dass die Runde der göttlichen Gnade entbehrt. Heute Nachmittag will Gail die leeren Stunden bis zum Abendessen überbrücken, indem sie mit den kleinen Mädchen einen Ausflug zum Trümmelbach macht, diesem unheimlichen Wasserfall, der im Innern des Berges in die Tiefe stürzt. Perry ist nicht ganz wohl bei der Vorstellung. Gut, sie wird ihr Handy mitnehmen, aber ob sie drinnen im Berg auch Empfang hat?

Gail ist es egal. Ihr Plan steht. Kuhglocken bimmeln auf der Wiese. Natascha liest unterm Ahornbaum.

»So, hier kommt sie«, sagt Hector mit Stahl in der Stimme. »Die ganze elendige Scheißgeschichte. Hören Sie?«

17

Luke hört. Aus einer halben Stunde werden vierzig Minuten. Elendige Scheißgeschichte ist noch untertrieben.

Und weil zur Eile kein Grund besteht, hört er sie sich danach gleich noch mal von vorne an, vierzig Minuten, auf dem Bett liegend. Es ist eine kurze Geschichte. Es ist ein Drama erster Güte, ob Komödie oder Tragödie, muss sich noch zeigen. Heute Morgen um acht wurden Hector Meredith und Billy Matlock vor ein kleines Tribunal in die Suite des Vize im vierten Stock bestellt. Dort wurde die Anklage gegen sie verlesen. Hector liefert die Kurzfassung, gewürzt mit seinen eigenen Kraftausdrücken.

»Angeblich hat der Kabinettssekretär den Vize zu sich zitiert, um ihm Folgendes zu unterbreiten: dass nämlich ein gewisser Billy Matlock und ein gewisser Hector Meredith ein Komplott schmieden, um den guten Ruf eines gewissen Aubrey Longrigg zu besudeln, Parlamentsmitglied, Finanzmogul und Schranze der Surreyer Bonzenclique, als Rache für das Unrecht, das die Beklagten von besagtem Longrigg erlitten haben – also Billy für all das, was er während ihrer Duelle im vierten Stock von ihm einstecken musste, und ich dafür, dass der Wichser versucht hat, unsere Firma in den Bankrott zu treiben und sie danach für einen trockenen Furz aufzukaufen. Der Kabinettssekretär würde es als erwiesen ansehen, dass unsere persönliche Verwicklung in die Sache unser Urteilsvermögen trübt. Hören Sie noch zu?«

Luke hört zu. Und um noch besser hören zu können, setzt er sich auf die Bettkante, den Kopf in die Hände gestützt, den Recorder neben sich auf der Daunendecke.

»Als Nächstes werde ich, als der Hauptverschwörer in diesem Komplott gegen Aubrey, aufgefordert, meine Position darzulegen.«

»Tom?«

»Dick?«

»Was zum Teufel hat ein Komplott gegen Aubrey – selbst wenn Sie beide wirklich darauf aus wären, ihn abzusägen – damit zu tun, dass unser Mann und seine Familie nach London kommen?«

»Gute Frage. Ich werde sie Ihnen im selben Geist beantworten.«

So viel Wut hat Luke noch nie aus Hectors Stimme gehört.

»Angeblich will der Geheimdienst einen Kronzeugen lancieren, dessen Aussage die Gründung einer Arena-Bank vereiteln soll. Muss ich groß eingehen auf das, was der Vize so schön als *das Brisante daran* bezeichnet hat? Eine russische Bank in schimmernder Rüstung. Milliarden von Dollar gleich auf den Tisch und noch viele mehr in der Hinterhand. Die nicht nur in den klammen Geldmarkt gepumpt, sondern auch in einige der großen Dinosaurier der britischen Industrie investiert werden sollen. Und just in dem Augenblick, wo die Bemühungen unserer edlen Retter Früchte zu tragen beginnen, kommen wir Wichser vom Geheimdienst daher und versauen alles, indem wir irgendwelche moralinsaure Kacke über unlautere Erträgnisse von uns geben.«

»Sie wurden aufgefordert, Ihre Position darzulegen, sagten Sie?«, hört Luke sich nachhaken.

»Hab ich dann auch. Mit Schmackes, wenn ich das so sagen darf. Hab ihm volle Pulle Bescheid gestoßen. Und wenn nicht ich, dann Billy. Und nach und nach – man glaubt es kaum – stellte der Vize die Lauscher auf. Keine leichte Rolle, die er da spielen musste, während sein Boss den Kopf in den Sand steckt, aber letzten Endes hat er sich wacker geschlagen. Hat alle rausgeschickt außer uns beiden und uns noch mal von vorn angehört.«

»Sie und Billy?«

»Der jetzt ganz entschieden mit im Zelt war und rausgepisst hat, dass es platschte. Vom Saulus zum Paulus, besser spät als nie.«

Da hat Luke seine Zweifel, behält sie aber edelmütig für sich.

»Wo stehen wir damit also?«, fragt er.

»Wieder am Ausgangspunkt. Offiziell-inoffiziell, Billy mit an Bord, und für das Charterflugzeug stehe ich grade. Haben Sie einen Stift parat?«

»Nein, ich …«

»Dann passen Sie gut auf. Das ist die Route ab jetzt, Rückzug gibt's keinen.«

* * *

Er passt einmal auf, zweimal. Macht sich dann klar, dass er nur auf den Mut wartet, Eloise anzurufen, also ruft er an. Sieht aus, als könnte ich ziemlich bald wieder daheim sein, vielleicht sogar schon morgen am späten Abend, sagt er. Eloise sagt, Luke muss tun, was er für richtig hält. Luke fragt nach Ben. Eloise sagt, Ben geht's gut, danke. Luke merkt, dass er Nasenbluten hat, und legt sich aufs Bett, bis es Zeit fürs Abendessen und für einen kleinen Plausch mit Perry ist, der im Wintergarten mit Alexej und Viktor Bergsteigerknoten übt.

»Hätten Sie kurz Zeit?«

Luke führt Perry in die Küche, wo Ollie mit einer störrischen Fritteuse kämpft, die sich weigert, die gewünschte Temperatur für die Pommes zu erreichen.

»Dürften wir ein paar Minuten allein sein, Harry?«

»Kein Thema, Dick.«

»Endlich gute Nachrichten, Gott sei Dank«, begann Luke, als Ollie abgezogen war. »Morgen Abend ab dreiundzwanzig Uhr Greenwich-Zeit steht in Belp ein kleines Flugzeug bereit, Belp nach Northolt, freigegeben für Start und Landung, freier Zu- und Abgang hier wie dort. Gott allein weiß, wie Hector das bewerkstelligt hat, aber er hat. Wenn es dunkel wird, fahren wir Dima mit dem Jeep rüber nach Grund und von da direkt weiter nach Belp. Sobald er in Northolt landet, wird er in ein sicheres Haus gebracht, und wenn er liefert wie versprochen, lassen sie ihn offiziell einreisen, und der Rest der Familie kann nachkommen.«

»*Wenn* er liefert?«, wiederholte Perry und legte skeptisch den Kopf schief, auf eine Weise, die Luke enorm gegen den Strich ging.

»Na, liefern wird er ja, oder? Davon gehen wir aus. Ein anderer Deal steht nicht zur Debatte«, fuhr Luke fort, als Perry nichts weiter sagte. »Unsere Oberen in Whitehall binden sich nicht die ganze Sippschaft ans Bein, ehe sie nicht wissen, dass Dima den Aufwand wert ist.« Und als Perry immer noch nichts erwiderte: »Zu mehr kriegt Hector sie nicht ohne ordentliches Verfahren, tut mir leid.«

»*Ordentliches Verfahren?*«, sagte Perry nach längerem Schweigen.

»Da kommen wir leider nicht drum rum.«

»Ich dachte, es geht um die Menschen.«

»Tut es ja auch.« In Luke schoss der Zorn hoch. »Genau deshalb will Hector, dass *Sie* es Dima sagen. Er meint, er soll es lieber von Ihnen erfahren als von mir. Der Meinung bin ich auch. Ich würde vorschlagen, Sie warten damit noch. Morgen am frühen Abend ist völlig ausreichend. Dann brütet er nicht die ganze Nacht darüber. Gegen sechs, würde ich sagen, damit ihm genug Zeit für seine Vorbereitungen bleibt.« Kann der Mann es denn nie gut sein lassen?, fragte er sich im Stillen. Wie lange soll ich mir dieses schiefe Pferdegesicht noch anschauen?

»Und wenn er *nicht* liefert?«, insistierte Perry.

»So weit denkt hier niemand. Immer schön ein Schritt nach dem anderen. So läuft das nun mal. Diese Sachen lassen sich nicht einfach durchplanen.« Und indem er sich eine Spitze gönnte, die er sofort bedauerte: »Wir sind hier nicht an der Uni. Das ist das richtige Leben.«

»Ich muss Hector sprechen.«

»Er hat gleich gesagt, dass Sie das sagen würden. Er wartet schon auf Ihren Anruf.«

* * *

Als er allein war, schlug Perry den Weg hinauf zum Waldrand ein, den er sonst immer mit Dima ging. Mit der flachen Hand wischte er den Abendtau von einer Bank, setzte sich hin und wartete, dass seine Gedanken zur Ruhe kamen. Unter sich in dem erleuchteten Haus konnte er Gail, die vier Kinder und Natascha sehen, die auf dem Boden des Wintergartens im Kreis um das Monopolybrett saßen. Ein empörter Aufschrei von Katja drang zu ihm hoch, gefolgt von Alexejs lautem Protest. Er zog sein Handy heraus und starrte es in dem Dämmer an, bevor er die Taste für Hector drückte, der sofort abhob.

»Wollen Sie die aufgehübschte Version oder die nackte Wahrheit?«

Da sprach der alte Hector, der Hector, bei dem Perry das Herz aufging, der Einpeitscher aus dem sicheren Haus in Bloomsbury.

»Die Wahrheit reicht völlig aus.«

»Also gut. Wenn wir unseren Mann rüberfliegen, werden sie ihn anhören und sich ein Urteil bilden. Das ist das Äußerste, was ich ihnen abringen konnte. Bis gestern waren sie nicht mal dazu bereit.«

»*Sie?*«

»Die Obrigkeiten. *Die* eben. Wer zum Teufel glauben Sie denn? Wenn er's nicht bringt, werfen sie ihn zurück ins Wasser.«

»In welches?«

»Das russische im Zweifel. Wen interessiert das? Tatsache ist doch, er *wird's* bringen, das wissen Sie so gut wie ich. Und wenn sie sich erst entschlossen haben, ihn zu behalten, was einen Tag oder höchstens zwei dauern kann, dann darf auch der Rest der Bescherung mit, Frau, Kinder, Pflegekinder, sein Hund, wenn er einen hat ...«

»Hat er nicht.«

»Jedenfalls haben sie im Prinzip den ganzen Deal akzeptiert.«

»Was heißt, im Prinzip?«

»Hören Sie, ich hab mir schon den ganzen Tag die Haarspaltereien von irgendwelchen superklugen Whitehall-Arschlöchern anhören dürfen, ich brauch nicht noch mehr von dem Scheiß. Wir haben ein Abkommen. Solange unser Mann die Ware liefert, wird der Rest mit der gebotenen Schnelligkeit nachgeholt. Das haben sie versprochen, und ich muss es ihnen glauben.«

Perry schloss die Augen und sog die Bergluft tief ein.

»Was verlangen Sie also von mir?«

»Nur das, was Sie schon die ganze Zeit tun. Opfern Sie Ihre hehren Prinzipien für das größere Ganze. Wickeln Sie ihn ein bisschen ein. Wenn Sie ihm sagen, dass es noch schiefgehen kann, kommt er nicht. Wenn Sie sagen, alle seine Forderungen sind akzeptiert, nur dauert es noch ein klein wenig, bevor er mit seinen Lieben wiedervereint wird, dann kommt er. Sind Sie noch dran?«

»Schon.«

»Sie erzählen ihm die Wahrheit, aber Sie erzählen sie selektiv. Wenn er nur den Hauch einer Chance wittert, sich von uns ausgetrickst zu fühlen, ergreift er sie. Wir sind zwar englische Gentlemen, die für Fairplay stehen, aber wir sind auch die Hundesöhne des perfiden Albion. Haben Sie das gehört, oder rede ich hier gegen die Wand?«

»Ich hab's gehört.«

»Dann sagen Sie mir, dass ich unrecht habe. Sagen Sie mir, dass ich ihn falsch einschätze. Sagen Sie mir, dass Sie einen besseren Plan haben. Entweder Sie oder keiner, Perry. Das ist Ihre ganz große Stunde. Wenn er Ihnen nicht glaubt, glaubt er keinem.«

* * *

Sie lagen im Bett. Es war Mitternacht vorbei. Gail, halb im Schlaf schon, hatte kaum ein Wort gesprochen.

»Irgendwie ist ihm das Ruder aus der Hand genommen worden«, sagte Perry.

»Hector?«

»So kommt es mir jedenfalls vor.«

»Vielleicht hatte er es gar nie in der Hand«, meinte Gail. Und nach einer Pause: »Hast du dich inzwischen entschieden?«

»Nein.«

»Dann glaube ich, du hast dich entschieden. Keine Entscheidung ist auch eine Entscheidung. Ich glaube, du hast dich entschieden, und deshalb kannst du nicht einschlafen.«

* * *

Es war am nächsten Abend um Viertel vor sechs. Ollies Käsefondue war vertilgt und der Tisch abgeräumt worden. Dima und Perry standen sich unter einem farbig eloxierten Metallkronleuchter gegenüber. Sie waren allein im Esszimmer. Luke unternahm einen taktvollen Bummel durchs Dorf. Die Mädchen saßen mit Gail vor dem DVD-

Player und sahen noch einmal *Mary Poppins*. Tamara hatte sich ins Wohnzimmer zurückgezogen.

»Mehr können die Apparatschiks vorerst nicht anbieten«, sagte Perry. »Sie fliegen heute Abend nach London voraus, Ihre Familie folgt Ihnen in ein paar Tagen. Darauf bestehen die Apparatschiks. Sie müssen sich an ihre Vorschriften halten. Vorschriften für alles. Sogar dafür.«

Er machte kurze Sätze und versuchte dabei, Dimas Gesicht irgendeine Reaktion zu entnehmen, ein Nachlassen der Anspannung, ein Aufdämmern des Begreifens, selbst der Gegenwehr, aber aus den Zügen vor ihm ließ sich nichts ablesen.

»Ich soll allein gehen, ja?«

»Nicht allein. Dick fliegt mit Ihnen nach London. Sobald dort die Formalitäten erledigt sind und die Apparatschiks ihre Vorschriften erfüllt haben, kommen wir alle nach England nach. Und Gail kümmert sich um Natascha«, fügte er hinzu, um möglichst gleich die Sorge zu beschwichtigen, die Dima vermutlich am meisten auf der Seele brannte.

»Ist sie *krank*, meine Natascha?«

»So ein Unsinn. Warum denn krank? Sie ist jung. Sie ist schön. Temperamentvoll. *Rein*. Sie braucht in einem fremden Land jemanden, der sich gut um sie kümmert, das ist alles.«

»Ja.« Dima nickte zustimmend mit dem kahlen Schädel. »Ja, schön wie ihre Mutter, das ist sie.«

Worauf er den Kopf mit einem Ruck wegdrehte, seitwärts und dann nach unten, als starrte er in einen Abgrund von Ängsten oder Erinnerungen, an denen Perry nicht teilhaben durfte. *Wusste* er es am Ende? Hatte es ihm Tamara, ob aus Gehässigkeit, Loyalität oder Unbedachtheit, gesagt? Und schloss Dima entgegen sämtlichen Erwartungen Nataschas ihr Geheimnis und ihren Kummer in sich ein, statt zur Treibjagd auf Max zu blasen? Fest stand jedenfalls, dass die Wut und die Auflehnung, die Perry befürchtet hatte, ausblieben, verdrängt wurden von der Kapitulation des Häftlings vor der Allmacht der Bürokratie, und diese Erkenntnis beunruhigte ihn nachhaltiger, als jeder noch so wilde Ausbruch es vermocht hätte.

»Paar Tage, ja?« So wie Dima es sagte, klang es wie ein Todesurteil.

»Das haben sie gesagt.«

»Sagt Tom, ja? *Paar Tage?*«

»So ist es.«

»Ist guter Mensch – Tom. Ja?«

»Unbedingt.«

»Dick auch. Hat den Scheißkerl fast abgemurkst.«

Diesem Gedanken hingen sie eine Weile vereint nach.

»Gail, sie hat Auge auf mein Tamara?«

»Gail wird ein sehr gutes Auge auf Ihre Tamara haben. Und die Jungs helfen ihr dabei. Und ich bin ja auch noch da. Wir passen auf die ganze Familie auf, bis sie nach England nachkommen können. Und dort passen wir dann auf euch alle zusammen auf.«

Dima ließ sich das durch den Kopf gehen, und die Vorstellung gefiel ihm ganz offensichtlich.

»Und mein Natascha darf auf Roedean-Schule?«

»Vielleicht nicht Roedean. Das können sie nicht versprechen. Vielleicht gibt es eine noch bessere Schule. Wir finden gute Schulen für alle. Keine Sorge.«

Es waren goldene Farben, in denen sie da zusammen malten. Perry wusste es, und Dima schien es auch zu wissen und gutzuheißen, denn sein Rücken wirkte deutlich gerader als zuvor, der Brustkorb praller, und auf seinem Gesicht lag wieder das Delphinlächeln, so wie an jenem ersten Abend auf dem Tennisplatz in Antigua.

»Machst du schnell Hochzeit mit diese Frau, hörst du, Professor?«

»Wir schicken Ihnen eine Einladung.«

»Musst du viel Kamele geben«, murmelte er mit einem kleinen Lächeln über seinen eigenen Scherz: keinem Verliererlächeln, empfand Perry, eher einem leicht nostalgischen, so als blickten sie auf ein gemeinsames Leben zurück – und ein wenig kam es Perry inzwischen tatsächlich so vor.

»Und dann, wir spielen Wimbledon, ja?«

»Auf jeden Fall. Oder sonst in Queen's. Da bin ich immer noch Mitglied.«

»Kein Schwuchteltennis, hörst du?«

»Kein Schwuchteltennis.«

»Mit Wetten, okay? Bisschen Zug reinbringen?«

»Kann ich mir nicht leisten. Auf einmal verlier ich.«

»Bist du Schisser, hm?«

»Ich fürchte, ja.«

Und dann die gefürchtete Umarmung, das nicht enden wollende Eingezwängtsein an dem mächtigen, feuchten, bebenden Torso, das sich zog und zog. Aber als sie sich voneinander lösten, war Dimas Gesicht stumpf, die braunen Augen wie erloschen. Im nächsten Moment machte er wie auf ein Kommando hin kehrt und ging hinüber ins Wohnzimmer, wo Tamara wartete.

* * *

Es war nie eine Option gewesen, dass Perry mit Dima nach England fliegen könnte, weder an diesem Abend noch irgendwann später. Das hatte Luke von Anfang an gewusst, und er brauchte die Frage gar nicht ganz auszusprechen, bevor schon Hectors lapidares Nein kam. Hätte er plötzlich ja gesagt, dann hätte Luke Einspruch erhoben: Ungeschulte, enthusiastische Amateure als Begleitschutz für hochgehandelte Verräter, das lief allen seinen professionellen Grundsätzen zuwider.

Und so war es nicht Rücksicht auf Perrys Gefühle, sondern reine operative Vernunft, die Luke bewog, ihn bis

Bern-Belp mitkommen zu lassen: Wenn man einen wichtigen Gewährsmann schon brutal von seiner Familie losriss, um ihn ohne echte Garantien an das Hauptquartier auszuliefern, so sagte er sich seufzend, dann war es wohl klug, ihm nicht auch noch den Trost seines erwählten Beschützers zu nehmen.

Doch die herzzerreißenden Abschiedsszenen, auf die Luke sich eingestellt hatte, blieben ihm erspart. Es wurde dunkel. Stille herrschte im Haus. Dima beorderte Natascha und seine beiden Söhne zu sich in den Wintergarten, um dort mit ihnen zu sprechen. Perry und Luke warteten derweil außer Hörweite in der Diele, Gail hielt die Mädchen bei *Mary Poppins* fest. Für seinen Antrittsbesuch bei den Gentlemen des Secret Service trug Dima den blauen Nadelstreifenanzug. Natascha hatte ihm sein bestes Hemd gebügelt, Viktor hatte die italienischen Schuhe gewienert, und Dima sorgte sich nun, dass sie ihm schmutzig werden könnten auf dem Weg hinunter zum Jeep. Aber da kannte er Ollie schlecht, denn Ollie hatte in der Diele nicht nur Decken, Handschuhe und dicke Wollmützen für die Fahrt über den Berg bereitgelegt, sondern auch ein Paar Gummigaloschen für Dima. Und Dima musste seiner Familie verboten haben, ihm zu folgen, denn er kam allein heraus, so forsch und unbußfertig aussehend wie in der Hotelhalle des Bellevue Palace, als er zeitgleich mit Aubrey Longrigg durch die Schwingtür getreten war.

Bei dem Anblick packte Luke ein Gefühl, wie er es seit Bogotá nicht mehr gekannt hatte. Hier kommt er, unser Kronzeuge – und auch Luke wird ja aussagen! Wenn nicht als Zeuge A hinter der Trennscheibe, dann als der schlichte Luke Weaver davor. Er wird ein Aussätziger sein, wie Hector. Und er wird mithelfen, Aubrey Longrigg und seine fröhliche Crew am Mast festzunageln, zum Teufel mit dem Fünf-Jahres-Vertrag als Ausbilder und einem schicken Häuschen ganz nahebei, zum Teufel mit guter Seeluft, guten Schulen für Ben und der Aussicht auf eine höhere Rente, während das Haus in London erst mal vermietet wird, nicht verkauft. Er wird damit aufhören, Promiskuität mit Freiheit zu verwechseln. Er wird um Eloise kämpfen und immer weiter kämpfen, bis sie wieder an ihn glaubt. Er wird sämtliche Schachpartien mit Ben zu Ende spielen und sich einen Job suchen, bei dem er zu einer vernünftigen Zeit nach Hause kommt und die Wochenenden freihat für ein echtes Familienleben, und verflixt, er ist erst dreiundvierzig und Eloise noch nicht mal vierzig.

Und so schien es Luke Schlusspunkt und Neubeginn in einem, als er nun neben Dima trat und sie alle drei Ollie hinunter zu dem Schuppen folgten, wo der Jeep geparkt stand.

* * *

Allzu viel nahm Perry bei aller Bergleidenschaft anfangs nicht wahr. Nur der Mond leuchtete durch die Bäume, als sie hinauf zur Kleinen Scheidegg fuhren, mit Ollie am Steuer und Luke neben ihm auf dem Beifahrersitz, und bei jeder der scharfen Kehren, die Ollie mit Standlicht nahm, sackte Dimas massiger Leib schwer gegen Perrys Schulter, denn Dima stützte sich nur im Notfall ab und ließ sich ansonsten hin und her werfen. Dennoch stockte Perry der Atem, als der geisterhafte schwarze Schatten der Eigernordwand immer näher rückte, und als sie an dem kleinen Bergbahnhof Alpiglen vorbeiruckelten, starrte er andächtig zur Weißen Spinne empor, nahm mit den Augen Maß an ihr und schwor sich, quasi als letzten Alleingang vor der Hochzeit, den Aufstieg zu versuchen.

Kurz vor der Passhöhe schaltete Ollie auch das Standlicht aus, und wie Diebe stahlen sie sich an dem wuchtigen Doppelumriss des großen Hotels vorbei. Unter ihnen kam als blasser Schimmer Grindelwald in Sicht. Der Weg führte nun bergab, tauchte in den Wald ein, und durch die Bäume blinkten die Lichter von Brandegg.

»Ab hier ist die Fahrbahn geteert«, rief Luke über die Schulter, für den Fall, dass die holperige Fahrt Dima nicht bekommen war.

Aber Dima hörte ihn entweder nicht, oder er scherte sich nicht um ihn. Den Kopf in den Nacken geworfen, saß er da, eine Hand an die Brust gedrückt, während der andere Arm auf der Lehne hinter Perrys Schultern ruhte.

Zwei Männer versperren die Straße vor ihnen und schwenken eine Taschenlampe.

* * *

Der ohne die Taschenlampe reckt gebieterisch die behandschuhte Hand hoch. Er ist für die Großstadt gekleidet – langer Mantel und Schal – und trotz seiner Halbglatze hutlos. Der Mann mit der Lampe trägt Polizeiuniform und eine Pelerine. Ollie ruft fröhlich zu ihnen hinaus, bevor er überhaupt zum Stehen gekommen ist.

»Na, was gibt's?«, erkundigt er sich in einem französisch-schweizerischen Singsang, den Perry aus seinem Mund noch nie gehört hat. »Hat's einen vom Eiger runtergehauen? Wir haben nicht einmal ein Karnickel gesehen.«

Dima ist ein reicher Türke, hat Luke sie instruiert. Er ist im Parkhotel abgestiegen, und seine Frau in Istanbul ist schwer erkrankt. Er hat sein Auto in Grindelwald stehen, und wir, seine englischen Mitgäste, spielen die guten Samariter. Einer Überprüfung wird es nicht standhalten, aber einmal kommen wir damit vielleicht durch.

»Warum nimmt der reiche Türke nicht die Zahnradbahn bis Lauterbrunnen und dann ein Taxi nach Grindelwald?«, hat Perry wissen wollen.

»Weil er Argumenten unzugänglich ist«, so Lukes Antwort. »Indem er mit dem Jeep querfeldein fährt, hofft er sich eine Stunde zu sparen. Um Mitternacht geht ein Flieger von Kloten nach Ankara.«

»Wirklich?«

Der Polizist richtet seine Taschenlampe auf ein lilafarbenes Dreieck an der Windschutzscheibe des Jeeps. Darauf steht ein großes G. Der Mann in den Stadtkleidern drückt sich hinter ihm herum, in der Schwärze hinter dem grellen Lichtkegel. Aber Perry hat das deutliche Gefühl, dass er den naseweisen Fahrer und seine drei Mitfahrer unter die Lupe nimmt.

»Wem gehört der Wagen?«, fragt der Polizist, ohne seine Musterung des lila Dreiecks zu unterbrechen.

»Arni Steuri. Klempner. Freund von mir. Sagen Sie bloß, Sie kennen Arni Steuri aus Grindelwald nicht? Gleich an der Hauptstraße, neben dem Elektrogeschäft.«

»Kommen Sie jetzt von Scheidegg herunter?«, bohrt der Polizist nach.

»Nein, Wengen.«

»Sie sind von *Wengen* nach *Scheidegg* hinaufgefahren?«

»Was dachten Sie denn? Geflogen?«

»Wenn Sie von Wengen nach Scheidegg *hinauf*fahren, brauchen Sie noch eine Vignette, eine aus Lauterbrunnen. Die, die Sie da haben, gilt *ausschließlich* für die Strecke Scheidegg-Grindelwald.«

»Und auf wessen Seite sind *Sie?*«, sagt Ollie, der sich die Leutseligkeit nicht so schnell austreiben lässt.

»Offen gestanden bin ich aus Mürren«, erwidert der Polizist stoisch.

* * *

Ein Schweigen tritt ein. Ollie beginnt eine Melodie zu summen, auch das etwas, was Perry bei ihm noch nie erlebt hat. Er summt, und dabei kramt er, während der Polizist ihm mit seiner Taschenlampe leuchtet, in dem Wust von Papieren in der Fahrertür herum. Schweiß strömt Perry den Rücken hinab, obwohl er regungslos neben Dima sitzt. Kein schwieriger Gipfel, kein Überhang hat ihn je ins Schwitzen gebracht, ohne dass er sich bewegt. Ollie sucht weiter, immer noch summend, aber es klingt nicht mehr so frech wie zuvor. Ich bin Gast im Parkhotel, sagt Perry sich vor. Luke und ich, wir beide. Wir spielen guter Samariter für einen verstörten Türken, der keine Fremdsprache spricht und dessen Frau im Sterben liegt. Das eine Mal kommen wir damit vielleicht durch.

Der Mann in Zivil ist näher getreten und stützt sich am Jeep ab. Ollies Summen verliert immer mehr an Überzeugungskraft. Schließlich lehnt er sich mit kapitulierender Geste zurück, ein eselsohriges Dreieck in der Hand.

»Vielleicht tut die's ja?«, sagt er und streckt dem Polizisten eine zweite Vignette hin, nicht lilafarben diesmal, sondern gelb, und ohne das aufgedruckte G.

»Nächstes Mal sorgen Sie bitte dafür, dass beide Vignetten gut sichtbar an der Windschutzscheibe angebracht sind«, sagt der Polizist.

Die Taschenlampe erlischt. Sie fahren wieder.

* * *

Für Perrys ungeübtes Auge schien der BMW friedlich da zu stehen, wo Luke ihn abgestellt hatte – keine Parkkrallen, keine unter die Scheibenwischer geklemmten Schmähschriften, einfach nur eine geparkte Limousine –, und was immer Luke suchte, als er und Ollie den Wagen vorsichtig umrundeten und Perry und Dima wie befohlen auf dem Rücksitz des Jeeps warteten, sie fanden es offenbar nicht, denn nun öffnete Ollie schon die Fahrertür, und Luke winkte sie eilig herüber, und im BMW saßen sie wieder in der gleichen Formation: Ollie am Steuer, Luke auf dem Beifahrersitz, Perry und Dima hinten. Von Dima war während des Halts und der Kontrolle kein Laut gekommen, keine Regung. Er hat in seinen Häftlingsmodus geschaltet, dachte Perry. Wir schaffen ihn von einem Gefängnis ins nächste, und die Einzelheiten sind nicht seine Sache.

Er linste in die Seitenspiegel, ob verdächtige Lichter ihnen folgten, sah aber nichts. Vereinzelt schien ein Auto ihnen nachzufahren, doch sobald Ollie vom Gas ging, überholte es. Er warf einen Blick zu Dima hinüber. Der döste. Sein kahler Schädel war noch immer unter der schwarzen Wollmütze versteckt. Darauf hatte Luke bestanden, Nadelstreifenanzug hin oder her. Ab und zu kippte Dimas Kopf leicht zu Perry herüber, dann kitzelte die ölige Wolle ihn an der Nase.

Sie hatten die Autobahn erreicht. Im Schein der Natriumdampflampen wurde Dimas Gesicht zur flackernden Totenmaske. Perry sah auf die Uhr, weniger um die exakte Zeit zu ermitteln als aus einem Bedürfnis nach Struktur, Orientierung. Ein blaues Schild kündigte den Belper Flughafen an. Drei Streifen – zwei noch – und hier war die Ausfahrt.

* * *

Der Flughafen war dunkler, als irgendein Flugplatz von Rechts wegen sein durfte. Das war das Erste, was Perry an ihm verwunderte. Gut, es war schon nach Mitternacht, aber man hätte deutlich mehr Lichter erwartet, selbst bei einer so kleinen Klitsche wie Belp, die die internationalen Weihen nicht so recht erlangen wollte.

Und es gab keine Formalitäten, wenn man nicht gerade den vertraulichen Wortwechsel mitrechnete, den Luke mit einem müden, graugesichtigen Mann im blauen Overall führte, der die einzige offizielle Präsenz weit und breit zu sein schien. Jetzt hielt Luke dem Mann irgendein Dokument hin – entschieden zu klein für einen Pass, also musste es eine Karte sein, ein Führerschein, vielleicht auch ein kleiner, gutgefüllter Umschlag?

Was immer es war, der Graugesichtige im blauen Overall musste es in besserem Licht studieren, denn er wandte sich ab und beugte sich im Strahl des Deckenlämpchens darüber, und als er sich Luke wieder zudrehte, war das Ding nicht mehr in seiner Hand, also hatte er es entweder behalten, oder er hatte es Luke wieder zugesteckt, ohne dass Perry es sehen konnte.

Und nach dem Graugesichtigen – der ohne ein Wort in irgendeiner Sprache verschwunden war – kamen ein paar gegeneinander verschobene graue Sichtschirme, aber niemand, der ihnen zusah, wie sie dazwischen hindurchgingen. Und nach den Sichtschirmen ein stehendes Gepäckkarussell und eine schwere Automatiktür, die aufglitt, ehe sie sie noch erreicht hatten – sind wir schon *durch?* unmöglich! –, dann eine leere Abflughalle, von der vier Glastüren direkt aufs Rollfeld hinausführten, und nach wie vor keine Menschenseele, die ihr Gepäck oder sie selbst filzte, sie Schuhe und Jacketts ausziehen hieß, sie finster durch Panzerglasscheiben fixierte, fingerschnippend nach ihren Pässen verlangte oder sie mit gezielt entnervenden Fragen über Dauer und Grund ihres Aufenthaltes löcherte.

Und wenn so viel privilegierte Nichtbeachtung, wie sie ihnen hier zuteil wurde, tatsächlich das Ergebnis von Hectors Privatinitiative war – wie Luke Perry ja angedeutet und Hector selbst praktisch bestätigt hatte –, dann konnte Perry nur sagen: Hut ab!

Die vier Glastüren zum Rollfeld hinaus wirkten auf Perry alle gleichermaßen verschlossen, aber Luke, der verlässliche Partner am Seil, wusste es besser. Er marschierte geradewegs zu der Tür ganz rechts, stupste leicht dagegen, und siehe da, sie glitt gehorsam zur Seite, so dass ein frischer Luftzug durch die Halle geweht kam und Perry übers Gesicht strich, wofür er rechtschaffen dankbar war, denn er fühlte sich unerklärlich feucht und verschwitzt.

Und an dieser offenen Tür, hinter der die Nacht wartete, legte Luke Dima die Hand auf den Arm, sanft, nicht besitzergreifend, und Dima ließ sich von ihm widerstandslos fort von Perrys Seite und aufs Rollfeld hinausführen, wo Luke wie auf einen Warnruf hin scharf nach links wegbog und Dima mit sich zog, so dass Perry hinter ihnen verunsichert stockte und nicht wusste, ob er weiter mitdurfte oder nicht. Irgendetwas war anders an Dima. Perry begriff erst verzögert, was es war: Im Hinausgehen hatte sich Dima die Wollmütze vom Kopf gezogen und sie in einem paratstehenden Mülleimer entsorgt.

Und als auch Perry sich nach links drehte, sah er, was Luke und Dima schon vor ihm gesehen haben mussten: ein zweimotoriges Flugzeug mit ausgeschalteten Lichtern und sanft rotierenden Propellern in etwa fünfzig Metern Entfernung, in dessen Spitze zwei geisterhafte Piloten zu ahnen waren.

Der Abschied fiel aus.

Ob das traurig war oder gut, hätte Perry nicht sagen können, auch im Nachhinein nicht. Es hatte so viele Umarmungen gegeben, so viele Begrüßungsszenen, echte und gestellte, es hatte Willkomm und Abschied und Liebesbeteuerungen in solcher Fülle gegeben, dass ihr Maß an Begegnungen und Trennungen vielleicht einfach voll war, das Kontingent ausgeschöpft.

Oder vielleicht – wieder nur vielleicht – war Dima zu aufgewühlt, um zu sprechen oder zurückzuschauen oder Perry auch nur anzusehen. Vielleicht strömten ihm die Tränen übers Gesicht, während er auf das kleine Flugzeug zuhielt, einen verblüffend zarten Fuß so säuberlich vor den anderen gesetzt, als ginge er über die Planke.

Und auch Luke, der nun ein, zwei Schritte hinter Dima zurückfiel, wie um ihm nicht die Schau zu stehlen, würdigte Perry nicht eines Worts. Es war der vom Leben geformte Mann vor ihm, auf den Luke blickte, nicht Perry, der allein in seinem Rücken stand. Es war Dima, hoheitlich wie nur je: barhäuptig, leicht hintübergelehnt, mit seinem verhaltenen, würdevollen Humpeln.

Wobei Lukes Zurückfallen natürlich auch taktische Gründe hatte. Luke wäre nicht Luke gewesen, wenn nicht Taktik mit hineingespielt hätte. Er war der umsichtige, flinke Schafhirt aus den kumbrischen Bergen, wo Perry als Junger einmal gewandert war, der seinen Prachtwidder mit einem Höchstmaß an geistiger und körperlicher Konzentration die Stufen hinauf in das schwarze Loch der Kabine trieb, jeden Moment darauf gefasst, dass er scheute oder ausbrach oder schlicht stocksteif stehen blieb.

Aber Dima scheute nicht, brach nicht aus, blieb nicht stehen. Zügig stieg er das Treppchen hinauf und in die Schwärze, und kaum hatte die Schwärze ihn verschluckt, da sprang der kleine Luke auch schon hinter ihm her. Und entweder schloss einer dort oben die Tür hinter ihnen, oder Luke schloss sie selbst: Scharniere seufzten, mit einem metallischen Doppelklacken wurde die Tür von innen verriegelt, und das schwarze Loch im Flugzeugrumpf verschwand.

Auch an den Start erinnerte sich Perry nur unscharf. Ich sollte Gail anrufen, schoss es ihm durch den Kopf, ihr sagen, dass der Adler seinen Flug begonnen hat, irgendetwas in dem Stil. Und mir dann einen Bus suchen, oder ein Taxi. Oder gleich zu Fuß in die Stadt? Er war sich unsicher, in welche Richtung Belp lag, wenn es überhaupt ein Belp gab. Aber Ollie stand ja neben ihm, begriff er dann – die Rückkehr zu Gail und der vaterlosen Familie in Wengen war nicht das Problem.

Das Flugzeug hob ab, Perry winkte nicht. Er sah zu, wie es stieg und sich scharf in die Kurve legte, denn der Flughafen Belp liegt zwischen Hügeln und kleinen Bergen, und die Piloten müssen auf Zack sein. Diese Piloten waren es offensichtlich. Eine ganz normale Chartermaschine, so wie es aussah.

Und es war keine Explosion zu hören. Jedenfalls hörte Perry keine. Später wünschte er fast, er hätte es. Nur ein dumpfer Schlag, als prallte ein Boxhandschuh gegen einen Sandsack, ein langer weißer Blitz, der die schwarzen Berge auf ihn einstürzen ließ, und dann nichts mehr, absolut gar nichts, bis die Streifenwagen und Krankenwagen und Feuerwehrautos angeheult kamen und das eine Licht, das erloschen war, überspült wurde von einer Flut von Blaulicht.

* * *

Instrumentenausfall, so lautet momentan das halboffizielle Urteil. Motorenversagen gilt ebenfalls als möglich. Eine weitere Variante ist Laxheit seitens namenloser Wartungsmechaniker. Der arme kleine Belper Flughafen steht schon lange unter Beschuss durch die Experten, und seine Gegner trumpfen nun mächtig auf. Auch die Bodenkontrolle könnte schuld sein. Zwei Sachverständigengremien sind sich über die Ursache uneins. Die Versicherungen werden vermutlich nicht zahlen, ehe der Hergang nicht geklärt ist. Die verkohlten Leichname geben weiterhin Rätsel auf. Nicht die beiden Piloten selbstredend: Charterpiloten zwar, aber beide mit langjähriger Flugerfahrung, beide durch und durch seriös, verheiratet, keinerlei Hinweis auf Alkohol oder illegale Substanzen, nichts Abträgliches irgendwo in ihren Akten, und die Ehefrauen daheim in Harrow, wo ihre Familien sitzen, verkehren auf freundschaftlichem Fuß. Zwei Tragödien also, aber den Medien nur einen Tag der Erwähnung wert. Doch wie um alles in der Welt kommt ein ehemaliger Angehöriger der Britischen Botschaft in Bogotá in das

Flugzeug eines »dubiosen russischen Minigarchen« mit Wohnsitz in der Schweiz? Sogar die Boulevardpresse ist um Gründe verlegen. Kann es Sex gewesen sein? Drogen? Waffenschmuggel? Aus Mangel an Beweisen war es keines der drei. Auch der Terror, diese Wunderwaffe unserer Tage, wurde ins Spiel gebracht, aber sehr schnell wieder fallenlassen.

Niemand hat die Verantwortung übernommen.

Danksagung

Meinen aufrichtigen Dank an Federico Varese, Professor für Kriminologie an der Universität Oxford und Verfasser von bahnbrechenden Werken über die russische Mafia, der mir ein so kreativer und stets geduldiger Ratgeber war. Bérengère Rieu hat mir einen Blick hinter die Kulissen des Roland-Garros-Stadions ermöglicht, mit Eric Deblicker durfte ich einen exklusiven Tennisclub im Bois de Boulogne besichtigen, der meinem Club des Rois nicht unähnlich ist, Buzz Berger hat mir den Tennisschläger geführt und Chris Bryans mir die Börse in Mumbai erklärt. Dank ihnen allen, und Dank an Anne Freyer, meine kluge und treusorgende französische Lektorin. Dank auch an Charles Lucas und John Rolley, zwei integre Banker, die mir so großzügig die Praktiken ihrer weniger skrupulösen Kollegen erläutert haben, an Ruth Halter-Schmid, die mich bei meinen Reisen durch die Schweiz vor so mancher falschen Abzweigung bewahrt hat, und an Urs von Almen für sein Geleit durch die Wildnis des Berner Oberlands. Ich danke außerdem dem wackeren Direktor des Bellevue Palace Hotels in Bern, Urs Bührer, der mir erlaubt hat, seinem untadeligen Etablissement eine höchst peinliche Episode anzudichten. Und ich danke meiner unbezahlbaren Sekretärin Vicky Phillips, die zu ihren zahllosen Fertigkeiten nun auch noch die des Korrekturlesens hinzugefügt hat.

Bei meinem Freund Al Alvarez, diesem generösesten und scharfsinnigsten aller Leser, reicht Dank allein nicht aus.

John le Carré, 2010

John le Carré

Marionetten

Roman

ISBN 978-3-548-28128-5
www.ullstein-buchverlage.de

Hamburg nach 9/11. Ein muslimischer Terrorverdächtiger ist die Schlüsselfigur im gnadenlosen Wettlauf internationaler Geheimdienste. Der neue Roman von John le Carré erzählt von einer durch den Terror veränderten Gesellschaft, in der jeder Unschuldige und Schuldige gleichermaßen Statist in einem undurchschaubaren Marionettenspiel ist.

»Der zornige Roman eines Schriftstellers, der realisiert, dass die Regierungen der westlichen Welt und ihre Geheimdienste nichts begriffen haben.« *Der Spiegel*

»Ein Wunderstück literarischer Verführungskunst«
Tobias Gohlis in *Die Zeit*

UB524

ullstein